花地文学大家书系

偷父

——刘心武小说集

Liu Xin Wu Xiao Shuo Ji

刘心武 / 著

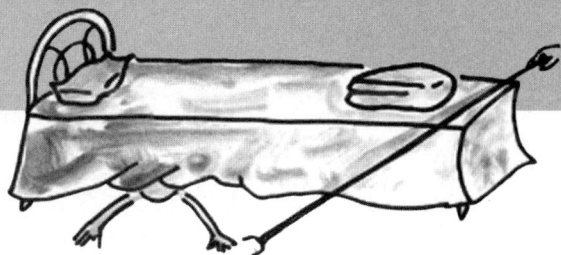

羊城晚报出版社

· 广州 ·

图书在版编目（CIP）数据

偷父：刘心武小说集 / 刘心武著．—广州：羊城晚报出
版社，2015.8
　　ISBN 978-7-5543-0225-5

Ⅰ．①偷…　Ⅱ．①刘…　Ⅲ．①小说集—中国—当代
Ⅳ．①I247

中国版本图书馆CIP数据核字（2015）第181029号

偷父——刘心武小说集
Tou Fu——Liu Xinwu Xiaoshuoji

策划编辑	谭健强
责任编辑	谭健强
特邀编辑	陈桥生　吴小攀
责任技编	张广生
装帧设计	友间文化
责任校对	胡艺超　陈安祺
出版发行	羊城晚报出版社
	（广州市天河区黄埔大道中309号羊城创意产业园3-13B　邮编：510665）
	网址：www.ycwb-press.com
	发行部电话：（020）87133824
出 版 人	吴　江
经　　销	广东新华发行集团股份有限公司
印　　刷	佛山市浩文彩色印刷有限公司（南海区狮山科技工业园A区　邮编：528225）
规　　格	787毫米×1092毫米　1/16　印张18.5　字数240千
版　　次	2015年8月第1版　2015年8月第1次印刷
书　　号	ISBN 978-7-5543-0225-5/I·234
定　　价	39.80元

P自序
Preface

    我与《羊城晚报》"花地"副刊的缘分不浅。1980年，"花地"向我约稿，我投去《神秘的姑娘》，很快被刊登出来。这篇小说有七千字的样子，"花地"竟不吝篇幅，以差不多一个整版来容纳它。那以后，"花地"保持了一个传统，就是每隔一段时间，便以半个多版面来刊登五六千字的短篇小说，我在二十多年前，又陆续投去那种篇幅的作品，如《变叶木》《偷父》《美中不足》等，都被接纳，我还为以上提到的三篇小说自绘插图，他们也都笑纳，刊登出来以增读者兴致。

    当然，作为报纸副刊，1500字上下的作品，应该最为适宜。三十五年来，我投给"花地"的这种篇幅的作品最多，其中有小小说，也有散文、随笔、评论，记得还曾投去不少谈论《红楼梦》的文章，都能及时刊载出来。在我文学创作的马拉松长跑中，《羊城晚报》"花地"给予了我很大的支持与鼓励。

    光阴真如火箭，倏忽我已从写《神秘的姑娘》的三十多岁的青年，成为七十多岁的老叟。《羊城晚报》现任副刊部主任陈桥生先生，想起我历年来在

　　"花地"上频繁露脸，积累的作品已然不少，就鼓励我检索出来编为一集，以飨读者。由他牵线，羊城晚报出版社热情向我约稿，自己想想，从这个角度编一个集子，读者可以看到有意思的故事，"花地"可以留下支持写作者的痕迹，我也可以留下一串文学长跑的足迹，甚或某些研究者也可以从中分析出报纸副刊在文学发展、作家成长中的特殊作用，是桩好事，何乐而不为？

　　于是兴致勃勃地编成了这个集子。舍弃了所有在"花地"上刊发的别的品类的文字，只取小说，其中绝大部分是小小说，放在最后面的六篇，以篇幅论，则是正宗的短篇小说。我的小说都很注重讲故事，即使是小小说，也经常地设置悬念，读者读起来，应该是觉得比较有趣的。因为其中"偷父"这篇刊发后转载率比较高，进入了语文教学的课堂，某地的中考还用其作为试题，而且，更重要的是，敝帚自珍，很希望没读过它的，都读一读，所以，就用来作为这个集子的书名。我给几个短篇自绘的插图，也都放进了这个集子，画技自然是幼稚的，但总还有些情趣吧。文学作品当然应该于人有益，但我以为令人觉得有趣是非常重要的。幽默是诸种趣味中最高级的，我的这些小小说和短篇小说，有幽默，但自己觉得还不足，这正是希望读者诸君有以教我，助我今后加以提高的。

　　由于我在"花地"上刊发的作品跨越世纪，数量不少，若逐年逐月逐日地翻查报纸进行检索，势必非常耗费工力，因此，这回编集子，主要是依靠我历年自己留下的投稿记录，以及仍葆有的记忆，可能有的篇章并未在"花地"刊载，也可能"花地"刊载了而我却失忆，但我想这种情况应该并不妨碍读者对这本小说集的阅读欣赏，从这个集子里读者不仅可以读到有趣的故事，或许，也可以领会到社会生活在时光中的变迁，以及那恒久难变的复杂人性。

刘心武

2015年6月16日　绿叶居中

编　者　的　话

　　"花地"副刊是《羊城晚报》的金字招牌。50多年来，"花地"团结了一大批海内外文化名人，发表的各类文学作品数以万计，其中文学名家从老一辈的郭沫若、茅盾、巴金、老舍、曹禺、冰心……一直到现在仍在写作的莫言、蒋子龙、从维熙、李国文、刘心武、铁凝、贾平凹、陈忠实、梁晓声、余光中、白先勇，等等，无一不是"花地"的金牌作者。更其甚者，有相当一批的文学爱好者、文学名家，还是由"花地"培育，从"花地"走来。

　　《花地文学大家书系》就是在"花地"五十多年积淀的基础上，选取其中最具代表性、最具影响力的作家，经其本人审阅认可，以他们发表在"花地"副刊上的作品为主，补之以部分最新力作，分别蒐集成册，一方面可供读者赏心悦目，另一方面也别具纪念意义。人生有几个五十年？在有限的时间里，相遇需要缘分，无论是人与人，人与报，或人与文。

　　让我们惜缘，珍惜在"花地"上相遇的这份情缘！

《花地文学大家书系》编委会

C目录
Contents

"为什么改期？"接电话的朋友惊异地问。

他耐心地解释："我们对门单元的老太太今天去世了。你想，人家正悲痛的时候，咱们喜笑颜开的，合适吗？"

不是每一个接电话的朋友都能接受这个解释："单元楼又不是平房院，各自过各自的，碍他家什么事呢？""死人的事是经常发生的。说不定过个把星期，楼里又死一位，你们难道还改期？"

更有大为狐疑的："别是他们闹翻了吧？"

当然不是。确实不是。他和她都是一样心肠的人。他们相见恨晚。他觉得她同分手的那一位相比，最让他满意的就是她那双一听见别人不幸就立即湿润的眼睛。而她一听他说，因为对门有丧事，他们约双方朋友聚一聚，自助餐，小舞会的周末活动，推迟到半月后再举行，便立即自豪地想，这一回真幸运，遇上了这么个人——她在打电话给她的朋友通知改期时，特别地强调："我们那位说了，关键不在人家在乎不在乎，关键在于我们心里头怎么过意得去！"

过了三天即周末。他和她从街上回来，在楼门口看见一个乡下人，正高高兴兴地把一些拆开踩平的纸盒板往自行车后座的挎篮里放，还没放完，楼里出来了三位年轻人，正是对面单元的领导，每位都将若干纸匣搂在胸前，显然是接茬儿卖废品来了。他和她便同他们打招呼。他们微笑着，轻松地帮乡下人拆着拍平着那些大大小小方方圆圆的纸盒，甚至还一边说笑着："这是盛蛋糕的吧？有股子麦琪淋'哈'了的味道！""奶奶怎么把这个盒子也攒着？还是'红卫'牌皮鞋哩！"他和她不禁面面相觑，这些孙子辈儿怎么毫无悲戚之态？

更令他们惊诧的，是傍晚时对门陆陆续续来了好些个客人，其中两位显然是头回来，摁错了门铃，找到他们这单元，后来，对门的一位年轻人竟来向他们借折叠椅。他忍不住问："你们家这是——？"年轻人神色自若地说："爸爸妈妈他们送奶奶骨灰到通县去了，跟爷爷的骨灰合葬。我们今儿个晚上请了些朋友来聚聚，吃自助餐，听音乐，还打算跳一会儿交谊舞——你们不来跳跳吗？"她眼里涌着热辣辣的液体，不由得高声质问："你们怎么可以这样呢？"

年轻人先是愣愣地望着他俩，后来诚恳地说："我们都爱奶奶。可奶奶八十六岁过去，是自然安乐死，她赶上了十多年安稳富足的日子，合眼的时候面带笑容。我们要高高兴兴地活下去，这是对奶奶最好的纪念！"

年轻人提着四把折叠椅走了，他和她坐在沙发上，各自托腮沉思。

一道夕阳斜照进窗，照到并排坐在沙发上的他和她。他正向她显示他的照相簿。

"你看，我这张秋景拍得如何？"

"取景好。彩扩还原效果不错。"

"嗬，你还挺内行。再看这张，抓拍的，这西瓜个体户神态哏不哏？""哈！真逗！你要有好机子，用望远镜头抓拍，那成功率更高！"

"是呀，傻瓜机在我手里能玩成这样，够棒的了！咱们……早晚能有高级机子，到时候……"

"你早晚能有。别扯上我。"

"别！……吃个美国杏仁吧，蓝钻石的，名牌！"

"嗯，挺香。你还有什么得意的？"

"早憋着给你看哩！看这本里头的，怎么样？"

"这几张不像是偷拍的啊。人家都乐意你给拍吗？"

"我跟她们说，拍得了将来给她们寄去，她们还真给我留下了地址。嘿，这对傻姐妹儿！"

"你照的照片儿给她们寄去了吗？我想，她们来一趟北京不容易，人家姐妹俩一定眼巴巴等着呢！"她说。

"还真给她们寄？我又没收费，我也不是那号风景点的拍照个体户！"

"哟，这不成了骗人家吗？"

"骗？哪有那么严重！偷拍、抓拍的相片，也都给那上头的人挨个送去吗？"

"可这姐俩，你说好给她们寄去的……你还有地址吗？"

"早扔了。快吃这杏仁。喝咖啡，都凉了。"

　　"瞧她们姐俩的表情，瞧那眼神，人家对你充满了信任，充满了期待……"

　　"别看她们了！往下看……我是想着将来用这一组照片给杂志投稿，总题目就叫'一个模子两个人'……"

　　"你干吗骗人家呢？"

　　"你这人！死心眼儿不是？我多余说收过她们地址，她们也许并不在乎这事儿，她们想照可以自己掏钱照，现在照相又不是什么难事儿！"

　　"她们一定等着这张相片，在她们那离北京非常遥远的家乡……"

　　"她们也许根本就没回去，根本就不在乎，早就完了——"

　　"可我在乎。"

　　沉默了一阵。

　　"咦，你怎么啦？别走呀，你听我解释……别说再见，你这人怎么这么各色……唉！"

　　夕阳发黄无力地照着他单崩儿一个和一摞照相册。

母亲去世多年，父亲早已鳏居。原来父亲白天去机关上班，只是晚上寂寞，头年父亲退休回家以后，他那寂寞可就深厚浑黑了。我们住得离父亲不近，工作忙，小家庭的琐碎事又多，因此不能经常去看望父亲，好容易全家三口去一趟，我总是给父亲带去一些《天龙八部》那样的书，爱人总是一去就卷起袖子下厨房给他弄上一桌好菜，父亲抱着小孙孙也总是抿着嘴笑，但吃完团圆饭，父亲却总是催我们快点回去，我就小心翼翼地对他说："爸，您一个人，该多寂寞啊。我们多待一会儿吧……"父亲却往往不通人情地说："我有我自己的生活……你们去吧！我需要你们的时候，会打电话或者写信给你们的……"每当这时候，我就更痛切地感受到父亲的寂寞——已经达到了他不愿意承认的地步！

父亲也到公园里参加过气功班的操练，也买了些纸笔墨帖弄过书法，除了《天龙八部》也看些别的书，也有几个老朋友来来往往，但我心里明白，这些都填不满父亲心灵中出现的那一片空白。

有天忽然算出来已经有两个多月没去看望父亲了，忙给他打电话。父亲居室并无电话，得让楼下的公用电话去传，接电话的辛大妈说："他出楼快半拉多钟头了，没见他回来哩；往外走的时候提着个药吊子……"撂下电话我心还直往嗓子眼撞，来不及通知爱人，一个人蹬上自行车就往父亲那儿去了。

父亲打开门，我见他满面红光挺精神，这才吁出一口气来，父亲却惊讶地问我："你这是怎么啦？出事了吗？"

进屋一细看，父亲屋里增添了不少盆花，书桌上还有一个挺雅致的盆景，我不由得说："啊呀，这盆景挺贵的吧？不过您喜欢它那就贵点也值得！"父亲笑了："根本不是我的！是人家托在我这儿的！"

原来，起初由于偶然，出差的邻居把两盆心爱的植物拿到父亲这里来，托他代管，因为管得叶绿花旺，楼里楼外有了口碑，引得附近几座楼里的出差人员都把盆花盆景拿到父亲这里来托管，这显然大大改善了父亲的心境，他书桌、茶几、床头柜上净是关于养花的书；他一边用药吊子往盆景山石上轻轻淋水一边内行地对我说："这是我专门去龙潭湖提回来的，养这个不能用自来水，盛水也不宜用塑料或钢种的器皿……"

一年以后，父亲的"托花所"已然全居民区闻名。甚至有些人出差回来时也不把所托的花全取回去，他们说宁愿得便的时候到父亲那儿观览观览；父亲的居室如今分为"喜阳区"、"半阳区"、"喜阴区"，有四季轮流开放的观花植物，更有冬夏常青的观叶植物，他甚至开始自己配制花肥，说起什么pH值、希勒尔营养液、图腾柱架养……如数家珍。

父亲有一天打电话来："哎呀，真寂寞，你们全家来看花吧！"我不由得笑了。

半秒钟

我想你们一定认识我的小表弟，因为当他登上国际大赛的冠军领奖台，让颁奖者把金牌挂到他脖颈上时，你们都从电视荧屏上看到了他的大特写，是的是的，不是我吹牛，那确实是我的小表弟；对于他，我当然知道得比你们多得多，你们知道他比赛时的雄姿，知道他获得了什么称号，甚至知道他一共得到了多少奖金，可你们知道他小时候最调皮的表现是什么吗？对了，好像有记者在一个什么报纸的周末版上提到过——可我不是从报上知道的，我当年亲眼瞧见过！还有，他在获得国际大赛冠军以后，到昨天为止，一共收到了多少封青春女性的求爱信？你们如何知道？我可是门儿清！小表弟他根本就看不过来，他全权交付给我，说我看了也许能从中发现出某些写作素材——那是一点也不错的，那些表示仰慕的信里，使用得最多的一个词儿，便是"阳刚"，这个词儿搁在我小表弟身上那是再贴切也没有了，难得一个运动员不仅成绩这么突出，形象也这么近于完美，当然啦，还有那决赛中令人难以忘怀的关键的一秒钟——严格地说，不是一秒，仅是半秒，大家都从电视转播中看到了，想必记忆犹新，当时他的对手那表情，简直惨不忍睹，那半秒钟一过，在那么多的镜头面前，沮丧的眼泪立马就流了出来，光冲这一点，你说他的境界和我小表弟差得有多远？你们当然都还记得我小表弟当时的表现，多潇洒，多帅！

昨天姑妈家为小表弟举行了一个"派对"，去的都是最亲近的人，带有浓厚的家族色彩，除了欢庆他的胜利，也同时提前给他过生日——你们都知道到他生日那天，他已经又在国外参加大赛了——不消说大家都是那么样地快活，小表弟不仅快活，而且极其放松，他说，太好了，这回没有教练，没有领导，也没有队友——别误会，小表弟对他们充满热爱，他只是

偷文
——刘心武小说集

觉得不能总和他们在一起——更好的是没有记者，没有人向他提出问题，没有人非得让他说点什么；那天的聚会整个儿像是一阕舒缓而悠雅的小夜曲。

大家直欢聚到零点以后才散——如今北京的出租车什么时候都有，所以人们不再为赶公共电汽车的末班车而慌张——那是名副其实的尽欢而散。

我最后一个告别，这时，小表弟忽然说："我跟你一起走！"

不仅姑妈姑爹和表妹吃了一惊，我也觉得奇怪。

表弟对姑妈他们说："我还想跟表哥聊聊！"

姑妈就说："你们聊呀！到你屋里聊去！你们聊到大天亮也行呀！"

姑爹也说："是呀！我们这儿反正住得下，你表嫂正出差上海，你表哥不回去连假都用不着请，你又何必非去他那儿！"

表妹嘟囔说："哥你是缺心眼儿吧？你去，他留，哪一个方案合理呀？学点运筹学吧！"

我也说："是呀，我一点儿也不困，我就不走啦，我们到你屋聊个痛快吧！"

没想到小表弟很固执地说："我想去表哥那儿嘛！我想活动活动！"

就依了他。

和小表弟到了我家，我们在我书房里坐下，我等着小表弟开聊，他却似乎又没什么话说。我很纳闷。

"嘿，你怎么啦？"我问他："你要跟我聊什么呀？"

"你这单元，隔音吗？"他突然问了这么一个问题。

"别的位置不敢说，这书房就是我现在引吭高歌，相信上下左右的邻居也都完全听不见——你问这个干什么啊！"我简直摸不着头脑。

"那太好了！"表弟的表情，使我吃了一惊。

"你究竟怎么一回事儿？"我有点着急了。

"其实，也没什么……"表弟望着我，仿佛下了好大决心，把哽在喉咙里的鱼刺终于吐出来似的对我说："我只是想哭，想痛痛快快地大哭一场……我也不知道怎么搞的，那关键的半秒钟里，我好像不仅把我以前的日子压缩在一起，飞快地又过了一遍，而且，就好像把以后的日子，也预支了好多，压缩着过了一遍似的……心里头淤着一团什么东西，坠得慌……我知道，没什么，放开了哭哭，就会好的……可我从那半秒钟过去，到现在，总没哭成，开头，是我自己不打算哭，后来，我想哭，可我能当着谁哭呢？在哪儿哭呢？就是当着你，我也不是那么情愿的……可今天正好你这儿没别的人，而且，想来想去，你能理解我，不会误解我……"

我一下子理解了小表弟。我意识到，这痛哭一场，对于他来说，是神圣的，必要的，有益的……我便对他说："你一个人在这里，愿意怎么哭就怎么哭吧！我下楼去，找个小酒馆喝我的酒去！"

　　我真的就把他一个人留在我书房里了，自己下楼去了。

　　我到天亮才回到我家，小表弟在我床上安睡着，是一种最优美也最卫生的姿势——就像我们在母亲的子宫里憩息一样。一缕朝阳从窗外射进，落到他身上，他那双闭着的眼睛无论睫毛还是周围的皮肤上都没有丝毫泪水的痕迹，他整个儿焕发出一种类似新胀圆的苹果那样的气息。我默默地站在床前良久，我心中有数，由于有了那深夜里无人看见听见的一场大哭，小表弟在即将来临的那场国际大赛中，夺魁的可能性，是更加接近于笃定了！

查无实据

那是1979年的时候，我第一次见到他；那时社会生活正发生着许多巨大的变化——比如为成千上万的1957年和1958年被错划为"右派"的人实行改正，在那进程中，两种被冤屈的人都很得同情，一种是当年根本没有什么言论、纯粹是被凑数凑成"右派"的，一种是虽有言论文章但经历史验证那言论文章不仅无大错，甚而还是香花的——后者不仅被同情，还备受尊敬。

记得在那时候的一次座谈会上——那时候有许多以解放思想为题的座谈会——他抢着发言，情绪激昂，言辞锋利，很有点举座皆惊的效果，使得与会者纷纷互相打听：这是哪位？当时没什么人认识他，甚至那个座谈会的主持者也是不知他是谁；他来自外地，没人说得清是谁通知他来参加那个会的，但那种会好像谁愿参加，走进会议室坐下，也就参加了。记得他在那次会上主要是讲他个人的遭遇：他当年也无辜地被划为了"右派"，下放劳动多年；而最令人气愤的是，如今他要求改正，他那个单位却不给改，因为如今在他的档案里，根本就找不到当年划他为'右派'的材料了！"他们就如此草菅人命啊！"我至今还记得他在会上的控诉声。他因此为人所注意，"这就是白白顶着'右派'名儿下放改造了多年的那个人，如今居然又找不出划他'右派'的材料来！"他一出现在公众场合，就有人指点着他，向别人介绍。

我那时当着杂志的编辑，觉得他的遭际颇离奇，就提出向他约稿，请他写写自身经历，也是一种对极左的控诉吧；但一位老编辑是当过人事干部的，他对我说，反右时搞得扩大化了，那是事实，但定为"右派"，那是一定有档案的，并且那档案都是用防燃纸做的，那时"以阶级斗争为纲"，别的事可以马虎，右派档案岂有马虎的？至于下放劳动，改造思想，那时就算不是右派，也一样要轮到的……我从那老编辑的话音里听出来，他对该人当年究竟划右没有，是持怀疑态度的。

后来我又在座谈会上遇见某君，他的发言，更激烈也更引人关注，他动辄称"我们五七战士"，连一些档案齐备的改正了的五七年受害者也对他的这种说法反感，我在会议休息时过去和他交谈，问他何以要发明这么个词儿，他说："我们是一群最早站出来和教条主义斗争的战士呀！"我就说："上次听你发言，好像你说你是稀里糊涂给定成右派的，原来你是确有言论的呀！"他说："是呀，我当时也发表了批判官僚主义的小说，只不过没组织部的年轻人那篇叫得响就是了！"我问他发在哪年的什么刊物上，他立刻告诉了我。

直到如今我也没去查过那刊物的合订本，我估计谁也没去查过，但此公就在80年代初因"五七战士"和"早就也组织部来了个年轻人"而调进了北京一个文化单位。

可是过了三年，情况有了一些变化，被改正似乎不再成为一种潜在的光荣，而且，又出现了关于人道主义的争论，记得有一天他主动来我们的编辑部，当时恰好就我一个人在，他仿佛并不认识我，只问我们主编在哪儿，我就说："嘿，'五七战士'，你有什么事，先跟我说吧！"他这才表示认出我来，但一脸正色道："那是什么称呼？不可以的！"我问他究竟什么事？主编不在，我可转告，他说他要写一篇批人道主义的论文，问我们可不可以安排头条？我说一定转告主编，并及时通知他。

但后来我转告了主编，主编没吱声，后来也不见我们刊物头条有他的文章，我也没在意。

再后来我离开了那个编辑部，自己搞创作。又过了几时，有一回偶然看到一本香港杂志，那杂志的观点，是反对批判人道主义的——这当然不稀奇，稀奇的是那里面说，有的大陆文化人，写好了支持人道主义的文章，却找不到地方发表，所举的例子，便是某君，而且那记者报道此事，显然并非道听途说，而是亲自采访所闻——该杂志刊出了某君接受采访时拍的照片。

我对某君，从此绝对地不感冒。

某君这些年来，是越混越好，报上不大有他本人的文章，但却时有他的消息，准确地说，也不是关于他的消息，而是关于别人的消息里有他的名字出现，无论如何，他应列入当代英雄的行列。

近两年又听说，他实际是台湾籍人士，原来那个籍贯，是因为多年存在极左，为避祸，不得不造了假，他说他哥哥姐姐都在台湾，具体在台湾哪儿，失散多年，不清楚，但他已在有关的对台宣传杂志上，登了寻亲启事，期待着在不远的将来，与台湾的兄姊抱头痛哭地重逢；始终没听说他这一神圣的愿望得以实现，但可以在报刊上乃至荧屏上频频看到他亮相，都是与台湾有关的事儿，诸如两岸的这个联谊活动呀，那个研讨会呀，等等，等等，有人说由于他的这一特殊身份，他那名片上的头衔，就更加印不下了。

　　某君一而再、再而三地因档案上没有、查无实据的因素而走红，无论如何，还算是奇人异事吧，对其人我不以为然，对其事我却觉得颇可玩味，爰为记。

1993年7月2日

　　我上初中时，每逢星期天，学校总组织大家看早场电影，新片要交一毛五分钱，复映片只需交一毛。我是每回必看的。看完电影，第二天中午在教室吃带去的盒饭时，我还特别爱复述电影里的故事，如果看的是打仗的片子，则会边讲边用手比成机关枪，一阵抖动，嘴里嗒嗒嗒发出密集的"枪声"，有时还会模仿片子里坏蛋中弹歪倒的神情……可是大多数同学也都看过那电影，对我的复述模仿不以为然，只有大牛听得津津有味，我也就更多地讲给他听。

　　我比同班大多数同学小两岁，大牛比同班大多数同学大两岁，所以他跟我站到一块，实在不像是同班同学。我这人发育上滞后，上初中时还是小头小脑的，用四川话说是还没有"长登"，大牛却已是人高马大，同学们有时叫他"牛大块"，我刚从四川到北京时不懂"大块"是什么意思，后来才明白是形容人胸肌发达。大牛的块头似乎并不是体育锻炼铸就的，他家境贫窘，每到寒暑假，都到建筑工地上当小工，挣来的钱，用来交学杂费和买课本、文具。有同学星期天看见过，他拉着一个自制的小轱辘车，到城根去捡别人丢弃的白菜帮子，弄回家煮菜下饭。星期天的早场电影，他自然从来不看，他既没看，爱听我讲，我也乐得给他细细道来，这样，我们俩的关系，也便密切起来。

　　我在家里，跟妈妈说起学校里的事，有时便会提及大牛，讥笑他居然连早场电影也看不起，还给家里捡白菜帮吃，妈妈起初只是正告我：不能讥笑家境比自己贫困的同学！后来有一回，我自己的课本弄丢了，把大牛的课本借回家来用，被妈妈看见，她吃了一惊，因为大牛为珍惜那得来不易的课本，用捡来的硬纸壳，将那课本精心地改制为精装，翻开里面，绝无乱涂乱画的痕迹，妈妈便对我说，应当向大牛这种精神学习！并说我和大牛在一起，她是放心的。

一次班上文娱委员又收敛早场电影费，我竟破例没交，被大牛发现，放学后他便问我为什么这回不看，我向他坦白：我把向妈妈要来的电影票钱，用去吃了一碗炒肝。那家卖炒肝的小铺子刚在我们学校胡同外开张，我实在经不住那香味的诱惑。我妈妈是最恨我花钱乱吃零食的，所以，我不能跟她说实话，当然更不能再问她要买电影票的钱。大牛听了，闷闷不乐。

可是临到星期六放学时，大牛告诉我，他这回要看早场电影，并且还给我也买了一张票。这可把我高兴坏了！我们俩约好，星期天一早，我去他家找他，再一起去电影院看电影。大牛家在我家与电影院之间，而且从我家到他家那段路相对还要长些，总得走个二十多分钟。星期天一大早，我匆匆出了家门，刚拐出胡同，忽见蒙蒙的冬雾里，凸现出大牛的身影，原来他迎我来了！我俩高兴地会合，有说有笑地踏着人行道上的残雪，朝电影院而去。一路上车少人稀，到了电影院，人家还没开大门呢……

那天看完早场电影，我还想约大牛去什刹海的冰上跑跑，可是他不能去，他这才告诉我，买电影票的三毛钱，他是预支的，他马上得去城根的一处工地铲沙子，人家答应他，干足六个小时算三毛钱的工钱。

这事过去有四十多年了。初中毕业后我继续在城里上高中，大牛去石景山钢铁厂当了学徒工，那时没有地铁，石景山对城里人来说是个很远的地方，我们竟从此失去了联系。前天我路过那座原来常去看早场电影的建筑，它现在已经变成了一个名字古怪的家具城，忽然一阵甜蜜和惆怅的情绪交融在我的心臆。在岁月嬗递中我失去了什么？积淀下了什么？……难忘的早场电影哟！

等候散场

已经是晚上九点钟了，我才到达剧场门前。剧场里的芭蕾舞剧《天鹅湖》肯定已经跳完了如梦如幻的第二幕，而且华丽诡异的第三幕说不定也所剩无多。我是个狂热的芭蕾舞迷，因此尽管因为业务上的急事耽搁到八点四十才得脱身，还是风风火火地跳进出租车赶到剧场。

我出了汽车才感觉到下着小雨。从我下车的地方到通向剧场大门的宽大阶梯还有一小段距离，为了避免淋雨，我从售票处以及相连的平房那儿绕向阶梯，因为那里有挡雨的棚檐。我一边小跑，一边朝剧院大门望去，我觉得那一连串的门扇仿佛都已关闭，根本没有剪票的人影了，我是否还能入场呢？惶急中，我忽然撞到一个人的肩膀上，要不是他及时闪避，我们俩说不定都得倒地。

我立足定神一看，是个小伙子，戴着一副眼镜。他的眼珠子在镜片后也仔细打量着我。

"您有票吗？"

我吃了一惊。竟还有比我更痴迷芭蕾舞的。这剧场前的小广场上，只有路灯光下，霏霏细雨中活像巨型甲虫的小汽车，默然地斜趴成一大排，除了我们俩再没别的人影。里面舞台上那最令人眼眩心迷的西班牙舞大概已经跳过，王子正在上黑天鹅的当……剧已过半，他还在这里等退票！

"我自己要看！"我一边回答他，一边掏我的票。咦，怎么没有？

"不，"那小伙子蔼然地对我说，"我不要您的票。您快进去看吧！"

我从衣兜里掏出一堆名片，从中抽出了那张宝贵的剧票，顺口问："你不看，待在这儿干什么？"

"等散场。等她出来。"

　　我立刻明白，是一对恋人同来等退票，只等到一张，因此小伙子让姑娘先进去了。我倏地忆及自己的青春，一些当年的荒唐与甜蜜场景碎片般闪动在我心间，我不由表态："啊，你比我更需要……你进去吧！"

　　我把票递给他，他接过去，仔细地看了一下排数座号，退给了我。我那张票是头等席，一百八十元一张。他是等我主动打折么？我忙表态："不用给钱，快进去吧！"他还是不要，说："您这票的位置……离她太远……"我说："咳，那有什么关系！你可以到她那排，把这个好位置让给她旁边的人……至少，你可先到她那排，告诉她，你也进来了……"他却仍然把我持票的手推开了。

　　我觉得这个小伙子很古怪。他已然耽搁了我的时间，而且还拂了我的好意，我恼怒得反而不想进剧场了，我很粗暴地说："你有病！"

　　小伙子很难为情，解释说："我答应在外面等她……她也许会随时提前出来……我还是要在这儿一直等着散场……"说着便扭头朝剧场大门张望，生怕在我们交谈的一瞬间，那姑娘会从门内飘出，而他没能及时迎上去。

　　我抛开那小伙子，跑向剧场大门。小雨如酥，我险些滑跌在门前台阶上。从每扇门的大玻璃都可以看到前廊里亮着的灯光，可是我推了好几扇门都推不开。后来我发现最边上的一扇是虚掩的，忙推开闪进，前廊里有位女士，我走过去把票递给她，她吃了一惊，迷惘地看看我，摇头；紧跟着前廊与休息厅的收票口那儿走来一位穿制服的人，显然，那才是收票员，他先问那位女士："您不看了吗？"又问我："您是……怎么回事儿？"我发现先遇上的那位女士，不，应该说是一位妙龄女郎，站在前廊门边，隔着玻璃朝外看，我也扭身朝外望去，只见那个小伙子仍在原地，双臂抱在胸前，痴痴地朝剧场大门这边守候着……

　　从演出区泄出《天鹅湖》最后一景的乐曲，王子与白天鹅的爱情即将冲破恶魔的阻挠而终于圆满。妙龄女郎望着雨丝掩映的那个身影，忽然咬紧嘴唇，眼里闪出异样的光……我站在那儿，摩挲着鬓边白发，沉浸在永恒的旋律里……

空盒

李涓是大学二年级学生，她每周去崔钢家辅导一次算术。崔钢现在进入六年级了，家长为他请的家庭教师已增加到四个，除李涓外，还有语文、英语、钢琴方面的教师。

中秋节后不久的一个晚上，李涓去了崔钢家，一进崔钢的屋，便吃了一惊：钢琴边上，用许多的盒子，垒成了一座比钢琴还高的塔。胖嘟嘟的崔钢拍手笑着，命令李涓："你快说，一共是多少个盒子？不许一个个数！要马上说！"李涓说："总有十多个吧！"崔钢哈哈大笑，蹦着脚说："还辅导我算数呢！真没眼力见儿！一共是二十三盒！"

真是二十三盒。都是月饼盒。最底下的，盒面比脸盆还大；然后依次缩小着个头；有扁圆的，有多棱多角的，有长方的，有正方的，还有心形的……最上头的一个是提篮形的；绝大多数是铁皮彩印的，金碧辉煌，也有木制的、竹制的和瓷器的……

如今的中秋节，一户人家有好多月饼本不足为奇，可是，崔钢家的月饼盒竟能垒成一座高塔，这不能不说是一个奇观！

"这么多月饼！你们家才这么几个人，咋吃得了啊？"

"吃它？我们才不吃这些玩意儿呢！"

"不吃，买来做什么？"

"买？"崔钢斜着眼笑，"我们家还用得着买这个？！"

李涓心里便明白：都是送的。崔钢的爸爸是个官。当官的，总有人给送东西。这也是中国社会的实情。李涓望望那座塔，不由得说："你们自己不吃，总可以送给别人吃呀，比如附近的鳏寡孤独，残疾人……也可以直接送到幼儿园、敬老院嘛！……"

崔钢脸上现出一种他那个年龄实在不该有的表情，直愣愣地望着她，毫不拐弯地说："李老师，你心里头其实一直在想，既然你们家有这么多的月饼，怎么中秋节那几天我来家教，你们也不端出一块半块的给我尝尝呢？……"

李涓感觉一股热血冲到了脸上，她气得几乎挥手打崔钢一记耳光……她咬咬嘴唇，忍住了，并且把冲到喉咙的一句"我才不稀罕呢"也吞了进去……她觉得眼前这个学生说这些无礼的话时，神态表情酷似他的妈妈……孩子毕竟是幼稚的，她需要耐心地予以调教……稍平平气，她问："你妈呢？"

往常崔钢的妈妈这时总会出现，叨唠些自以为有用其实无用的话，今天怎么不见身影？

崔钢这时脸上现出顽皮的神气，仿佛李涓不是老师而是他的姐姐，踮起脚凑拢她耳朵小声说："她文眉去啦！……"

文眉？李涓从未特别注意过崔钢妈妈的眉毛，似乎并没什么缺陷嘛，文什么眉呢？

"……那家美容院，连我妈也得预约才行……预约到这个时候，我可开心啦！我妈让唐姨今晚就别来了，给了我二百块钱，让我在麦当劳吃个够……"

二百块钱吃麦当劳，不得把肚子吃爆！

"……我回来，闷得慌，想玩，就垒了这么个塔……好玩吗？……不过，咱们先别上课，你得帮着我，把这塔拆了，盒子都再搁到阳台上去……不能让我妈看见呀！……"

看见了又怎么样呢？这又不是偷来的，不都是人家自己送上门来的吗？中秋节嘛，送盒月饼按说也算不上多大的问题……

崔钢拆上了那塔，李涓拦不住他，只好帮他拆……她发现盒子都很轻，都空了，不由得问："你说你们没吃，又没送人，那怎么会……都空空的？"

崔钢很亲昵地说："嘿，我告诉你，你可别跟别人说啊，这些个月饼呀，都让我妈她一个人……"

"一个人都吃了？！还不吃出病来？……"

"……那些天，她天天晚上，等唐姨跟老师什么的都走了，就坐在饭厅餐桌那儿，一盒盒地打开，一个一个月饼地掰开切碎了检查，还把所有的衬纸什么的都翻个透……"

"怕有毒？"

"不是！……妈妈说，前几年的经验，有的月饼里，藏着金戒指，还是镶水晶的啦！……有的那衬纸底下，搁着美元……这样的月饼，能送幼儿园、敬老院什么的吗？……"

"会是这样？"

"……妈妈说，这都还不算珍贵呢，最珍贵的，你知道是什么吗？……嘿，有一个'七星伴月'的大月饼盒里，藏着几张照片！……"

"谁的照片？"

"……是一男一女，光着身子，搂搂抱抱的照片……"

"月饼里怎么还藏黄色照片？"

"不是黄色照片，是跟我爸争位子的那个家伙，他一不留神，乱搞的时候让人给偷偷用照相机留下证据了！……我妈我爸得了这照片可乐坏了！后来他乖乖地给我爸让了路……送我们家这盒月饼的叔叔，头年不是跟我爸欧洲七国考察去了吗？……"

李涓心里头直翻秽气。她问："今年怎么样？这些月饼盒里都有些什么？"

"嗨！把我妈气疯了！"

"为什么？"

"都是只有月饼，除了月饼还是月饼……"

这时忽听有人在用钥匙开崔家单元那防盗门的锁，一定是崔钢他妈回来了。崔钢慌作一团，跌坐在空月饼盒堆里不知所措；李涓直起腰来，等待那面对面的一刻，并迅捷地作出了决定……

并列第一

陈老师走进王校长办公室，一眼看见办公桌上摊放着的两篇作文，他们俩对望了一眼，王校长叹了口气，陈老师便知不妙。

王校长打个手势，陈老师在办公桌那边的椅子上坐下，两人又对望了一眼；陈老师干咳了一声，王校长也便知道不妙。

陈老师嘟噜着嘴，等王校长发话。

王校长硬硬头皮，和缓地说："两篇都看了……当然，你们评定卢晓花得第一，是很公道的……不过，尚赢赢的这篇，毕竟也还是入围，你们评为鼓励奖了嘛……"

陈老师拿眼一瞥王校长，王校长语塞起来："……尚，尚……她这个，这个名字！……赢赢，总，总是想赢……当然，是家长，她父亲，尚老板……总想赢，赢……"

陈老师忍不住了，望着王校长说："想赢没什么不好！可得遵守'游戏规则'！他闺女的作文明明没有卢晓花写得好，怎么能让她闺女得第一？！"

陈老师语气这么粗重，王校长脸上有点搁不住，便说："作文这个事儿，只要没跑题，通顺，那就很难说谁的一定比谁的好……就阅读者而言，可以仁者见仁，智者见智，是不？"

陈老师的语气更激愤："您究竟算仁者，还是智者？您刚才不是还说，我们的评定是公道的吗？"

王校长无奈地望着桌对面的年轻人，用手指弹弹桌上的作文，皱眉说："这又不是正式考试，不过是一次作文比赛，谁得第一，就那么不得了吗？"

陈老师斩钉截铁地说："让学生们从小就懂得公平竞争的原则，这可是天大的事！"

王校长一时无话。他偏头朝窗外望去。夕阳西照下的校园，操场上已经没几个人；在操场一侧，生了锈的联合锻炼器械高耸着，仿佛恐龙的骨骸；虽然早已用拦绳拦起了这个已不能使用的器械，并多次将不得越栏进内玩耍作为一条纪律加以宣布，可是，仍时不时会有实在心痒手脚也痒的调皮学生，趁老师们一时眼光不到，便跑进去，或登悬梯，或攀爬绳，或荡秋千……瞧，现在便有两个放学这么久还未离校的男孩，又溜了进去，传达室的老李正激动地跑过去吼他们，那声音清晰地传了过来："……不要命啦！……"这声音让王校长心痛。搞不好，早晚要出事儿！可是，漫说教育局和学校自己没钱购置新的联合锻炼器械，说来惭愧：就连把这已经报废的拆掉，那份工钱一时也没个着落！唉！

陈老师也随王校长的眼光朝窗外望了一阵。王校长转回头，陈老师也转回头，两人又对望了一眼，陈老师发现王校长眼里湿润润的。

沉默。

良久，王校长近乎哀求地说："要么……并列第一，怎么样？……卢晓花还是放前头，她的姓氏笔画毕竟比尚赢赢少，对不？……"

陈老师本想说："决不能拿原则做交易！"可是，没能说出口。他看到老校长身上半旧的廉价茄克衫，胸口处有个墨水点，显然多次洗过，却怎么也没能褪净……又望望窗外，那破旧的联合锻炼器械在夕阳余晖中仿佛张着血盆大口……于是，他便说："如果……那是真的……尚赢赢她爸，准给咱们学校赞助一架新的……？"

王校长说："是真的……咱们学校实实在在是需要啊！……"

陈老师盯紧了问："就这么一个条件？作文比赛得第一？……会不会以后他又……"

王校长闭上眼睛，仿佛养神。不过，再睁眼时，眼睫毛有点儿粘连。王校长咬咬牙说："只让这一步吧！……下不为例！……责任，我来负！……"

陈老师痛苦万分地说："好吧，并列第一……至多并列，想独个第一，没门儿！……而且，一时不好说，早晚我还得跟尚赢赢说……她该懂得，世界上不是什么东西都能拿钱买或者换的……"

王校长没能松口气，而是心弦绷得更紧了。

陈老师问："如果那个尚老板，他听说是并列，不乐意，不赞助了，那怎么办？"

王校长呆呆地坐在那里，良久，忽然重重地以拳击桌……

终于寄达

他收到一封信。很大，也很厚的一封信。开头他以为寄来的是杂志。打开以后，发现里面还是一封信，只不过比外面的信封略小。

他注意到，里面的那封信，封皮上地址写得不对。显然退回过发信的人，因为还有没撕尽的邮政退信签。那上面写的是他两年前的住址。

他撕开第二封信，吃惊！从那里面落出来的仍是一封未打开的信。信皮上的地址显然是胡扯。他从未住过那个地方。这封信的邮票也盖销了。显然也是退回过原处的。

这才仔细看寄信人地址。这个省这个市会有谁给自己来信呢？那信封右下的地址后缀着寄信人的名字。啊！原来是他！

想起这个人来了！

二十几年没见，也不曾想见……各自的生命轨迹早已离交会点越来越远……现在来什么信？

又发现，那信封左下角写着："地址如不对，敬请退还"。再看套着它的信封，外面的两个，也都标注着同样的"嘱咐"。搞的什么把戏？

既然地址一错再错，信也一退再退，为什么还要固执地一寄再寄？

最后倒真把他现在的地址打听出来，终于把信寄达了。

他捏着那第三个信封，揣测着：为什么给我来信？难道是……问我借钱？如今常有这种事，某些只不过同学一时、同事一阵的人，甚至于只不过有几面乃至一面之缘的人，会突然来信，来电话，甚至于找到门上来，有的曲曲折折，有的直截了当，有的有点脸红，有的脸一点不红……那最后的"主题"，便是借钱，或者叫作"集资"，有的答应给你很高的利息，有的表示合伙后有了盈利会优先给你"分红"……对这样的人，逼近眼前"短兵相接"的最难应付，热线上"交了火"的也不大好打发，可是来信者，那很好对付——撕了扔纸篓便罢！

他实在想不出，这位先生的来信还会是什么内容。他对他从无好感。难道那信瓢上写的会比借钱之类的事更无聊，更让他恶心？他都想马上撕碎了事！

但他感到手中的那封信，里头很坚挺。

寄来的是什么怪东西？莫非……

他小心翼翼地开拆。

乖乖！从那第三个信封里，掉出了另一个信封。也是盖销封！

信封上的地址更不对头。邮票上的邮戳很清楚。呀，是一年前寄出的！

这引出了他检查前几个信封上邮戳的兴趣。第三个信封上的邮戳比第四个信封上的邮戳，时间上晚了大半年。可是第二个信封上的邮戳与头一个信封上的邮戳只差一个星期！显然，那家伙终于打听出了他的正确地址后，便毫不迟疑地又一次寄出了他早在一年前便写好的"退回原址"的"废信"。其实此人对这次投寄也并不抱十分的希望，他也还是在信皮上注明了"地址如不对，敬请退还"嘛！

为什么要如此这般地一寄再寄？追逐所爱的异性，有这样的劲头，已属罕见，何况他们相互间甚至于从无过好感……

最怪的是，此公完全可以每打听到一个新地址，便重写一封信嘛！为什么不？这样地信封套信封，所欲何为？每重寄一次，都要贴超重邮资，何苦！那最后一个大信封，足足贴了十元钱邮票！

他拆开第四个信封。一边拆一边想，哈，一定还是一个信封，只不过更小一点罢了！

他竟猜中了。这把戏令他愤慨起来。

那第五个信封很薄。他不想再推敲，立刻拆，脑子里倏地飘过一个念头："到头来是个空的！"……为什么这样地恶作剧？安的什么心？是种什么寓意？！……

当那第五个信封中滑落出一张折叠的信纸时，他反倒吓了一跳，仿佛那是不该有的东西！

连忙展开信纸。慌乱中险些将信纸撕破。

先看抬头与落款。确是一封他该接到的信。来信者确是三十多年前到二十多年前同在一个单位的那个人。末尾注明的日期是头年秋天一个平常的日子。

信很短。是这样写的："我为三十年前的今天所做的事向你道歉。你不会不记得我写的那份大字报。它贴在当年我们单位食堂的西墙上，其结尾还转到了北墙。我现在决定不用'客观情况'来为自己辩解。我为主观上的恶一度那样发作而自责。我写此信并不是为了求得你的原谅。但我无论如何要设法把这封信寄达你本人。祝好！"

斑马线

拨打110才几分钟，民警已然来到。

冯小杰的母亲哭天抹泪。原来，她的心肝宝贝，也就是冯小杰，忽然失踪了！

民警一边安慰她，让她冷静，一边询问："他是怎么失踪的？"

"……我从厨房出来，往他那屋子一探头，他没了！……"

"他会不会是下楼玩去了？"

"我从来不许他下楼玩去！接他回来，我就安排他写作业……每天到这个时候，差不多五点半左右，他总是按我的嘱咐，老老实实地戴上耳机子，听儿童英语的教学带……"

"他多大？几年级了？"

"下月十周岁，四年级了……"

民警松了口气，心想都这么大的孩子了，现在离天黑也还早呢，只不过是暂时出了家门，没跟当妈的打招呼罢了，实在还作不出失踪不归的判断，便对冯小杰的母亲说："您别太着急，如果再过一个钟头，吃晚饭的时候，他还不回来，你再给我们来电话，咱们一起想办法找他……"

民警走后，冯小杰母亲越想越怕……从冯小杰上一年级起，不，打从冯小杰送幼儿园日托那天起，他们两口子便锲而不舍地坚持天天接送，风雨无阻，雷打不动，为了做到每天四次接送不空缺，她硬是放弃了福利较好的单位，把自己的工作换到了住家附近，爱人也曾为了坚持接送孩子上学、放学，多次迟到早退过，丧失全勤奖而在所不惜！这些天爱人出差在外，几乎每隔两三天便要晚上挂个长途回来，问小杰怎么样？又千叮咛万嘱咐："你可得跟他一起过马路啊！千万不能大意！不怕一万，就怕万一！"可是，现在，"万一"竟活现在了眼前，小杰失踪了！这可怎么了得啊！……要不要给电台、电视台挂电话，让他们给广播，给上荧屏！只要能找回心头肉，什么代价她都愿意付出！

民警临走时，建议她找找小杰的同学，打听打听，说是也许孩子们之间，倒能互知去向。她平时从不跟楼里的邻居来往，包括小杰同班同学华明他们家的人，她除了见面淡淡打个招呼，再无交流。不过她记得小杰把华明家的电话号码抄在了自己家电话机旁的小本子上，于是她寻出了那号码，试着拨了一个，华明母亲接的电话，挺客气，先是说小杰不在她家，后来叫过华明，让华明跟她通话，她便问华明："你知道小杰到哪儿去了吗？"华明说不知道。她又问："今天你们班上有什么特别的情况吗？"华明想了想说："没什么呀……唔，就是，就是，刚放学的时候，我们俩吵架来着……"她一听心上飘火苗儿，问："什么？你跟小杰吵架？"华明委屈地说："他先跟我吵的……他说秦老师说的那个人，是我，我说我才不是呢，我说秦老师说的是他！……"她再追问，问不出名堂，于是重重地搁下电话，立刻往学校跑去。

冯小杰他们的学校就在附近，只隔了一条马路。她一径跑到校长室，校长恰巧正与秦老师等在一起商量工作，她跨进门，未曾开口，先又急又气地哭了起来……

终于听明白了她的述说后，秦老师，一位年轻的女老师，坦诚地说："也许，真是我惹出来的事！是这么回事，今天，放学前的班会上，我跟班上的同学们说，你们都已经十岁，上到四年级了，有的事，你们应该学着自己做了，比如说，过马路。现在马路上有时候很乱，有的司机开车不怎么遵守交通规则，有的人骑自行车也很不规矩，所以过马路一定要注意安全！不过，我发现，我们有的同学，他似乎就从来没有独立地横穿过马路，从小，总是爸爸妈妈，或者家里别的大人，天天一回不漏地上学送，放学接，手牵手地过马路，这么着送来接去的，什么时候算完呢？会不会弄得，有那么个人，他从来都没一个人过过马路，结果有一天，他不得不独自过了，却只是站在马路边打战，怎么着也过不去了，或者，更糟糕，他头一回独自过马路，竟出了事故！……"

秦老师没说完，冯小杰母亲脸已煞白，而校长已然作出决定："走！我们一起去！附近马路的人行横道，咱们分头去找！"

果然很快找到。在附近一个十字路口的斑马线上，冯小杰正认认真真地在先望左后望右地过马路……他过完一个方向，站定在另一个方向的斑马线前方，注视着对面的行人指示灯，当那指示灯亮出绿色信号，他才又迈上斑马线，并且又认真地先左顾，再右盼……

偷
刘心武小说集

炸耳

　　十年前，我刚出道，虽说心里十分得意，遇到同行间的饭局，脸上少不得挂出八分谦虚。有一回满桌都是前辈，笑语喧哗中，忽听一人高声叫道："给咱们的启蒙者献上一杯！"我忙举起酒杯随份，生怕那"启蒙者"会觉得我少年得志，对之不恭；可是我眼珠子瞥来瞥去，竟找不准那该向其郑重献酒的"启蒙者"究竟是哪位；于是把眼光盯到高声倡议者脸上，那张脸红涨得像熟透的番茄，正对着我，仿佛心甘情愿让我咬上一口……"番茄"上嵌着两只"黑纽扣"，是他那笑眯的双眼；刹那间，我明白了，敢情"启蒙者"就是我啊！满桌的人都随他起哄，来跟我碰杯，我敢说，那次敬酒干杯的事，别的在场者大约很快就都淡忘了，可是，我忘不了，他当然也不会忘。

　　那次耳边炸响"启蒙者"的称谓不久，大概是半年以后吧，我接到一位忠厚长者的电话，他就一项任命，提出三位候选者的名字，蔼然地征求我的意见，并且说，我不必马上回应，可以想一想再给他回个电话。可是我却立即表态，说是其中一位我以为最合适，那便是往我耳朵眼里灌入"启蒙者"谥号的老兄；我夸赞他说："热情，直率，看问题尖锐，敢为人先！"撂下电话，我也曾扪心自问，这是否有点"那个"？可是很快也就释然：举贤不避亲嘛，何况我们俩非亲非故！

　　当然不是我一个人举贤的效应，那位老兄很快走马上任，上任不久就有他做东的一个饭局，那位忠厚长者坐正位，我也被邀与宴，气氛十分热烈。正当第一道热菜上桌，我耳边忽然响起熟悉的一炸："给咱们共同的启蒙大师献上一杯！"我正想跟他说："别再胡闹！"可是发现他和周围各位的眼光都与我了无关系，定神细观，啊，这才恍然，他老兄这回那番茄脸上嵌着的"黑纽扣"，死死地"扣住"了那位忠厚长者！我忙站起身来随份，可是只觉得脊梁上蹿过一道麻痒。

后来我曾在一次又遇到忠厚长者时，提起"番茄"敬酒的事，他笑笑说："他那个人啊，太夸张！"确实不改忠厚心肠，更具长者风度——两年后，在我们这行当又一次改组时，他竭力推荐"番茄"到更高的位置上"牺牲自己"。

月有阴晴圆缺，人有荣辱浮沉。上上下下，左左右右，手心手背，睁眼闭眼，乃是我们这个行当的家常便饭，不足为奇。头年那位忠厚长者退居二线，我也徐娘珠黄，有一回是个较大的饭局，摆三桌，我们两位都居第二桌，坐在一处闲聊，等着开宴。竟迟迟不能举箸，因为头桌的主客，久等未至。后来主客终于到了，是那位"番茄"陪着进来的。主客见了我身边的退居二线者，趋前寒暄，"番茄"便力邀昔日的"启蒙大师"到主桌去。直到他们离开，我一直被冷落着。可这时的我已然不再为这类事惆怅，便拿起筷子，只管大快朵颐。

照例又要敬酒，又响起"番茄"脆亮的嗓音："为了我们杰出的领路人，大家干杯！"啊，"启蒙"已然不是时髦的符码，"领路人"虽也未必时髦，却更稳妥，"番茄"更成熟了，嘟噜出的腮帮子几乎一触即破，"黑纽扣"的"扣劲儿"比以往更厉害，"领路人"不消说是那位其实比他年龄还小的主客，我冷眼望去，"领路人"虽连连摇头，满脸推却甚至还夹带着几许的尴尬，但那炸耳的声响落在心里的滋味，我这个过来人可是猜得出有几分的甜蜜几分的陶醉。

此后，"番茄"一定还有更新的敬酒词迭出炸耳，不过因为我已出局，统统不得与闻了。

望眼

　　曹立新骑着邮政绿车子进入了那个新居民区。这两天高考放榜。像北京等地，规矩是由中学统一接收，考生一律到学校看榜。他们这个城市却没这么个统一的规矩，所以他深知车前那大绿兜子里的录取通知信，把分散各楼的收信人的心，牵得有多么紧。

　　居民区的幢幢新楼面貌相仿。有的楼还没住满。有的楼设有传达室，里头住的多半是同一个单位的住户，把邮件一总交给传达室就行了。但许多楼大概住的是各不相干的散户，没人一总负责收转，你就得面对楼门里蜂巢般的连体信箱，耐心地把信件按房号一一塞进相应的信箱里去。那信箱口实在秀气，有时候邮件过大，塞不进去，他便只好交给电梯里的值班员代转，有的值班员挺热情，有的冷淡而畏难，也有个别的干脆拒绝："这可不行，万一人家说没接到该有的东西，赖我弄丢了，了得？"那也是。所以局里投递组没人愿意揽这新区的活儿。曹立新是老投递了，派上了他，没拒绝。核桃得用硬牙咬，他眼看奔五十的人了，无论嘴里的牙还是心里的牙，都没那么股子狠劲了，咬起这新区投递的"核桃"来，还真费劲。往这儿寄的汇款单、挂号件，逐日增加；开头，他不惮烦，凡没传达室收转的，一律送上门，没电梯的楼，五、六层的住户他先扯开嗓子嚷，没人应，便爬上去，可有时你气喘吁吁地叫门，久久不开，可见里头没人，便只好下回再说；更堵心的是，里头从"猫眼"研究你半天，终于把门打开了一条缝，那最初的眼神就仿佛你是个打劫的贼……后来他实在伺候不起，不便递交的汇款单和挂号信及厚重邮件，就一律填通知单，请受件户拿证件到邮局去认领；这又引出某些受件户的投诉，一封寄往市局转到他们局的投诉信上头，用了"好逸恶劳"这个词儿，让他心头好多天堵满了酸涩的委屈。

但是曹立新还是日复一日地蹬车到这新居民区送信。这两天他是颇受欢迎的人。有的考生，包括家长，伫立楼门遥望，一见他的身影，便迎上来，满脸期待或焦急……当他把大学录取通知书递到他们手中时，有的一瞥封皮上的校名，便高兴得蹦起来；有的拆开后却似乎不大乐意，他懂，那是因为录取学校或专业非最盼望者，这时他便在心里说：知足吧！还有人落榜呢……

有个头天没得着通知书的姑娘，迎他迎到了楼外的绿地边上，一张脸涨成了西红柿，他马上刹车，取出外地一所大学寄来的通知书，递给她，笑说："昨天我怎么说的？该是你的，早晚到你手上！"那姑娘只顾用颤抖的手拆封，都忘了跟他道声谢……

来到七号楼。这楼最难办。既无传达室，也无电梯。一楼的住户绝不揽别人的事。楼里还住着个著名的作家，他单独有个特制的大邮箱，箱口开在上方，很长，也相当宽，为的是可以把大开本的杂志顺利地塞进去。他在楼门外支住车，一抬头，那作家正往外走，一身名牌休闲服，他便马上把一大摞邮件递上，笑说："都是您的！"作家随口道谢，接过草草检阅一通，说："我有个活动，马上得走……麻烦你给我塞进邮箱……"但又检出一张领取邮包的通知单，皱皱眉说："怎么又让去局里领？来回总得一小时，我一小时能写一千字了！以后这种情况你就都给我送来！……"曹立新没出声，心说以后我也还得给您放待领通知单，因为，您忘啦？前两个月我带来一包寄给您的书，您家的门敲不开，邻居不愿转，我只好给您搁信箱上头放着，后来您收是收着了，可给局里打了"抗议"电话……

作家去参加他那意义非凡的活动了。曹立新望望他的背影。其实，那作家当年跟他一个兵团，常见面，而且，当时作家也叫立新，是许多改掉原来名字发誓"破旧立新"的一代人中的一员……对方当然不会记得他，他其实也早把这个立新忘了，只是后来从报刊上看到照片与简介，到这幢楼这个门送信后当面心中暗暗对号，这才"啊呀"恍悟，果然是他！现在作家不仅有了一个极雅极响的笔名，也拥有了他不能去与之比较的种种……他从未想过跟作家套个近乎："当年咱们兵团……"

曹立新先把作家的邮件遵嘱塞妥，然后便往连体信箱中给一些住户塞信，有的住户的信箱用锁锁定，有的却并不加锁。602室有封信，是大学寄来的，薄薄的，九成是录取通知书……可是，602室没人在楼门等信，信箱也没加锁，这……他略一犹豫，就还是把那信搁进了里头。

曹立新下班回了家。妻子和女儿还都没回家。他家住在小巷杂院里。他钻进极狭窄的小厨房煮饭。饭煮好了，女儿先回来了。女儿还跟往日一样。可他却总怕跟女儿目光相对。他偏过头摆放折叠桌。他十七岁去兵团，二十八岁才回城，三十岁才娶媳妇。他1978年也参加过停顿十年才"恢复"的高考，落榜了。记得语文试卷上有道题，让解释"望眼欲穿"，明明是对大学望眼欲穿的他，那时竟答不出来！当售货员的妻子和他后来便把"大学梦"寄托到女儿身上，然而，头年女儿中考没能考上正规高中，上了服务学校，他望眼……别朝大学望啦！他现在只是把一封又一封的录取通知书，送到别人手中。不过，让别人的"望眼"变成"笑眼"或喜极而泣的"泪眼"，确实也让他心头，有种清溪幽幽淌过的感觉……

他和女儿先吃。漫不经心地说些普普通通的话。忽然刮起了风，还挟着些稀疏而肥大的雨点。窗扇咣当响。他忽然想到了那封信，那封给602室的信，说不定那家的姑娘还是小子望眼欲穿地盼着那封信，可是那封信让他给搁在没加锁的信箱里了，风说不定会吹开那信箱的小门，有的贼风会拐弯儿，有股子掏摸劲儿……那，人家的望眼，不就会真的望穿了么？那楼里不仅住着作家，也会住着些最一般的人，最一般的人往往会遭受最一般的损失，因为一般来说没人给他们提供最一般以外的服务……

他心里仿佛爬着越来越多而且越来越大的蚂蚁。终于，他跟女儿说，他要出去一趟。他推着自行车出院门时，正碰上妻子回家。她问："你这是哪儿去？"他说："我马上回来。"他骑上车猛蹬，听见妻子在身后喊："你疯啦？就要下大雨了，你怎么不套个雨披？"

雨点砸在他头上。他心里只有一个执拗的念头，到那七号楼去，到那个门里看602室的信箱，如果信还在，他便取出，登楼送到那家；如果信没了，他也要上楼问个究竟……

陈雅枫念完了，赵恒问他："你写的那个作家是谁呀？"苗莉莉责备赵恒："人家写的是小说，你干吗总惦着对号入座哩？我想，那是为了突出主题，虚构出来的，对不对？"说完望着陈雅枫，陈雅枫只是微笑，既不点头也不摇头；我就说："关键是写出了曹立新的美好心灵。到底初三的水平，就是比我们高！心理描写很细腻！"

冯老师问："该谁啦？"

一时都沉默。

老鲁当上"一把手"以后一再地给我来电话，让我到他"寒舍"小叙，我一推再推，春节将近，他又来电话热情邀请，作为大学时睡上下铺的老同学，再不去似太绝情，于是坐上他派来接我的奥迪车，到了他那"寒舍"。说实在的，跟"下海"发了财的老同学们相比，他那四室两厅的单元房确实显得素净。我俩落座在沙发上以后，没叙上几句旧，他就骂上了腐败现象，其激昂程度令我感动。我相信他那都是真情实感。老鲁从来都是个中规中矩的人。他现在虽然比一般工薪族住得宽，出门天天有轿车，宴请顿顿有海鲜，但都是依照有关规定，从不超标，就是一年起码要出一次国，也都有经得起推敲的由头，他不仅绝无把公家钱往家里搬的劣迹，还常常有意识地为公家节省开支，比如，最近总务部门打上来的为会议室租摆凤尾竹的报告，他就没批准。我说："老鲁，你确实是个挺不错的大公务员！"老鲁笑了，拍着我肩膀说："你呀！还是老脾气！吃硬饭，拉硬屎，连挺不错的大公务员你也不联络！你每天除了敲电脑，都跟什么人来往？心里头还梗着个'底层情结'么？……"我只嘿嘿笑，不想跟他抬杠。我眼光晃到茶几上，那满茶几的请柬都是艳红烫金的，顺手拿起一张打开看，是我家旁边那个公园春节庙会的请柬，持柬者可一柬三人在开幕式上到贵宾席就座，并在整个庙会期间可当通票使用。老鲁说："你随便拿，都拿走才好！"我接着翻看，还有好几种联欢会、联谊会、茶话会，以及演出、展览、展销、首发式、开业典礼……的请柬，一时烫金的字儿满眼跳动，我眨眨眼，望向老鲁，他笑眯了，脸上放着光。是啊，他过的是一种烫金生活。这是他多年奋斗的应有所得。我不羡慕，也不觉得应该鄙夷。

门铃响，有人来给老鲁送果篮，果篮上别着卡片，上头也烫着金字。老鲁家阳台上已然有了三个果篮，跟这个果篮一样，都绝非不正当的馈赠品。老鲁除了本职以外，还兼有好几个完全不违反规定的社会性职务，这些机构春节时以送果篮表示拜年，实际上已是革除了往昔豪华宴聚的从简新风。老鲁一定要我拿走一只有火龙果、红毛丹、山竹、布朗的大果篮，我坚辞不受。

和老鲁又闲扯了一会儿，我告辞，老鲁不坚留，叹口气说："本该请你吃饭，可是晚上有个招待会不能不去……唉，不好干呀！现在真是越来越不好应付方方面面啦！"他又让我拿果篮，还有那些烫金字的请柬，盛情实在难却，我便揣了两张我家旁边那个公园的春节庙会请柬在衣兜里。

老鲁的司机用奥迪车送我回我们那座居民楼。到了我们楼下，车还没停稳，我便隔着车窗看见了老韩。老韩是绿化队的临时工，我们楼下的小花园归他管理。他来自四川农村，我们成为朋友已经半年多了，跟他在一起用家乡话聊天是非常快乐的事。我跟老鲁的司机道完谢下了车，老韩一把拉住我，高兴地说："哎呀，你总算转来啦！"看来他在我们楼门口等候我多时了。我问："你啷个不上楼到我家等我？"他说："传达室的老魏说，你出去了……"我知道他一向不大愿进我们楼，传达室老魏知道我们的关系后，对他还客气，电梯工有时为了楼内住户安全，尽责盘问他，他便觉得极不自在，所以他总是被动地在楼下小公园或他们宿舍里等我找他"摆龙门阵"。我想起来，这天他该休息，我们也没约好，怎么在这儿候我？问他："是不是有什么急事，要我帮忙？"他两眼笑成两弯新月，望去跟刚刚告别的老鲁那笑容竟既形似也神似，有种"烫金"的意味；他说："哪儿有总让你帮忙的道理！这回，是我要给你一样东西哩！"说着，便把手伸进贴身衣兜，曲曲折折掏出一张纸片，递给了我。那是一张窄长的门票，我细看，是我们旁边那个公园春节庙会的入场券，背面有"赠券"的印章；明白了，一定是他们绿化队发的；他在寒风中久候我多时，为的就是要把他的这张赠券送给我啊！我忙说："你留着自己去逛逛嘛！你们每人发一张……"他叫起来："每人一张？你想得好安逸！我们八个人才五张，抓阄儿，我这手好香啊，一抓就抓着了！一张四块钱哩！……我可是巴巴地给你送来……"当时，我一瞬间差点犯了天大的错误——我衣兜里就装着得来全不费工夫的两张烫金的请柬啊，凭那请柬不仅可以在开幕式时坐前排看表演，还可以免费进入一切入园后一般门票不能通用、需另购票的场所，例如入场费三十元的茶座（内有苏州评弹、京韵大鼓轮番演出）、参观费十元的"恐龙世界"、入门费五元的"热带植物大棚"，等等；我掏出一张，甚至把两张请柬都送给老韩，岂不是他还可以另带两个人甚至五个人到庙会去尽兴游玩么？——我与老韩对视着，我从他眼里看到的是，他因终于等到了我，而能圆满地将那张来之不易的"福利券"递拢我的手中，而心中充溢着牺牲自我、给予朋友的极乐，我怎能以烫金请柬粉碎他对那张普通赠券的无限珍爱，辜负、亵渎他的一腔美意？于是忙向他热烈地致谢⋯⋯

　　庙会开幕了，家里谁都懒得去"吃灰"、"挨挤"，过了初六，我决定还是要去逛逛，我当然没拿那请柬去，而是用了老韩给我的那张普通赠券，当收票员撕去一角时，我感到有一种无价的金光射进了我的心中⋯⋯

小玉米

在美国访问期间，人们问我最多的是国内职工下岗的问题，我只能笼统地回答说，这大概是社会转型期不可避免的现象吧，说实在的，我不懂经济，满心里装的只是具体的人和他们的命运，提及下岗，我既说不出数字，也道不出解决这一问题的良策，只是倏地想到我亲友邻里中那些活生生的下岗者，比如说，我便多次想到小玉米。

小玉米大名叫米玉，不过她一度改名叫过米红宇，据她一次偶然提起，在东北兵团的时候，曾与现在红极一时的某"知青作家"，同被团部表扬过，戴大红花的照片，贴在了同一个布告栏里，但她却从未读过这位作家的任何一部作品，主要是因为她没有读小说的时间，自她回城后，落实户口、争取顶替父亲的岗位、找对象、结婚、生孩子带孩子、补文化课考级定级、争取分房、操持家务、接送孩子上学、为老人送终……一桩桩生活中的紧迫课题，容不得她悠然消闲，而更不幸的是，她的爱人又在头年得癌症英年早逝了！按说像她这么个情况，是不该让她下岗的吧，但她所在的那个厂子，不是部分职工下岗，而是整个儿发不出工资，正等待别的经济实体来收购呢！

小玉米就住在我们楼下，一个一居室的单元里。我赴美那天，在楼门口遇上了她，她个头矮小，圆脸庞，细眼睛，耳朵上戴着大红的塑料耳饰，衣着虽看得出是廉价的，样式却颇为新潮，见到我，笑着打招呼，却并不打听拖着拉箱的我要去什么地方，只是踩着坡根厚得出奇的杂牌鞋，管自匆忙地一溜烟远去了。等出租车时，我和几位在楼前绿地活动筋骨的老大哥老大姐闲聊，他们说起小玉米，同情中也有微词，说是她下岗这么多日子了，也不见她急着找个新岗位，除了接送儿子上学，只看见她满大街逛，甚至在离我们这楼很远的商厦里，也遇上过她，竟是在那儿不买光看，这样闲散下去，坐吃山空，可怎么得了啊！

在美国，看电影时吃浇热黄油的爆玉米花，逛公园时啃烤熟的甜玉米，我心中会飘过这样的念头：回国后，无妨建议小玉米以经营爆玉米花或烤玉米来自力更生！

我得承认，在美国接受了五花八门的新鲜刺激，回国的飞机上又疲惫感骤聚，到家后一顿闷睡，我好多天里完全忘记了小玉米这个邻居。

美国朋友送给我的礼物里，有一个彩色镶嵌玻璃的小挂件，这种挂件需要用吸盘钩子挂到窗玻璃上，我找遍家中各处也找不出吸盘钩子来，到附近的大商场小商店超市地摊也都买不到，令我很败兴。有天我在电梯里偶然提起这件事，电梯里的邻居们异口同声地对我说："你为什么不找找小玉米呢？"

我便去拜访小玉米。她家贫而不寒，比如说，廉价的假花非常抢眼。我本想跟她说说她们那一茬的大多数运气是多么不好，共和国的灾害难处全让他们赶上了；又想把经营烤玉米之类的建议奉献给她；可是她一边招呼儿子做算术作业一边接待我，全然没有吸纳我同情的需求，更不想跟我务虚，几句爽利的话引我直奔主题——想得到吸盘钩子，她拿出一个用旧挂历裁订成的记事本，记下我的需求，同时以一种充满尊严的语调对我说："这东西我知道哪儿有。您急不急？急，明天帮您买到；不急，三天送上门。不管什么商品，我代买一律收商品码洋5%的跑腿费；二十四小时内加急，收10%……"

第二天下午，小玉米便给我送来了吸盘钩子，那东西只值两块钱，她收我两块二，我给她三块，她硬找回我八毛，跟我说："我这代买业务刚开张，得建立信誉；您要的这钩子码洋低，10%不起眼，可我为7号楼万家代买的吹气床垫，10%可就是十七块……到今天刚巧一个月，算下来我的劳务收入还不足八百……要是下个月我业务好，兴许就该去交税了吧……当然啦，再发展下去，我恐怕得挂靠在居委会，注册一家代购公司了……"细聊起来，我才知道她下岗后的跑远处逛商店，是细心记下了许多我们附近的缺门商品，而许多像我这样的人，有时确实需要代购者帮忙啊……

临告别前，小玉米在我的书桌上发现了那位当红作家的著作，她指着封面上那位名人的照片说："当年，我们俩的照片贴在一个光荣榜上！"满脸满眼充溢着自豪。

马尾巴

蕙表妹比我小五岁，是搞文学翻译的，这个星期天下午忽然给我来电话，我一接听她便问我："你有空吗？我想多占用你一些个时间……"令我很惊异，我一边告诉她恰巧没什么事儿，请她尽管说，一边飞快地猜想，她遇到什么难题了呢？是那作为交流学者的表妹夫在美国得了病？是浸透她多日心血的译稿被出版社以难以获利的理由退了回来？……听她主动提到了博飞，我不由得急着问："大卫他出什么事了吗？"

博飞是她的儿子，我的表外甥。表妹夫姓考，给儿子取名考博飞，不消说，是受到了英国古典作家狄更斯那本著名的小说《大卫·考伯菲》的影响，因此，虽然他们并没再给儿子取小名，我却总打趣地叫博飞大卫。大卫头年已经上了大学，学理工，那个专业据说将来很容易进外企。他们一家在我们大家族中应该说是最圆满的一例。

我这表妹家可谓改革、开放的急先锋，尤其在对外开放，引进西方种种生活时尚方面，真是处处领先一步，事事令人刮目相看。比如说，家中墙壁天花板上都不安装灯具，照明只用台灯或戳灯；排斥一切假花，而室内恰到好处地放养着喜荫观叶植物；餐厅里总氤氲着现磨现煮优质咖啡豆的香气……当然，这和表妹及表妹夫两口子都搞文学翻译有关。博飞受他们熏陶，还在上中学时就在自己住屋的墙壁上贴满美国球星的巨幅照片，穿印满英文字母的T恤衫，放送蓝调和摇滚乐，我虽去他家次数不多，留下的印象很深。我不曾羡慕过表妹家的洋气，但也不曾对之有过腹诽。中国人的生活趣味多样化了，只要不对他人形成妨碍，各家各人爱怎么过就怎么过吧！

表妹在电话里说，最近她很苦恼，是为博飞的事。大卫究竟怎么啦？交上女朋友，不认真念书啦？沾染不良嗜好啦？心理状态明显地不健康啦？或者，是身体上出了什么毛病？……显然，表妹对这诸方面都很悬心，但又说不出个所以然来，我细问了半天，她能以指明的，只有这么一项："他……脑门后……扎了一个马尾巴！"

嗨！我当出了什么泼天大乱，闹了半天，不过如此！忙对表妹说："你叶公好龙了不是？这些年，你们对大卫熏呀熏，不就是往全盘西化上熏他吗？在西方，甚至在香港、台湾这些地方，男性留长发，扎马尾巴，女性留短发，甚至剃板寸，这些年不是一直在时髦吗？大卫他现在上了大学，不比中学生时候了，可不是想扎马尾巴就扎他个马尾巴吗，这算得上个什么问题呢？……"

表妹却在电话里大吐苦水："……问题并不是那马尾巴本身……你知道我是最主张个性解放的，何况他已然十九岁，我不想干涉他什么……可是他毕竟还没有正式离开我这个家啊……最近，每周他回到家，倒也不是跟我没礼貌，也不是懒得跟我说话，甚至也会说，妈咪，你做的色拉真好吃……可是——"说着竟是不胜唏嘘的声气。

"那不是一切都正常吗？你究竟还希望他怎么样呢？"

"他就一直没有问过我一句：妈咪，你看我这发型，怎么样？……"

"你怎么会忽然有这样一种企盼？"

"是的，我就是有这么一种企盼！……他刚刚出去，约着他的朋友，一起去什么地方打保龄球……临出门时，他晃动着他那马尾巴……我多盼他问一句：妈咪，我这马尾巴，帅吗？……当然，更好是这样问我：妈咪，我这样，你不介意吧？……我会回答他，我不介意，只要你自己喜欢！……"

"不，你其实是想跟他说，这马尾巴难看，它并不适合你，真的不适合！你为什么非扎这么个马尾巴呢？这是模仿什么人吧？为什么要盲目模仿呢？……你是想给他提建议，建议他换一种对他更合适的发型……"

"是的，我心里最想说的，是这些话……"

"那你为什么不直截了当地对他说出来呢？"

"我总希望着，由他主动引出这个话题……可是，两个多月了，每次他回来又离开，我的期盼总是落空！……"

"这说明他长大成人了，或者说，他在生活意识上已经全盘西化了……我没想到，你的大卫的这种状态，竟会在你心头引出这样的酸楚！"

我使用的"酸楚"这个文绉绉的词儿，显然她不仅听清楚了，而且马上感到了难堪甚至不快，她与我通话的兴致竟顿时衰减，改换口气问了问我的近况，以示关怀与礼貌后，便挂断了电话。

在这个急剧转型的大时代中，表外甥脑后的马尾巴以及他母亲内心的苦闷，实在连一朵浪花也算不上吧，可是放下电话以后，我默坐很久都做不了事。

大支票

　　雅雅放学回到家，没顾得卸下书包就得意地宣布："今天我抬大支票啦！"坐在沙发上看晚报的爸爸马上问："上头是个什么数呀？"妈妈从厨房里探出头来问："拍电视了吗？能不能播呀？"独有在餐桌边剥松花蛋的姥姥什么也不问，只是微微摇头。

　　吃晚饭的时候，一家人还是忘不了那张大支票。爸爸考雅雅："你会写吗？壹佰壹拾捌万元整——每个字都得大写才行呢！"妈妈感叹说："一捐就是这么大个数，像我们工薪族，挣一辈子也挣不来这么多钱啊！"雅雅说："老师让我们作文呢——《美丽的图书馆》……"姥姥说："还没盖起来，就写上文章啦？等盖起来再写也不迟呀！"雅雅说："那哪儿行呀！老师说啦，这是人家提出的条件之一，还要评一、二、三等奖呢！"姥姥不以为然地说："我看，这个奖你不得也罢！"爸爸说："为什么不得？有奖金的吧？"妈妈望着姥姥说："哎，我知道，他原来是咱们邻居，从小学到中学，功课从来没好过……可人家现在搞房地产，发财了，属于成功人士了嘛！"

　　第二天晚饭后，全家人围坐在一起看电视，晚间新闻的"简讯"里，有十几秒关于那成功人士向母校捐赠一百一十八万元用于盖图书馆的报道，他笑容满面地举起一张大支票，朝各方面晃了晃，然后递给校长，校长接过，让雅雅和另一个少先队员抬着，然后同他热烈握手致谢……

　　几天后，当地一家报纸登出了关于那成功人士捐赠母校图书馆的长篇通讯，配发了好几张照片，其中一张上依稀可见雅雅抬支票的身影，爸爸见了高兴地把那版报纸寄给了西安的爷爷和奶奶。

　　一个月后，一家杂志开始刊登《美丽的图书馆》作文比赛的优秀篇目，每篇发表出来的作文右上角都有那成功人士的公司的徽号，并且也刊发了介绍他事迹的文章，还在某期封面上登了他容光焕发的头像。雅雅一连写了三篇，哪篇也没选上，雅雅和爸爸妈妈都很不开心。

三个月后，爷爷奶奶来信，顺便问起雅雅，他们学校那座以成功人士名字命名的新图书馆盖到什么程度了，雅雅给他们回信，也顺便说到这件事，信里是这样写的："我们校长说，因为捐款没有到位，所以现在图书馆还没动工。不过，《美丽的图书馆》的作文比赛已经结束，捐款的叔叔说要再搞《美丽的图书馆》的图画比赛，校长说等捐款一到位，图画比赛就开始；我的作文没写好，图画一定要画好！……"

第四个月，成功人士的捐款到位了！具体而言，是部分到位——十八万元到位，但他拿来的不是钱，而是实物——九百只书包。根据他的要求，全校同学从那个星期一起，都背他捐的书包，那些书包看上去挺漂亮，同学们用双肩一背，书包上那成功人士的公司徽号就豁显在人们眼中。可是很快就有家长反映，说让孩子背个广告走来走去实在不合适，而且那书包中看不中用，没用几天就开线裂缝，这样的书包以二百元一个计费也太夸张；他们表示，还是要让孩子使用原来的书包。后来在开家长会时，校长通过小喇叭广播，向全体家长解释，说希望家长们理解，学校实在是太需要一座新图书馆了……

快一年了，盖雅雅他们学校新图书馆的一百万元捐款还是没到位。《美丽的图书馆》图画比赛没举行。学校进行大扫除，雅雅参加清理仓库，发现她抬过的那张大支票靠在墙角，落满灰尘，还有蜘蛛在一角织了好大一张网。

快过年了，一天雅雅全家晚上围坐电视机前，雅雅用遥控器频繁地转换着频道，姥姥忽然说："停一停！"停下来一看，又是一条"简讯"：那位成功人士正在另一场合捐款，依然举出了一张写着一串繁体字数目的大支票……

蹦跳的井盖

老罗从四川农村到北京打工整三年了，遇上的好事坏事怪事趣事不少，现在先讲一桩。

老罗在北京护城河边的绿化队当临时工。这天是星期日，老罗休息。绿化队管吃管住，但住的是简易屋，吃的是缺油少肉的大锅饭，所以这个星期日，他洗漱完毕就跑出来，沿着护城河溜达，心里头盘算着，到哪儿去打次牙祭——最好又能喝啤酒又能吃上肉而花销在十元之内。

走到一片绿地边上——那片绿地树木较多，是老罗平日工作的责任段之一，他对那里的每一株乔木、每一丛灌木，甚至每一根绿草都非常熟悉；当然老罗这天没兴趣再迈进去，可是，他在一瞥之间，发现那绿地里面有些个异常。当时那片绿地的那一角没什么人影，可是却嘭嘭嘭地仿佛有人在敲铁栅栏门；绿地里没有铁栅栏门呀！顺着声音定睛细观，只见掩映在几棵树木下的一个窨井盖，正在蹦蹦跳跳！好奇怪呀！

老罗走了过去。那窨井，是个自来水井，平时是用来引水浇灌绿地的，遇到有火警时，也便起到消防栓的作用。老罗对那窨井真是太熟悉了，彼此跟老朋友一样。老罗五十五岁了，在旧社会度过童年，受了更老辈人的影响，多少有些个迷信，所以他走到那窨井前，心里冒出个想法：井底下是不是有鬼呀？要不，是那连在出水口上的，盘成一大盘的胶皮管成精啦？井盖还在嘭嘭嘭地蹦跳，而且似乎因为他的走近，蹦跳得更厉害了。这鬼怪妖精，大白天的，闹腾得这么厉害，邪乎！

老罗弯下腰，细望那蹦跳的井盖，对它底下的那鬼怪妖精说："我平生没做过亏心事，我可不怕你！你究竟想干什么？你要不再这么胡闹，我说不定还愿意帮帮你！"这话一出，那井盖居然就不再蹦跳了。老罗绕着井盖转了一圈，心里纳闷，也实在好奇，于是铆足劲头，把那已然有点错位的井盖猛地往边上一拉。啊呀，可真见鬼了——窨井里伸出一个活人头来，那人头因为不断地往上撞击井盖，头顶上肿起好大个包，还流出了血！既然是个大活人，怎么会在这窨井里呢？再一细看，呀，那人嘴里给塞上了东西，怪不得他发不出喊声来啊！而且，那人的手脚都被绳子捆住了！井盖蹦跳，是他呼救的方式啊！老话说："救人一命，胜造七级浮屠。"新话说："救死扶伤，实行革命的人道主义。"老罗赶忙先把塞在那人嘴里的东西取出来——是臭烘烘的袜子！再把那人拖上地面，给他松了绑。那人瘫坐在地上，一阵大喘气，又一阵深呼吸；老罗看他光着脚，从窨井里帮他捡出鞋，让他穿上；那人穿上了鞋，才连说了几个"谢谢"。老罗问他："遭抢了吧？这护城河边僻静，常有坏人活动——可抢完人把人这么塞到窨井里，以前倒还没听说过……要报案吧？走，我带你去，派出所不远……"那人听到这些话，站了起来，注意地张望四周，摆摆手。老罗奇怪了："你就算了不成？"那人跟他一抱拳，又说了声"谢谢"，扭身就要离开，老罗拉住他胳臂，意思是还是应该去报案，那人却以为老罗是跟他要报酬；那人摇摇胳臂，摆脱了老罗，望着老罗的脸说："是呀是呀，该给你点……"说着就从脏兮兮的西服口袋里，掏出两张钞票来，递给老罗；老罗一瞥，是两张百元新票呢！老罗没接，心里想，我救人可不是为了挣钱；不过，如果一起报完案，再陪他上趟医院，交个朋友，到小饭馆里，由他请客，喝上两盅，点个鱼香肉丝什么的，再有一钵酸辣汤，配上两碗白米饭，那倒可以大大方方地接受……那人呢，看老罗不接，以为是嫌少，于是又从口袋里摸出了几张新钞票，一起塞到老罗手里，老罗推让，就在推让之间，老罗和那人眼对眼，忽然双方心里都冒出了一个念头：咦，这人，好像什么时候见过的啊……几秒钟过去，两人差不多同时想了起来——啊，是他啊……那人想起来以后，扭身便走，走了没几步便跑……老罗先是愣住，后来便弯腰捡起捆过那人的绳子，追了上去……

那人在前头跑，老罗在后头追，他们两人跑出了僻静地段，有的过路、散步的人注意到他们的异常状态，都朝他们张望，但无从判断他们是怎么回事。老罗本想喊："抓住他！抓坏人啊！"可心里又没十分的把握，只打算先把他追上再说。那人看上去比老罗年轻，大约四十来岁，可毕竟被关在窨井里好久，气力不济，眼看老罗就要追上他了，突然，那人停住脚步，转过身，指着老罗大喊："强盗！"又朝周围的人大叫："抓住他！他把我头打破了，还想抢我的钱！"这时有几个男子汉跑近他们，其中一个从后面紧紧搂住了老罗，老罗忙说："我不跑。快把我们送到派出所去！"围观的人渐多，大都很同情那头顶流血的人，有的还建议他先去医院。正乱着，恰巧有治安警察的巡逻车过来，有人招呼，警车停下；见警车一停，那头顶出血的家伙转身便想跑开，这时老罗喊了起来："别让他跑！他要是好人，为什么见了警察就跑？！"那家伙撒开腿猛跑，这时就有人拦他了，警察很快也就截住了他。

到了公安局，真相大白。

原来，几天以前，老罗领下三百五十块工资，去护城河边的银行存钱，快走拢银行时，河边树荫下冒出三个人来，跟他亲亲热热地打招呼，把他引到河边，要他用手里的"旧票子"，买他们手里的"新票子"，一百块"旧票"，可以换他们三百块"新票"……其中的一个"票贩子"，就是今天那让井盖蹦跳的家伙……当时老罗拒绝他们，只是觉得凡是没流汗水就能白来的财，会让他晚上睡不好觉；直到进了银行，才悟出，那三个人是在卖假钞。

那三个卖假钞的人，做成了上万的"生意"后，分赃不均，发生内讧，其中两个把真钞全拿走了，并且合伙把那第三个捆起来，塞进了那绿地的窖井，本以为他会闷死在那里头……

后来，那两个贩假钞的坏蛋也落网了，公安部门正在进一步追查假钞的来源。

老罗还干着老活计。如今每当他走拢那口窖井时，总要对那井盖说："你可别又蹦蹦跳跳啊！"

卡通熊与胡姬花

最近遇到两桩蹊跷事。

一次在我出差前。傍晚散步，路过我们那个小区五号楼下，忽然有一样东西从前方三楼窗内抛出，一方面那东西是斜向我所在的位置迎面落下，另一方面事出突然我也躲避不及，结果那东西砸到了我肩膀上，把我着实吓了一大跳。那东西从我肩上滚落地上后，我才把它看清楚——那是一只比婴儿还大的卡通熊；我捡起它来，弄清楚它是绒布缝制的，芯里大概填的是泡沫塑料，怪不得砸到我肩上只是让我受惊，倒并没有造成什么伤害。卡通熊通体乳黄色，内耳壳、圆鼻头和四只熊掌土黄色，嘴巴咖啡色，两只眼睛用鼓鼓的黑纽扣体现，煞是爱人！熊耳朵上，还挂着标志品牌的硬纸卡，显然是刚从商店买回来不久。这么好的一只卡通熊，怎么会被人从窗户里抛出来呢？我纳闷地抱着熊朝那抛出它的窗户望去，并没有人从打开的窗扉俯身朝下寻视……啊，我想，一定是那家的"小皇帝"耍脾气呢，可不能这样溺爱啊！……

从那窗户的位置，我分析出那家该住在五号楼的301室。于是，我便上楼，去按301室的门铃。门开了一条缝，是个年龄比我大的、奔花甲的男士，他一眼就看见了我手里的那只卡通熊，可是，他那表情，却古怪得难以形容。紧跟着，他身后露出一位摩登女郎，总有二十好几了，已经完全脱掉了学生气，双眉竖蹙地瞪着我问："您……找谁？"我举起那卡通熊，还没说出话来，那女郎便朝我连连摆手，喊出声来："不要不要不要……"那男士很为难，想接我手中的熊，却又很是犹豫。我说："这该是你们家的啊……"那女郎把那男士推开，冲我嚷了句："该是你们家的！……"说着砰地合上了门。我抱着那熊，既尴尬，也气恼。这算怎么一回事儿呢！

我去了居委会，向他们讲述了我的遭遇见闻，并把那只卡通熊交给他们处理。据他们说，那单元里住着小两口，结婚没有多久，还没孩子呢；我看见的那男士，该是那新媳妇的父亲；父亲鳏居好几年了，很是疼爱闺女女婿，常来看望他们，平时感情挺好的，不知怎么今天闹上了别扭；也许，是那女儿嫌父亲还把她当小姑娘看待，所以不高兴，可，那也不至于就把卡通熊扔出窗外，人家捡起来给送上去，还硬把人家给轰走啊！……

后来我就出差去了。因为我好歹也算有高级技术职称，所以坐的软卧包间。回家没几天，忽然有人按门铃，开门一看，首先落进眼帘的，是一盆胡姬花，那是极昂贵的一种兰花，原来只有南洋才能生长，现在大概我们这边的花卉公司也引进栽培了……美丽的胡姬花上方，是一张微笑的脸，未等我开口，那送花的女士便笑吟吟地对我宣布，她是某花卉公司的，给我送花来了，又问我可以进屋吗，把花放在哪儿？我忙对她说："您一定搞错了！我没订过你们公司的花……"她微笑得更加灿烂，对我说："是您的朋友给您订的……"这让我更加糊涂，我的什么朋友会送我这样贵重的花呢？何况这天离我的生日很远，我家也没什么该庆贺的喜事……我说："您一定弄错地址了！"她拿出送货单给我看，上头明白无误地写着我的名字和详细地址，可是，却又没有赠花人的姓名和地址……开头，我坚持不收那花，可是，送花的妇女竟慌张起来——她本是个下岗女工，好不容易才谋到这么个差事，那天又是头回跑外送花，她怕我退回去会影响公司经理对她能力的怀疑……于是，我只好收下了那盆从天而降的胡姬花。胡姬花虽美，于我而言却仿佛是偷来的东西，我望着它只是发愣……爱人回到家来，问起，我解释不清，她虽笑笑，没再追究，但从她那眼神里，我能感觉到胡姬花确实引出了她的狐疑……

第二天我一下班便直奔那家花卉公司，非要他们提供送花者的信息，他们找出一张名片，递给我看，咦，很眼熟嘛……我想起来，我前些时出差，回来的火车上，同包间的一位戴大钻戒的老板，曾主动跟我交换名片，正是他！我立即借花卉公司的电话，给那老板的手机打过去，居然马上接通了，我开门见山地问他："你送我那么贵重的胡姬花干什么啊？"他那边也开门见山地回答我说："不好意思不好意思……那天我们聊起来，互报了属相，回来一想，不对头啊；您属鸡，我属兔，俗话说，鸡兔不同笼啊，鸡兔同了笼，账目难算清啊……我们生意人，不能不避邪啊……其实，您就只当是个玩笑嘛……您多包涵……"电话断了，我气呼呼地把那老板的话学给花卉公司的经理听，花卉公司经理并不以为奇，帮那老板开导我说："糊鸡糊鸡，把鸡烧糊，鸡兔同笼的晦气就破掉了嘛……反正您这样的人又不信这个，白得那么好看的一盆花，有什么亏吃？……"我这才彻底明白！

也不知怎么跑出那花卉公司的，气呼呼地回到我们那个楼区，迎面遇上居委会的王大妈，她抱着乳黄色的卡通熊，叫住我，那意思是该特别跟我交代一下："这熊确实是五楼301他们家的……父亲还按原来的想法，以为闺女小时候喜欢熊，这回生日就还给她个熊，谁知道那闺女两口子都是股民，今年被套得牢牢的，怎么做也翻不过身来，所以一见这熊，就觉得不吉利，人家盼的是牛市不是熊市么……人家坚决不要，老搁在我们办公室也不是个事儿，现在决定送到托儿所去，您看合适不？……"我一听，本来就发涨的脑袋，一下子更大了……

那天到一家老字号的，称"堂"的药房去买药。原先这样的药房叫中药房，柜台后面，几乎整面墙都是装中药材的小抽屉，抽屉上贴着白色的标签，标签上用墨笔字写出些中药材的名字。中药材都是天然的东西。买化学合成的药剂，则应去西药房。西药房柜台里则多半摆着些玻璃柜子，柜子里是些大大小小的玻璃瓶，玻璃瓶上也贴标签，但上头净是些洋文。现在药房都中西合璧了，也有不少药是天然材料与化学合成制剂混合配制的。那天我去的那个"堂"，算是中药房老字号里最有古风的一家，它仍有一大面墙，安放着嵌有重重叠叠小抽屉的药材柜，抽屉上的那些写着药材名称的标签，氤氲出一股浓浓的传统文化的气息。

这家老字号信誉历经百年而不减，来这里持方抓药的人不仅有本地的，也有大老远坐火车乃至乘飞机而来的，只要是营业时间，那中药柜台上总铺开着些包药的纸，里面的配药师不停歇地在开合抽屉、用十六两制的小秤称分量；配好一份，又总要耐心地再照着方子检验一遍；偶尔缺某味药，便向抓药的人说明，或者建议以另外的相近的药材替代；有一回我还听见一位抬头纹密密的，瘦高的老师傅对取药的人谆谆叮嘱道："童溲不能要晚上的，要一早的；不要用塑料碗接，一定要用瓷碗接；兑入不要过量，以一酒盅为度……"我一旁听了暗笑，中医疗法真是什么都可入药啊，这家老字号的"堂"，它那些抽屉里也真是无奇不有，倘若童溲能保存，它一定也会卖的！

我那天要买的，是一种西药。买完了，顺便转身到卖中药的那边看热闹。一眼又看到了那位抬头纹密密的，瘦高的老师傅，穿着雪白的大褂，戴着雪白的圆筒帽……啊，他像是在柜台一角，又在跟哪位顾客叮嘱着什么……敢情还是在提醒童溲要早不要晚、不能用塑料碗接？……

我凑过去，伸长脖子一看，呀，那师傅和顾客之间的柜台上，打开的纸包里，是些……乍看不明其所以，再看，兼听他们对话，啊，是些人指甲！不是完整的指甲，是些指甲长长了，用剪刀铰下来的，新月形的指甲边……这也是药材呀！……再一细听，敢情不是药房在配药，是那柜台外的顾客要把那些指甲卖给这个"堂"，那抬头纹密密的老师傅，正在验货呢！

这回我不是暗笑，是忍不住笑出了声来。指甲入药，倒不算太可笑；可笑的是那卖指甲的人，你拿这些个指甲——倘是完整的指甲也罢，却不过只是些指甲边儿——即使用十六两制的小秤来称，又能称出多大的分量，能卖出几个钱来！唉，唉，人想挣钱，钻缝觅隙到了这个份儿上，真真是，让我怎么说好呢！

蓦地回忆起，"文革"当中，当时我所在的单位，有位老陈，当时大约接近花甲的年纪，他一非当权派，二非"反动权威"，没有历史问题，更没有"现行反革命"的言论行为，平时也无民愤，可是，却也在斗争最狂热的阶段，给揪出来游斗了；为什么呀？就因为有人揭发出来，他每回剪下手指甲，都细心地留着，用纸包好，攒起来，拿去卖给中药铺……他对此供认不讳，立即激起万丈民愤，在批斗他的会上，一位"红卫兵"边扇他耳光边义愤填膺地喊："你这个资产阶级唯利是图的小丑！你这个暗藏的复辟资本主义的炸弹！……"虽然对那样折磨他的肉体，当时是不以为然的，但也觉得他灵魂丑恶内心卑琐，确实应该深批痛斥……

难道真是"三十年河东，三十年河西"？昔日的卑琐行为，如今竟堂皇重现……我不禁细看那卖指甲的人，是位年逾花甲的老人……咦，怪，难道，他是……老陈？那眉眼儿，活脱脱地……可是，掐指一算，不对，老陈到如今，该是九十岁的人了啊……那柜台里的瘦高的师傅，经检验后，把那些指甲过了秤，付了款——似乎很少一点——那卖指甲的老人转身离开了柜台，我尾随着他……到了药房门外，我招呼那卖指甲的老人："您可是……贵姓陈？……"他停住脚步，上下打量我，客气地回答："正是，免贵姓陈……"我于是提起那位当年曾同过事的老陈来。他现出一个吃惊的表情："正是先严……"啊，那老陈已然作古了！我道了几句致悼的话，便不由得好奇地问："您家……好像有个……到药房卖指甲的传统？"

那老人便耐心地对我说："正是。晚清时，先祖曾患一急症，药方里非配足人指甲三钱，要剪下一月以上的，遍寻内外城各堂，未能凑齐，只能以家中诸人现剪下的充数，结果不幸过早仙逝……由此，我家就形成个大小人等剪下指甲都留存下来，定期卖给药房的传统……除了'文革'中一度被迫中断，可以说几十年如一日……"

我心中的暗笑戛然而止。可还是忍不住问："人指甲真能当药治病吗？"

他很认真地回答："那是《本草纲目》上写的……"

我知道问这样的问题不太礼貌，但骨鲠在喉，不能不一吐为快："指甲能卖出几个钱来呢？如果觉得自己和家人的指甲能当药材，捐献给药房不就得了吗？"

他竟并不生气，娓娓地给我解释："先严也曾捐献过，后来发现，你捐献，他就不大检验了，也不认真分类保存……还是卖比较好，双方就都比较认真……你看刚才那师傅，他就很懂行，哪些是不大健康的，要细心地用镊子搛出去；手指甲和脚指甲要区分开；童指甲又要专门归类……统共是多重，一一较真，这样逢到要配药的病人，就能保证那药力恰如其分，阴阳调燮起死回生……这也是咱们中华文化传统的一部分啊，能不继承吗？……"

跟那卖指甲的老人握手告别以后，我彳亍在街头，心里盘算着：回家后是首先翻查《本草纲目》，还是坐在沙发上，翻查一下以往所忽略的，陈氏父子那样的，最普通的中国人心底的，那些能养育我们民族生命的，最细微的元素？

眼泪不是水

　　我流泪了。真的好感动。想想吧，跨越半个世纪的离乱鸳鸯，饱经沧桑巨变，当他终于跪在她弥留的床前，握住她那枯槁的手腕时，她竟忽然翕动着嘴唇，仿佛在幸福地吟唱……他把耳朵贴到她唇边，脸上渐渐现出悲欣交集的表情……他跟她合唱起来——那正是他们青梅竹马时最喜爱的家乡民谣："小板凳啊，四条足啊，自己走啊，吓死吾啊……"唉唉，那最后一段文字的最后一行，杂志上故意用黑体字印出："就这样，晚风偷走了他们永远的秘密……"我紧紧地握住那本杂志，决定以后不必再到街口摊上去买，而要立即到邮局订阅一年。

　　可是那天阿珍递给我一本另外名目的杂志，让我看一篇惹出她好多眼泪的文章，那的确也是篇令人鼻酸心颤的纪实佳作，写的是一个社会底层的青年历尽千辛万苦，终于找到了将他遗弃的父母；当年父母是由于极端贫困，不得已遗弃他的；没承想现在的父母已然成了大富豪，而且未遭遗弃的弟妹们也都属于电视广告里所称颂的那种"成功人士"；一家人大团圆，本是欢天喜地的事，谁知父母疑他有诈，弟妹们怕他分割父母财产，竟将他拒之门外……后来做了遗传基因检查，他的身份得到证实……那最后一幕真真是意味深长：他跪认双亲后，并没有到约定的饭馆去吃团圆饭，而是远走天涯，留下的纸条上写着："我知道自己从哪里来的了，我很高兴；我知道自己该到哪里去了，我很幸福。"唉唉，我对那杂志上印的主人公的照片凝视了很久很久，他究竟走到哪里去了呢？会不会，就默默地潜藏在我们身边？……这本杂志也该长期订阅才是啊！

　　可是大凤对我和阿珍的感动不以为然。她说："全是编的。"阿珍说："编的也挺不错啊。你倒编一个我听听。"大凤说："你们注意署名了吗？这些个杂志，这阵子老有这两个人写的东西，有的文摘性报刊还积极给他们转载，肯定挣了不老少钱！你们就只当是小说，读读解解闷吧！"我说："怎么会是小说？都有真人照片！"大凤笑笑说："谁知道那些照片是从哪儿找来的！老实跟你们说，就这两个惹得你们流'自来水'的故事，我觉得就是从以往别人发表过的小说里套过来的，还有那个什么'板凳走路'的儿歌，我记得就是好有名的作家的小说里，现成的东西……"大凤真能败人兴致，我和阿珍面面相觑，不信大凤吧，都知道她有夜大中文系的文凭；信她吧，可人家卖得那么火的杂志，难道还会以假乱真？

我订的那份杂志上，几乎每期都有那两位作者署名（我知道那一定是笔名，因为都比较古怪）的文章，最近一期上写的是一位美丽的女士，为了鼓舞艾滋病患者战胜疾病、重新生活，主动去和染上了艾滋病的男士谈心、握手，甚至吻他们的面颊，结果至少使得三名患者不仅克服了消极情绪，还改变了原来的同性恋倾向……这篇文章倒确实让我觉得真有些个像小说，除了个别细节让我眼睛猛地有点潮湿，总的来说没那么槌心锥肺的……可文章里分明印着那女士和某几位艾滋病患者的照片，我能不信吗？

唉唉，也真是巧上加巧，那天我在快餐店吃晚饭，店里生意好得出奇，本来互相不认识的顾客也不得不在一张小桌两边共进晚餐，哎呀，我对面那个青年，怎么那么眼熟……实在忍不住，我就招呼他："你不就是……吗？"他听了吃了一惊，吐出嘴里的鸡骨，两眼望着我，仿佛我得罪他了似的；我就问他："你好不容易找到了亲生父母，为什么又非要离开呢？……"他愣了一阵，忽然哈哈大笑，笑得眼泪都出来了，倒把我吓了一跳……

我跟那青年的谈话不堪回忆。原来，是他的表姐表姐夫，两口子如今整天闷在家里，今天编一个弱女子寻匪报仇的传奇，明天攒一篇跛脚父万里觅爱女的故事，大都以赚取阅读者眼泪为目的……为什么不拿到文学杂志当小说发表？因为有的构思、情节乃至细节根本就是从人家小说里偷来的，这样的稿子人家文学杂志的编辑会觉得不够水平，很难发表，再说文学杂志稿费很低……如今满大街的消费者，最爱看真实的奇人异事秘闻内幕……瞎编的怎么让人相信？配"真实照片"是一大技巧，或从旧书报上找素材，或找亲友帮忙充当模特，再用扫描器将图像输入电脑，进行加工……杂志社知道么？反正"文责自负"，杂志关心的是吸引消费者、扩大发行量、增加广告收入……那晚我彳亍街头，不断路过花花绿绿的书报摊，那份我正订阅着，并频频被它勾出眼泪的杂志，正推出新的一期，封面上的提要最粗大的一行是：八十岁老翁湖畔殉情……

我心里很乱，眼睛发涩……我想说：请尊重我的眼泪，它不是廉价的水！

一元折

她听爸爸妈妈讲过那个故事，好多回了……那是十五年前，还没她呢，不，有她了，但还藏在妈妈的肚子里，唉，那时候啊，爸爸妈妈根本不懂得胎教，如果那时候哪怕让她每天能听上一段音乐，现在她也不至于让人讥笑为"五音不全"啊！唉，偏她这么个"五音不全"的人儿，如今却成了超级歌迷，最崇拜的歌星，也就是那位在记者面前坦然承认自己"五音不全"，而且不但不认识五线谱，连简谱认着也吃力的……好啦，他红了好几年啦，如今又一次回到家乡省城来开大型个唱会，还要在音像书店为他的新专辑签名售卖，哗，他那新专辑的主打歌，哼起来怎么那么顺口？妈妈说："那是因为音域窄，旋律简单，所以最适合五音不全的人欣赏。"她懒得跟妈妈辩驳，不过，她倒是还愿意听妈妈，再讲一遍那个故事……

那个故事，说简单也真简单。十五年前，那位歌星还只有歌没成星呢，是爸爸妈妈的邻居，年纪虽然比爸爸妈妈小，说话、行事倒挺老成。那是个大夏天，他敲开了门，"大哥！大姐！"叫得好亲热。他是来借钱的。那时候他跟父母一起住，父母觉得他考不上大学，也不找个正经工作，整天瞎吼乱唱的，很厌烦他，除了供他吃饭穿衣，基本上不给他零用钱。他父母工资也很有限，他想买录音机、磁带，还想拜什么师，那些个花费也确实供应不起。他偶尔跑到歌厅里，在正经歌手临时不能登台时，给补补缺，挣点小钱，但那些钱到手后，过不了二十四小时，就都会从他手里漏掉。那天他说，实在是需要钱，他决不能失掉一个宝贵的机会，他想买点像样的礼物，去拜见一个可能发现他这匹千里马的伯乐……他是犹豫了半天，才终于求上这门来的。爸爸妈妈都觉得该支持他，可是，家里现金都是计划好了用途的，定期存单又不能动，而唯一的活期存折上，只有二十块钱存款……他听了，马上激动地说："这二十块钱也许就是我的机遇！"爸爸妈妈把那存折给了他，说你取了用吧，不用还了。没想到，不一会儿，他汗津津地又来了，原来，他到银行取了十九块钱，他还回存折，说："这样好些，存折还应该保留。"

这故事的"戏眼"，就在那存折上。那个只剩一元钱的存折，体现着一个借钱人的老成持重。没多久，他来还上了十九元钱。几年后，他被伯乐包装推出，很快红火起来。那时她已经懂得听歌，可以说，她是在他，以及跟他差不多年龄的那些歌星的歌声里长大的，近几年有了更年轻的歌星让她着迷，老歌星里，被她从兴趣领域里淘汰掉的很多，唯独他，始终还在她的"崇拜榜"上，那原因，不能说跟那个一元折没有关系。那个存折难道这么多年始终没再往里续存钱款？就凭那一元钱的自动增值，也不该再称之为一元折了吧？事情是这样的，借钱的事过去没多久，她家就搬了，搬完家以后，那个一元折怎么也找不到了，不就一元钱吗？也就没去报失，而且，因为里头有故事，所以提起来，也就仿佛它还存在似的。

奇迹发生了，就在她打算去排队等候他签名售盒带的前一天，爸爸翻晒旧书，从一本书里，抖擞出了那个显得非常古老的一元折！

那签名售盒带的现场秩序很混乱，队伍并不算长，可是加塞儿的很多，一个姑娘手里捏着张报纸，那版面上刊登着歌星新购别墅的豪华内景，仿佛凭那张报纸，就可以优先往前似的，岂有此理！一个男孩没能跟歌星合上影，就千方百计从停车场找到了歌星的本田轿车，倚着那车照了相，他把那相片递给歌星，歌星潇洒地在照片上签了名……她终于挤到了歌星面前，她告诉歌星她是谁谁谁和谁谁谁的女儿，她吐字非常清晰，而歌星的反映只是："三个人吗？怎么只有一盒带子？"歌星在她买的盒带上签完名，立即就要接待下一个，她赶忙把那一元折打开送到歌星面前，指指封皮内页上妈妈的名字，又指指那最后只剩下一元以及小数点后很小两个数字的提款记录，大声问："您还记得吗？您那时候取走了十九块钱……"歌星只瞥了一眼，就干脆地告诉她："我不在乱七八糟的东西上签名的！"于是低头龙飞凤舞地给下两位签名，而她也就被旁边的人挤了出来……

签名售盒带的活动还没结束，在音像书店大门外，人行道边的垃圾桶边，她在风里站着，用手背抹着眼泪……

望门挑眉

　　大葵是个消防队员，跟我是棋友。我住在一栋二十层的高楼的十四层。我们那楼的形态，雅称是"西班牙式三杈楼"，俗称是"大裤衩"——从空中鸟瞰，据说是怎么瞅怎么像。

　　大葵跟我下棋，每到他那方形势危急时，就会陡地挑起左眉，而且那挑起的眉毛还会微微抖动，十分有趣。跟我下完棋，他总是不坐电梯走着下楼，而且还往往动员我跟他一起走着下楼，说是我尤其应该活动筋骨，多到楼下接接地气。

　　这天大葵又拉着我一块儿腿着下楼，他那个职业习惯呀，根深蒂固，每经过一层，眼光总要盯一下里头有消防栓的那个玻璃柜，其实我们楼落成十多年来，从没报过火警，消防栓外头的玻璃也总没砸破过。有的楼层过道里，堆着些杂物，他眉毛还没往上挑，我马上跟他说："人家暂时放一放，很快会从电梯运下去的。我们楼里的住户都挺文明，没人长期把杂物搁楼道。"我们这座楼每层楼道里都有公用阳台，那阳台还有双开门封住，住户就把它当作公用储藏间，我开头也以为设计这楼时，就是为的弄个公共储藏间，是大葵跟我说明，这样的楼房因为下面只有一个出口，万一上面着了火，逃生的都往下跑不方便，救火的从下面往上跑更不方便，那公用阳台，是供消防队把救火天梯伸过去，当作进出口使用的，所以，他对有的楼层住户把许多高大粗夯的杂物堆满公用阳台，提出过多次警告，说是这样一旦发生火情，消防队的天梯即使靠在了阳台上，也不能沟通内外，非常有害！后来我们居委会接受这个警告，多方劝导疏散，公用阳台的状况才有所改进。这天消防栓、楼道、公用阳台的面貌既然都过得去，我以为大葵的眉毛不至于再往上挑了，谁知路过某层时，望着一家的单元门，他的左眉倏地高挑起来。后来往下走，他的眉毛又上挑了几回。

　　出了楼门，我俩在楼下小花园里溜达，我问他："你那眉毛怎么还落不下来？那几家都是刚装修完的，你看那新型防盗门，多气派！里头更是富丽堂皇！你应该为人家高兴才是，怎么倒挑起眉毛，好像出了什么纰漏似的！"他说："别看你们原来的那个单元门好像不怎么气派，那可是盖楼的时候专门设计定制的，那是防火门，万一单元外发生了火灾，只要把厚被子浸上水堵死门底下的缝儿，那大火短时间内不能烧化单元门，热浪也一时传不进去，有利于坚持等候消防队来救你们。现在他们把原来的防火门拆了，另装上外表挺华美的防盗门，那铁制的防盗门很可能并没有防火的功能，一旦遇到我上面说的那个情况，很可能被烧化，或者因传热迅速，引起单元内物品高热燃烧……哎呀，看来，这真是一个问题呀！"

　　大葵回消防队后，究竟会怎么对待我们楼的这个问题，尚不清楚。但晚上关闭了厨房的煤气闸门，躺到床上以后，眼前还浮动着大葵那高挑的左眉，我吁出一口长气，在空前的安全感里，很快进入了梦乡。

第十三夜

宁宁是典型的白领丽人，一个月的收入顶母亲一年的退休金，在郊区买了房，每天开着自己的富康车来来去去。她还是单身状态。这天晚上回到她郊区的那个小窠，抓起电话跟母亲抱怨个没完。她神经质地说："第十三夜！第十三夜了！天哪！什么时候算完啊！……"母亲一头雾水，问她："究竟怎么回事儿？别这么神经兮兮的，好像全世界都对不起你，所有的人都该排起队来跟你道歉似的……"宁宁还是只顾排炮般地抱怨，母亲先听明白了一层意思，是抱怨房地产开发商蒙人，卖房的时候花言巧语，住进来以后才发现问题成堆，比如，单元之间隔音效果极差……母亲就劝她说："你那儿我去过那么多次，我觉得各方面都还过得去嘛，凡事别求十全十美，在同龄人里头，你够幸运的了，别尖着嗓子叫，倒好像你是世界上最倒霉的人……"母亲叹了口气，心想，也许是女儿为情感方面的事烦恼，又不便直说，所以借题发挥。谁知女儿一下子就猜到了母亲的想法，马上快嘴伶俐地说："别以为我是失恋了，或者在公司里遇到什么不愉快，随便找个阀门撒气儿……我实在是累了一天，想图个清静，可是回到这儿，天哪，没完没了……"母亲知道女儿最爱看冯小刚导演的电影，就跟她幽默一下："是呀，甲方乙方，不见不散，没完没了，现在轮到一声叹息啦！"宁宁哭笑不得，她拿着游动电话，跑到阳台间，跟母亲说："妈，您听听！"就把那听筒对准隔壁阳台间，几秒钟后，问母亲："怎么样？听见了吗？是不是折磨人？半夜里也会这样！第十三天啦！……"

原来，隔壁住着外地到北京经商的一对年轻夫妇，他们生了个胖小子，不到半岁吧，忽然从十三天以前开始，每到傍晚就哭闹个没完，夜里更会连哭带嗽，虽说他们抱着那孩子跑了好多医院，耐心地按医生嘱咐给孩子服药，可到头来还是煞不住夜哭郎的嚎声。医生还让他们勤给屋子开窗通风，说是傍晚的空气比清晨纯净，他们就每晚开一阵阳台间的窗户。

事情很简单。但是搁下电话母亲心里很乱。她在灯下沉思了很久。宁宁洗完澡，躺进被窝了，母亲给她来了电话。开头，宁宁不耐烦。可是母亲慈祥而温情的声音，对她渐渐产生了磁力。母亲引领她回忆起他们家曾居住过的那个胡同四合院，那是单位宿舍，光一个里院就住着七户人家。宁宁记得院里那棵巨伞般的海棠树，却不记得母亲讲到的那些事情：院里各家的动静，包括厨房里青菜下油锅的声音，都互相听得见……有一家的小妞，染上了百日咳，那是任凭多好的医院，多妙的偏方，也不可能完全止住那揪心的夜哭狂嗽的；邻居们烦不烦呢？母亲说，确确实实，没有哪一家哪一位表现出烦厌，记忆里，只有关切的话语、安慰的目光……夜哭咳嗽渐渐地减轻，但毕竟真是过了一百天才豁然痊愈。母亲还要讲下去，宁宁止住她："妈，别讲了。别说那个小妞就是我。我要把随身听耳塞放进耳朵眼了，那样我就只听得见曼托瓦尼的旋律了。我不再往下算天数了，还不行吗？"

珍珠雨般的乐音里，宁宁的心变得天鹅绒般柔软。无数往事涌上心头。父亲去世后，母亲也不愿来跟她住，除了那刚毅的性格，所留恋的，竟是胡同杂院里的那一份"鸡犬相闻"的人际温情？寡母的语音仿佛成为乐曲中的无词哼唱。她忽然觉得，从明夜里仍该掐指计算，从一百倒数，那隔壁的小生命，还得有多少夜的挣扎，才能终于走出他人生的第一次困境？

偷父—刘心武小说集

选项

　　老崔红光满面，儿孙们围绕着他。十年前，也是这样，只是那阵还有老伴在座，有的孙辈还被抱在怀里。十年前，老崔花甲，从铁路机关退了下来，退而不想休，决心下海经商，儿孙们围着他，帮他选项。有主张开小饭馆的，有建议到商场里租摊位卖服装的，有鼓吹他承包建筑队的……后来都被否决，而是开了一爿小小的文具精品店。跟老伴通力合作经营了五年，已经进入了良性循环，流动资金再不紧缺；老伴去世后的五年，虽说没什么大发展，但每月刨去纳税、缴费、房租、水电、一位外地打工妹的工资及杂项开支，净利润稳定在三千元上下，足够他过一种自得其乐的生活。

　　现在老崔年到古稀，虽说身板仍很硬朗，却不想再侍弄那爿精品店了。寿宴后，他向儿孙们宣布了第二次退休，儿孙们都很孝顺，一片赞成他安享清福的清脆声音。那爿精品店，他连同流动资金，完整地赠给了二儿子一家；大儿子自己有服装店，小儿子留学取得博士学位回国在大学任教，闺女是外资公司的白领，对此都没有意见。二儿子和二儿媳妇都是残疾人，一直在一家纸盒厂当工人，如今那纸盒厂被一家大企业收编，面临转产，很可能搞跟微电子技术有关的项目，虽说企业不会让他们二位下岗，但今后他们也只能是被以低薪养着；老崔把精品店交给他们，他们一家的生活可望有所提升。二儿子二儿媳妇都说一定尽快把作为流动资金的本金还给父亲，每年的净利润里，也该各家分红；老崔还没答话，大哥、小弟、小妹，还有大侄子什么的，就都一窝蜂地说那着什么急，我们也不要分红，给了你们就好好经营，别荡光了就好。

　　一屋子人，个个都觉得挺幸福，挺自豪。像这样既达到小康又相处和谐的家庭，未必很多啊！

大儿子带头，说要为耄耋之年的老崔，选个最好的消磨项目。虽说消磨的方式不必单一，可以几种项目花插着进行，但他认为老爷子现在应该专攻钓鱼，钓鱼不仅旺神健心、修身养性，而且根本就是一种高雅文化……小弟就说你别形而上了，咱们立刻落实，我给买一套最好的德国鱼竿；小妹就说我给订全年的钓鱼杂志；大孙子说我有了空就开车拉爷爷去远处最好的天然水域钓鱼；小外孙女说爷爷钓的鱼，我给涂墨往纸上留印子，编号保存……二儿媳妇见老崔脸上没添笑纹，就说老爷子兴许更喜欢集邮，我认识月坛邮市的人，能弄到清朝大龙票；二儿子说集邮意思不大，还是养鸟吧，我给老爷子买只画眉再买只八哥，挑最好的有铜配件的乌竹笼子装上；小弟说妈妈在世的时候，还去美国探望过我，老爷子可一直腾不出工夫到海外观光，从今年起，应该每年一次出国游，先去新、马、泰……小妹就说秋天我有年假，我陪老爷子去，我付款！大儿子又提出来为老爷子置备文房四宝，练字画画儿；孙女儿则建议去她工作的那家高级俱乐部打桥牌，说桥牌这个项目最值得爷爷全身心投入……

任凭儿孙们叽叽呱呱抛满几箩筐的项目，老崔只在那里管自出神。于是儿孙们便纷纷问他，究竟心里选的是什么项目？老崔环顾儿孙们一匝，嗽嗽喉咙，跟他们说：“你们给选的项，都好，都可以花插着享用，但是，我自己定下的主要项目，是——我要结婚。”话音一落，儿孙们顿时哑然。原来幸福、和谐得发黏的空气，仿佛一下子被炸成了稀薄的东西——可疑的、古怪的、令人不快甚至让人感到窒息的一些游丝、一些粉尘。

“才五年啊……”大儿子牙缝里挤出一声。

“她是谁呀？”小妹问，“我见过吗？”

“您可得谨慎啊……”二儿子说。

“真没想到。您不是开玩笑吧？”小弟挠着后脑勺。

“是不是每天晨练，总跟您搭伴跳‘平四舞’的那位？”孙女儿恍然大悟。

“人家都管她叫孙姨的那位？那可是个老姑娘啊……”二儿媳妇忍不住说，“那么老都没嫁过人……指不定有什么怪毛病呢，光表面上接触觉着好，那可不保险！”

老崔就说：“你怎么就知道她光是表面好？”语音虽不严厉，话锋却很锐利。二儿媳妇顿时涨红了脸。小妹马上对父亲反感起来，搂着二嫂肩膀说：“爸，有您这么说话的吗？不用我们问，您自己就应该把那一位的情况介绍个清清楚楚！”

孙女儿抢着说：“孙姨啊，原来一直在街对面邮局里，我寄信去老瞅见她，眉心有颗黑痣……”

老崔觉得不该让二儿媳妇难堪，但却无妨让孙女儿下不来台，便把脸拉长，冲孙女儿说："不喜欢黑痣，你别看！"

爷爷以前从没这样对待过她，孙女儿好委屈，顿时眼泪涌到眼眶里。年纪最小的外孙女儿紧偎在表姐身旁，模模糊糊感觉到生活里发生了某种令人害怕的事情。

大孙子立即声援堂妹："反正，说什么我也不会叫她奶奶！"

小弟出来打圆场："也是。咱们怎么就没想到，老爷子到了这把年纪还有这个要求。这在美国倒是稀松平常的事……"

小弟的话被大哥打断："咱们可是在中国。老爷子七十了！"又望着老崔说："您每天清早跟她跳一顿'平四舞'，闲了没事约她吃顿馆子，要么一块儿再凑俩人搓搓麻将……难道那还不能得到满足吗？为什么非得……唉，说句真心话您别觉着难听：您这把子年纪，身子骨可受不住搓揉了！"

孙女儿问出个不能算怪的问题："您这家里，奶奶的照片还挂不挂？就算您还愿意挂，她愿意吗？我们来看您，墙上是真奶奶，屋里还有个假奶奶，您就不想想，我们心里好受吗？"

老崔暴躁起来："岂有此理！你们还都是新一代的人呢！你们平时不是最讲究什么'潮'呀'酷'呀，怎么遇到我这个选项，就都变得像是没受过新式教育似的！"

小妹就伶牙俐齿地说："这叫什么逻辑？我们要受的是旧式教育，那对话也就不会是这样了！旧社会七老八十的老太爷娶姨太太，三房四妾的，谁会觉着稀奇啊？"

老崔气得手打哆嗦。儿孙们头一回如此认真地跟他顶撞，令他震惊……

而这时，暮色中，楼区绿地的雪松下，孙姨站在那里，她仰着头，两只眼睛，以及眉间的那粒黑痣，都远远地，瞄准六楼老崔那个单元的窗户……老崔七十岁时，对生命最后阶段的选项，能够像六十岁时选定开精品店那样顺利吗？……

潘老那年七十七。自从退休后，十七年来他一如既往地为他的愿望而奔走。什么愿望？家里的旧物里，有把太师椅，原来也没在意，退休前偶然被一位古玩专家看见，说是难得的明朝紫檀真品，就想高价买下，潘老不卖，古玩专家发现那把太师椅一侧缺了个杈儿，觉得不完美，也就没再强求。自那以后，原来被打粗用的太师椅就成了潘老的心肝宝贝，他把它搬到卧室里，放在躺在床上眼睛也能望清楚的地方。退休后的生活因此变得有了主心骨，他每天的日程竟比上班时还紧张，排得满满当当的，先是去听关于古玩收藏的讲座，后来是泡书店，专找关于讲古家具收藏的图书，有的买回家，有的觉得实在太贵或内容重复，就在书店立读；后来就风雨无阻地地去逛文物商店、旧货市场，把观赏明式家具作为活动的重点；这期间，认识了不少有关的人士，特别是跟他志同道合的古玩发烧友。岁数从六十起一年年地增长，潘老却仿佛越活或越年轻，脸色日益红润，退休前开始凸出的将军肚很快平复为他自称的列兵肚，身板越挺越直，步履保持轻快，人家称他潘老，他就笑呵呵地说还是叫老潘吧。

潘老对明式家具着了迷，但没有迷到荒唐的地步。他只谨慎地收购了一些小件的东西，花费上跟老伴、子女没有产生矛盾。他说他唯一的心愿，就是要踏破铁鞋，寻觅到一个恰好能配全那把祖传太师椅的杈儿。为此他后来更常去的是那些废旧日用品收购站，那里常会遇到一些旧家具的散件。他的一位古玩发烧友就在那类地方给自己的一个鸡翅木炕屏配上了缺腿儿，这大大鼓舞了他的寻觅兴致，他还一度把自己的搜索范围扩大到北京远郊。家里人都说，自从老爷子的生活有了寻找缺杈的主心骨，脾气也变好了，只要家里人不对他的爱好表示异议，他的脸色绝对大晴，如果家里哪个人能善言善语地问他关于明式家具的事儿，又能耐着性子听他滔滔不绝地讲述，那他会高兴得就跟喝酒喝到微醺时一样，脸上满溢艳阳。

那年他七十七，寿诞一个来月前，他居然就寻到了那么一根权儿，很便宜地买下来，回家往那把太师椅的缺失处一对榫儿，嘿，难道是物归原主？竟发毫不差！他乐得不停地咧开嘴笑，老伴儿孙也都为他高兴，连续一个来月，家里天天是过节的气氛，到了寿诞那天，儿孙原主张到外头餐馆包个单间，老伴知道他的心思，抢在他前头摇头，说家里如今也宽敞了，就在家里摆宴，让老爷子就座到那把宝贝太师椅上，受儿孙们轮流跪拜！果真就那么办了七十七大寿。那把太师椅再不让任何人坐，摆到卧房一角，孙女儿给下面铺了块高级小地毯，外孙子给屋顶上装了几个射灯，老爷子晚上睡到床上，也可以欣赏射灯光圈下面的那把价值连城的太师椅。

从此潘老心满意足。他可以一连好多天不下楼，就在家里来回来去地欣赏那把再不残缺的太师椅。老伴劝他还是下楼活动活动，他说："我功德圆满，该消停消停啦！"原来的古玩发烧友打电话约他见面，他婉辞；有的听说他那把太师椅不缺权了，要来参观，他也设法推脱。偶尔下楼买个东西，他走起路来慢慢悠悠；不愿往远处走，更别提往远郊去了；俩、仨月过去，他肚子开始往将军型发展；在家里常常坐在沙发上打盹，老伴劝他看看那些关于古玩的书，他拿起这本觉得了无新意，拿起那本更觉得陈词滥调；一贯对儿孙蔼然可亲的他，那天只因为儿子把紫檀木说成了檀香木，忽然发起火来，儿子顶了句嘴，说那不都是好东西吗？他竟暴跳如雷，跺着脚嚷："你懂个屁！檀香木是灌木，紫檀木是乔木！檀香木也就能制点扇子什么的小玩意儿……不许你污蔑我的紫檀！……"老伴见他脸也成了紫檀色，忙扶他坐下；女儿忙拿电子血压计给他检测，一出结果围着的人全吓了一跳，赶紧送医院，住下全面检查。

医生给老爷子检查的结论是，没大问题，但一定要加强活动，包括用脑。老爷子回家那天却出了件泼天大怪事——有窃贼撬开了二楼窗户的铁栅，钻进屋里偷了些东西，别的损失倒不算大，最惨痛的损失是竟把太师椅上的那根配上去的权子给拆走了！看来那贼懂得那紫檀木的价值，那根权儿能劈成十来颗图章料，卖出大价钱啊！邻居熟人们知道这事儿后，有的就禁不住问："这不是索潘老爷子的命吗！他还不气死了呀！"

潘老是气得够呛，但没就那么气死。配合派出所、居委会，做了许多调查；张罗安装新的防护栅……虽然窃贼难抓，潘老却觉得再去掏澄一根椅子权也未必就难于登天。从此他又恢复了原来的活力：几乎每天外出，会古玩同好，到各种场所搜索能与他那把太师椅匹配的椅子权；有关的图书也增加了很多，读起来兴味更浓……七十九那年做八十大寿，他坐在太师椅上受拜，已经上大学的外孙子跪拜完，开玩笑似的问："姥爷，那椅子枨要是我偷的，您是不是平时再疼我，现在也得把我捶扁了？"他乐不可支地拂着留得长长的白髯说："要真是你偷的就好了！我也不用再去找恩人了！孩子们哪，懂得什么是残缺美吗？这把太师椅跟那个维纳斯雕像一样，就这么着也美得很哟！"又说："当然啦，我还得找那配得上的椅子枨！不过我再也不着急啦，真的，找的工夫里，那乐子比真找着的时候大！"

潘老又找了三年，前些时因心肌梗死去世，享年八十三岁。遗体告别那天，已经办好去国外读硕士学位的孙子把一根紫檀木椅子枨拿给姥姥和其他亲属们看，坦白说："是我偷的，还布置了个现场，造了假象。为的是姥爷多活几年。目的果然达到了。你们说，是把这椅子枨随他火化，还是安到那把太师椅上去？"

猜猜看，一家子最后作出了怎样的决定？

原价

西边的晚霞把糕饼店的门面镀了金，一些人姿态闲适地立在门口，有的拿着晚报看，有的凑在一起聊天，我慢条斯理地踱过去，正想看看腕上的手表，忽见那些立在门口的人呼啦啦都涌进了店里，我就知道是十八点整了，于是也就随大流跟了进去。

这家糕饼店每天十八点起，所有糕饼一律八折酬宾。它离我家不算远，一天傍晚我散步时发现了它，偶然兴起走了进去，发现正在打八折，生意颇兴隆，也便自选了两个比萨饼，回家放到冰箱，第二天起床后拿出来搁到微波炉里热过，就着咖啡吃，感觉味道很可口。从那以后，我就常去那里买十八点起八折出售的糕饼，不仅比萨不错，像英式三明治、法式牛角面包、丹麦肉松糕、美式热狗什么的也都挺好，家里人第二天吃早餐时都表扬我买到了物美价廉的食物。

糕饼店虽然不大，里面装潢得倒很雅气。糕饼全都陈列在原木风格的货架上，顾客用玫瑰色的托盘与银色的大夹子自选，选妥后到收银小姐那里结账。带走的都会给装在有它徽号的特制纸袋里，外面还套上个有提手的塑料口袋；也可以在店里吃，在临街的大落地窗旁，辟出了一角，安放着小巧的桌椅，甚至还有两对秋千座，顾客买下的糕饼如果需要加热，他们免费服务，当然也顺便卖咖啡、牛奶、可乐、果珍等几种冷热饮。

"全场八折优惠啦！感谢光顾！请您拿好……"游动的服务员和收银台的小姐全都满脸微笑，声音像丹麦曲奇般甜腻香脆。

我挑得很慢。反正权当解闷。我想试试原来没尝过的品种，比如比利时辫子面包、德国松子蛋糕什么的。当我端着托盘去往收银台时，那些经常来享受八折优惠的熟客大都已经满载而去。这时有一个声音清晰地传进我的耳朵——"有没有原价的？"

这当然是一个古怪的问题。收银台里的小姐，收银台外的服务小姐，竟全都给问住了，刹那间微笑冻结，几双眼睛全盯住问问题的人，仿佛那是一个外星来客。

我和另外两三个顾客也不免端着盘子朝那问话者望去。那其实是一位很平常的女性。中等身材，不胖不瘦，穿戴得朴素大方，通体突出着浅咖啡色的调子，发型守旧但梳理考究，年龄估计四十上下。看样子她是偶然路过，顺便走了进来。她一只手里拿了个盘子，另一只手拿着夹子，她还在问："有原价的吗？"

"我们每天十八点以后全场八折，一律八折……"

"都是今天制作的，还都很新鲜……"

收银小姐和服务小姐脸上的微笑融解了，连连向她说明。其中一位领班模样的，恐怕叫大姐比叫小姐更合适，看来这位大姐经验丰富，知道有的顾客会害怕上当，说是一律八折，弄不好夹到盘子里的糕饼却是仍按原价出售的"例外"，所以还特别这样跟她说："您放心，我们不会把个别品种还按原价算的，您随便夹取吧，不管哪种都毫不例外地给您打八折……"

但那女士听了这些说明以后，脸上的表情竟更透露出失望，还在喃喃地说："没有原价的了……"

一位顾客过去让收银小姐结账，瞥了那女士一眼，说："打折还不好？现在哪个商家不打折？顾客还不都是冲着打折去的！这儿的打折最有道理！"

一对年轻的情侣打算就在店里的秋千座吃东西，头靠头地商量配什么饮料，他们眼睛也不去看那女士，但冒出的对话却分明是说给她和收银员听的："前边的意大利餐厅不打折，去那儿不结啦！""咳，她不愿意打折，就按原价卖给她吧！"话音刚落，却又有另外一个小伙子插话说："前边意大利餐厅的海鲜通心粉也打折！"

这时那女士就近夹了一份鸡蛋三明治搁到盘子里，对收银小姐说："按原价吧！"

收银小姐脸上的微笑仿佛被一股风刮跑了，愣愣地看着她，然后满脸阴云，有些生气地说："我们有制度有规矩的，多收您的钱，我要担责任的！"

另外的服务小姐跟上去说："您不想买打折的就另去别家！""您以后十八点以前来买！"那位领班大姐原本已经走开，听见又起风波便又过来，一位服务小姐迎上去，朝那女士努嘴，说："她有病！"

我仔细端详那女士，不像是有病。收银员再不搭理她，招呼我："您过来，我给您算！"在我结账的时候，那女士把那三明治又放了回去。当我拿好装糕饼的袋子，转过身时，她已经把盘子和夹子都复归了原位。店里的人或在以鄙夷的眼光打量她，或在交头接耳窃议她。

我的眼光，与她的眼光直接相遇。我们都没马上闪避。她对我淡淡一笑。那淡笑里似乎有几分歉疚。"我走了好长一段路。一直没遇上想吃的东西。恰巧进到这儿……有了食欲，可是……"她为什么要对我作解释？但我从她那疲惫中透着倔强的眼神里，忽然有洞若观火的感悟。她要原价。只求原价。原价买，自然也原价卖。打折，掉价，这已经溶入俗世，嵌入在我们日常生活皮肉里的游戏规则，被她勇敢地否定，并试图随机进行一次小小的，演练式的，象征性的挑战。

我忽然来了灵感，启发她说："这里的饮料并不一律随着打折，咖啡就还是原价。"她的眼睛立刻亮了，以一个粲然的微笑向我表示感谢。

我出了糕饼店。夜幕上缀满霓虹灯的光彩。那女士没有随后出来。我透过落地玻璃窗看见，她坐到了一个空的秋千座一边的秋千上，背后的那个秋千座正坐着那对嗤笑过她的情侣。店里的领班大姐把一杯热咖啡送到她面前，她道谢。然后，她双手握住那杯热咖啡，两眼望着绝对是只有她自己才看得见的什么地方……她在思索什么？

这位已经在人生道路上跋涉过不短历程的中年妇女，我很难猜测出她的来龙，更难预计到她的去脉。但她那天给我留下的印象却墨一般浓。她拒绝打折，我在记忆里给了她一个"原价人"的符号。

烟灰缸

　　她实在是按捺不住了，"我本来根本不在乎，可是，这也太离谱了……"接到报告"最新前沿消息"的电话后，她摔掉听筒，冲出房间，仿佛一片蓄满雷电的乌云，随时会毫不顾忌地在任何地方向任何人倾泻下狂怒的雨鞭……

　　事关明天就要公布结果的评奖。她不仅列在提名单子上，而且经过几轮淘汰依然入围，名列前茅。是的，亲朋好友的那些忠告："关键是你的作品是否拥有爱好者，而不在奖杯能否到手。""别把这场游戏看得那么重要，你的自信就是你的奖杯。""奖杯确实能够带来实惠，可是如今毕竟跟以前大不一样，也可以跟评奖一类事情了无关系，凭自己努力创造出实惠来——那样的实惠享受起来更心安理得！"当然，说得都很对，直到昨天自己也都点头称是，甚至还对来采访的记者说："任何评奖其实都是一场游戏，获奖跟中了彩票也没多大区别！"记者马上紧逼诘问："你的意思是评奖很无聊啦？"她知道这种情况下万不可流露出烦躁，于是笑吟吟地回答："游戏有益健康，博彩只要前提正大——比如为的是繁荣某些事业——那就是抱着无妨一试的想法投入，玩一把，也没坏处呀！"记者寸进刺探："那你觉得在这场游戏里自己能中彩吗？"她满脸天真："呀，你也帮我添点运气吧！"这访谈马上刊登在了今天的晨报上，配了她好大一张头像，标题是《不玩白不玩》，还好，比半年前那个《深居何尝简出》的报道，算是客气多了。

　　应该说，直到中午接到那个该死的报信电话之前，她的心态大体上都没有失衡。尽管流布着个别入围者变相贿赂个别评委的传言，那可能确实会多多少少渗入些不公正的因素，她听了只好比眼里吹进了一粒沙子，揉揉也就罢了。但现在得到的消息是，在"社会群众参与"的环节里，从昨天半夜开始，有关的网页上突然发生异动，"舆情"对她竟大大不利起来，这显然是有人在背后做了手脚！难道，她竟会因为这一因素被彻底排除？她觉得是一枚大头钉已经搠进了心尖……

她这片"乌云"，迅疾穿过街上稠密的人群，连她自己也搞不懂，怎么突然刹住在地铁口旁的一个商亭前，她下意识地抬起头，正对住一双因为她出现而睁大的眼睛，里面溢出惊喜，接着听见那卖东西的中年妇女呼出她的名字，问："是您吧？"她抖擞了一下，没有甩出"雨珠"——无论如何，总不能向这样一位表示崇敬的人倾泻愤懑——于是本能地说："给我来包香烟！"

也不知道怎么就进了地铁，迈进了车厢。车厢里有人指点她，窃议她，她都浑然不觉。但忽然在诸多似有如无的噪音里，有些声音清晰起来并且构成这样明确的意义："……她原来排在前头，现在是倒数第二了！"正好车停，她冲出了车厢，疾跑出站，一阵冷风扑了过来，她激灵了一下，不禁双臂抱肩。猛抬头，前边是高楼的剪影，无数千篇一律的楼窗——啊，不，有扇窗户很特别，大开着，里面长长的窗帘被风卷了出来，那窗帘是奇怪的紫颜色……

她进了那座楼，乘电梯到了有紫色窗帘的那一层，按响了一个单元的门铃。门开了，她叫了声："耘姐！"耘姐穿着一身宽松的休闲服，头发刚洗过，大概其地挽在脑后，见了她并无惊异的表情，让她进屋，随她坐不坐，就像她们每天住在一处似的，平淡地说："水刚开，我冲冻顶茶去。"耘姐端来茶，她已经坐在了沙发上，耘姐坐到她对面，自己先喝，满足地闭上眼睛。她冷静多了，已经不是"乌云"，但还是云，算愁云吧。耘姐是资深名家，前些时刚访问过台湾，所以有台湾著名的冻顶茶。她是不速之客，耘姐以香茗迎客，却根本不问她从何而来，为何而来。耘姐分明还在名利场上，属于一个圈里的，作品一个接一个地往外推，褒贬之声杂陈，并非金盆洗手者，应该最知道她目前的处境。但耘姐只是问她些不相干的话题，又建议她看一本什么新翻译过来的书，还建议她去看一个什么法国摄影家在上世纪初拍的关于北京风貌的展览……她实在是不耐烦了，掏出买来不久的那包烟，打开抖出两支，递耘姐一支，自己夹起一支；耘姐应该知道她是从不抽烟的，怎么也不问一声她究竟是怎么了？她就主动问耘姐："你真是两耳不闻窗外事么？"耘姐只是淡笑，她就说："别以为我是专门找你来的！这不过是鬼使神差。当然啦……哼，你反正以前得过了……你不知道那些家伙有多龌龊！……"耘姐用打火机点燃了烟，把打火机递给她，她还没点，只见耘姐顺手从茶几下面拿出一个高高的烟灰缸来，搁到茶几上面。那烟灰缸又眼熟却又眼生。耘姐往那烟灰缸里抖烟灰，那缸底里已经积蓄了不少烟灰……呀，她不禁把眼睛睁得溜圆，那哪里是烟灰缸，那分明是当年耘姐得到的那只奖杯啊！

　　她觉得心弦先是猛地一紧，跟着渐渐松弛。她仰脖大笑起来。忽然又停住笑，盯住耘姐问："你这样……也太不尊重人家的好意了吧？"耘姐缓缓吐出一个烟圈，淡淡地说："怎么能不尊重？有个机构专门收藏这种东西，我捐给了他们，他们就复制了一个给我，哪，就是它……"说着，又往里弹烟灰。她便点燃烟，微笑着跟耘姐闲聊起来，不时往那烟灰缸里，弹些烟灰。

挽留

因为小健期中考试成绩提高不多，他妈妈决定辞掉来家教的大学生王郦。那天下午是王郦来进行最后一次辅导——分析期中考试的各科试卷。

小健和妈妈去了趟附近商厦，回楼时刚好和王郦相遇在街角。他们互相打招呼时，街角那儿有个突发事件—— 一辆运送果品的带斗汽车在拐弯时，因为上面堆码的纸箱没有固定好，最高处一只纸箱跌落了下来，并且立刻裂开，滚出了许多猕猴桃来；开车的司机没有发现，车子飞快地驶远了，这时就有一些过路人去捡拾那些猕猴桃，有个骑自行车的男子，捡了不少抱在胸前，摇晃着身子，去往自行车前面的铁筐里装，那自行车就停在小健身旁的马路边。小健驻足观望，妈妈拽着他胳臂拉他回家。后来母子俩和王郦一起进了家门。

王郦和小健在那边屋里，小健妈在厨房里准备晚饭。这是最后一课，事前已经在电话里跟王郦挑明。小健妈跟出差在外的小健爸通电话时，他对她说："现在愿意家教的大学生有的是，物美价廉，任咱们挑选，王郦既然没能给小健提高几分，好说好散就是。"是呀，散是散定了，一会儿怎么个好说，且打打腹稿。

小健妈到厅里餐桌边坐下拆菜，耳朵里捕捉着那边屋里的声息。王郦正在给小健分析语文试卷。

只听小健说："……你跟我说这个干什么？卷子上又没有……"

是不是因为反正就要撤退了，王郦在胡乱敷衍？小健妈把身子侧得更厉害些，拆菜叶的动作仿佛电影里的慢镜头。

王郦在说："……刚才楼下，街角那儿，那个捡猕猴桃的人，离咱们好近，是吧？你注意到他的肢体语言了吗？肩膀左右晃悠，头也一扭一扭的……要知道，人的修养、品格，不仅体现在话语上，也不仅体现在面部表情上，有时候会更多地体现在肢体语言上，那是很微妙的，你从小就应该懂得观察、分析人的肢体语言……你说，他那肢体语言，加上那脸上的表情，是在传达着怎样的意思？……"

"我知道，他是在说：今天真捞着了呀！他高兴得了不得！是呀，买彩票得大奖，总还掏了点钱呀，他那些猕猴桃可是白来的啊！"

"你对他的这种精神状态，做怎样的评价？"

"嗨，他不对呗，这谁不知道？怎么，要我就这事儿写篇小作文么？考都考完了，还模拟什么！"

"……我只是想跟你交流一下内心的感受。你知道我看见他那肢体语言，很受刺激。过去上语文课，老师也给我们解释过这些词语：卑微、卑下、卑贱……那个人也许并不是非常糟糕，社会上一些人比他更污糟，不是还有刑事犯罪的吗？我是想，我们这样家庭的学生，一般对刑事犯罪是深恶痛绝的，但是对人格的自我把握，有时候就不那么自觉，比如看到这样一个捡猕猴桃的人，呈现出那样一种'咦呀，今天可让我捞着啦'的肢体语言，如果只是觉得有趣，或者竟麻木不仁，那就不好了……我觉得应该从心底生发出一种鄙夷，那个人真是太卑下了！……"

"他不过是捡了些猕猴桃罢了，没偷没抢，警察来了又能把他怎么样？"

"……可是我觉得触目惊心。这种事不能做，更不该有这样卑下的心理活动和情感表达……"

"那你又能把他怎么样？抓起来么？狠批一顿么？当时，你不也没去干涉他么？人家骑上车，一溜烟远了去……现在，肯定在他家吃那些猕猴桃呢！"

"是的，我也没能站出来制止他……为这事确实也犯不上去抓他，但是，我心里当时咯噔一声，现在到了你家还想跟你交流交流……我不仅为他的卑下感到羞耻，而且，不知道你能不能懂，我还为他的卑微感到心酸……我知道自己很渺小，连这样一个家教的事情也不能取得明显的好效果，但是我已经决定，一旦走上社会，我不仅要干预卑鄙的行为，更要努力去教化卑下的灵魂，那是上个世纪初，鲁迅先生就开始努力去做的事情……而且，我也相信，在这个过程里，自己的灵魂也会得到净化……哎，对不起，我说这些，你听着吃力吧？"

"我听不大懂，可是很好听……"

"你愿意听我很高兴。其实，怎么才能提高作文水平？对生活，对人，像今天的事情，对那样的肢体语言，能在心里头引出比较多也比较深的，动感情的思考，是第一位的，写作技巧当然也重要，但那只是个技术性问题……"

小健先把目光移向门边，王郦随之也扭头望去。是小健妈系着围裙，一手扶着门框，一手下垂，眼里有湿润的光。

那回没成为最后一课。王郦走后小健妈跟小健爸通电话时说："我挽留了她。你回来我跟你详谈。"

米宝

这对夫妻在炎夏来临时，相互间的感情都降到了冰点以下，从赌气沉默、恶声拌嘴，发展到摔砸东西、肢体揪撞，那天雷雨将至时，竟至于在詈骂后相继冲出了家门。

丈夫在雷声里拿IC卡给妻子指认为情妇的那位打电话，话筒取下放回再取下，磁卡插入拔出再插入，倒腾好多回，就是没人接，于是把话筒一扔，青着一张脸冲进了那边一家饭馆，还没坐下就让上整瓶的白酒……

妻子淋着雨茫然疾行，头脑里一片空白。有个在街头推销简易雨衣的小贩先在她身旁叫，再跟在她身后追着喊，最后甚至跑到她身前请她买，她两眼直直的没有任何反应，小贩只好跺下脚，叨唠着"精神病精神病"，另去招徕顾客……

半小时后，饭馆里那位丈夫独占的餐桌上面，菜只一盘，啤酒瓶却已空了半打，而一大瓶白酒也只剩了个底儿，值班经理在收银台那边小声嘱咐服务小姐："他再要酒，你就含含糊糊应付吧，这人就是扛着金元宝来的，咱们也别赚他的了……"

三刻钟后，疾行的妻子全身湿透，终于不得不停下脚步，因为她鼻子前是一面灰皮剥落的老墙，上头还有围着大白圈的一个"拆"字。她是走到一条死胡同的尽头了。她愣愣地瞪着鼻子前面裸露的旧砖，费力地问自己：这是哪儿？我找什么？……

他们居然都忽略了一个重要的存在——米宝。

米宝是他们的儿子。马上要十岁了。他们相互詈骂时，米宝正在自己那间小屋里做作业。他们相继冲出去时，都把单元门摔得仿佛地雷爆炸。前些时，他们夫妻冲突还是尽量地避着米宝；一般是在他们那间卧室里开战，把门关得紧紧的。后来，战场渐渐扩大到厨房，但争斗中他们中的一方，也还会在瞥到惊怕发呆的米宝后，火力稍减，转身把米宝轰进他的小屋，嘴里连珠炮似的命令"去去去去做你的功课去"，接着就把小屋的门重重地拉上。再后来则会在厅里爆发激战，甚至一家三口已经坐在饭桌周围，不知怎么就忽然战火纷飞，比如这天，先是言语冲撞，米宝还没听懂那些古怪的争吵，父亲站起来就把一碗热面猛地扣到地板上，母亲随即暴跳起来，冲过去要跟父亲拼命……米宝钻到饭桌底下，想哭，没哭出来，父亲母亲就都在地雷般爆炸的摔门声中相继消失掉了。

大约一个小时以后，母亲想到了米宝。她的心头蓦地浮现出米宝惊恐的面容时，也就仿佛自己扎了自己心口一刀。她往家里小跑。跑了一段路，恍然大悟地到路边拦了辆出租车，坐进去以后，司机侧目，心存疑惑，到了她家楼下，她才发现自己没有带钱包，司机立刻表示免费，她也没道谢，下车以后就直奔自己家。到了单元门前，才又发现她也没带门钥匙，立刻按门铃、敲门板，居然不见米宝来开门，她觉得自己的心爆裂开并且直堵住了喉头……

父亲竟然一直没有想起米宝。他招呼饭馆服务小姐埋单，但小姐走拢后他也发现自己并没有带钱包，值班经理马上过去表示不要紧不要紧，把他扶到门口，他用臂肘把经理推开，理理衣领，郑重其事地宣布："我没有醉！我明天会把钱送过来！"

夫妻二人在楼门口迎面相撞。都没有想到会这样地相撞。丈夫是本能地大步流星往自己家里去，妻子是叫不开屋门绝望地往楼外跑，脑子里的念头是去找公用电话打110。这一撞把两人都吓了一跳。妻子认出冤家，攥紧拳头大叫："米宝没啦！"丈夫意识里立刻仿佛有滴浓墨洒入，顷刻洇润开来，凸现出一个米宝，不由得也大叫："怎么啦？米宝在哪儿？"妻子歇斯底里地嚷："他死家里啦！"丈夫立即冲进楼里，跳跃着经过楼梯，来到他们家单元门前，他带着门钥匙，立刻打开门，旋风般来到米宝房间，开灯一看，啊，米宝和衣睡在床上呢！一口气还没落下，妻子从他身后扑到了儿子床边，跪在地板上，搂着儿子失声痛哭……

夫妻那晚再没过话。妻子去卧室睡，丈夫在厅里沙发上睡。米宝在他们回来后一度醒来，但似乎不是清醒而是迷迷糊糊的，只能算是半醒。母亲给他脱衣、盖被，发现他右手里捏着张报纸，费大劲才把那张报纸拉离他的手指。把报纸扔到一边，也没大在意。

妻子一夜没睡好。天从黑变灰时就起来了。本能地去厨房坐壶开水。眼睛觉得灶台柜有点生。愣了愣，发现菜刀没有了。奇怪。

丈夫半夜还打了呼噜，但天从灰变粉时坐起来，只觉得自己浑身疲惫。跟妻子对了个眼，马上扭头，讪讪的。明知水开了，也不去冲热饮。打开冰箱取出一纸盒牛奶一只面包一罐果酱，打算就着冰奶吃面包片，习惯性地到饭桌的盘子里取西餐刀，咦，哪儿去了？

妻子紧接着发现了更奇怪的事情——还没睡醒的米宝，右手里又紧紧捏着那张报纸。一定是他半夜醒过来以后，重新抓回去的。这是为个什么？

天从粉变白以后，儿子彻底醒过来了。分别问儿子，儿子并不能用完整的话语把心事讲清楚。那张报纸他们分别看了，促使儿子紧紧抓在手里的是那篇占据半版的社会新闻——夫妻之间的冲突发展到动了刀子，酿成血案，家庭毁灭，无法挽回。儿子仰面对他们说："你们别……"那双眼睛像谁的？都像都不像，更像天使……

于是，都明白，是儿子把菜刀和餐刀藏起来了。明白以后，两个人眼睛对视的时间稍长些了，眼里的怨恨凶戾衰减，胸臆里有些温柔的东西涌了出来。都跟儿子说："怎么会呢？……别胡思乱想！……"都问："你藏哪儿了？过日子还要用啊……"

儿子开始不愿意说。一再地保证，一再地问，这才说："你们给我取的什么名儿啊？"

米宝！那是还把他怀在肚子里的时候，夫妻两人逛商场，发现一种用无毒也无任何副作用的合成材料制作的，水桶般的储存大米的容器，叫米宝，立刻买回了家，很喜欢，并且决定孩子出生后就叫这样一个很朴素很有生命内涵也很有趣并且不容易与别人重复的名字……

丈夫去到家里那米宝跟前，揭开盖子，眼里全是莹白的大米，拨开面上的大米，露出了那两把刀。刀子露出后，夫妻对望，这回眼光仿佛被粘住了，充满了和解的愿望……

儿子米宝仰望着他们，问："妈，爸，今天早点咱们吃什么？"

长沙发

这栋居民楼里，家家起居室里全有长沙发，而且一定正对着电视机。

六楼3单元里住着程阿姨。程阿姨家的起居室好大，离墙摆放着意大利古典式布艺组合沙发，其中那个长沙发坐上四个人一点不会觉得挤。但是那个长沙发上总是只坐着程阿姨一个人。程阿姨最喜欢的作家是冰心，最喜欢的作品是冰心晚年写的一篇小说《空巢》。程阿姨住的那个装修得非常典雅的单元就是一个空巢。老伴去世好几年了。儿子儿媳妇孙子孙女定居美国。因为对猫狗身上的细毛先天过敏，所以也没养它们，唯一的宠物是一只茶盘大的乌龟，叫寿寿，可是寿寿爬到长沙发底下已经一个多月没再爬出来了，程阿姨唤不出它，也无力把它掏腾出来，只好只当它也跟儿孙一样漂洋定居去了。程阿姨最快乐的时光，是斜卧在长沙发上，接听儿子一家打过来的越洋电话，每到那时，她就觉得长沙发真的太好了，仿佛化成了一只船，能把她的魂儿渡到大洋那边去。程阿姨也曾两次去美国探亲，但是到了那里大部分时间也很寂寞，儿子儿媳妇周一到周五一大早就开车去公司上班，回来时总是天已墨黑；孙子孙女都上寄宿学校，也是只有周末才回来；星期六儿子儿媳妇和孙子孙女总要睡到中午才起床，下午全家出动驱车半小时到一个里面比足球场还大的超市里去为下一周采购日用品，真正能跟放松的家人交流一下的时间，也就是星期天，多半去开车能当日返回的地方旅游。在美国，因为不会开车，周一到周五程阿姨就只能困在家里，打开电视，英语又听不懂，到户外走走，又不敢走远，往往连个邻居的影子也见不着。还是回到北京自己家里觉得踏实些，起码打开电视你能知道荧屏上在说些什么，再臭的节目也比美国电视觉着亲切。

不愁吃穿，没后顾之忧，楼里羡慕程阿姨的人不少。但是程阿姨坐在长沙发上，靠着既柔软又有弹性的大腰枕，看电视没兴致，读书报也常常无端地停下来发愣。这天，她坐在长沙发上，望望身子两边的空当，用手摩挲摩挲那带凸花的高级布面，忽然忍不住了，于是起身出屋，进电梯，开电梯的姑娘又新换了，问她："老奶奶，您下去到绿地转转？"她笑笑："叫我阿姨吧。我要上十四楼。"到了十四楼，她按1407单元的门铃。门开了，这回叫得正确："程阿姨！"

1407那个单元面积比程阿姨住的小一半，常住的人却是老少三辈。程阿姨前些时在乘电梯时跟这家人遇上，听他们叽叽喳喳地笑闹，内容大体是争电视频道的事儿，年轻的要看世界杯转播，老太太却只想看中央台11频道的"戏迷乐"，当妈的埋怨总看不上一出什么连续剧。如今同楼也不兴串门儿，程阿姨的出现令一家人惊讶。程阿姨道出心曲：欢迎他们家的人分流一部分去她家看电视，看哪个频道都行；她还招待茶水小点心。"不是为你们做好事，是盼着你们为我做好事呢！"人家也没听懂她的意思，招待她茶水零食，请她坐到长沙发旁的单人沙发上。程阿姨冷眼观察，这家的组合沙发是最便宜的那种，当中的长沙发倒也挺宽，看样子还能临时变成一张床，她去时沙发上已经坐了姥姥、妈妈、儿子、爸爸四位，她便再次发出邀请，说："你们一个电视，这么多人挤着看，何必不疏散疏散呢？我那儿的大背投，环绕立体声，闲着也是闲着……"那家女主妇就笑着说："我们新添了这个二十九英寸的，原来那个二十一英寸的挪里屋了，孩子又把他那电脑增添了接收电视节目的功能，倒是不用跟以往那么抢频道了，也很疏散了好些天，可是，哎，怎么说呢？你问他吧——"被指到的上高中的儿子就笑着说："合久必分，分久必合嘛！我现在觉得，家里人挤在一个长沙发上，哪怕看的是我不大喜欢的节目，也还是挺滋润的！我以后离开家，第一个要怀念的，恐怕就是这个让家里人挤得暖烘烘的长沙发啦！"

程阿姨回到自己那个宽敞幽雅的大单元，发出一声欢呼："寿寿！"她把寿寿托到长沙发上，坐到一处，低头蔼然地问它："寿寿乖乖，咱们挨在一起，随便看个节目，好吗？"

天梯之声

樊美的职业有点怪，她在一家典当行当部门经理。这天她开着奥拓车往近郊榆香园小区的路上，脑子里一直盘算着那台佳能相机的事儿。

榆香园人气颇旺。有两根爱奥尼亚式柱子的大门旁，戴贝雷帽的保安见她车子开来便举手行礼。她把车子停在保安身前，摇开车窗问："小王你值班啊？小祁，祁佳运他是哪一班？"小王回答她："祁佳运前天辞工啦，跳了个好槽儿，他还保密，我们都不知道他现在在哪儿哩！"樊美一听，眉毛一跳，把车开进小区，且不回自己那座楼，开到潘姨住的那座楼前，下了车就到门前按响潘姨家的对讲机。

榆香园的业主们一般不互相来往。樊美是在晨练时认识潘姨的，三个月前她每周去潘姨家两次，让潘姨辅导她英语，她要按课时付钱，潘姨执意不肯，说自己原来是大学英语专业的优等生，但毕业以后学非所用，分配的工作根本用不上英语，直到改革开放以后才有机会重操专业，现在已经退休，正怕再次撂生，能跟小樊教学相长，很是高兴，收什么报酬！

本非约定的学英语时间，这回是不速之客，潘姨迎进樊美，却毫不介意，照例热情招待。

樊美还没在沙发上坐定就问："小祁把您那台佳能相机还给您了吗？"

潘姨似乎没听懂樊美的问题，只是笑吟吟地递上一杯香茶。

樊美心里直为潘姨揪心。这天她在典当行的库房里，看到一台新典进来的佳能相机，循例复验，发现后背盖左侧，有道小小的划痕，不禁一惊。那是潘姨的相机啊，而那划痕，正是她有一回因自己的相机拿去修理，借用时不慎弄出来的，还相机时特别跟潘姨说明，还表示要予以赔偿，潘姨哪里在意？说又不妨碍拍照，有个特殊标记倒也有趣嘛！前几天，樊美正在潘姨家学英语，保安小祁来了，是潘姨约他来的，原来，潘姨在花园里遛弯时，跟正倒休的小祁闲聊，小祁说自己从家乡来到北京，投靠在这里当保安队长的表哥，第一天晚上从西客站下了车，直接奔这榆香园来，第二天就参加昼夜三班倒的值勤，根本就没休息日，工资还常拖欠，只是管吃管住算个好处；到北京都一年多了，人就没离开过这么个榆香园，北京究竟什么样子？根本没亲眼见过，简直跟没到过北京一样！真想到城里看一看，特别是看看天安门，在那里照张相！保安队里，像他这样的来北京很久却没见到真天安门的，不止一个呢！潘姨就建议他约上战友，请个假，去趟天安门。小祁就说请假根本不可能，只是每回倒成全夜值班时，有个28小时的空当，除去8小时睡眠时间，还有20个小时可用，也许利用那空当，能去看趟天安门。潘姨就支持小祁去看天安门。约小祁来，樊美一旁看得发呆，潘姨在一张纸上画了路线图，怎么坐长途汽车进城，怎么换乘地铁，在地铁里怎么从环线转乘1线，在哪个站下车，看了天安门以后怎么步行到王府井商业街，从那里又怎么到景山公园，登到景山公园顶上怎么朝四面欣赏北京，出了景山怎么回到地铁……解释完那张图，又拿出100元，说是赞助的游览费，更拿出那台镜头能伸缩的佳能高级傻瓜机，说是已经装好了新胶卷，耐心地教给小祁怎么使用，告诉他若当天没拍完就且不忙送还，这还不算，最后还给了小祁一张IC卡，嘱咐他在城里迷了路，或是遇到什么问题，可以随时使用街头公用电话打过来，她能及时给予指点。当时小祁满脸感动，告辞的时候结结巴巴地说：“潘奶奶，我，我都不知道该，该怎么着……”潘姨只是笑，挥挥手说：“该好好看看天安门！”

这天樊美忍不住埋怨：“您呀您呀，怎么也想不到吧？那小祁把您的相机押到我们典当行啦！典票的底子上，有他大名，还有他身份证的号码，他倒是不怕追查啊！也许，他这名字，这身份证，根本就全是假的！……”樊美替潘姨痛心，抓起电话就往物业保安部查询，结果更令人吃惊，小祁表哥一周前已经离职，那天去天安门小祁也根本没约别的人，樊美就要他们往公安局报案，潘姨一听马上过去阻止了樊美，取过话筒告诉物业情况还不太清楚，以后再与他们联系。

樊美和潘姨四目相对，一时双方都看不懂对方的眼神。

樊美问：“潘姨，您就不后悔吗？”潘姨摇头。樊美进一步问：“您就没意识到，人性有时候是多么黑暗吗？”潘姨沉吟片时，缓缓地说：“也许，小祁是实在没别的办法可想……也许某一天，他会把那相机赎出来，送还给我……当然，还也许，他就从此消失了……我这人不擅形而上，我总是很感性的，在我的生命历程里，曾经听到过一种声音，我把它称作天梯之声，这声音，至今没被岁月消退丝毫，一温习这声音，遇到这样的事，我就不后悔，真的不后悔！……"潘姨就望着窗外的天光，讲起那段往事："我跟你这么个岁数那阵，单位里新分配来个女大学生，我叫她小芸，刚满23岁，她从外地分来北京的，那一年国庆节，单位领导让我们两个值班，国庆之夜，天安门放礼花了，我们那个小单位离天安门不算太远，能听见传过来的礼花爆裂声，能感觉到天安门那个方向的天空，一闪一闪的，但就是一点看不到礼花。小芸强烈地表现出来，希望能看到灿烂的礼花，哪怕只看上一眼！她说她原来只从新闻纪录片里看到过，现在人已经到了北京，赶上国庆节，却偏看不见真的，给家里人写信，都不知道该怎么措辞！每当传来礼花升空爆裂的声音，她的肩膀就禁不住因向往而发抖……我那时灵魂里就充溢着一个想法：要让她看见礼花！我那时也很瘦弱，力气本不大，胆子更小，但情急之下，我就去扛来一架木梯，靠在我们单位院里最高的那所平顶房的屋檐上，鼓励小芸爬上去，站到那屋顶上亲眼感受国庆礼花。要知道，那时候北京楼房很少，我们单位跟天安门之间没什么高大建筑物遮挡，提升到那样的高度，肯定就能看到礼花了。我对小芸说，万一明天领导知道了，责任完全由我承担，而且你一人上去，没多少分量，根本不会有损屋顶，你看够了，下来，我们一起把梯子放回原处就是了……一阵更清晰的礼花声随风而至，小芸就像松鼠一般登梯而上了，那登梯声里，有梯子杈的嘎吱，更有从小芸胸臆里喷溢而出的欣喜若狂的心音，那声音万分美妙，是极乐之声……那算不上什么助人为乐，但后来我每每想起，就为自己那样急切地希望别人快乐，而且因为目睹了别人的快乐，自己也被快乐充溢于灵魂，而深深感动，我觉得，我活着，这是非常重要的一个支点……我一生能力有限，胆识也不值一提，没有真正从大处帮助过什么人，比如这里物业拖欠保安维修人员的工资，我就无力帮助兑现工资，更没能力帮他们跳槽到好的机构，但是，在我力所能及的程度内，给予他们一些快乐，我是心甘情愿的！那天小祁在城里用IC卡给我打来电话，背景是王府井步行街的市声，他告诉我已经看过天安门，正打算进东安市场，那是非常快乐的声音，我就仿佛是又听到了天梯之声，再一次感受到极度的快乐，真有飘飘欲仙的感觉！……"

樊美听呆了。潘姨把目光转移到她脸上，现出一个甜蜜而掺有苦涩的微笑，平静地接着说："人性深不可测吗？人性有时令人战栗地显露出黑暗吗？小樊啊，我经过的事比你多，这方面感受何尝少？就是那个小芸，后来对我很绝情，固然那时有那时的客观情况，但她人性中的阴暗面，何尝不令我莫名惊诧！但我却永不为那个国庆之夜，为她搬梯子、扶梯子而后悔，因为毕竟那天梯之声，注入了我的灵魂，至今仍滋养着我的生命……"

樊美忍不住一把抓过潘姨的双手，紧紧握在自己双手里……

　　我是一个五斗橱。你问我的年龄？怪不好意思。不是因为我自比为女性，而是因为，我们家具一族，年龄上的讲究跟你们人类不大一样。年轻的家具，用料做工再好，价值也有限，超过一百年的家具，价值那就昂贵了，如果是三百年以上的明代家具，那就往往无法定价，被视为无价之宝了。近些年我摆放在屋里的位置，恰好斜对着一台电视机，那天从电视里看见，一个清朝乾隆时期的雕花炕橱，在拍卖会上拍出了一百万的价格，惊得我发出咔吧一声，男主人听见了就跟女主人指着我说："又热胀开榫啦，这么个稀里哗啦的破柜子，你怎么还舍不得处理呀？"

　　你这就知道我的年龄了，我们家具处在三四十岁的年头，是最不让人待敬的，基本上都属于"该赶快处理掉"的范畴。感谢女主人，她一直坚持保留我。男主人娶过女主人来时，女主人的父母，也就是把我新崭崭买下的那对老主人，先后去世不久，女主人把我带到新居，说我是个纪念物，男主人那时候对女主人百依百顺，别说把我带到新家，就是把老主人用过的旧笤帚带过来，也不会皱眉头的，但他的好脸没保持多久，有一回跟女主人闹矛盾，他不砸屋子里别的东西，专拿脚踢我，一边嚷："你就跟这破柜子一样跟不上时代！"女主人哭了，末了他又去搂着她道歉，我长长地叹了口气，心想踢我我就忍了吧，只要别踢女主人就好。

　　女主人不仅不嫌我"跟不上时代"，还好几次说我是"时代的活见证"。确实如此。我上面的两个小抽屉，都有锁，那里头锁过户口簿、身份证、结婚证、存折，还有粮票、布票、工业券、外币兑换券什么的，可惜这些票券搬过来的时候基本上全绝迹了，但有一回小主人从抽屉缝里发现了一张布票，那时他已经上到中学，发现那是张一尺的布票，惊喜得跳了起来，女主人说他"抽风"，男主人却鼓励他拿到一个什么市场去估价，后来估出的价钱是一百块，而且，据说再存它二十年，一千块怕还不止，那小主人就把那张布票夹到他的一个邮票本里了，说那是个小金库，里头所有的小纸片都等着升值呢。"等升值"的观念我确实难以容纳。我记得在我的两个小抽屉里，还存放过红领巾、共青团团徽和入党申请书。我下面的三个大抽屉是装衣服的，当中两个抽屉里的衣服像流水一样，更新得很厉害，最下面的抽屉里的衣服，有的一放就好多年，前些时候有一天男女主人说是要去参加一个什么"派对"，女主人把当中两个抽屉的衣服翻遍了，男主人还帮她把那边新衣橱里挂着的新衣服挑了一溜够，居然就找不出一套够格的，后来男主人就对女主人说："风水流年转，二十年前的衣服现在也许反成了最时尚的！"女主人就赌气来拉我最下面的抽屉，我想那不是瞎掰嘛，抽屉里只有回忆，哪能有时尚，就咬住抽屉口不让她拉开，她费好大力气才达到目的，头一回生了我的气，她边往外掏旧衣服边埋怨："这柜子也真是个老倔货啦！"没想到的是，那天深夜他们两口子回来，竟都为女主人穿出去的那套衣服自豪，说是"派对"上有的女士羡慕地问女主人："这是不是巴黎本季时装呀？哪个专卖店进货这么快呀？"两个人笑得没脱衣服就搂着滚到床上去了……

但是我的命运仍然堪忧。主人的住房要二次装修了，那些比我年轻的家具都面临淘汰，我能继续被保留吗？有一天男主人趁女主人不在家，把一个农村来的收旧家具的汉子带到我面前，跟他说："随便多少钱吧！"那汉子说："八块。"男主人耸起眉毛："什么？它才值八块？"那汉子说："你这四层楼呢，一层楼算两块，很公道啊！"原来那汉子的意思是不仅我一钱不值，他帮男主人把我这个"累赘"搬下楼还要男主人付他八元劳务费！那天我气得吱吱呀呀呻吟了好半天。

终于到了这一天。主人们直到天黑一个都没回来。一个贼不知从哪里钻了进来，他居然要撬开我最上头的两个抽屉。尽管这些年主人的首饰、存折、现金什么的都不再搁在我这里，但我的抽屉里所存放的，实在有比金银财宝更珍贵的，干脆说就是无价的东西，比如男主人还没娶女主人时写给她的一叠情书，女主人把它们都搁在了一只磨漆小匣子里，那里面还有一朵已经干燥却依然散发出香味的玫瑰。这样的一些见证物，我怎么能容忍孟贼劫去呢？他一边撬，我一边愤怒得发抖，他使出一个大劲，我就用尽全身力气跟他拼了——我不仅砸向他的身体，而且像炸弹般解体倒地，发出巨大的响声，结果惊动了楼下的邻居……最后，警察来了，那贼没能跑掉，给逮住了。

碎掉的我，最后的意识里，氤氲着一种甜蜜，那是我发现，女主人的脸逼近着我的碎片，她眼里的一滴泪水，恰恰落到我心脏的位置……

"是我老同学啊！"他一手展开报纸，一手敲打着那报纸上的照片，对电梯里的人们说，"看，看，一点看不出老，是不是？"又感叹："哪像我啊，你们想得到么，同龄啊！瞧瞧人家！"电梯里有的邻居无动于衷，有的看到那篇专访配发的照片，点头："名人。"开电梯的阿翠很是羡慕，问："你们常见面吗？"他仿佛受到刁难似的，很不高兴，把报纸夹到胳肢窝，从衣兜里掏出钱包，又从那里面掏出一张名片，递给阿翠说："这是我新得着的。"阿翠接过去，只觉上头印得密密麻麻的，也看不大明白，倒是她身旁一位凑过去看的先生感叹："这么多头衔啊……"电梯停了，他那层到了，他从阿翠手里抽回那张名片，临出去时还说："今晚新闻节目，你们注意看团拜会报道吧，准有他的镜头！"

晚上正点新闻，果然有条关于团拜会的报道，镜头里除了致辞首长的大镜头，还有一些摇拍镜头，展示宴桌旁一些嘉宾的面貌，妻子催他吃饭，他急摆手，说："快了快了……"妻子就知道是等他那名人老同学出镜，但这回不知道怎么搞的，镜头切换来切换去，硬是没看到那位他引以为荣的老同学的面影……结果晚上饭也吃不香，妻子知道他的心事，就建议："打个电话过去问候问候，别是病了！"他就正色道："这时候怎么能去打搅！"

是的，他懂，像那位老同学那样的社会名流，如果自己要给他拜年，一定要在初八以后，那之前往往翻翻报纸，就能知道人家忙得不亦乐乎，在若干报道中排列出的名单里，作为名人，那老同学或者是被领导亲切看望，或者是与领导一起到远郊山区看望别人，又或者是参加茶话会，还要接受记者采访发表新春感言，等等。

初八一早他把电话打过去，噫，不是让电话留言，真有人接，"是嫂夫人吧？"对方问明他的身份，热情地说："他在他在，稍等稍等……"几秒钟后就是名人的声音，他问下午去拜望是否方便？对方说欢迎欢迎……下午出门乘电梯下楼，他对阿翠说："你知道我去哪儿吗？"阿翠看看他说："去遛弯儿吧？"他说："遛什么弯儿，我串个门去！"阿翠说："串门？您空着个手？"他就笑："你们就知道俗人俗礼啊……"他告诉阿翠去哪家拜年，训诚似的说："到了他那个层次，物质上什么都不会缺，需要的全是精神上的享受，作为老同学去话旧，对他来说那是最好的礼物啊！"阿翠只是眨眼，俗心依旧。

确实，坐在名人家那宽敞客厅的沙发上，他把许多陈年旧事拿来翻晒，名人听得高兴，只是说实在都不记得了。他又列举近一年来对名人的密切关注，电视报道中的镜头，报纸报道里的名单，还有专访、题词什么的。名人说："你真关注我，就该读我的著作。"名人已经很有几年没出新书了，以前的书送给过他，都在扉页上签过名，还盖过章，他确实爱若珍宝，放在家里书架上最显著位置，逢有客来，必兴奋展示，但他却一直没有细读——甚至没有粗读，只是大略翻过名人的书。每次来给名人拜年，名人总想问问他的阅读心得，一接触书里的具体内容，他就无从应答。这天亦然。名人对此表面上倒没怎么不悦，心里的不舒服，可想而知。

电话铃不时响起，而且又有客来，他知趣告辞，名人道歉，说不能远送，他把名人往玄关里推，回家路上十分满足。

万没想到，三个月后，那天回家，从信箱里摸出一封讣告信来，名人竟突发心肌梗死，一命呜呼！他的哀戚，用"如丧考妣"来形容，真是十分恰切，阿翠可以做第一证人。

跟名人遗体告别，那是绝对要去的。路上堵车，晚了近半小时，他真是忧心如焚……进了殡仪馆，啊，还好还好，赶上了赶上了……没错没错，认出好多老同学来，这些老同学多年不见，在这样场合见到，也只能是互相微微点个头。他排在一位女士身后，那女士是不是老同学？不大敢认。只听那女同学哽咽地说："太可惜了……"他立刻泪流满面，却也不忘询问，来的领导，级别最高的是哪位？人家似乎没听清，只泪眼迷蒙地望了他一下……

绕到遗体前，他吃了一惊，人一死，怎么变化会那么大？如今的遗体化装，不是可以做到栩栩如生么？……疑惑中，走到家属们面前，呀，这一惊更非同小可，都是谁呀？怎么全不认识？机械地跟他们握了手，弯腰点了头，走出灵堂前扭头看那横幅，才发现这根本不是那名人的遗体告别仪式！

原来，名人的遗体告别仪式是在另一灵堂。赶过去，早已结束，工作人员正在收拾花圈。

但也不能说他完全走错了地方。他去告别的那位，确实也是他的一位老同学，只是并非社会名流，所以他早已将其遗忘，当然也就多年全无联系。令他，也令本来是来报道那名人告别仪式的记者奇怪的是，涌向这个灵堂的人竟是络绎不绝，其中还有许多是孩子，个个捧着自费购买的大束鲜花。记者已经询问过一些人士，感觉这位生前默默奉献的逝者很有报道价值，又有人指出他，说他也是那逝者生前的老同学，记者看他脸上泪痕宛然，便过来采访他，第一个问题便是："对他，您是否一直引以为荣？"

　　他不记得是怎么回答记者的，也不记得自己是怎么离开那殡仪馆，彳亍在大街上的，单记得当他路过一家书店，那摆到门口的处理货柜上，堆着好多还新崭崭的书籍，正是那位名人的著作，那货柜上竖着的大牌子上，有四个字火辣辣地蹦入他的眼睛：一律五折。

那天，你丢失了什么？

没有呀，你说，那天参加完"派对"回家，什么也没丢失呀！钱包、手机、项链、手表……一样也没少，就连以往最容易忘记带走的太阳镜，这回也没落下啊！

可是，你确实丢东西了。

就在那个"派对"上，你对阿莽说："包在我身上！我叔叔就是个大公司的总经理，他们那儿正招聘你这样的人才，我去跟他一说，准行！"你并没有那样一位当总经理的亲叔叔，你家住的那栋楼里有一位邻居，倒是个总经理，但你平日只是在楼门前，见他从小轿车里出来，跟他打个招呼，叫他一声叔叔，他也就对你笑一笑，那么点交往罢了，你怎么可能介入他公司的人事，他又怎么可能轻易接受你对阿莽的推荐？

你对阿莽说大话。你丢失了诚恳。

阿莽把你的大话当真了。第二天他就把自己的简历用"伊妹儿"发给了你，从附言里看得出，阿莽对你的承诺充满期盼，他焦急地等候你或那公司给他佳音。

面对阿莽的"伊妹儿"，你有些尴尬。

你给阿莽回"伊妹儿"。从实招认，那是酒后大话，这个念头在你胸臆里转悠来转悠去，却最终被你抛弃。你在"伊妹儿"里对阿莽说，嘿，急什么，我叔叔出国了，下个月才回来，下个月包给你喜讯！

你从贸然吹牛，发展到公然撒谎。你彻底丢失了诚信。

这类的丢失，如果自觉、及时地把它捡拾回来，不仅可以使他人脱离迷雾，更可获得自己内心的慰藉与平静。

你不是一个故意要误人的坏蛋。但从那天起，你的丢失接二连三。阿莽给你来电话，告诉你一个消息，他发给一家小公司的简历，有了回复，让他去面试，他问你，你叔叔接收他的可能性究竟有多大？如果是百分之九十以上，那么，他就不去那家小公司面试了。"嗨，你去试试有什么坏处？骑着马找马，岂不更好？"这话已经到了嘴边，你却又咽下去了。事后你也曾后悔，倘若阿莽面试成功，去了那家公司，你前面的丢失虽然不能算作找回，但也总算告一段落，不至于越丢越多。但你在电话里回答阿莽的话却是："去那小公司干什么？多寒酸啊！我叔叔那边的可能性？我让我爸也跟他说啊……我爸是大股东哩……百分之九十？九十九都不止！……"关闭手机以后你有点心慌意乱，但喝了一杯星巴克的卡普奇诺咖啡，你竟又把此事忘在脑后。

你的丢失越来越惨重。其中最珍贵的一样，是善良。

绝不能再丢失下去。离那天的"派对"，渐渐快一个月了。阿莽这些天一定会来问你：你叔叔回来了没有？什么时候，你能带我去见他？如果正式地面试，该再准备些什么？注意些什么？……

你要设法把所有丢失的，都尽力找补回来。

是的，这已经很难。但不能再犹豫，这是生命的必须。

悔的边缘

　　虽已花甲，他从地铁车厢里出来，去往出口的步伐仍相当敏捷。是人流高峰期，地铁站台仿佛一只巨大的鱼缸，人群就像穿梭回游的鱼儿。他被后面疾步往前赶的人从侧面撞了一下，他早已习惯社会中人际的碰撞，从生理到心理的到情感的，所以并不为意，本能地一停步，见是一个年轻人，那年轻人的眼光跟他刚一接触，就问他："三益大厦从哪边走？"他回答："那应该走东出口……"可是年轻人却马上离开他，朝前几步，又去问站台上报摊的售卖员，他心想，怎么回事？为什么不相信我的回答？我指点得很正确很清楚呀……他这样的年纪，加上他的教养，以及他个人性格中的一种执拗，使他在短短几秒钟里，产生一种慨叹，就是如今社会上人与人之间怎么增加了那么多的戒备？连问路也要三问验证才能确信吗？同时又产生出一种冲动，就是一定要以自己的实际行动，来使这位年轻人树立起信任陌生人的信心。于是他小跑着，穿过江鲫般的人流，追上了那年轻人，呼唤他："小伙子！"

　　那年轻人听见他的声音，回头望着他，眼里充满复杂的表情，他一时难以破译，总的来说，大概是无比惊讶。他就对年轻人说："小伙子，我带你去三益大厦。本来，从这边东出口出去，直接朝前走就能到，最近这边修路，临时拦出许多栅栏，要绕几个弯儿才能走到，不熟悉这边路况的人，如果没人带路，那就可能绕来绕去找不着了……"年轻人瞪圆眼睛，嘴唇嚅动着，大概是想说不用了不用了，他就又微笑告之："我就住在这边，顺路就把你带到，跟我走吧。"他引领着那年轻人去上滚梯，那年轻人自觉地站到滚梯右侧，他心想，这就说明小伙子还有点文明习惯，大概是个外地考到北京的大学生吧，去三益大厦，也许是到那里头的公司求职面试，那就更不能因为路不熟误过约定的时间，自己带他去真是非常应该，也算是退休后的平淡生活里的一桩小小乐事吧。

出了地铁站，那年轻人就说："老先生，我自己去吧。"他笑："看见吗？两边全是临时栅栏，谁都得从这儿过呀……"转了两个弯儿，出现岔口，那年轻人说："谢谢啦，您自便吧……"他的笑容更灿烂："自便？那你可知道该往哪边？来来来，跟我拐这边……"就这样，终于走出栅阵，人流疏散开，前面已经显露出了三益大厦，年轻人煞住脚，这回不知怎么绷紧脸，挺不高兴的样子，听他生硬地说："行啦，别跟着我啦，我看见啦。"他本想说："我回家也得经过三益大厦，我把你送到门口吧。"但望见那年轻人的眼神，他想，啊，如今的年轻人都特别在乎自己的隐私权，也许，人家到三益大厦里办事，希望能够保密呢，于是他就站住不动，指点前面说："大厦的门朝西，拐往西边的时候，留神那地下存车库里开出来的车，虽然规定车子到了出口一定要停下来，看清没有路人才能开出，可是如今就有那财大气粗的人，车子猛地往外冲，上个月就撞倒过一个民工，我正好路过嘛……那开车的还骂那民工不懂城里的规矩……所以，你头回往那儿去，要特别地小心！"

阳光下，一个矮胖的花甲老人，一个身材颀长的年轻人，站在那里，目光交接着。两个人心里都涌动着很多想法，却都无法弄明白对方心里究竟在想些什么。年轻人朝花甲老人点下头，含混地道谢，转身往三益大厦那边走去，老人为了不干扰那年轻人，就且不回家，往另一岔路走去，那边有个公共绿地，他想去那里散散步也好。

年轻人还没到三益大厦就停住了脚步。他猛地扭回头，看那领路的老人还在不在。没影儿了。年轻人的心先一松，接着就越来越紧，仿佛被他自己的手狠狠地捏着。他是在下地铁车厢后，从老人一侧的衣兜里，窃走了老人的钱包。那钱包里究竟有些什么，他还没机会检看。他向老人问路，以及问过老人又去问卖报的，无非都是转移老人的注意力，万没想到的是，这位老人却向他展示出了十二万分的善意……这世界上还真有善吗？真有信任吗？甚至会信任他这样的一个生命？……他的行窃史还很暂短，为使自己这样的行为跟还没泯灭的良心不至于激烈冲突，他总对自己说：这世道哪有什么真正的同情、善意与信任？……一种浓酽的悔意涌上心头，他想马上找到那不见身影的老人，把钱包奉还……他都朝三益大厦的反方向快走几步了，却又站住了。他在悔的边缘徘徊。他还是觉得以他个人的遭遇而言，像这位老人这样的社会存在还太少，他还不能放弃他的报复心理……

那花甲老人是在绿地的长椅上坐下休息时，才发现自己丢了钱包的。那个声称要去三益大厦的年轻人，自然立即成了他心中的疑犯。他把整个过程细细地回忆了一遍。他心中旋出丝丝悔意。难道无私助人在眼下的世道里竟是一种奢侈甚至一种痴愚？难道世道已经发展到不可以信任任何一个陌生人，甚至就连熟人也必得心存六分以上的戒心？……他的心思也一直在悔的边缘徘徊。当他往家里走去时，他这样想，没有充分的证据可以断定是那年轻人偷窃了自己的钱包，自己以后要把钱包保护得更好就是了；他以十二万分的善意去帮助陌生人并没有错，这样的事情过去倒是做得太少了，而且，应该有更多的人乐于以自己的行动——哪怕只是热情为人带路这样的小善，来点滴增加这社会的人际温暖与亲善……

　　陈画家大吃一惊——他在当天的邮件里，发现了一样奇怪的东西，那会是谁寄给他的呢？也不附上一封信，他在灯下端详了半天，努力猜测：是寄来供他当资料的？是跟他开玩笑的？……

　　陈画家的邮件总是很多，除了国内、国际的一般信函，还有许多大小不一的牛皮纸口袋邮件，多半是赠阅的杂志，此外他收到的EMS也就是特快专递邮件也挺不少，这天就有三件，在他住的这个榆香园里，经常接到EMS邮件的住户也就他一个，往往是，送EMS的邮递员把那邮件送达小区传达室，管给住户送邮件的小安便飞快地代他签收，随即把那快件跟他其他的一摞邮件还有几种报纸归拢一处，有时为慎重起见还用塑料绳捆扎起来，以免散落，如果没看见陈画家出园去，那就会及时地给他送上门去，倘若知道陈画家出去了，那就注意他何时归来，一旦陈画家出现在园门内，便马上迎上去，把一捆邮件递给他。陈画家对小安非常满意，几次向物业经理表扬小安认真负责、灵活麻利，他入住两年多，还从未发现丢失邮件的情况。

　　因为邮件多，陈画家习惯于每天晚饭后，拿把剪刀，坐在沙发上先把所有的封口剪开，一般信函连信封放在一边，那些牛皮纸口袋包括EMS里的杂志什么的抖出来放在另一边，包皮封套则扔在沙发一侧的藤编废纸篓里。做这件事的时候他总是开着电视，心不在焉，仿佛是在做一套松弛身心的体操。

　　这天陈画家从一个EMS蓝边大封套里抖落出了一双鞋垫，色彩很扎眼，细观发现是手绣的，绣的是莲花荷叶，还有鸳鸯戏水。他是很欣赏土得掉渣儿的民俗工艺品的，但这双鞋垫做工虽细，那花样图案却并不顺眼，大体而言，是土得不够，那些莲花荷叶鸳鸯既未达到写实，又没体现出童稚的变形趣味，还很不得体地绣上了英文，大概是想绣"爱情""幸运"两个单词，结果又拼错了。这样的东西没有收藏与参考的价值，于他而言当然更没有实用价值。他蹙眉伸唇，不得要领。什么人在跟他开玩笑呢？他觉得这个玩笑实在并不高明，便顺手把那双拙劣的鞋垫扔进沙发边的废纸篓里了。

陈画家很快就把那双鞋垫忘记了。他关掉电视，跷着二郎腿，看杂志上一位艺术评论家的文章，那位评论家很前卫，把人文关怀嘲笑了一通，主张"形式即一切"、"只要装饰不要趣味"。他边看边抿嘴笑，心里想，倒真该把这双鞋垫给这位评论家寄去。

忽然单元门边墙上对讲机发出呼叫声，他过去接听，是小安的声音，问他是不是拆阅了所有的EMS邮件，有没有一个里面装着"踩莲"的？他先是莫名其妙，问："什么莲？"小安重复地说："踩莲，踩在脚下的踩，莲花的莲……"他恍然大悟："啊，是那双鞋垫吧？"小安说："对对对，劳驾您给看看那特快专递的封皮，是不是寄给张顺田的？是我粗心，以为一定是您的，就给了您了……"他说："对，一定是你弄错了，你上来吧，我这就退给你。"他去沙发边废纸篓里拣出了那双鞋垫，又翻出了装它们的EMS封套，封套上果然写着收件人是张顺田。门铃响了，他开门，把那塞进鞋垫的封套递给小安，说："你帮我解释一下，因为我邮件多，又没想到会混进别人的，所以一律不细看信皮就都剪开了……"小安忙说："都怪我，怪我……"小安临走前，他问："这张顺田是谁呀？"小安说："是春节后新来的保安，鼻子边上有个大瘊子的那个。您进出的时候常见着他的。"他对小安说："大瘊子？没印象。"又说："这东西上的图案该叫'彩莲'，五彩缤纷的那个彩，怎么会是踩脚丫子的踩呢？你把彩字该怎么写也告诉张顺田吧。"小安感激地走了。

陈画家是榆香园里一个常在的生命，张顺田则是一个暂栖的生命。其实他们迎面相遇的几率很高，不仅张顺田在大门口值勤时会遇见进进出出的陈画家，因为包括张顺田在内的一部分保安的宿舍就在陈画家住的那栋楼的地下室里，有时他们也会在楼前擦肩而过，但陈画家对张顺田这样的生命存在基本上忽略不计，张顺田呢，虽然模模糊糊地知道那人是住在楼上的一个画家，但究竟什么是画家？他也从未仔细去想过，在他的意识里，这样的人跟他老家那些过春节时能给人写春联的，以及能给谁家盖的新房的屋梁上画彩画的，那样的人物，大概是一样的，他哪里懂得，人家陈画家是画油画的，近来又热衷搞装置艺术，自有另一派他难以想象的天地。

张顺田所睡的那张上铺，垂直往上十多米，就是陈画家的画室。两个生命其实离得很近，但他们所思所想所喜所忧竟是那么样地不同。近来张顺田一直在想他的未婚妻。特别是躺在床上的时候，睁眼是她，闭眼也是她。张顺田外出打工，换过几处地方、很多工种，因为只有初中学历，又没什么技术，总挣不上高点的工资，因此也总没能成家。今年春节他回家去，像他这样的二十七岁的光棍小伙子，城里头不稀奇，山乡里可就惹人议论了，父母兄嫂姐姐姐夫乃至七姑八姨无不替他焦急，其实那时候他正处在又一次失业状态，好在手头有些从牙缝里挤出攒下的银子，在按习俗送礼等方面显得还算大气，就跟家里人说还在原来那个公司工作，也不细说干的是清洁工，家里人就很高兴，都忙着给他找对象，哪还能搜出几个年龄相当的闺女？有的都劝他接受小寡妇了。但终于由他二嫂给介绍了一个姑娘，是镇上一家杂货店的售货员，跟他同岁还大着月份，好好的一个姑娘怎么总没嫁出去？脸蛋确实差点，眼睛小，上牙床还有点暴，但身条从背后看还挺不错，也是她自己以往太挑，轮到跟张顺田见面，她不挑了，两人单独在一起，她自己说："城里净是漂亮的，我可不好看。"张顺田就说："城里的谁愿意跟我？要说模样，我也不行，你瞧鼻子边这个大瘊子。"姑娘下死眼看了看那瘊子，笑了，说："只要心好，跟这瘊子过一辈子也行。"张顺田就说："干吗一辈子？城里有整容医院，只要攒够了钱，动手术去掉玩儿似的！"姑娘就说："有钱就那么玩？钱该用在刀刃上。"这话他岂止是爱听，简直就感动得不行了。就这么很快定了亲，约定年底成亲，成亲后双双到城里来谋个发展。回到这大都会，张顺田就找到了榆香园的这份保安工作，管吃管住，每月500块的工资，发下工资，他别的方面能不花就不花，唯独舍得买IP电话卡，这就叫把钱用在刀刃上。他每周要跟未婚妻打去两次电话，每次总要聊个半个来钟头，这成了他生命中最大的快乐。于是有一天未婚妻告诉他，正在给他绣"踩莲"，那是他们老家那地方古老的习俗，未婚妻把绣有莲花鸳鸯的鞋垫送给未婚夫，未婚夫接到后一定要马上放进鞋子里，随时地踩在脚心下，脚心通全身，踩莲的人该在心里结出斗大的莲蓬……前几天未婚妻则告诉他，"踩莲"绣完了，商店老板教给她，到县邮局去用特快专递寄给他，他掐指算来，这天怎么也该到了，就去问小安……

榆香园跟别处一样，很少发生什么惊心动魄的故事。每个生命都顺其自我逻辑外表平淡地延续着。又一天陈画家与张顺田在那楼下迎面相遇，各走各路，各怀各情。张顺田甜蜜地踩莲而前，陈画家则已经全然忘记了自己曾有"应该是五彩缤纷的那个彩"的训谕，他正要去参与一个命名为"虾梦"的行为艺术活动哩。

没用的故事

　　一个母亲带着八岁的儿子，坐在公园的长椅上。母亲疲惫地仰靠在椅背上，身边是竖靠在椅背上的提琴盒，她拼命抑制自己，却还是把养神变成了沉睡。儿子坐在她身旁，另一边是一个大画夹子。儿子轻轻推推母亲，母亲没有反应，他跳下长椅，四面张望，仿佛一只小鸟，想飞，却不知道往哪边飞好。

　　那是星期日的中午。公园里人不多。一个老爷爷恰好散步到那里，看见了那睡熟的母亲和就要跑开的孩子，一瞥间，老爷爷意识到，这对母子肯定是上完了上午的特长班，还要赶下午的特长班，因为家住得远，所以只能到这公园里来小憩一下。

　　小男孩就要拔腿跑开，老爷爷轻声叫住他："小弟弟，别跑远了！"

　　小男孩仰头望望老头，心想你管得着吗？我要能飞，飞得老远老远的，天那边，才好哩！

　　老爷爷指指长椅上的东西："别让人顺手牵羊呀。"

　　小男孩歪歪头，意思是：哼，都让人拿走了才好哩！

　　老爷爷笑了。他把小男孩引到对面花丛中的甬道上，指着那些花跟小男孩说："你把最美丽的一朵，找出来吧！"小男孩问："那有什么用呢？"老爷爷说："不是为了用。你能找吗？"小男孩就找，他指着一朵，快活地宣告："那朵那朵那朵，它最美最美最美！"老爷爷点头。两只蓝喜鹊叽喳叫着，掠过花丛，升腾到那边大柳树上去了。老爷爷说："你知道他们为什么这么高兴吗？因为那边湖里，新来了一对野鸭。""那跟他们有什么关系呢？"小男孩问。"朋友多了呀！"小男孩还问："野鸭能给他们什么好处？"老爷爷眯眼俯看小男孩，小男孩仰起的脸上，一双黑眼睛很亮。老爷爷就让小男孩跟他坐到甬路上的没有靠背的石凳上，隔着花丛，斜对着小男孩母亲打瞌睡的那张长椅。

老爷爷说，他要讲些故事，不过这些故事没什么用，也给不出什么好处。老爷爷讲了起来，小男孩开头精神不集中，可是，没多久他就越听越入迷，"后来呢？""还有呢？"小男孩正缠着老爷爷再讲，那边他妈妈忽然惊醒过来，先是左右一望大惊失色，然后就跳起来锐声叫唤他。

小男孩回到他母亲身边，那母亲不由分说拍了他脖子两下，指指手表说："晚啦晚啦，快走快走！"母亲背起提琴，小男孩背起画夹，匆匆往公园外头走去。老爷爷望着他们背影，小男孩并没有扭过头来张望。

一个多月过去了。又是个星期日的中午。公园附近派出所来了个报案的母亲。她一个肩膀上挎着提琴，另一个肩膀上挎着画夹。她哭着报告，儿子丢了！情况是：带儿子上午去提琴老师那里上完课以后，到麦当劳里吃午餐，准备休息一下以后，下午好去美术老师那里上课；为了防止自己犯困，她还特别要了一杯咖啡；谁知到头来自己还是趴在小餐桌上睡着了！以前是吃完麦当劳以后到公园里去休息，后来觉得公园里的安全性不如快餐店里，没想到快餐店里也出问题！……民警只能先安慰这位母亲，她一把眼泪一把鼻涕地大哭诉：每星期六上午是带孩子去补习英语、下午去补习电脑，每到"双休日"她是比上班还累，为的还不是这孩子的前途？没想到这孩子竟越来越难管教，根本不懂得做母亲的一片苦心！而社会又是如此险恶，拐子竟拐到快餐店里去了！……

她的宝贝儿子究竟哪儿去了？原来，他和妈妈在麦当劳里坐在靠大玻璃窗的座位上，妈妈打盹的时候，他忽然看见了那回在公园里遇见的老爷爷，正从窗外走过，他犹豫了一下，就溜了出去，尾随着那老人，原来那老爷爷就住在附近的居民楼里，他一直跟着老爷爷进了那楼，眼看他开锁进了自家的单元门。孩子在那门外歪头想了想，就踮起脚尖去按门铃。门开了，老爷爷看见他大吃一惊，他大声提出要求："我想听您讲没用的故事！"……

正在派出所里一筹莫展的那位母亲，她的手机忽然响了起来。不久就在派出所里呈现了大团圆的场面。当天晚上，那孩子把他记得的那些没用的故事讲给母亲听。母亲惊异万分。为什么这些故事孩子会记得那么清楚？孩子睡熟后，母亲还在枕上琢磨，一时也理不清头绪，但那些故事里的那些小鸟、云朵、伸长缩短的树影、飘落在湖心的鹅毛、抱着毛栗的松鼠、只露出半个脸蛋的狸猫……却分明粘在她的意识上，让她疲惫的心，感受到一种意外的温柔与熨帖……

望林石

年轻画家在那块山顶的大岩石上，遇见了那位老人。画家支着画架子，正在写生。老人爬上山顶，就在大岩石上的一块自然凸起的地方坐了下来。老的问少的："我妨碍你吗？"少的说："您来得正好，尽管坐在那儿赏景吧，我这画面上正好缺个有意思的近景，我把您画上去，您不介意吧？"老少二人后来就都不作声，各自沉入自己的内心世界。

周围全是青山。山底下是翠谷。翠谷里有闪着光斑的小河蜿蜒。鸟雀声声，却不见它们飞翔。唯独这块山顶岩石，除了缝隙里蹿出些杂草，是蓝天与绿山之间的一片赭色。虫鸣山更幽，是什么虫躲在石缝里断续地吟唱？它们也有喜乐忧伤吗？

老人把拐杖放在双腿当中，双手叠放在拐杖头上，望着远近满山的树木，眼里闪出了泪光。画家在画面一角勾勒着他的轮廓，不禁问道："您为什么难过？"老人缓缓地说："是难过，也是高兴。难过，是我在这个地方做过很多错事。高兴，是我在这地方做对过一件事情。"年轻画家问："您是个老干部吧？"老人点头："算是吧。不过这里的人，包括今天的干部，都不认识我了。这回我是从千里以外来。""看朋友？""看这周围满山的树林。"两个人就都暂停交谈。一片云柔柔地飘过，山林明暗转换，很高的天际，现出鹰的剪影。

老人在那望林石上，回顾自己的生涯。他曾有过许多当年光彩，现在除了履历表上留有痕迹，连对儿孙也绝不提起的褪色乃至可疑的职衔，如反右运动简报组副组长、四清工作组代组长、县革命委员会副主任什么的，当然，也有一些现在依然属于光彩范畴的职衔。往事究竟如烟，还是并不如烟？在他来说，是仿佛水幕电影，似烟如雾而又分明呈现出某些清晰的画面。真诚地做过错事，半信半疑地跟着做过错事，违心地将错就错过……但上世纪七十年代初期，他就只专心做一件事，那就是狠抓实干地在全县开展植树造林，也曾阻力重重，甚至被指斥为"以种树干扰批林批孔"，进入八十年代，又出现另外的困难，没同僚说你是干扰政治大方向了，却有大量村民入林盗树只为换点现钱，他以权谋树，以超前于上面即将出台的土政策稳住了局面……他从调至这个县到离开这个县，正好三十年，做对的一件事，就是种树。现在他坐在那望林石上，觉得人生的意义其实就是坚持去做一件对的事情。社会的复杂因素会让一个人做错许多的事，却很难完全断绝一个人做一件对事的机会，关键在于你究竟能不能在某一天认定不放、排除万难、锲而不舍地去做那一件事。

老人的心思，是在年轻画家画完那幅画，拿过去给他看，两个人面对面坐在一起，闲聊起来，才让对方大体上理解的。年轻人说他很少使用对和错的概念来思考问题。他没觉得自己做错过什么事需要懊悔，也没觉得一定要做对什么事情来获得心理满足。不光是对错，像美丑、善恶、雅俗等二元对立的思维模式，他也都很少进入，他对老人说，不要因此就以为我们这些年轻人荒唐，我们懂事后社会就已经多元化了，两极的事物当然好辨其是非、美丑、善恶、雅俗、高低……但在两极之间还有非常广阔的中间地带，那里面的事物都是复杂甚至暧昧的，我徜徉其中，凭借直觉，依着个性，撷取能让自己快乐的因素，当然，我要注意，自己快乐，不能令别人痛苦，所以要遵守公共契约。年轻人对老人说，感谢您为这地方出现这么壮观秀媚的山林谿谷，付出过那么多心血，我爱这些山林，我也会亲身参与植树与护林，但这对我来说不是什么别做错事要做好事的问题，这是我生命存在的必然逻辑。画家就又让老人看他画的画。老人原来很不习惯他那带有印象派特点的画风，看不出好来，听了他一番言论，拿起那画端详，尽管仍有些隔膜，却也渐渐生出一些憬悟，最后胸臆里旋出许多的欣慰。年轻画家呢，歪头对画自我欣赏，只觉得画里画外的人物都是天赐的精灵，令他本已摇曳多姿的人生平添了许多的意趣。

风吹过来，山林轻柔地起伏，把那一派翠绿的波澜直浸入两个偶然相逢的一老一少的心中。

山溪听蝉

　　书法家萧宽先后接到两位大姐电话，都跟他要字。先说孟大姐，她要的是"山溪听蝉"四个字。萧宽知道她住的那个楼盘内外并无河渠溪流，夏天虽有蝉鸣，在她那15层的高度恐怕也难听见。因为欠缺，所以向往，乃人之常情。再说邝大姐，要的是"在于争取"四个字。乍听真不知何所立意。两位表偶大姐都退休数年了，都搬进了那新楼盘的宽敞新居里，儿女均有成，虽另居自过，也都能像那歌里唱的一样，开着小车"常回家看看"。难道是邝大姐欲开二度梅花？也不好意思细问。萧宽就认真地给二位挥起毫来。

　　写好了，分别送上门去。两位老大姐楼号楼层不同。先去的孟大姐家。开门就看见两个人。一位自然是孟大姐，另一位富态谢顶的男士，孟大姐大方地介绍："我对象，叫他许先生吧。"萧宽展开裱好的横幅，两位退休者歪头欣赏，都赞好道谢。坐下喝茶，萧宽问："敢情是你们俩合要这四个字呀，是不是跟你们的恋爱史有关，要留个纪念呀？是在哪儿的山溪听的蝉鸣？樱桃沟？白龙潭？"孟大姐笑，说："你再猜不到！你知道，自从住进这楼，别的都满意，只有一样，这起居室和卧室的阳台窗户，全对着楼下那边的小学跟幼儿园，年轻的业主反正一早就进城上班做生意，晚上才开车回来，双休日学校幼儿园也放假，所以他们无所谓，可我们老年人呢，且不说那小学课间的喧哗，每天10来点钟的课间操，放送的音乐声，还有体育老师的口令声，我有一阵真烦透了，那段时间得把所有窗户全关严实，要么就用那段时间下楼出门去超市买东西，可人家还有体育课呀，也掌握不好人家的课程表，以为能安静会儿，窗户一开，一、二、三、四……人家正跑步吼号呢！学校还经常在下午把全体学生集中到操场上开大会，搞活动，要么是麦克风里呜哇呜哇地传送校长老师讲话的声音，要么是学生在念什么发言稿，有时候更搞歌咏比赛诗歌朗诵什么的，也听不真切，只觉得呜里哇啦锯耳膜！好不容易小学生入课堂了，那幼儿园老师却带着孩子到院子里玩滑梯转椅做游戏了，嘻嘻哈哈闹嚷嚷！就算我把所有窗玻璃都换成特别贵的高级隔音玻璃，那我也不能不开窗透气呀！你知道我心肺没什么大毛病，但是需氧量比一般人大很多，就拿坐车子来说，越是高级的小轿车，我越觉着闷，倒是大面包车坐着觉得挺舒服……"许先生两眼弯成翘角豆荚，说："离题了不是？"孟大姐就说："那你切入正题！"许先生却又摆手："我那是无意栽花，你是有心绽放，还得你来说。"萧宽觉得他俩挺有趣，然而一时还是不得要领。

忽然电话铃响。是邝大姐打来的，措辞虽客气，其实是催萧宽快些去她那里。孟大姐就说："你赶紧去吧。我们是真退休，凡事喜欢退一步，而且现在觉得人生忙碌了半辈子，难得如今能休息、休养。"许先生一旁颔首。

萧宽就告辞孟家赶往邝家。一进去吃了一惊。哪里像个退休老人的居所，那客堂简直就是个办公室。长桌上有电脑、电话、传真机，连茶几以至沙发上都搁着些卷宗、报纸、刊物、打印的纸张什么的。邝大姐可不像孟大姐那样穿宽松的休闲服，而是一身中规中矩的白领妇女的套装，头发在脑后扎成一束再挽起盘住，仿佛正在上班。萧宽展开写好的字请她验收，不禁问："您究竟是要争取什么呢？"邝大姐就推开一扇窗户，外面幼儿园孩子嬉闹的声音飘了进来。邝大姐指指楼下说："这还算小打小闹。等一会儿小学在操场开会，那就足能让人太阳筋疼！"萧宽小心翼翼地劝道："一个楼区嘛，有幼儿园、小学那不是好事吗？倘若您的孩子现在还小，那对您不是挺方便吗？"邝大姐说："第一，以既成事实而论，这样的配套设施，不应该离居民楼如此之近；第二，经查明，我们这几栋楼的地皮上，原来在规划上是建会所和带池塘的花园，但是开发商捣了鬼，会所、花园全没建，却造了公寓楼往外卖；第三，我们这些业主，在购房时全上了广告的当，按那广告上画的比例，这几栋楼与那学校、幼儿园之间，有八十米的绿地，而且学校操场是在尽那边，学校、幼儿园是我们搬进一年后才盖起来的嘛，现在你看，这跟广告上的宣传差得有多远？……"大概邝大姐还要列举第四、第五以至更多的道理，但电话铃响了，从旁听来，那仿佛公务电话，邝大姐严肃地"唔""唔"接听，又威严地回应："那不行。如果那样，也不怕，咱们奉陪到底！"又指示："发个电子邮件来，我要详细资料。"萧宽后来终于明白，这几年里，邝大姐联合一些业主，先是跟开发商直接对阵，闹僵后，到有关部门投诉，又向媒体反映，光电视台就来录过几次像，最近发展到对簿公堂，她全身心地投入，乐此不疲，但听那要求，开始竟要求学校和幼儿园搬迁，后来又提出改建学校，将操场移到教学楼后面，再后来综合各业主的总体利益，提出所有被噪音干扰的业主家的窗户一律由开发商出资改装高级隔音玻璃，并给予这些业主一定额度的房价赔偿和精神赔偿。萧宽这才理解"在于争取"四个字的分量。邝大姐听说孟大姐要的四个字竟是"山溪听蝉"，冷笑道："逃避主义，在咱们中国也算个老传统了。应该懂得：自己的公民权益，不能等待恩赐，必须行动起来，据理力争！跟你求这四个字，正是为了挂在这面墙上，激励我自己，以及联名起诉的业主们，挺起脊梁做真正的公民！"

回到自己书房不久，萧宽接到孟大姐电话，再次感谢他的字，又告诉他，并不是因为跟许先生在什么山溪的流水声与蝉声里定的情，是头一回约许先生来家，过了约定时间竟还没门铃响，不禁往楼下望，只见人家坐在那幼儿园的栅栏外的长椅上，也不靠着椅背，双手放在膝盖上，出神地看那些闹麻了的娃娃们嬉戏呢！后来大概猛然想起，看了下手表，才赶快往楼里来，来了问起他，他的感想是："你这居室太好了，时不时地就能听见活泼的山溪水在潺潺流动，这可都是些最稚嫩最鲜活的生命之声啊！"孟大姐就跟他说："你听见那小学里的喧哗，就不这么形容了，有时候那可是瀑布一样吵人！"正好小学操场上有一堂体育课，跑步的吼号声一阵阵传来，许先生居然不烦，还走到阳台窗户那里附身观望倾听，还说："这好比夏日蝉鸣，是生命成长的天籁，为什么要烦他们呢？"又让孟大姐跟他一起侧耳细听，竟隐约听见了音乐教室里的风琴声和孩子们的合唱声，在许先生的启发下，孟大姐渐渐也就不觉得那些声音全是噪音，甚至还渐渐喜欢起其中的许多声音来，"是的，有时我听着，就仿佛回到了学生时代，又想起了当年到学校给孩子开家长会的情景……人们就是在相互容忍，相互磨合的过程里，凝结出被叫作生活的露珠的啊……"萧宽问孟大姐参与邝大姐带头的争取权益的官司没有，回答是，非常钦佩邝大姐，希望他们能胜诉，但自己并没有参与联名，萧宽就以自己的身份提出质疑："您这是不是逃避主义呢？"孟大姐说："不是逃避，而是化解。解除焦虑大体有两种办法，一个是向外，一个是向内。我和许先生的性格比较适合于取第二种。"萧宽默然。

萧宽在书案前，一边回想着孟、邝二位大姐的神情言谈，一边不知不觉地又提笔在宣纸上顺手写起那两组字来，当然不是写大横幅，而是中楷游动，或直或竖，或左起或右行，也不知那么沉吟了几多时，等到他回过神来，忽见那八个字在纸上一处竟连缀成了"取蝉在山于溪争听"，他一个激灵，落身沙发，心中仿佛亮了一盏灯，那是无法用语言文字表达的一种禅悟。

　　父亲猝然去世，蓉娜竟没有马上飞回中国奔丧。亲友们去安慰她母亲时，有的就不免啧有微词。但母亲却非常旷达。母亲理解并谅解她。适逢一家大公司约定蓉娜去面试，那是她实在不能放弃的机遇。父母含辛茹苦，满怀期望，将她送到大洋那边深造，好不容易获得了学位，经过几番曲折，终于有被这家大公司录用的可能，若放弃最后的面试，那就等于将那职位拱手让给了另一位竞争者——她知道从最初的十几个面试者中，最后筛得只剩下他们两个，而那一位并没有再被约会，只被告诉"必要时还会联系"，如果她回国奔丧，公司就必要那一位候补者了。

　　获得了那薪酬待遇不错的职位，给人家干出了个样儿，父亲辞世三个月后，有了假期，蓉娜这才回到北京，扑进母亲怀里相拥大哭后，她问母亲父亲有什么遗言，母亲告诉她，父亲曾说，蓉娜先在那边获得工作经验是好的，但是过几年还是应该回中国来，为国效劳。她本来想跟母亲说，父亲既然已经辞世，那等她买妥了房子，转换好了身份，就立即把母亲办过去，让母亲享享住单栋小楼带草坪花坛的清福。母亲捧着她的脸，看她的眼睛，她没说什么，母亲已经看明白女儿想的是什么。她也望着母亲的眼睛，她知道母亲看穿她定居那边求发展的心思，即使回来，也是以外籍身份在外国公司驻华机构里做事；母亲永远不会认同她的这一选择，但母亲又深刻地意识到，她已是一个完全独立自主的生命，必须尊重她，跟她做朋友。

　　蓉娜父母都是在各自岗位上奉献了聪明才智做出丰厚成绩的知识分子，经历过许多磨难，晚婚晚育，母亲快四十岁才剖腹生下她。二十年前，她还没上小学，那时候叫落实政策，父亲所在机构分了一套三室一厅的单元给她家，结果其中两间都成了书房，到她漂洋过海——更准确的说法应该是飘云过海，现在都是坐飞机不乘海轮——去留学时，家里就到处堆满了书，现在回到家里，连原来她住的那间屋里也全是书，她更感觉是进入了一座图书馆。她对母亲说，父亲仙去，您退休多年，为什么不处理掉多余的书报杂志呢？母亲说已经分几批赠给了郊区学校，现在你看到的，哪本也不是多余的了。

蓉娜去翻动父亲的书架，有的书其实很多年都没使用过了，上面有陈年老灰。母亲的藏书也有这种陈灰。她问，为什么不雇小时工来清理清理？母亲说请过的，也很愿出力，但从书里抖落出纸片，见发黄薄脆，立刻扔掉，你父亲从垃圾袋里拣回来，已经无法补救——母亲说出那纸片文字的落款，一个文化史上永远流芳的名字。她说，你们多嘱咐，让小时工处理任何东西前都问一声，不就行了吗？母亲举出更多例子，防不胜防，如用吸尘器吸坏了线装书、用湿抹布擦脏了大画册……她又与母亲对视。母亲看穿她要问"那陈灰下的东西都留着给谁"，她看穿母亲想说"除却陈灰是金子，都留着等你接收"。母亲叹了口气，仿佛也在替父亲叹，叹的是她虽有了一个那样的可融入西方社会的前程，却很难再接续那些被陈灰覆盖的本土文化遗产。她也叹了口气。她意识到自己心有余力不足，她所供职的跨国公司可以给她带来很不错的物质生活，还有西方一般水平的文化享受，特别是旅游文化的乐趣，但是要想不仅从形式上，而是从实质上接收父母欲她接续的那份本土文化却很难——尽管双亲收藏的书籍里也有不少从西方翻译过来的和一些西文原版书，但就连那书上的陈灰也仿佛在告诉她，那到头来还是中国本土的，在广泛吸纳中发展着的，需要下一代去承传的文化。

蓉娜回那边去了。她没有告诉母亲，也不想告诉任何其他人，她用小首饰盒装去了一些父母藏书上的陈灰。哪一天，谁，会来非常小心而且不出纰漏地扫除那些陈灰，不是从形式上，而是从实质上继承下北京家里的那一份文化遗产？那天她选定了分期付款的单栋小楼，家具都还没有运到，她将那只小盒郑重地搁到壁炉上，望着那只小盒，透过泪水，对面仿佛有父母的眼光射过来。

长袖·短袖

　　三伏天妻子出差，去的是全国温度最高的城市，他下班回家的路上接到妻子电话，敦促他把家里那棵枯萎无救的小叶榕处理掉，他一边开车一边烦躁地说："这也值得现在来电话！前头路口有警察，没要紧事，晚上再说！"关掉手机，他打个哈欠。

　　他们是一对都会白领，这个族群的生存状态，有人概括为"一套房子一辆车，一个孩子一条狗，睡昨天的觉，花明天的钱"，他们的生活却缺了第二句的内容，对于双方父母盼抱孙辈的期望，持"那是我们自己的事，请勿干涉"的态度，四位老人眼下最怕听到别人提及"丁克家庭"这新概念。

　　回到家里，起居室窗边的那高及天花板的枯树，确实触目惊心地大破相。头年从花卉市场选中，是人家用卡车送来，一直搬运到指定位置放妥的，曾构成他家一大亮点。两口子总轮流地出差，要么忘了浇水，要么浇水过猛，等到某一天他们同时注视那小叶榕时，不由得一起"哇噻"大叫。

　　晚上临睡前两口子又通电话，妻子大发牢骚，说要不是舍不得这份工资待遇，她早就会微笑着跟总经理说句"您是个超级混蛋，真的，超级"，炒了他鱿鱼便优雅地转身回家，"沙发上一靠，榕树旁，灯光下，听盘莫扎特，读几行阿赫玛托娃"。他就说："榕树枯啦，我一个人可搬不到垃圾桶那儿。"妻子就说："那你可以找那第二垃圾桶呀！"

　　"第二垃圾桶"是他们小两口的私密称谓，也都知道这样说实在不厚道，更严重地说是不人道。那指的是他们那个楼盘院内收废品的点。楼盘物业管理颇为严格，不准许小贩及收废品的随便进入楼区，但那个点却是被物业批准的，据说条件是每年给物业四千元的管理费。那个设点收废品的是个男人，楼盘里的多数业主欢迎此人的存在，因为处理家中废品方便许多，或自己拿去卖给他，或把他找去让他收走。

第二天是星期六，那白领睡够懒觉，去"第二垃圾桶"那里，跟那收废品的说，要他帮忙把那盆枯树处理掉，那人就跟他去了，进门前问他要不要换鞋，他想了想说不用换啦，就指挥那人搬树，那人弯腰持盆，把那树横向前，没碰着任何东西，迤迤逦逦把树搬到了楼外垃圾桶边，他问："给你几块钱合适？"那人笑："帮这点忙，算得了什么？你还有什么要我出力气的，尽管说，帮人搬东西我不要钱！"他这才头一回正视了那收废品的，看上去是个同辈人，很可能同龄，艳阳下，穿着件长袖白衬衫。"怎么，你没短袖的吗？"他不经意地问。那人脸上的笑容更灿烂："尽有业主这么问，有好几位好心的都说要送短袖衣服给我，我心领，可我一夏只穿长袖的，穿惯了，我这人一热就出汗……"他纳闷："爱出汗，那就更该穿短袖呀！"那人用长袖子揩揩脸上的汗，告诉他："长袖子擦汗，省去了买毛巾啊！"他听了发愣。

妻子出差回来，他把处理枯树的经过说了，从此他们口中再没有"第二垃圾桶"的"戏语"，一个星期天他们还把家里所有该处理掉的瓶罐纸盒之类的给那人送去了一大堆，他们不收钱，那人却笑说："是呀，你们不在乎这点钱，可我不想白要东西，为的是高高兴兴过日子！"那以后他们路过那收废品点，总禁不住要瞥一眼，对那人"长袖成癖"已经见怪不怪，但"他为什么总那么快活？"曾成为他们餐后讨论的题目之一。

那晚妻子开车从飞机场接他回家。天已黑，一轮明月高挂天际。两个人都很疲惫。"咱们都该找心理医生。""是的，我看都患了职业厌烦症。"他们有房有车有高工资有带薪休假已经游过了新马泰正酝酿欧洲游，但他们仍然不快活。他们路过楼盘外的村子，对面来了辆三轮车，车上捆扎着高高的一堆废品，是那长袖男人，忽然那三轮车停住了，村边岔道上飞跑出一对小姑娘来，汽车也就停住了，汽车里的两口子清楚地看到，明朗的月光下，两个小姑娘大声地叫着"爸爸"，那长袖爸爸背对汽车，也听不见他的声音，但他的肢体语言却万分明显地书写着快乐幸福的字样……

"看见了吗？那一对姑娘的短袖裙衫？"不用妻子提醒，他脑子里已经在想：那高耸的短袖样式，跟菲律宾总统阿罗约的礼服一模一样啊……

这个圆月之夜以后，也许，这对白领双方的父母，有可能不再怕听到"丁克"二字。

　　电梯里遇见他们父子俩，父亲那一身装束，以及身旁的高级拉箱，一望而知是又要出差；儿子背着双肩包，一身校服，脚上一双做工精细的运动鞋，显然是要上学去。

　　"爸爸要去美国！"儿子兴奋地向我报告。

　　"考察。"父亲简单地跟我解释。

　　"爸，你一定要给我买双真耐克啊！"儿子大声地撒娇。想必这要求在得知他父亲要去美国后，就不断地提出过。当着我再一次提醒，既是向我传递一种得意之情，也有让我权当"旁证"再督促他父亲的意思。

　　我下意识地望了一下那中学生脚上运动鞋的商标，不禁问："你这不就是耐克吗？难道是假的？"

　　父亲抢着回答："真的，真的。我们家任何人绝不用造假的名牌。"

　　儿子就晃着肩膀嘟囔："我不要made in China嘛！不要嘛！你要给我买真的美国耐克！正宗的！"

　　我说："made in China也是正宗啊。"那儿子也不理我。

　　电梯落了底，父亲边往外挪边对儿子发誓："好，一定，正宗！"又跟我微笑，算是告别，还说了声："这孩子！"

　　我跟那父亲道"一路顺风"，儿子却已经一溜烟地跑出楼门去了。

　　几天以后的傍晚，我坐在绿地边的长椅上晒夕阳，浑身暖暖的。那边来了那个中学生，他边往我这边走边打手机，声音很大。其实何必那么大声讲话，难道那边接收信号不好？他走拢我坐的长椅，也许是专心通话没看清我，也不点头招呼我一下，大摇大摆地在我旁边坐下，接着通话。我不想听也不

一双真耐克

偷父——刘心武小说集

行。就听出来，他是跟他父亲通话呢。

大概他父亲那边要结束通话了，他很不满意："再说说嘛，再说说嘛……什么贵不贵的，反正又不要咱们家自己花钱！人家莉莉她爸，在巴黎用全球通帮她做作业，连着指导她做了两道几何题呢！……嗳，再说说嘛！真耐克，忘了吗？你可千万别买双made in China回来啊！……"大概那边还是挂断了电话，他也就嘟噜着嘴把手机关了。这才看清身旁是我，也不先叫声伯伯什么的，忽然指着我夹克的胸口部位问："你这是真鳄鱼吗？头朝里，唔，让我想想，是法国的还是新加坡的？……"那边有小伙伴招呼他，他也就飞快地跑过去了，一边跑一边嚷："嘿，知道拉斯维加斯吗？世界头号赌城！我爸从那儿给我来电话啦！……"

不知又过了多少天，在电梯里遇见那父亲，原来他回国好几天了，问他到拉斯维加斯考察什么？他说："咳，顺便去开开眼罢了，那里的夜光真是恍若仙境啊！我也就是玩玩吃角子机，哪儿敢上那些台面……"问他总体收获如何？他叹口气："一言难尽，现在同行业有的搞恶性竞争，降价降到荒唐的地步……难怪人家要跟咱们闹反倾销啊！"又顺便问他可给儿子买到了正宗的耐克鞋？他笑说："真费大劲了！现在那边凡衣帽鞋袜，还有旅游纪念品，看着洋气十足，仔细一检查，咳，多半是made in China……我费了老大劲，才找到双他要的那种！"

那儿子穿上老子从美国买来的耐克鞋，真的非常得意。那天我照例坐在那绿地边的长椅上晒太阳，一群孩子在不远的空地上踢球玩耍，闹闹嚷嚷的，望过去倒也有趣。忽然孩子们之间似乎发生了什么争执，只见那穿美国耐克鞋的小子气急败坏地推搡着一个胖小子，厉声叫嚷："你干吗踩我的美国耐克？！"胖小子辩解："我又不是故意的！你也踩了人家的呀！"其余几个小子有拉架的，有打偏手的，闹腾了一阵，我也没太在意，忽然一群孩子都朝我走来，到了我面前，争着说话，我才明白，他们是让我给裁判一下，裁判什么呢？就是那双鞋。胖小子说那双鞋未必是真的美国鞋，穿鞋的就脱下一只鞋来让大家看标签，上头印的确实不是中国制造，但那制造地究竟是美国的什么地方，穿鞋的也说不清，大家争议起来，有的看见了我，就说来问我，让我翻译出那个地名来。

鞋主光着一只脚站在我面前，其余孩子在他身旁雁翅排列，都用期待的眼光盯着我。我接过那只鞋，用料、做工、手感都非常好，而且也没有我最害怕的脚汗的秽气挥发出来，不由先说了声："地道，是真耐克！"鞋主马上得意地朝两边玩伴挤眉弄眼。我进一步低头细看鞋里那标签，认明写的是made in Cambodia，便问那鞋主："你爸爸买回来没跟你翻译过这个制造地的地名吗？"他说："我爸英文一般，反正他们带翻译去的。您告诉我们吧，这是美国的什么地方？"我只好告诉他们：“这地方不在美国。Cambodia是柬埔寨。这双鞋的制造地是柬埔寨。”

　　鞋主和其余孩子的反应您自己去想象吧。反正他们散去以后，我坐在那长椅上感慨了许久，直到夕阳完全消敛，晚风拂身有了凉意，才站起来离开。

机嫂

虽说鸡年应当闻鸡生喜，但乍听人说邱二媳妇是个机嫂，却觉得刺耳。说话的人觉察出我表情不对，就一再地跟我申明机嫂的机是飞机的机，我更糊涂了，在飞机上当班，那该称空嫂嘛，我就多次在航班上享受过空嫂的服务，尤其是美国、法国航空公司的航班，似乎妙龄的空姐并不多，端的是空嫂当家的局面，近年来更时兴空哥服务，想来是更有利于预防恐怖袭击吧。

我跟邱二经常打交道。我在温榆斋这乡村书房里敲电脑敲到饭点，往往是出去散步兼采购，多半会在村旁集市的一个饼摊买饼，以为晚餐的主食。那饼摊的摊主就是邱二。隔着摊位，邱二望去是个雄壮的汉子，但他若一走出摊位，你就会为他一叹，他一条腿有小儿麻痹症的后遗症。记得我头一回发现他那缺陷时，他一定是感觉到我眉尖有些个不自然的耸动，就呵呵地大声对我说："跟麻脸壳一样，少见了吧？如今我们这样的病绝迹了啊，任谁家的娃娃，生出来就给定期打针吞糖丸儿，世道进步了啊！是不是？"但我在很长时间里，始终还没见着过邱二媳妇。

猴年三十晚上，应邀到村友三儿家看放烟花，我们这个村在北京五环路以外，不属于禁放区，因此家家都大放烟花爆竹。还没走到三儿家，路过一家，门口正是邱二和他媳妇，还有他闺女，我跟邱二打招呼，邱二就把媳妇、闺女介绍给我，邱二媳妇随邱二唤我刘叔，我见她穿得严严实实，头上连脖子裹着大毛线围巾，推着自行车，不像是刚回来，倒像是要出门的模样，忍不住就问："大年三十的，怎么不在家吃团圆饺子呀？"邱二代她回答，说是还要去上班，闺女就一再地跟妈说："完了事就回来啊，等你回来咱们家再放烟花！"

在三儿家一起放过第一轮烟花，坐下就着三儿媳妇烹制的疙瘩（把用绿豆面摊成的薄饼裹上菜馅再切成小段，过油炸出）喝二锅头酒，跟三儿闲聊，不知怎么就聊到了《红楼梦》里金鸳鸯三宣牙牌令的情节，三儿没读过《红楼梦》，对据之改编的电视连续剧也没有多大兴趣，但是三儿家有牙牌，当然已经并不是象牙或骨头制作的，而是比较粗糙的塑料制品，我不是跟他讨论《红楼梦》，而是跟他请教那牌的玩法，以利我对"红学"的研究，三儿听我说了半天，告诉我他只会两副或四副一起出的玩法，《红楼梦》里写的是三张牌凑成一副的打法，他可没那么玩过，三儿媳妇端炖好的葱花肘子过来，一耳朵听见了，就笑说邱二媳妇会玩三张一副的打法，我不由得想起她大年三十还要上班的情形，再打听，才知道她是个机嫂。

原来我温榆斋所在的这个村子，离天竺机场不远，俗话说靠山吃山、靠水吃水，这一带的村落在一定程度上也可以说是靠机场吃机场，机场为各村提供了很多的就业岗位。我虽然经常利用飞机旅行，但以前心目中只有机组人员，很少想到还有很多的粗工在机场为旅客服务，比如把行李从行李舱里搬到运输车上，再从运输车上将行李搬上传送带，还有飞机上那些厕所，都要有人将其更新，当然更需要为数不少的清洁工，在旅客完全离开机舱后马上进去清扫、归整，这项工作大都由附近村里的中年妇女承担，之所以不称她们为空嫂是因为她们从来就没有随飞机升入过空中，但她们对机舱内部各个细节的熟悉程度，又大大高于把飞机当作公共汽车来坐的常客，称她们为机嫂，那是再恰当不过了。

破五那天，三儿媳妇把我带到邱二家，跟邱二媳妇算是正式见了面。想到《红楼梦》里周瑞家的、旺儿家的等等叫法，都是不尊重妇女的表现，就请教她的大名，原来她叫樊翠兰，我说今后就叫你小樊，她笑着认可。问她工作上的事，她很高兴地诉说。敢情她进入过的机舱多了，什么品牌型号的，哪国哪地区哪家航空公司的，全都门儿清，小故事也真不少，例如曾在椅背后的夹袋里发现过白金戒指，为把一块口香糖顽渣清理干净而又不损害地毡怎么出了一身大汗……那天我就便请教了她牙牌三张一副的打法，她拿出牌来耐心地讲给我听。

初八那天我就构思好了一篇以小樊为模特儿的小说，写一位机嫂整整八年几乎天天进机舱打扫卫生，却始终没有坐飞机升过空，于是，在鸡年她发下宏愿，一定要买张来回机票，落实隐藏心底许久的向往……

初九邱二饼摊重张，我去买饼，他生意清淡，就得意地跟他说起自己的小说构思，他听明白了，哑然失笑。

昨天应邀再去邱二小樊家，他们已不把我当作外人，遂向我讲起他们哀乐中年的种种情境，他们家虽然三年前就翻盖了住房，但至今还欠着亲友家约两万元的债

偷父——刘心武小说集

务，闺女考上了重点高中虽然是值得高兴的事，每年的费用怎么也得五六千块钱，小樊把我带到院里，指着他们家那盖起三年颇为气派，却还没有装饰利落的正房说："我现在一点坐飞机的想头也没有，我向往的是什么？就是尽快把欠债还清，然后花一笔钱，把我家这房的廊脸儿，也像张三哥家那样，请高手来给彩绘，画得鲜鲜艳艳的……"

我小说没写，写了这么篇文章。我希望读者不要再嫌机嫂这两字扎眼。

吃晚饭的时候，我最怕门铃和电话铃响，那回先是门铃响，我正捡了一个肉丸子放入口中，门铃忽然急促地响起，差点让我噎住。好在老伴去儿子儿媳妇家了，要是她在，会心软，尽管十二万分不乐意，总也会去到门边，隔门大声问"哪位"，而且只要那声音听来和善，即使陌生人，她也会先开出一条缝儿。我的心比老伴至少要硬两倍，任凭那门铃声叮咚连响，且吃我的饭，反正我又没跟谁预约，是他干扰了我，我绝无接待义务，对不对？

门铃倒终于不响了，电话铃却又响了起来。我家的电话铃声设定为一种优雅舒缓的旋律，但不去接听，它竟来回来去地响个不停，听来虽然不扎耳锥心，也够让人腻烦的，我忽然想到，会不会是老伴在儿子家有什么急事，就搁下筷子，过去抓起话筒，里面立即出现了邻居小詹的声音，难道是他有什么紧急的事情要求助于我？我这么一问，他连说了一串"对对对对……"，我就问他在哪儿给我挂电话呢？他说就在我家门外，我恍然大悟，刚才按门铃的就是他，按不开，所以再用手机呼唤我。

我们这几幢楼，原是行业内部的宿舍楼，十年前按优惠标准分别卖给了住户们，近年来可以上市交易，有的单元成了出租屋，有的已然卖出过户给跟我们这个行业了无关系的人士，因此邻居间越来越生疏。我原来就是个不善交际的人，楼里生面孔越来越多以后，点头打招呼的频率大减，乐得"老头拉胡琴——吱咕吱（自顾自）"。不过这小詹却是见面不仅要点头打招呼，还多少要添几句不咸不淡的话，那是因为，小詹的父母跟我在一个单位共事几十年，虽说始终没成为知心朋友，却也从未产生过什么过节儿，小詹是我眼看着长大的，他父母不幸在前些年相继亡故，他继承了父母那套挺宽敞的住房，前数年娶了个漂亮媳妇，又生出了个洋娃娃般的小公主，这两三年觉得他是名利双收，开着辆我也叫不出名儿的血红的小轿车，似乎比同楼的那些私车都显得档次高些。记得去年春节长假结束前一天，在楼下遇见他们一家三口从车里出来，说是刚从新马泰旅游回来，大包小包地提拎着，让我好羡慕，心里也暗暗为他那亡故的双亲欣慰。

小詹跟我住一幢楼，但不在一个单元门里，楼层也不一样。他从未来过我家，我当然更没去过他家。他怎么知道我家电话的？一定是从传达室那里问来的。我开门迎入了他，他灵巧地闪入，绕过餐桌，走到门厅深处，我请他坐到沙发上，他也不坐，只是叫我伯伯，说他要把一样东西寄存在我这里，过些天再来取，我这才注意到，他手里提着一个密码箱。

老伴回家来后，我把小詹寄存密码箱的事告诉给她，原以为她会把我严厉责备一番，没想到她比我更开通，说："既然他解释了，已经买了新房子，正装修，这边的房子要卖掉，常会来看房子的人，所以把这么一箱子细软什么的暂存咱们家，我看也就别往歪处想他啦。他最近常到电视里当嘉宾，难道他这样的人会往咱们家藏匿毒品吗？他肯定是老早听他爹妈说过，遇上什么事，最可托付的就是你，这也算两代人的信任了。再说，咱们在这三楼里住了快三十年了，一次溜门撬锁没遇上过，咱们这样的有传统传达室的院子，比新近那些个有什么物业公司、穿制服的保安的商品楼盘严紧多了。怎么老同事儿子来寄存这么点东西，你就蝎蝎蜇蜇的，哪儿还像条男子汉！"

两个多月过去，总没遇见过小詹那辆血红的小轿车，也没遇见过他们家的人，他也没来过电话，那只密码箱在我家隐蔽处秋毫无犯，但电视节目里又见到他当嘉宾，侃侃而谈，我当然也就绝不为寄存一事蝎蝎蜇蜇。

万没想到的是，前两天老伴又去儿子家了，我吃完晚饭，刚收拾完，门铃响了，我想了想，就去开门，门外是个女士，刚开始没看清楚，后来发现不是别人，就是小詹的媳妇，忙把她请进来，让坐，倒茶。她刚坐定，就开门见山地问，詹某人是否在我这里寄存了东西？我望着她那双文过的眉毛和拉过双眼皮的眼睛，觉得心里发堵。她似乎看出了我的疑惑和反感，莞尔一笑，开诚布公地宣布："我正跟他进行离婚前的财产分割，他很不老实，隐瞒了他工资以外的收入，他跟我结婚时，并没有就财产问题签下任何协议，因此婚后双方财产共享，哼，他以为他那些稿费、版税、劳务费什么的可以瞒天过海藏匿起来，我现在把绝大部分付款底子都找到复印了，他必须把这些款项分一半给我！"

我反胃、恶心，就说："您闹离婚，闹到我家来了！我跟你们的事有什么关系？"

那女士脸上漾出一个得意的笑容，告诉我："他在您家寄存了一只密码箱。那可是我们必须分割的财产，您要是单只交给他，而被他再次转移藏匿，那我可要在诉讼里把您作为第二被告的！您要一直保留到法院派人来取才能交出。"

我大声抗议："岂有此理！我根本就没见过什么密码箱！"

她站起来告辞，笑吟吟地说："老伯伯，您怎么连这个也不知道：现在是有私家侦探的啊，我雇的那个，水平就是高！"

她怎么消失的，我也弄不清，只记得老伴回来往我嘴里塞药片时，我惊惊乍乍地问她："你进咱们楼……甩没甩掉……尾巴？"

三室九床

退休后，他教的几个拉小提琴的小学生里，属力力最让她吃惊。他问过她，既然是女孩子，为什么那名字写出来不是丽丽、莉莉、俐俐什么的，而是这么两个字？她回答说："妈妈喜欢这两个字。"

别的几个孩子，每天总有家长接送，或母亲或父亲，有的间或还由祖辈或姑姨陪同，对他极为热情，嘘寒问暖，送些小礼品，他却总报之以不咸不淡的温开水般的回应；而且，他一开始就立下规矩：琴盒一定要让孩子自己背来，如果让他看见是家长替背来的，则不但那家长会遭他白眼，对那学生也会格外严厉；他教授时，严禁家长在场，甚至站在窗外聆听让他发现了，也会惹得他停止授课，直到那家长知趣躲开。起初，教完后家长总缠着他问："我们孩子进步大吗？"他总淡淡地回答："您回家自己听，如果听不出所以然来，我说了就算数吗？"

家长们后来都不再问，因为随着课时的积累，回家一听孩子练琴，最迟钝的耳朵也能感觉到，那琴声不仅愈见优美，里头还一点一滴地渗入了让人感动，而又难以说出来的那么一种音韵。都传说这位教授退休后不在自己家里收徒，也不在自己任过教的那所学校开设的业余班授课，非跑到离其居所颇远的这个民营学校来担任课程，是出于一种很纯净而浪漫的原因，但究竟是怎么回事，传说的版本不一，谁又敢去直接问他呢？关键是都知道他教得好，其门下的桃李，获得过各种奖项的，已不下十个。

虽然学生不多，他却记不大清他们各自的家长。尽管有的家长给他留下了颇深的印象，比如一位母亲身上总是老远就冒出一股浓烈的香水味，一位父亲跟人离近了说话时，总是很优雅地用手挡住嘴里的呵气……但他们究竟是哪位学生的母亲和父亲，至今还是有点拿不准。力力让他吃惊，也是因为有一天他忽然问她："你妈妈呢？"力力说："没来。""她为什么不来？"问题一出口，对视中，他感到力力在吃惊，他自己其实也吃惊，他不是一直在强调"你们不是为家长而学琴，你们是为自己的灵魂而亲近音乐"吗？

"她来不了。她……在医院，在病房里……"力力这样解释，他不由得再问了一句："很久了吗？"力力回答："好久了，一直在……"她说出那医院的名字，并且更具体地说："内科病房，三室九床。"他就对力力充满了同情，他想，这孩子只提妈妈，不提爸爸，估计是父母离异了，而她妈妈又长期住院，她能坚持自己来学琴，也算难能可贵了。那次问答后，他对她的指点，比对其他学生，就略多些略细些。

那天他去医院探视一位老友，探视完心里觉得软软的，有柔曼的琴音，他款款走出那长长的走廊，都走到前面的圆厅了，忽然，他想起来，这也就是力力告诉他的那所医院啊，而内科病房的标识，就指向另一侧的廊道，瞬间他作出一个决定，他往那方向走去，去往三号病房，去跟那位长期卧在九床的母亲说，她的女儿现在不仅指法、弓法都趋娴熟，而且，丝丝缕缕的灵气，开始从弦上旋出……也许，他的出现，他的报告，不啻灵丹妙药，能够大大促进她的康复？

他找到了三号病房，三个床位，七床和八床的病人大概还能走动，去花园里散步去了，九床上是个一下子看不清面目的妇女，一位护工正在谨慎地帮她翻身。

他努力地想从那病人身上发现出力力的哪怕是很淡的影子，那侧身的病人似乎发现了他，并对他微笑，他觉得心中的琴音和诗意戛然中止，但既然来了，也就还是报告吧，他就告诉她力力最近琴艺确有长足的进步……但他刚把话说完，就立即觉得不对头，那床上病人脸上的微笑，细看竟是一种病态的懵然，而且，其年龄作为力力的母亲，似乎也过大，更让他没想到的是，忽然一声欢叫响在了耳边："力力真有那么好吗？谢谢老师，谢谢啊！"他偏头一看，惊呼热中肠的，是那位护工！那是一位黑红粗壮的妇女，但眉眼间，分明有与力力相通的韵味！

这些天，他的心弦一直颤动着。他知道了，医院里的护工，百分之九十五左右是外地人，但力力的母亲，却是那属于极少数的本地下岗职工，作为护工，他们的工作极为辛苦，特别是接屎尿洗便盆和为病人擦身按摩对付褥疮，全天候地侍候，晚上只能支个折叠床，在病房里迷瞪一时，侍候到病人出院或者去世，才能回家暂歇一时，但也焦急地等待着医院的通知，好再去侍候一位挣到点钱……

他一直在构思一阕小提琴曲，原来乐思只在小时候记忆深刻的那首儿歌的素材里转悠，现在，他觉得仿佛泉水涌出了泉眼，那些活生生的蝌蚪，跳跃在了他谱纸的五条线上……

大盆菜

从我家西窗，原来能悠然见西山。如此好景，近年来被逐渐破坏。先是有座半透明的写字楼，刺破青天锷未残，把我视野里的西山，斩成两半。当我刚刚习惯于避过那写字楼，先左后右地观览山景时，有一天从外地回来，开窗一望，呀，两座高级公寓，采取最先进的施工方式，就是从高往低地那么组装，已经初见规模。这下，西山与我，就再不能"相看两不厌"了。

那天，气闷中，我下楼朝那切断我与西山眼缘的工地走去。当然不会太远，过了马路，没走多久，就接近了它。原来那座剑形的写字楼，只是人家的第一期工程，而两边的盾形公寓楼，是它的第二期工程。虽然公寓楼尚未完工，售楼广告已经赫然排列在横街两边，是那种挺高级的柔性灯箱广告，十米左右就竖起一个，以"好话重复千遍必是好事"的手段，给予路过的人们强烈的心理冲击。原来那高级公寓是为"都市豪杰"盖的，广告词是"我爱奢华——80平米主卧，枕上痛赏西山落霞"，刚看清楚时，只觉得心脏被谁的手猛抓了一把，但是走过十几个那样的广告牌，也就逐渐麻木。我能怎么样呢？我们那满楼的一般市民住户又能怎么样呢？人家多半是一切手续都齐全，请国内甚至国外名建筑师设计，而且楼未封顶，已经"销售过半，欲购从早，以免向隅"。西山的落霞，只能任那些"都市豪杰"去痛赏，谁让我虽"都市"却不"豪杰"呢。不过又想到，山外青山天外天，楼外自然更有楼，说不定再过一时，在这座豪华楼盘西边，会有为更杰出的都市英豪，建起的更奢华的公寓，我都为它拟好广告词了："八十平米开间算什么——八百米通间任您逍遥！"到那时，嘿，就轮到八十平米主卧里的人士，望窗兴叹啦！

我走到工地跟前了。大中午，歇工了。只见一个个奶黄的安全帽，在我眼前晃来晃去，盖楼的工人，纷纷朝一个地方走去。我好奇地随他们而去，于是就看见了他们的工棚，是一溜拆卸安装过多次的，显得很陈旧的活动屋。但是那些戴奶黄安全帽的人，却没几个进工棚去，几乎全在工棚外，或者站着，或者蹲着，手里呢，不知什么时候，已经都拿着自己吃饭的家伙，有的敲得咣嘟咣嘟响，有的互相大声开玩笑。我走近几位，客气地打听，他们也就很爽快地回答。原来，他们都来自一个地方，跟包工头是老乡。他们的工资，一般是按每天40元计算，管住管吃。但是，工资要到工程结束，才能到手。现在如果想预支，每月不能超过100元。我问，吃得怎么样啊？有的就笑，有的就指向我身后，我扭头一看，原来是送饭的车来了。就用平时运料的卡车，给他们送来了午饭。从车上搬下了两大笆箩馒头，还冒着热气。然后是一大盆菜。那个大塑料盆直径有一米开外。什么菜？我去看，是一大盆熬白菜，虽然冒着很旺的热气，却没有什么油荤的气息。他们开始取馒头、舀菜，吃饭。多数是就在露天蹲着，狼吞虎咽；也有少数端进工棚里去吃，我就走到一个工棚门边，跟里头说："能进去吗？"里头的似乎也没听清我说的什么，抬眼对我笑，我就进去了。坐在床铺上吃饭的，是几个年龄比较大的，以及看上去还没发育完全的少年。我就跟他们闲聊。其中一位年纪大的问我吃过了没有？那淳朴的表情里，有如果我饿，他就马上分些给我吃的意思，我很感动。我问他们菜里有没有肉？说没有，但语气上听不出抱怨，有个少年还跟我说："有油渣。"还用筷子拈起一粒给我看。问他们能不能吃饱，都说那当然，馒头总是管够的，人人能吃饱。

我从工棚里出来，看见那个蓝颜色的大菜盆已经基本上全空了，只有盆底还剩一些汤水。那一天，民工们吃的大盆菜，给我留下的印象非常深刻，以至于有一天，我在家里，也烹了一盆白菜，当然，用的是不锈钢盆，直径只有20公分，而且，我忍不住还是往里头搁了些肉片和粉丝。

那以后，我常到那个楼盘工地去，跟民工们聊天。有一天，我从工棚出来，迎面遇上了一辆好漂亮的宝马车，正躲闪，车停了，出来个人，热情地招呼我，原来是三十几年前的邻居玉雄，我就问他："买这儿豪宅啦？"他摇头，我就说："啊，是你开发的！"他笑声好响，都不是，他是来看看，想把底层一个大空间租下来，开个大酒楼。我就跟他开玩笑："好呀！你以后，就专卖大盆菜吧！"他问我什么是大盆菜，我说完，他捶一下我肩膀说："真是个好创意！如今有的大款，他吃腻了精菜，就想来点粗放的。他妈的，以后你来酒楼，签名就算埋单！"

如今那豪华公寓楼完全建成，气派确实不凡。那些民工都不知道又去哪个工地了。我时时纳闷，那么一群其貌不扬，用玉雄的话说，叫作奇形怪状一大群，一年才能挣到一万三千六百元——还买不下这公寓一平米——他们怎么就造出了这么华美的楼宇来？

　　玉雄的酒楼，果然在那公寓楼底层开业了，"大盆菜酒楼"五个字是镀金的，门口总停着奥迪和其他牌子的好车。我没进去吃过，但是从门外的精美大菜牌上，看到过主打菜的报价：大盆鲍翅——8888元；大盆佛跳墙——6666元；大盆海马鼋鱼：1688元；大盆虾——866元；大盆乌鸡——188元……

侄子伟伟抱来一幅画，装饰我二次装修后的书房，"别挂原来的风景画了，给您增添一点新鲜气息！"说完，他就给挂在了墙上。那是一幅抽象画，是伟伟从国外，专门陈列那位画家作品的博物馆买来的，虽然是复制品，但是尺寸和原作一样，几可乱真。

虽说尽量不在家里待客，总也还有三朋四友偶来小坐，言谈极欢，都说我书房布置比以前好，一位提到书柜把手样式别致，一位提到秋香色窗帘悦目，还有几位都赞吊在屋顶的那盆瑞典常春藤养得真好。

那天过午启动电脑，居然失灵，懊恼中寻找原因，发现原来是我擦桌子时，移动电插板用力过猛，导致了插入墙体插板的插头松出，这本来应该是一个最容易解决的问题，但是，我却挠头不止，一筹莫展。怎么回事呢？二次装修，一切由儿子和侄子他们操办，书房的书柜书桌等东西也都由他们定制，书柜贴墙而立，正好把墙体上的插座掩住，他们为我接好插板，才将书柜安放在那里，本以为不会造成通电中断，哪想到我会无意中将插头拔松。我能从书柜侧面，脸贴墙壁，望见那已经接触不良的插头，却无法将其按紧在插座中。尴尬之极！若要解决问题，先要将书柜腾空，再挪动书柜，可是我毕竟已是望七的年纪，纵使勉强支撑着把书柜腾空，又哪里有力气将书柜挪移？尴尬之极，只能是埋怨他们没让装修工把电插座安对地方！喘吁吁坐到沙发上，才又想起，墙上的插座被掩，倒是我最后的决策，当时只说书柜要尽量的大，他们只好改变原定的尺寸，给我把书柜做大，此时我的处境，只能算"自作自受"！

老伴住院，小阿姨去照顾，孩子们全在上班，家中只有我自己，难道，我就只好暂且不用电脑吗？偏这天需要查看人家给我的"伊妹儿",多半需要尽快回复,而且一篇小说构思成熟,亟待"开笔",心里只是发痒,烦躁中在单元里踱来踱去。踱到阳台上,无意中朝下一望,呀,那不是小封吗?

小封,河南小伙子,他名字有点怪,写出来还好点,是封健,听声音,那就是封建,问过他,他爹妈怎么给他取这么个名字?他也没回答,只说他爹是木匠,他也跟他爹学过木匠活。最近以来,每天中午,都能看见他席地而坐,倚在朝南的楼墙,懒懒地晒太阳,有时还会幽幽地吹一阵箫。

我们楼下不远,是护城河,已经有三个月了,施工队在修理河道,其中很重要一项工作,是在两岸重新浇铸水泥护墙,浇灌水泥前,先要用铁木结合的模板,构成墙槽,小封就是干那活路的一员。他们24小时分三班施工,他总是午饭前收工,饭后别人抓紧时间进工棚睡觉,他却到离工棚百米多远的地方晒一阵太阳,我也就是在他晒太阳的时候,认识他的。我问过他,这么晒太阳、吹箫,难道不影响休息吗?他笑说其实这才真正解乏,睡觉,一天有四个钟头,他就浑身是电了。我常下楼跟他坐在一起,聊东聊西,我构思的新小说,大量素材就是从他那里获得的。

我跑到楼下,跟小封诉说遇到的窘境,冒昧地跟他求助,他听了一笑:"大爷,这有什么,我给您解决!"他就跟我上楼,到了我那书房,嗨,我认为是移山填海的事,他麻麻利利的,半个多钟头,完活儿!我不让他走,请他洗汗、喝茶,这期间我就发现,他认真地凝视墙上挂的那幅抽象画,头微微偏着,眉尖还有些小小的抖动,我喊了两声"小封",外加一声"封健!"他才惊醒般地转身对着我,用一声"唔"表示"什么事?"我就再次道谢,请他赶快回去休息,晚饭后他又该干活了呀!他就说,他有电工本,过两天给我把那墙上的插座从书柜后头移出来,我感激不尽,说要给他劳务费,他说如果那样他就再不上门了,他只是告诉我需要事先备一点料。

小封来给我改电插板位置那天,我又发现了好几次,他似乎无意,又分明有意,改变了几次距离,去凝望那幅抽象画。送走他的时候,我忍不住指着那画问:"你能看懂?"他笑了,他的笑总让我联想到青春、劳动、强壮、田野什么的,可总没有联想到过审美……我只听见他说:"就是总想看。"

小封走后,我给伟伟打电话,问他那幅画究竟都得到过什么样的评价?他说可以查到的。我打开书柜,翻动过一顿后,气急败坏地又给儿子打电话:"你怎么搞的嘛!把我那一大厚本《现代美术大词典》搁到哪里去了?!"

榛子奶奶

　　儿子叫他杨哥，我也跟着那么叫。杨哥五十开外了，人高马大，是个服装批发商，热爱摄影，近几年生意都让妻子打理，自己三天两头开着越野面包车，往远处去拍风光照，来我家，没别的话题，就是给我看他拍的照片，讲述拍照中的见闻。有时，儿子休息，杨哥就会拉上他去一起拍照，儿子用数码相机，杨哥坚持用装胶片的相机，"数码无艺术"，这是杨哥的口头禅，儿子也不跟他争论。

　　儿子告诉我，杨哥现在最大的愿望，不是生意上的发展，妻子埋怨他"哪天破了产，连相机也得拿去抵债"，他只呵呵傻笑。杨哥告诉儿子，现在生意确实难做了，但是保持一定的收益，维护他家小康的生活，由着他性子在摄影上"发烧"，这局面还是稳定的，"小康胜大富"，这也是杨哥的口头禅。

　　但是，杨哥常有失落感，不仅当着我儿子，在我面前，也扼腕叹息多次。杨哥热心参加许多的摄影比赛活动，通过他，我才知道原来如今有那么多的摄影比赛，大多是某地某机构为开发本地区的旅游事业，或某企业为推广自己的品牌名声，举办的相关活动里，有摄影比赛这一项。杨哥渴望得奖。儿子说，每当送出参赛作品，等待公布得奖名单的那段时间里，杨哥的眼睛就会由红变绿。但是杨哥总不能得奖。有两回得了三等奖外的"鼓励奖"，那能算得了奖吗？有回得了第二名，但那是赞助了三千元的结果，三千元不公开的赞助换回一千元奖金和一张奖状，杨哥自己也觉得可笑，"我都不好意思把那照片拿给您看！"杨哥不给我看，我也就没看，他扬言："我要得一次真的大奖，我就复制出来，装好镜框，给您挂到墙上！"我就笑："那何必！其实你们那次拍的榛子林就很棒，挑一张放大给我就行呀！"

　　那批照片确实很精彩。杨哥和我儿子轮流开车，去了北京版图最北端的一处山村，从带回印出的照片上看，真是世外桃源，植被竟然那么厚密斑斓，山下野花迷眼，山上高树茂密，古老的栗子树、榛子树那么粗壮雄奇，村居村路多用山石砌就，村民男壮女健，就连那些鸡埘猪圈，看上去也古朴悦目，当然，杨哥也不忘拍些具有时代特征的镜头，比如刚刚开业的"榛子林餐旅店"，接收电视信号的"银锅"，挎着双肩背书包的村童……杨哥挑出了三张最得意的，参加了一个严肃杂志举办的摄影大赛，那当然是不要参赛者交赞助费的，评委里有德高望重的摄影界老前辈和艺术界名流，儿子说"杨哥这次最少也是三等奖"，但是，结果却是名落孙山。

　　那天我留杨哥晚饭，他有点喝闷酒的趋向，我就尽量开他的话匣，控制他的酒量。他说要把几张制作得大小不一的榛子奶奶的照片，给送过去，儿子就有些犹豫，说那地方手机没信号，而且气温降得早，把照片寄过去也就是了，何必再往那么个路况凶险的地方跑？杨哥就跟我儿子说，"你不去我去，寄去，收不到怎么办？"见我听不懂，儿子就解释，榛子奶奶是村里的老寿星，据说过百岁了，山上最粗的那株榛子树，就是她栽的。榛子奶奶直到二十几年前，才头一回离开山村，进了趟北京，在天安门前，照了张相，但是"背篓邮递员"送信翻山的时候，在山溪边滑倒，掉到溪水里转瞬跌崖的几个邮件里，有一个就是人家寄来的照片。我就跟儿子说，你应该陪杨哥把新的照片送到榛子奶奶手里。

　　他们送照片去，一进村就愣了。全村人正为榛子奶奶办丧事。唢呐吹出高昂的曲调，接着是鞭炮连串响。看到他们带去的照片，不仅榛子奶奶家的高兴，村民们传看完，最大的一张就挂在了"榛子林餐旅店"的堂屋里，住在那里的几个年轻游客也都赞拍出了百岁老人的独特神情。榛子奶奶的重孙子告诉他们，这是喜丧，他们就是天上掉下来的神仙！几个山村壮汉，胳膊交叉，组成了两乘轿子，让他们分别坐上去，随着送葬的队伍，往山顶上走。密密的树林，旋转的落叶，坠落的榛子、栗子、松子落到头上身上，让心窝好痒好甜……在山顶，那棵最古老的榛子树下，人们埋下了骨灰盒，竖起一块石碑。那天杨哥和我儿子成了山村的一员，每一户人家都跟他们称兄道弟，跟他们说常常回来，炕随便睡，馍随便吃，菜随便撷，酒随便喝……村民簇拥到村边，唢呐声声送别，杨哥和我儿子全笑着哭了。

　　他们回来给我提来一兜大榛子，给我看新拍的照片，我对杨哥说："这次拍的一定得奖。"杨哥说："还要什么别的奖？我已经得了大奖啦！"

"你现在怎么还在用手帕？"这是我常遇到的善意询问。我总是回答："打小随身带手绢，习惯啦！"

半个多世纪以前，上小学，老师每天要检查学生带没带三样东西，一样是手绢，一样是茶缸子，一样是口罩。手绢，这是当时我们习惯的叫法，不叫手帕。"丢手绢，丢手绢，悄悄地丢在小朋友的后面，大家不要告诉他……"那时有"唱游课"，"丢手绢"和"老鹰捉小鸡"是进行次数最多的"唱游"，记忆里形象最鲜明的，一位是"小脸老师"，一位是同桌的"方子"。

"小脸老师"，自然是因为同学们觉得她脸小，给她取的绰号，她听见我们背后低声那么窃叫，并不生气，有时甚至还会闻声回头，微微一笑。那时候开展"爱国卫生运动"，不走过场，非常认真。老师就要求我们上学时除了书包课本文具外，一定还要带手绢、茶缸和口罩，每天头一堂课，先检查这三样。

手绢和口罩，那时候真正用它们的时候，并不多。到教室外走廊里的开水桶接水喝，一天总得好几次。我妈给我买了一只很漂亮的搪瓷把缸，还给缝了个蓝布套子，我用起来很得意。但是"方子"——北京话发音是"方扎"，他姓方，个头跟我差不多，宽度却几乎比我阔半倍——头一次让老师检查时，拿出的却是一只吃饭的粗瓷碗，我带头笑，惹得全班哄堂，可是"小脸老师"却没笑，她和蔼地跟"方子"说："很好。洗干净用。也该配个布套儿。"其实更惹笑的应该是"方子"的那方手绢，可惜大家看不见，我是看真切了的，那根本就不是买来的正经手绢，而是不知从哪件旧衣服上裁下来的一块灰布。不过"方子"的口罩让人无法挑剔，比我们任何一个同学买来的都大都好，后来知道，

"方子"他爸是水泥厂的工人，那口罩叫作"劳动保护用品"，厂里一发就是半打。

我和"方子"都很爱国，都极愿意听老师的话讲卫生，我们真的不随地吐痰、擤鼻涕、打喷嚏，放学排队离校时乖乖戴上口罩，偶尔因为玩弹球、拍"洋画儿"口渴难忍，就近在自来水龙头对嘴儿喝了凉水，被多事的女生告状，我们就在"小脸老师"跟前认真地检讨，现在回忆起来，有点奇怪，"小脸老师"怎么从来没有批评我们男生玩弹球、拍"洋画儿"不卫生呢？她自己有时还跟女生一起玩"拽包"、抓（发音是chuǎ）羊拐呢，她只是强调玩完了洗手而已。

有一次"小脸老师"出作文题《我的妈妈》，大家都埋头在写，"方子"却只是发愣，"小脸老师"就走到他身边，弯下腰，嘴离他耳朵很近，跟他说悄悄话，但是我听见了，当时非常惊讶，因为"小脸老师"说的是："对不起……我考虑不周到……你不用写这个题目，你自由命题吧。"

忽然"小脸老师"不给我们上课了，来了个代课的男老师，他的脸未必大，却被我们叫作"大脸老师"，他一来就给"方子"一个"下马威"，说"方子"的茶缸不合格，还拎起"方子"的手绢让全班看："这是手绢吗？这是擦脚布！"他和我们没想到"方子"的反抗是那么强烈，"方子"当即跳起来，抢回那块"小脸老师"从没奚落过，甚至还表扬过他洗得干净的手绢，大声骂出了一句最难听的话。

"方子"要被记大过。"小脸老师"出现了，她的脸小，面子却很大，不知道她怎么跟校长说的，反正"方子"免予处分，换了另一位女老师来代课，她其实也挺好，但是没办法，我们还是要给她一个绰号，"中脸老师"，这绰号当然是太古怪了。"小脸老师"不在的时候，男生们总在为"她丈夫是干什么的"打赌，女生们总在私下嘀咕"什么是坐月子"。

后来我转学，小学毕业后上中学……形成自己的人生轨迹。那所小学所在的区域早已改造成一片公共建筑。我至今没有跟"小脸老师""方子"邂逅过。但是，近十几年，倒从当年老邻居、老同学那里，听到一些无法证证的传说。"文革"时"小脸老师"被丈夫牵连，也给当"牛鬼蛇神"揪了出来，但是"方子"装作"红卫兵"，把她救出藏匿起来，一直供养到"四人帮"倒台。"小脸老师"后来从小学校长的岗位上退休。"方子""顶替"父亲进水泥厂当工人，一直到水泥厂迁往远郊后才退休，现在跟儿子儿媳妇开了一家"方手绢小吃店"，不但供应的品种多味道好，而且，以卫生状况特别好著名。据说，在当年所有的同班同学里，别人早都使用上了各种揩面纸餐巾纸消毒湿手巾，只有两个"老顽固"还一直使用着手绢，一个是"方子"，一个就是我。

手绢现在不大好买了。最新消息，是"方子"已经在一家大商城里，开了一家"方手绢"专卖店。真该抽工夫去那里逛逛，我会喜出望外地遇到"小脸老师"和"方子"吗？

大碗传奇

那一年他给我讲了童年的遭遇。那时候他那个企业还没有把面子挣大。那一天他难得有点清闲。他开着辆奔驰车来我书房。他把手机关掉。他说："让他们以为我被绑架了，狂打'110'吧！"他说要对我敞开心扉。他确实敞开了。他说二十几年前他是个"文学青年"，狂热地羡慕我——不是崇拜，只是羡慕，"有个词儿，艳羡，对不对？"他拜访我的时候当然已经没了艳羡，他似乎希望我艳羡他，但是我提醒他我可没兴趣写报告文学，他说那当然，他不过是想找个有品位的人听他倾诉，凡他说出的，我如果想当作小说素材，都免费赠送。蒙他认为我有品位，姑妄听之，素材也罢废料也罢，什么费不费的，我觉得很难跟他成为朋友。

但是，我得承认，他的倾诉，很有文学水平。我相信他没有虚构。他讲述的那些真人真事，白描出来，毋庸再添油加醋，就很生动。听完，我就劝他自己写出来。他说他的文学梦早已烟消云散，见见当年艳羡过的写手，吹吹牛皮，权当一次消闲活动，总是足浴、桑拿、日式指压、泰式按摩……腻了，"你不是提倡心灵体操吗？这也算一次操练，对吗？"当然。

他的童年很不幸，后妈对他的虐待，花样迭出。他说，当时住在单位宿舍大院里，吃饭的时候，后妈让他端个大碗，到屋门外站着吃。那碗出奇的大，让邻居们看起来，会觉得第一是他的食量大如牛，第二是他后妈待他真不错，菜究竟油水多不多另说，起码饭是让他吃个够。但是，他每顿总是吃不饱。那么大碗饭，怎么还吃不饱？原来，那是后妈特制的一只碗，碗心里还扣着个小碗，那小碗用万能胶固定住，使大碗的容积少去三分之二以上。后妈并且一再警告他，绝不能让邻居们看见碗心，如果有邻居问他，他必须回答："妈给的多，香啊！"

这大碗的传奇，很文学，是不是？我问：难道邻居们就一直没发现那大碗的猫腻吗？他说，也许真是一直不知道那大碗的真实形状。但是，对他总是吃不饱，肯定是知道的，从院里那些孩子们那里知道的——说他吃不饱，是指他家给他的饭菜不能让他饱，但他哪顿也没真饿着过，还经常地打饱嗝儿，原来，他总是几下扒拉完那只大碗里的东西，就去逮院子里的小男孩们，在那些孩子们面前，他凶神恶煞，揪这个耳朵，薅那个脖领，让他们回家去给他拿吃的来，馒头、花卷、馅饼、蛋糕……有时候还让他们"孝敬"各种零食，以至水果。

虽然从同院孩子们那里能斩获丰富的食品，但他得到后却只能是躲到后院旮旯儿里去享用。他妹妹——是他后妈带过来的，那时候一大乐趣，就是满院搜索他，一旦发现他在吃别家的东西，就兴高采烈地跑回去告状，而他后妈就会撺掇他爸打他，"啊，存心让邻居骂我没给他吃饱呀，丢的可也是你的脸呀！"他爸就会揪他的耳朵或薅他的脖领，操起鸡毛掸子给他一顿臭抽——"好像他那么做就能充分表达出对我后妈的爱情似的！"而他的那个妹妹，总是若无其事地一边玩耍，甚至还拍巴掌欢笑。

"你觉得有意思吗？没多大意思？告诉你吧，这段经历对我后来管理企业有极大作用！"他要展开讲解那"化腐朽为神奇"的作用，我拿话给岔开了。

认识他不后悔，但跟他深交就兴趣不大了。没想到，前些时却跟他邂逅。

一位老同窗要从官位上退休了，约几位当年玩伴聚餐，盛情难却，我也去了。包间豪华，菜式丰盛。即将退休的官员有个口头禅："我能把公家钱拿家去吗？"我们都相信，这是他的守则也是他的实情。那天他在席上滔滔不绝，骂腐败，讽官场，我们想引他怀旧，总未成功。最后每人一份鱼翅捞饭，我正感叹奢华，忽然，给我讲过大碗传奇的企业家来了，一惊之后，也就释然——他跟即将挂冠的官员极熟，是来埋单的，也许是最后一次？大家起立互相介绍寒暄，随企业家而来的一位化浓妆的女士自豪地对我们说："我是他妹！"

企业家指着他妹妹对我说："过去对我狠着啦，这些年总捧着我！"那妹妹满脸谄笑："爹妈没了，长兄如父，你罚我人前吃饭必须大碗，我乐意呀！"跟着就大声吩咐服务员："给我换大碗！"服务员莫名其妙，一位同窗说："鱼翅捞饭哪有用大碗的？"那妹妹浑身贱相，别人能否理解，我不得而知，只是在一瞬间，与那哥哥眼光相接，从中触电般感觉到，那哥哥有一种令我阴冷战栗的快感！

后来知道，那妹妹妹夫也有个买卖，全靠其兄帮衬。那以后很多天，看见大碗，我心里就堵得慌。

母鸡吃蛋

小杨在我家服务已经六年多了，她三年前回乡结婚，一年后生下个胖大小子，今年又来我家，继续帮助我们。她动身前来电话，说要给我们带东西来，我们一再嘱咐她千万不要客套，路上安全第一。但是，我们估计她还是要带来表达心意的东西，记得四年前春节后，她曾提来一篮柴鸡蛋，估计这次还会是那样的礼物，她一定记得我们说过，柴鸡蛋就是比工业化养鸡场的那些蛋吃起来香。

那天小杨到了，她这回给我们带来的不是一篮鸡蛋，而是一只活鸡。她把那只鸡装在一个蛇皮包里，拉紧拉锁，但在包上挖了一个洞，让鸡能探出头来透气，以免闷死在长途大巴上。她把那只鸡连同那只包搁到了我们阳台上，又告诉我们，这老母鸡是她出嫁时的嫁妆之一，特别能下蛋，她坐月子时和儿子聪聪成长时，每天都离不了这只柴鸡的蛋。老伴就说，我们阳台上可不能养它啊。小杨笑，说那当然，我把它带来不是让它下蛋，我明天就宰了它，给你们炖老母鸡汤补身体！老伴眉毛动了动，我知道，她最怕宰鸡的场面了，但小杨已经把那鸡老远带了来，我们也不好再说什么。

小杨仿佛看出我们有疑虑，就说，为了让这鸡不再拉屎，她上路三天前，就不给喂食了，所以现在那蛇皮包一点不臭，鸡也饿得只知道睡觉，如果我们怕鸡半夜饿死，她今天就先宰了它。我们就说不必。

那晚小杨在她那屋里睡得很香，从门缝里传出吟诗般的鼾声。我们却睡不踏实，因为那只鸡晚上忽然折腾起来，好像是在那蛇皮包里拼命挣扎，咯咯乱叫，稀里哗啦乱响，我们也不敢擅自去处理，只好等到天亮再说。

第二天小杨很早就起床了，情绪特别好。我们因为一夜失眠，临晨才终于迷瞪过去，都起晚了。小杨见到我们就报告，说快去阳台看看，真好玩！我们就跟她到阳台。那只蛇皮包已经完全敞开了，小杨指点里面让我们细看："这家伙，几天不喂它，它还下蛋！昨晚下的这蛋，它饿极了，就自己啄开，给吃了！"我们俯身细看，破裂的蛋壳内外确实没剩多少东西，那只已经奄奄一息的老母鸡微张的喙上，还挂着一缕蛋清！老伴见状紧紧捏住我的手，可是小杨却笑得几乎喘不过气来。

那天早晨下楼遛弯，老伴就说她无论如何不能喝那只老柴鸡炖的汤。我说这可怎么跟小杨解释呢？我们跟小杨处得很好，但我们却生活在不同的文化里啊！

我们回到家里时，小杨已经宰了那只鸡并且清理完毕，只等下锅炖了。老伴就支使她下楼去买青菜。小杨走后，老伴就把那只在生命最后关头，不得不吃自己下的蛋的老母鸡的尸体，像处理一位不幸去世的亲人那样，先用保鲜膜包起来，再搁进一个空蛋糕盒里，扎上彩绦，暂存进冰箱，说等天黑了，拿去葬在楼下小花园。我说，小杨回来，怎么跟她交代呢？老伴就说把咱们冰箱里的西装鸡搁锅里炖上，能混过去。

小杨买菜回来，说遇见她表姐了。老伴随口问：她不是在远郊鸡场打工吗？小杨就笑，说原来鸡都是一样的呀！表姐那天干活，不知道为什么那天有只鸡没给电死，扑腾着满车间飞，一翅膀把她眼睛差点扫瞎了！表姐就说什么也不在那儿干了……

后来呢，老伴把小杨带来的老母鸡也炖来吃了。我也再不说什么我们跟小杨他们属于两种文化了。

夏威夷黑珍珠

姚老师每周三下午来教老伴弹钢琴。她虽然上过音乐学院，但主修的是声乐，毕业后分配在乐团合唱队，一唱几十年，六十岁以后，在合唱队排练时兼任钢琴伴奏。老伴弹琴只为自娱，姚老师指导她非常得法，两个人很合得来，两年多下来，她已经成了我们共同的朋友。

我从美国讲《红楼梦》回来，带回一些纪念品，其中最贵重的是三件首饰，全是在夏威夷买的，一件是绿宝石坠链，给了老伴；一件是黑珍珠坠链，送给了姚老师。姚老师开头不收，我就解释说，夏威夷有三宝，一是火山熔岩里开采出的绿宝石，老伴最喜欢绿颜色，几件最常穿的衣服，跟这绿宝石坠链很般配；夏威夷的第二宝是黑珍珠，姚老师爱穿灰黄调子的休闲服，配黑珍珠更显高雅；第三宝是红珊瑚，我买回一个珊瑚须尖串成的手链，留给儿媳妇。我如实报出购买的价格，让姚老师知道那由一颗黑珍珠构成的坠链绝不昂贵，实在只是为了感谢她两年来给我们家带来的欢乐，她听了觉得我确实是把她当作亲人了，也就道谢收下。

我和老伴都希望姚老师接受礼物后，能马上戴到颈上，但她却收进了提包，而且，下一个周三来我家，虽然还穿着一袭灰黄相间的服装，却并没有戴我送她的那黑珍珠坠链，而是戴了一串白珍珠的项链，我和老伴交换了个眼色，没说什么，心里都有点疑惑。难道她忌讳黑色？

姚老师指导老伴练了约一小时琴，大家就坐到餐桌边喝下午茶。我注意到，她那串白珍珠项链，品相一般。三个人闲聊，不知怎么就聊到了一位仍在电视上露面的著名资深歌唱家，老伴就感叹，说那么多唱歌的，能有几个达到那样的知名度啊！姚老师就说，那是她大学同学，毕业以后跟她一起分到合唱团，是一个声部的。老伴就直率地问姚老师：您是不是挺羡慕她呀？姚老师说："为她高兴。一点不羡慕。"讲起当年情况，来了外国专家，让合唱团的人一人独唱一曲，合唱团几十个人，足足唱了三天，专家也听了三天。本来，这样做是为了把合唱水平提得更高，没想到专家却从中发现了一个男中音和两个女高音，认为是三颗珍珠，值得培养为独唱演员，那两个女高音，一个就是姚老师，另一个就是现在的著名资深歌唱艺术家。我和老伴只是听，没提问题。姚老师就笑了。

又喝了一阵茶，姚老师主动接续忆旧，说那时候其实专家对她的潜力更看好，但是，她就是想站在队列里唱合唱，不喜欢站到乐队前领唱或独唱，她把自己的这种想法说出来，大家都感到惊讶，专家通过翻译跟她交谈后，说理解了她，还说，很难得，有这样的歌唱者，从灵魂深处体味到了合唱这种艺术形式的真谛，的确，大合唱是人类走向亲和的一种途径。姚老师说，从那以后她就一直留在合唱队，虽然永远不可能出名，却无怨无悔。"我不想做一颗单独闪光的珍珠，我总觉得，一颗珍珠还是跟别的许多颗珍珠串成链条，更有意思。"

在姚老师再一次来教琴前，我和老伴多次放送她赠我们的CD盘听，那是她参与的合唱演出的录音，我们原来提不起兴致听，现在却如闻天籁。

姚老师再来时，戴了一条完全由黑珍珠串成的项链，我送她的那一颗，串在正中间。她没问我们好看不好看。我们也没用语言去评论。确实，我们理解了，有的珍珠，是永远喜欢跟别的珍珠串在一起的。

抽换年轮

树干剖面上一圈套一圈的年轮，一旦形成，怎么可能将其中的一部分年轮抽出来换掉呢？

把我们生命的流程，比喻成一圈套一圈的年轮，这已经成为一种滥觞，本不必多言。但是，如果有人要把其中部分的年轮抽换掉，首先是抽取出来，只当根本没有存在过，对此，你会作何感想呢？

我前些天就遇到这样的事。先接到电话，很久没听到那声音了，但一听也就知道是谁，从某西方国家回来，说要见我，而且希望单独见，有重要的事情跟我谈。

就约那来电话的某人，到郊区书房，单独面谈。你看了下面就懂得，我为什么不能使用他或她字，只能说某人。当然也不便说出某人来自某国，年龄几何，以及其他方面的个人资讯。

多年不见，一旦见了，还是很感亲切。但某人并非为表示亲切而来，来的目的，说来也很简单，就是要我把此人十几年前写给我的那些书信，悉数退还。

不要误会，我跟某人绝无恋爱关系，那些书信绝非情书。那时候，此人刚出国，所遭所遇，多不顺心，艰苦奋斗，备尝艰辛，就常常灯下给我写信，倾诉烦恼，泄出浊气，我呢，也就每信必回，尽我所知，倾我所悟，无非是鼓励此人咬牙拼搏，祝愿总有一天，乌云陆续散尽，骄阳沐浴身心，在那边立稳脚跟，修成正果。

某人提出这样的要求，令我在惊讶之余，多少有些不快。信既寄出，就归收信人所有，又不是恋人反目，何至于专门跑到我这里来，全数索回呢？我就问，那是不是，从国外，把我回的那些信，全数带来，要还给我呢？回答是，抱歉，那些信，全给烧成灰了。我说，这很不公平，是不是？而且，我就再问：这些来往信件的内容，我实在想不出有什么不妥之处，你怎么现在就如此急切地希望它们全数消失呢？某人心平气和地对我说，经过一番努力，现在自己已经进入了那边的主流社会，因此，希望把以往一切非主流的生存痕迹，全部抹掉。这不就是一种要抽出部分生命年轮的举动吗？

我真的不能理解某人了。进入了那边的主流社会？当然，那是某人多年来朝思暮想的一种生存境界，有志者事竟成，我首先为此人高兴。但是，人生的历程里，那些凝聚着艰苦奋斗、勇猛拼搏血汗的年轮，不是比能够稳定地跻身在所谓主流社会的，那些可能会呈现为肥厚匀实的年轮，更有光彩，也更具有回味的价值吗？即使某人不愿意别人看到那些曾经含有卑微与屈辱、孤独与失落、痛苦与血泪的年轮，作为某人自己的一份人生财富，回视、回思，不也还是很有必要的吗？但某人向我索回那些来信，目的明确得很，就是"再不能让它们还存在于这个世界，拿回去要通通销毁"。

我发愣。某人开导我，还举出一些例子，比如某富翁的传记，详写的是其发财后继续大发的谋略，而对于其"第一桶金"，则语焉不详；某政治家回忆录，就明显地有"年轮缺失"；就连某些大明星写的书，也一律"该彰则彰，该隐则隐"。

我问某人，书信能销毁，刻在心头的记忆，可怎么磨洗掉？回答更令人吃惊：凡不能磨洗掉那个的人，绝不可能保持住其现在所获取的社会地位。既然已经跻身主流，为长远计，必须从记忆中也抽取掉那部分年轮。我问，抽掉的部分，你会另设计出一种年轮，换进去，镶嵌起来吗？某人的回答是肯定的，并且告诉我，凡已经成事并将不再滑落，而且会继续在主流中往金字塔上一级攀登者，那样做是极其必要的。

我无语。那么，我把某人的那些来信全找出来并且交到其手中了吗？请读者诸君猜猜吧。

替嫂

冯奶奶过春节有三怕：怕常年保姆回乡团聚找不到顶替；怕电话；怕花炮。

常年保姆香香，十年前来的时候还是个小姑娘，现在却已经是有三岁儿子的小媳妇了，以往香香或者春节就跟冯奶奶一起过，或者回乡也不过十来天，这回因为老家事多，告了一个月的假，冯奶奶虽然答应了她，心里却发慌，提前就给各个家政服务公司打电话，都告诉她没有现成的，让她留下电话等待消息。

冯奶奶怕电话，是因为有烦有盼，而总是越烦越来、越盼越无。接近年关，就有来电话拜早年的，人家当然是好意，冯奶奶却最烦以"听出来我是谁了吗"起始的电话，那边一出此语，她应一声"听不出来"立刻挂断。盼的是远在海外的儿子来电，却总是满以为那个时间铃声响，是儿子算准时差打了过来，拿起话筒却还是些不咸不淡的多余来电。香香就要走了，她盼家政服务公司来电话，却总无音信。烦！

到头来，还是香香给她找了个顶替，冯奶奶问姓什么，笑答是跟《沙家浜》里那"态度不阴又不阳"的参谋长同姓，冯奶奶就拐杖杵地板："那我怎么叫？叫刁嫂吗？哼，我就叫她替嫂吧！"

替嫂来了，四十多了，胖胖的，眯缝眼。冯奶奶上下打量她一番，问："你怎么不回老家过年呢？"其实香香走前跟冯奶奶说过了，替嫂丈夫在建筑工地干活，是个钢筋工，替嫂是建筑队厨房的帮厨，原来也是要回乡的，偏他丈夫前些时伤了脚，他们两口子就跟一个留守的工友做伴，丈夫养伤，她正好来顶替香香挣份外快。替嫂汇报完，拿出身份证，冯奶奶摆手："你那个姓，不看也罢。"替嫂就爽朗大笑。

因为替嫂丈夫脚伤，还需要她照顾，冯奶奶就让她每天午后来，打扫完屋子，或洗完衣服，做晚饭，陪冯奶奶吃完，归置完，再把第二天早、午饭给冯奶奶事先准备好，就回去。几天过去，冯奶奶表扬一句："替嫂还行。"替嫂笑说："你家就您一口，事情好做啊。"冯奶奶恼怒："什么？一口？还有杠杠呀！"杠杠是冯奶奶的宠物，黑白相间的花狸猫，白天陪冯奶奶在沙发上看电视，晚上在被窝里给冯奶奶暖脚，香香跟替嫂交代过，给杠杠加猫粮饮水、换猫砂，要跟照顾冯奶奶一样周到，替嫂其实做得都到位，只是还不习惯把杠杠也当一口子。

　　三十那天，替嫂送来冯奶奶头天让买的东西，打扫完卫生，冯奶奶就让她回工棚去跟丈夫团聚，说自己能煮饺子吃。替嫂说您那速冻饺子有什么好味道！我来给你包鲜的！我陪你吃完，再回去跟我那背时的家伙聚去！冯奶奶说大过年的，你怎么能那样说你丈夫，替嫂就仰脖大笑，笑完说我每天村他，他那腿伤好得才快呢！

　　替嫂捏的饺子确实可口。窗外花炮声渐多。冯奶奶让替嫂关紧窗户拉满窗帘。替嫂嘴里说好听好看着哩，手脚却麻利地执行冯奶奶命令。电话铃响，杠杠先跳过去，冯奶奶就坐过去接，这回果然是儿子，"背时的"，冯奶奶不由得在心里一声爱骂，她挥手让替嫂回避，替嫂去厨房了，她就跟儿子在电话里抬上了杠。

　　香香熟悉冯奶奶的性格，她对一个人的爱，往往会体现在找个话茬抬杠上，宠物猫取名杠杠，真正的原因也是出于爱。她有时候觉得香香尽责可爱，就会忽然跟香香抬杠，香香呢，也就故意跟她杠上一阵。

　　替嫂看冯奶奶握住电话说个没完，腿上没盖毯子，就过去把毯子给她盖上，冯奶奶瞪了替嫂几眼，替嫂就摆摆头，指指自己两边耳朵，原来她懂得主人电话不能偷听，事先在两边耳朵眼里塞了两瓣大蒜。

　　十五那天晚上，吃完汤圆，替嫂说炮仗声是讨厌，可是烟花实在好看啊，就扶冯奶奶到阳台，先往冯奶奶两边耳朵塞蒜瓣，再拉开窗帘，给冯奶奶指点各处升起绽放的烟花，冯奶奶其实听不见替嫂的形容，却偏高声抬杠："哪里像菊花！真是少见识，那样的花型叫龙爪兰！……"

　　香香回来了，春节成为记忆，问起替嫂，冯奶奶说："快别提，笑着跟我杠，哼，就她，能杠得过我吗？"香香就知道，她必须更加尽心，否则，将来谁顶替谁，可就说不准了。

鬼姜花

我问小岑，那是什么花？他告诉我，是鬼姜花。

小岑和小汤两口子，来我温榆斋书房所在的那个村子，开了个小饭馆，从饭馆窗户望出去，就是大田，晚玉米收割尽了，地边上一丛丛高高的黄花，在秋阳照耀下灿烂悦目。

鬼姜，又叫鬼子姜，也就是洋姜，学名叫菊芋，没有人刻意地种它，却在我们村子周围到处冒出来。

跟小岑小汤两口子混熟了，大概其知道，他们一个是苏北的，一个是贵州的，相遇在城里一家餐馆，一个是二厨，一个是服务员，他们相爱了，结合了，就把多年来挣的钱合起来，跑到这个村边，开了这么家餐馆。也曾打算细问他们的经历，小岑顾左右而言他，小汤就哼歌："不要问我从哪里来……"

小岑自己兼大厨，他的侉炖鱼，味道极妙，生意也因此火爆。

就在我问了小岑"那是什么花"以后，大概过了两三天，我上午睡完懒觉，起床开门，呀，门外台阶上，一大丛花瓣如舌的明黄鬼姜花，插满一个浅蓝色的大塑料桶，由许多墨绿的大叶子衬托，冲击着我惺忪的视网膜，使我如同醍醐灌顶般清醒到十二万分。

我打电话给小岑，说："谢谢你采给我的花。晚上我订一只乡村五味鸭。"

乡村五味鸭，和侉炖鱼一样，也是他们餐馆的看家菜，不过，临时烹制很费时间，提前预订，到时候很快端上，质量尤其上乘。

晚上约好村友三儿，去小岑餐馆吃鸭子、喝小酒、侃大山。餐馆上座有一多半。五味鸭端上来之前，先端来一碟小菜，是些不大规则的片片，三儿以为是荸荠，小岑说是鬼子姜。夹一片搁嘴里，腌制过，味进得不深不浅，脆而不涩，用来开胃，好！小岑说我那一问启发了他，他第二天一早去挖了许多，还特意给我采集了那一大桶花。现在，他每桌客人都免费送一碟。

忽然有摩托车突突突而来，突突声乍止，就冲进来一个三十岁上下的青年，已经秋凉了，却还只穿件箍在身上的挎篮背心，两块胸脯子肉紧绷绷的，右臂隆起的三角肌上，刺青的图案是只张开嘴露出尖牙的虎头。他冲到那边角上的空桌，小岑去招呼他。三儿跟我说："虎鬼子来啦！"我老早听到过其人大名，直接见到却还是头一次。又好奇，又不免把警惕性提升。

只见那边，"虎鬼子"似乎在大声问小岑约他干什么，小岑微笑着，也不知道说些什么。后来看见小岑先往那桌端去一盘鬼姜花，后来又端上一大盘，热乎乎的也不知道是什么菜，当然，还有二锅头口杯。小岑坐"虎鬼子"旁边，两人聊了一阵。

我和三儿把五味鸭吃过一半，"虎鬼子"喝完吃罢，跟小岑小汤道过谢，一阵风般出去，风还没息，突突突声响迅即远去。

第二天下午，乘餐馆没客，我拐进去问小岑："三儿说'虎鬼子'是专到各餐馆收保护费的，你对付他不容易吧？你昨天给他端上的东西好怪……"

小岑就跟我说，再铁的心，也有软的部分。他昨天邀满虎——他让我别再叫绰号，改称大名——来，提醒满虎，是满虎他大妈去世的日子；满虎一次醉后告诉他，自己生母产后没奶，父母觉得已经有儿有女，就把他送给邻村一个产后死了孩子的妇女去养，那就是满虎大妈，满虎说这世界上只有他大妈对他好，但是就在满虎懂得记日月的时候，大妈去世了。满虎记得，大妈家屋外，野生野长着许多的鬼子姜。昨天小岑端出一盘鬼姜花，是替满虎祭奠他大妈的意思，而那盘菜呢，是大妈当年常给满虎做的红烧独头蒜。小岑说，满虎临走跟他说，以后不再到处逛荡，打算到镇里集上，摆个服装摊，将来再开个服装店，也跟小岑小汤一样，有个自己的正经营生。

我听了就说："他能说到做到吗？"小岑有些不高兴了，稍微迟疑一下说："刘叔，没错，啥事都难说……可是，我不就做到了吗？"

回到书房，只见昨晚花头打蔫的鬼姜花，全都迎着阳光，挺起来把自己胀得充满了生命的尊严。

小圆拢子

　　我家暖气管漏水。给物业打电话，很快秦师傅就来给修理。修理起来挺麻烦。我给他倒好热茶，就去继续忙自己的事。需要把一篇材料打印出来，可是，打到一半，墨盒没墨了。我就去跟秦师傅说，要出去一趟，去给墨盒充墨，小区外头超市里就有这个业务，很方便，我顶多半拉钟头就回来。秦师傅听明白后，先问我，能不能等他修理好以后，我再去给墨盒充墨？我就说等不及。他就说："您家现在就您一个人，您走了，我待在这里不合适，要不，咱们一起出去，您锁上门，我在您家单元门外等您回来。"我笑说："秦师傅，您在物业这么久了，我家麻烦您也不止一回了，我信得过您。"说着，我就拿着墨盒出了家门，秦师傅还是跟着我出来了，还让我把门锁好，我就说："你这人怎么这么矫情？"也没把门合上，就往楼下走。没想到先听到哐当一声响，紧接着是秦师傅追着往我耳朵里灌过来的话音："我把您家的防盗门撞上了啊！"我也没回头，没给他个回应，只在心里说："人与人之间，建立起真正信任的关系，怎么那么难啊！"

　　灌完墨盒回来，只见秦师傅倚在我家单元门外的楼梯栏杆上，两手指头交错，搬动得骨节咔啦咔啦响。我用钥匙打开防盗门，责备他说："你撞门之前，也不问问我带没带钥匙，要是我没带，你现在还得帮我去联系开锁公司，那手续有多麻烦！"他淡淡一笑，随我进了屋。我去安装好墨盒，继续打印材料。

　　我把自己的事忙完了，秦师傅的活儿还没收尾，我就走过去给他换热茶，跟他说话。我帮他解释说："是了，是了，电视里的法制节目，天天讲些刑事案件，你是让我提高警惕，虽然你是好人，可是照我这么松心，指不定哪天就会碰上个坏蛋，吃个大亏。"

秦师傅干完了活，坐下来喝茶，跟我聊天。他说，想给我讲个他小时候经历的事情。那太好了，我迫切希望听取。他就说，那还是他上小学三年级的时候，班主任是个女的，那时候挺年轻，住在学校宿舍里，有一套理发的工具，义务给班上的学生理发，当然，不是所有的同学都去找她理发，但是，像他那样家里经济上不富裕的孩子，每隔一段时间，就会去求她给理发。后来，村里大多数人家都脱贫了，同学们也逐渐习惯花钱理发了，只有他和另外少数几个学生，上到五年级了，那女老师也不再是自己那个班的班主任了，还去让她给理发。有一天，他又去麻烦她理发，那天，老师最后用一个小圆拢子——南方人叫梳子，北方叫拢子——给他梳顺头发，那时候他们那个村子刚刚开化，那样半透明的、红得跟红萝卜红樱桃西红柿都不一样的、怪怪的圆圆的立体塑料拢子，让他大开眼界，以至老师给他梳过一遍以后，他求老师再给他梳一遍，老师就再梳，他就快活得咯咯地笑个不停。

第二天发生了一件事。那老师找到他问，是不是拿了那个小圆拢子？老师的表情，现在想起来，很柔和，似乎即使是他偷拿了，只要承认，还回去，也就算了。他说没拿。老师也就没有再盘问。过了许多天，他的头发又长又乱。他妈妈问他：你们老师，不给你理发了吗？他唔了一声。妈妈就说，也是，现在咱们理得起发了；就给了他钱，让他去理发馆理发。他拿了钱，并没去理发馆。于是有一天，那女老师在操场边上叫住他——那时候那老师已经并不教他所在的那一班的课了——问他：你怎么不找我理发了呀？他嘴上说：不用了，我妈说我该花钱去理发了；心里却在嘀咕：我还能去吗？赶明儿您理发推子没了，也来问我吗？……

听到这里，我说好啦好啦，帮你往下讲吧，又过了些时候，那女老师自己把那小圆拢子找着啦，后来她遇见你，就主动跟你报告了这个喜剧的结局，对吧？

秦师傅说，不对。他告诉我，那女老师，后来结婚，搬出学校去住了。等他上初一的时候，那个女老师，已经跟她的丈夫，到外省去了。他后来听说，那个小圆拢子，是那女老师的丈夫，当年追求她的时候，送给她的一件礼物。后来大家的生活都多少有一些个提高，塑料立体拢子，算得上什么稀罕玩意儿呢？就是他家，后来也拆了旧房子，盖起两层的小楼来。村里现在多数人家都住上了那样的小楼。拆旧房子的时候，也必然要淘汰一批旧家具。说到这里，秦师傅问我，能不能抽支烟？我说可以。他吸了几口烟后，告诉我，就在他家淘汰旧家具的时候——那时候他即将初中毕业，他惊讶地发现，在他家一只破旧的木板箱里，出现了那个小圆拢子，红得奇怪的，半透明的，塑料立体拢子……

惊心动魄。这是我当时的感受。

秦师傅告别许久了，我还默坐在那里沉思：诚信，人性，防范，契约……

颠簸

G君来电话，说刚从美国飞回来。近二十年来他满世界飞来飞去，美国也不知去过多少回了，为何非来电话，仿佛报告一桩大事？又说想马上来我家，送我一样东西，我跟他说，老相识了，何必客套？况且从美国买回来的礼品，多半是MADE IN CHINA，很难令人惊喜。但他非要来，说见面细谈，于是就跟他约了时间。

G君算得是我的"发小"。我们同龄，在一条胡同里长大，读过同样的书，唱过同样的歌，喊过同样的口号，见识过同样的大场面，也有着近似的小悲欢。其实我们已经很多年只是春节前互相恭贺新禧，然后一年里相忘于江湖。我已经完全退休，他还当着一个并非虚设的顾问，这次又跑美国一趟，望七之人了，还作地行仙，实在佩服。

迎来G君，煮茗款待。他并没马上亮出给我的东西，我也懒得问那究竟是什么。且听他细说此次行程中的故事。

简而言之，G君搭乘美国西北航空公司的航班，从洛杉矶经东京回国，飞经太平洋上空时，遭遇了强烈紊乱的气流，飞机颠簸得非常厉害。他不知坐过多少次飞机，也曾遇到过种种不如意的状况，颠簸本是不稀奇的事，但这回的颠簸，一是严重程度超常，一是持续时间竟长达一个多小时！

G君坐在沙发上娓娓而谈。事已过去，有惊无险。他面部光润，发丝井然，衣履光鲜。显然，他知道我搞写作，最感兴趣的是细节，就把那飞机持续大颠簸期间的种种细节讲给我听。行李架嘎嘎作响，仿佛随时会解体。绝大多数旅客还算镇静，但个别旅客忍不住地惊叫，以及拼命压抑仍不免传出的绝望啜泣，使大体静默的机舱里的气氛更趋恐怖。空姐、空哥时时出动，来照料呕吐和痉挛的旅客，他注意到一位空姐的眼睛里也终于藏不住噩运压顶引出的凄惶。他旁边的旅客不住地翕动嘴唇祈祷。他自己呢，则双手紧握座椅扶手，一阵阵地紧闭上眼睛……

当然，我理解，那是一次生死交界线上的飞行。想必每个乘客都想到了那无法回避的字眼。我希望G君跟我讲讲他那一小时里的心路历程。他想到了夫人子女家事家产自不待言，但令他现在还感到惊异的是，在那些似碎片似旋涡并且时明时暗的思绪里，却始终贯穿着一个比较完整的意识，即使在飞机又猛地跌落、机舱里传来尖叫，意识猛地中断，一旦恢复了思绪，那前面的完整线索，就仿佛有游丝牵系，又生动地往下演绎……

他让我猜，当然猜不出。他说，他就总觉得，是跟我一起，在往北京王府井大街北侧的那条东西向的大街上走。那条街叫东华门外大街，相对而言，至今变化不算大，那条街上，当年有个集邮公司门市部，里面陈列着许多邮票样品，也出售各种邮票。他说又似梦境又极真实。似梦境，是浮现在他眼前的，分明是五十年前的街景和集邮公司内景，而跟年逾花甲的他并肩前往的，却分明是少年时代的我……

这让我听来确实怪异。不过回想起来，我们少年时代一起去集邮公司掏腾心爱的邮票，回到胡同里，我们互相去家里拜访，交换欣赏各自的集邮簿，以及为交换邮票而生出的兴奋与懊悔……那是怎样的天真时光！

他说，在飞机大颠簸中，他就想起，我们曾一起购得了一套当年匈牙利出的三角形体育邮票，一套是六张，而我那一套，因为不小心，失落了一张，心疼得流泪，也曾提出拿几套别的邮票换来他有的那张，他却不断提升条件，苛刻得我几乎把下唇咬破，终于还是没有成交……

他说，飞机大颠簸中，他立下誓言，只要活着，他就一定要把那张我当年缺失的邮票，给我送来。现在他就是送那张邮票来了。

往事已逾半个世纪。匈牙利早变了颜色。我早已不再集邮。可是，我望着那在生死门边颠簸出来的老邮票，忽然胸膛里有热涛澎湃……

秋千座

走到过街天桥前头，她提醒自己：怎么还是那么快？不是特意要享受慢的乐趣吗？

于是，她款款登上天桥引梯，缓缓迈到天桥上面，顺着护栏悠闲前行，到达天桥正中，她停步转身朝前望去，啊，原来站在此处可以看到大街笔直通向那么远的地方，车流仿佛两条逆向飘拂的彩带，延伸得那么神气，而城市那个方向的天际轮廓线，令她感到无比新奇，特别是，她认出了自己加盟的那家公司的写字楼，她虽然经常从这座天桥穿行，却从未停步朝那个方向观望过。

她痴痴地站在天桥上，望了许久。

手机彩铃响了。出门前她已经改换了彩铃，是一首慢歌。接听，阿瑟从机场打来，还是那么急促的语速，她笑了，特意放慢语速回应："你好容易歇下来去旅游，为什么还是那么忙忙慌慌的呢？消停点不好吗？我在做什么？我——正在——城楼——看——风景……"阿瑟并没什么要紧的话，只不过是等候登机无聊，打发无聊，为什么也不能慢下来呢？

阿瑟是和她的男朋友去韩国济州岛做深度游。那还是她给出的主意。深度游的精髓是什么？就是慢慢悠悠。看来阿瑟根本抓不住这个要领。孺子不可教也！

她把手机关闭，溜溜达达往天桥那边移动。心里有点乱，像一间好久没有打扫的房间。整理一番吗？急什么？房间乱，把窗帘合拢，不开灯，坐到沙发上，不，躺到沙发上，房间也就无所谓乱不乱了。她合拢心帘，再不深想，缓缓走下天桥那边的引梯。

她是一个典型的白领。丽人不敢说。年龄不堪问。十年前刚上大学，看一部电影，剧情全忘，却记得那些街景——几乎所有的人都脚步匆匆，那是一部西方电影，当时很羡慕，现代化么，速度就是X，这个X可以理解成业绩、财富、活力、机遇……"我们什么时候能够过上这样的高速生活？"毕业后经过几次跳槽，终于基本稳定在这家大公司，参与高速运转，工资不菲，贷款买了房买了车，月月还贷月月累，天天缺觉天天撑，就连第一次恋爱，也是高速度的，破裂分手，舐尽感情伤痕，也都匆匆忙忙。孝敬老人也是速度第一，进商场匆匆买一样东西，停下车小跑上楼，进了门急忙忙先宣告："爸！妈！我回来啦！"爸妈问长问短，她的手机彩铃声声，频频跑到阳台上接电话，好容易坐下来同吃一餐，节奏快得二老瞪眼相劝，而在用餐巾纸揩嘴唇的时候，就一边道保重一边到玄关换鞋，"拜拜"声则被一溜烟跑下楼梯的鞋跟声淹没……

这就是她的生存状态。这次长假前聚餐会上，大家互吐衷肠：最向往什么？答案基本一致：痛睡三天！有的说世界上最奢侈的事物就是任兴酣睡！她却产生了一个想法，她没有向大家宣布，她对自己强调了：受够了快，现在她要利用假期，痛痛快快地享受一番慢！这才意识到，人类社会最奢侈的事物，应该是任兴地慢慢悠悠……

她下了那过街天桥，顺街道朝一家茶餐厅，慢步而去。那家茶餐厅临街的大玻璃窗内，设置了一些秋千座。她路过很多次，产生过多次坐在那秋千座上，眯着眼，慢悠悠摇晃，把心态调整到介乎什么都想和什么都不想之间，彻底放松，痛快享受，却一直被这样那样的事情驱使于快速之中，不得实现。

此刻，她的全部人生愿望，凝聚在秋千座上的慢悠悠，慢——悠——悠……

不知不觉，已经来到了那家茶餐厅外面。她意态怡然地煞住脚，缓缓抬眼朝窗里望去。一连四组秋千座全坐了人。起初有点扫兴，问自己：急什么呢？平静下来。细观，发现有一对白发老人，两位各坐一架秋千，两架秋千全微微晃动着，二老对望，喁喁闲谈，他们之间的茶桌，小银炉上，是透明玻璃壶沏的水果茶，氤氲出缕缕淡淡的水汽……

因为总是太快，她忽略了多少生活中那些平凡而琐细的美人美事啊！今后她该快时肯定还得快，但可以不必快时，她就一定要自觉地享受慢的赐予。

她站在那里，生命在慢赏中，得大欢喜……

古井帽

　　那天彻底拆掉了那个古井台。它在新修成的高速路出口外头。那里要修建一个新的加油站。

　　拆古井台的当口，从那边村里，来了个白髯老翁。没有人陪他来。他自己拄着拐棍来的。他移动得很慢，但他腰板很直，走到那些忙着拆井台的外乡工人旁边，他开口说话，可没人听他的，他明知没人听，却仍站在那里说。

　　他说他生在光绪三十三年，也就是1907年，到现在刚好100年。这口古井在他出生前就有了。井旁原来有座小庙，庙门外好大一棵古槐，夏天满树槐花，那口井里的水好甜，槐花掉进井里，人们用桶打起水来，就连那槐花一起喝……一百年了啊！到如今，这古井台，我们不难想象，在他生命流程里，嵌进了多少风云变幻、悲欢歌哭！

　　在他三十岁的时候，井后那座庙烧了，只剩一座庙门架子，再后来，那残余的庙门也没了，他六十岁的时候，那棵古槐被伐了，再后来，井也枯了，但这井还有仙气，每到夏天，井壁上就长出叫不出名的香草，长长的叶片窜出井口，老远就能看见一丛翠绿，闻见缕缕奇特的甜香……

　　百岁老人看着那口古井彻底地被拆掉。井台周边的石板被撬起，扔成一堆。那井口很特别，是用整石雕成的，形状颇像一顶去掉顶盖的草帽，老人说，那是一绝，当年井水最旺的时候，常常会高出地面，这周边高耸的井口石，总能把水拦住不让溢出，祖上的石工手艺多好啊，你看这石料虽粗，算不得什么汉白玉，可是周边凿得多么圆，这么多年头过去，看上去还那么顺眼、润心！

　　拆井的外地民工终于跟老人搭了几句话，他们说这井口石确实古怪，搬动起来好重，砸也砸不碎，恐怕只好埋到加油站的地基里去。

老人双手叠放在拐棍顶端，平静地站在那里。他见识过太多的世道变迁。前面公路上不时飙过各种牌子型号的小轿车。一群穿校衣的中学生从镇里散学回村，都骑着新式自行车，其中一个认出了他来，高声呼唤："太爷爷！"他喉咙里发出一声微弱的呼应："小兔崽子！"

　　那"小兔崽子"很鬼，他爹更鬼。他爹不仅知道这太爷爷当年常在井台上说书，构成大槐树下一道风景，而且还知道这太爷爷那几十年没淘汰的大躺柜里，还藏得有被老鼠啃过、蠹虫吃过的线装旧书，几次动员太爷爷把那旧书拿出来晒太阳，头年夏天太爷爷终于同意取出来晒太阳了，却忽然来了陌生人，说是从潘家园古董市场来的，太爷爷就知道是"小兔崽子"他爹，"好一个蔫坏的兔崽子"，把那陌生人勾了来，太爷爷都没让人家进屋坐，几句不咸不淡的话把人家连同"兔崽子"们给让出了他那院门。其实"兔崽子"们全是好意。但太爷爷自有他的一份道理。

　　"到该拆的时候，就让你们拆吧！"百岁老人拄着拐棍慢慢离开了那正被用土彻底填埋的古井。

　　加油站很快建起来了。是国际一体化格局的形态，无论在美国，在西欧，还是在尼日利亚或者悉尼高速公路出口外头，加油站全仿佛一个模子刻出来的。现在都时兴附设24小时便利店，里头的饮料、饼干、巧克力乃至钥匙链，全都雷同。来加油的和给加油的，没有人知道、记得那里曾经有过那样的一座古井台。

　　但是，在那加油站不远的别墅区，里头一栋最大的别墅，那天开了一个"派对"，豪华车停满了临时车位，每一位或一对、一组客人走进那足有一个篮球场大的客厅，眼球全都会马上被一角的装置艺术吸引，有的就不由得"哇噻"一声——顶棚上的一组射灯照耀着铺敷着蓝丝绒的不规则高底座，上面是有着真实土壤和蕨草的隐形大托盘，托盘里是整石凿刻出的古井帽，旁边立着一只绝对够年头的高耳竹箍的木水桶。

　　这栋开"派对"的别墅，离那个村子那个百岁老人放那旧躺柜的村屋，距离不到两千米。当别墅主人正让赞叹的来宾们猜他从哪里掏腾到那个绝对古雅的古井帽，百岁老人正倚着炕上的被褥垛，沉浸在似梦非梦的种种情景中。而"蔫坏的小兔崽子"，则正在另一院落的麻将桌边，夸张地炫耀他如何没有通过潘家园的人，就把那个古井帽卖出了一个好价钱。

无金日

这是一个典型的4—2—1家庭。两对退休的老人，一对中年夫妇，一个他们共同的宝贝疙瘩——初中二年级女生蕊蕊。从去年起，他们在一年的三个黄金周里，总要抽出一天来聚会，并且规定出很独特的主题。比如去年的三次聚会的主题分别是：无车日、无电视日、无电话日。无车日那天，七个人一起步行去美术馆看展览，来回大约八公里，虽然四位老人里有三位笑责蕊蕊步伐太快，突进到前面扭头笑蹦又倒回来搀扶未免添乱，大家到头来非常开心。无电视日那天坚持不看电视，电脑也不打开，广播也不听，蕊蕊连MP3也搁进抽屉，于是有的看书，有的下棋，有的剪纸，有的琢磨食谱，蕊蕊则写成一首诗，晚餐后得意地朗诵给大家听。无电话日那天，最憋闷的是蕊蕊，一直到中午以前，她还不时撅着嘴问：不煲电话粥，发短信也不行吗？第二天，虽然有人来问"昨天你们家电话怎么打不通，手机总关机？"但也真并没耽误了什么事，而蕊蕊第二天读自己头天长长的日记，读到末尾一句"原来人除了跟别人交流，还应该腾出时间来跟自己交流啊"，不禁捧腮良久。

最近这个黄金周的第六天，他们是在蕊蕊姥爷姥姥家聚的，这天被确定为无金日。黄金周，黄金周，人们叫惯了，不以为怪，习以为常。其实，黄金周以外，又有哪天人们避免得了金钱方面的消息呢？聚会前的日子里，蕊蕊的爷爷跟姥爷爷电话里有所争论，争论是蕊蕊一句话引起的，她问的是"炒股是不是劳动？股民算不算劳动者？劳动节是不是股民的节日？"结果，两位老爷子想法不能统一，一个说"炒股是合法投机"，一个说"好多小股民是退休或下岗的职工，他们付出的身心代价巨大，也是在为国家的经济发展添砖加瓦，本质当然还属于劳动者辛勤劳动"；奶奶、姥姥对两位老头的争论不感兴趣，她们议论的是报纸上刊登的抓捕绑架者的消息，搞绑架的，图的还不就是钱？爸爸妈妈小声计算着什么，蕊蕊走开不听，心里却明白，是在计算自己家的这套房子还贷还差多少，当然，也涉及他们那辆桑塔纳轿车耗油的问题。蕊蕊对大家欢聚"今天不谈金"这一主题非常喜欢。她问：那么，咱们聊什么呀？

爷爷说，建议大家回想，想出咱们之间，那些美丽的瞬间——跟挣钱、花钱无关的瞬间；姥姥说，好好好，像生日送礼呀，一起旅游呀，拍婚纱照呀，都不算，因为里头还是"含金"。妈妈说，我愿意好好想想，可是，我建议，别跟时下电视节目里那样，动不动发射催泪弹，我平日上班太累了，不想流泪，想笑，特别想甜蜜地微笑。

没想到蕊蕊爸爸打了头炮。他说，那时候蕊蕊只有三岁，我记得有一天我们三口子上街，挤公共汽车，我把她和她妈都推上去了，自己却掉在了车外，后来的两辆我也没挤上去，最后我终于挤上去了，也总算摇晃到了咱们要到的那一站，我下了车，就看见蕊蕊她妈正牵着她，在车站后头痴痴地等我，蕊蕊发现了我，她先把一只腿使劲一顿，然后双脚跳起，拍起手来，双眼闪出我没法子形容的光芒，那真是美丽的一瞬——她在许许多多的人里面挑出了我来，表达她那失而复得的一派天真的快乐，哎，就在那一瞬间，我深深地意识到，这两个女人，这一对母女，她们跟我，在这人世间确实建立了一种与众不同的关系，我必须跟她们很好地在人生的路上跋涉下去……

蕊蕊妈妈微笑了，可是她坦诚地说她一点也不记得那个瞬间。她说她想到了那一年那一晚，她正洗澡，突然停电，吓坏了，满身肥皂泡没冲掉，极其狼狈，可是，没等她叫出声来，蕊蕊爸爸就冲进了浴室，手里举着飘火苗的打火机，跟她说："有我呢！你别动，我再去点蜡烛！"她说，那举着打火机的人，那张半明半暗的脸，是刻在她心底的美丽一瞬。

奶奶说，那次在餐馆吃饭，我也不知道蕊蕊爸妈两口子是为什么，我一瞥之间，正巧看见他们俩互相挤鼻子咧嘴巴，是那种小孩子忘我逗趣的表情，他们都那么大了，当个白领挣的不算少，可每天累的够呛，各自在公司里那社会人际关系也应付得心力交瘁，可是在能松弛下来的时候，呈现出那么样的一派童心，我觉得，那是美丽一瞬！蕊蕊就嚷：咦，我怎么没瞧见呀？

他们还陆续回忆出了更多的与金钱无关的美丽一瞬……

那个"无金日"，蕊蕊躺进被窝以后还在回味。道是无金却有金啊！她后来睡得很甜蜜，因为她意识到自己的幸运——能受到这样的熏陶。

打地铺

　　翠芳是幼儿园的阿姨，有时来跟我借书。这天来却不为借书，说是很苦恼，想跟我说道说道。

　　事情是由她负责的大班的莉莉引起来的。有的孩子多动，很难管，莉莉多嘴，更难管。吃饭的时候不许说话，可是只要翠芳转身处理别的事，莉莉就总要跟饭桌上的同伴说话。到自由活动时间，那莉莉一张嘴就跟吐玉珠似的，她说个痛快，小朋友们也听得入神。

　　前些天，歇中觉的时候，忽然有小朋友跟翠芳提出来："阿姨，我要打地铺。"她拒绝了一个，却又出现了三个，都要求打地铺。人人都有小床，睡着很舒服，为什么无理取闹？经过查问，这才知道，是莉莉跟同伴们讲了她家打地铺的事。

　　莉莉家来了亲戚，说是她爷爷的妹妹的闺女，带着闺女，暑假来北京玩，在她家住着，她家可热闹了！晚上，亲戚就在她家打地铺过夜，那地铺是先在地板上垫一层硬纸壳巴，再铺一层褥子，再铺一张大凉席，可逗了！莉莉晚上都不愿意睡自己的床了，偏要到那地铺上跟表姐玩儿，那表姐叫飞飞，她们俩就在那地铺上说呀笑呀，推呀滚呀……

　　莉莉家打地铺，成了同班孩子们羡慕的一桩美事。有几个孩子问翠芳："什么叫表姐？"她解释："就是你爸爸的姐妹的女儿，或者你妈妈的兄弟姐妹的女儿，如果比你小，就叫表妹，比你大呢，就叫表姐。"可是孩子们听不懂。有的就说："我爸爸妈妈没有兄弟姐妹。"有一个高兴地叫："我爸爸有弟弟，我叫他叔叔对吧？叔叔家的小惠，比我小，是我表妹吧！"没等翠芳回答，莉莉一旁插嘴："我妈妈说了，叔叔家的不是表妹，是堂妹！"于是就有一个孩子问："叔叔家的妹妹怎么就是甜的呢？"翠芳忍不住捂嘴笑，身边的孩子大不解："阿姨怎么啦？"

莉莉一连很多天都很得意。来到幼儿园，同伴们都围着她转。她每天都要带来一些她家地铺上的故事。就连几个平时很傲气的男孩也对她格外友好。莉莉说在地铺上翻筋斗又痛快又安全，越发惹得几个男孩子向往地铺。

没想到这事儿越闹越大。

有个孩子回到家要求打地铺，他妈妈说："穷人家屋子小，没有客房，没有空床，那才打地铺呢！"没想到那男孩对他妈妈说："妈妈，那我要咱们家穷！"

气得她妈一时不知该怎么呵斥，最后就告到幼儿园园长那里，追究翠芳误导孩子的责任。

还有个孩子回家提出要求："我也要爷爷的妹妹的闺女带着闺女来咱们家打地铺过暑假！"家长听了笑弯了腰，送孩子来幼儿园，提的意见比较柔和："教孩子们绕口令是对的，但希望不要再编这样的绕口令。"翠芳只能尴尬地笑笑，实在是无从解释。

十来天后，没想到莉莉的妈妈那天把她送来后，把翠芳拉到一旁请教："你说这可怎么办？我们家亲戚回南方了，可莉莉不让收那个地铺，晚上她要去睡，还总说表姐说啦，欢迎我们到南方去玩，到他们家打地铺去，人家刚走，莉莉就总缠着我问：妈妈，咱们什么时候去南方他们家打地铺呀？你跟莉莉讲讲道理，让她别再胡搅蛮缠了好吗？"

莉莉是胡搅蛮缠吗？知道莉莉家的客人走了，地铺要拆了，好几个孩子竟跟莉莉一样沮丧，翠芳真不知道该跟莉莉和孩子们讲些什么"道理"。

翠芳来找我，说到底是跟我要"道理"来了。她说他们园长决定开一次家长会，让家长们讨论一下这个"打地铺事件"，各抒己见，互相启发。当然，幼儿园本身，也该有个说法，翠芳就应该跟家长们说说自己的感受。我问：那你们园长有个什么说法呢？翠芳说："园长认为，今后独生子女更多，独生的再生下独生，什么三姑八姨，二叔四舅，全成典故了；堂兄弟堂姐妹，表兄弟表姐妹，也都不存在了。家族关系单纯了，有好的一面；可孩子们能享受到的亲情，特别是手足情，就空缺了。家长们该在这方面动动脑筋，别让孩子回到家就孤孤单单。"

面对翠芳，我百感交集。地铺事小，折射出的内涵很多。我也讲不出什么"道理"。我只是建议，多琢磨琢磨北京话里"发小"的含义，也许，家长们能自觉地展拓社交范畴，以孩子的"发小"来作为血缘"手足"的代偿，使莉莉这一代的民族花朵，能吮吸到丰富的人生情愫，最后都结成善果。

看倒影

　　S君的油画越来越引人瞩目了。那天我去他在农村的画室，迈进去就看见一幅接近完成的大画，那画上显示出一个倒立的人形，比例与真人相似，很不规整，觉得飘飘忽忽的，不禁说："这画为什么倒放着？"不待他回应，我又说："啊，故意倒着画人——你又在玩什么新花样？'后现代'不过瘾，又玩'后后现代'？"他迎过来，笑道："您再细看看，这幅可是完全写实呢！"我立住脚细端详，看明白了，却还要问："你这画的是谁的水中倒影？"

　　S君招待我喝下午茶，细说端详。他出生在南北交界地的一个小村庄，在乡里上的小学，在上到四年级以前，他说他都还没有开"眼窍"，就是他完全不懂得审美，直到有一天，他们的班主任老师，他记得姓蔡，那时候大概才二十出头，活泼泼的，像是同学们的大姐姐，既教他们语文，也教他们算术，又教他们唱歌，也带他们做操，那一天，蔡老师跟同学们在河边做游戏——那个乡村小学没有围墙，迈出操场不远就有一条小河，蔡老师说不玩"老鹰捉小鸡"，大家都来当老鹰，她当带头的大老鹰，我们是一群小老鹰，大家一起飞飞飞——就是她身后的那个同学拉住她衣裳的后襟，然后其余同学一个接一个地拉住前面同学的衣裳后襟，大家步调一致地沿着河边的草丛跑呀跑、跑呀跑，笑语喧哗，快乐非常，蔡老师高声宣布："注意注意，老鹰要休息啦！"然后逐渐放慢脚步，最后停了下来，后面的一些"小鹰"仍免不了失去平衡，跌倒在地，蔡老师就回身检阅，关切地问："跌疼了吗？"跌倒的和没跌倒的就嚷成一片："不疼不疼！"后来蔡老师就跟同学们一起在河边小土坡上坐下休息，就在那个下午，蔡老师亲切地跟同学们说："要学会看风景啊！不要光往岸上看，要懂得看倒影啊！看呀看呀，小风吹过来啦，河里的倒影怎么样啦？……"S君强调，蔡老师指点倒影的那一刻，对他来说，是生命中最宝贵的审美启蒙，从那一刻起，他开了"眼窍"，能够发现现实世界里，可以被称作"美丽"的事物了。当然，这种理性的归纳，是多年以后，才提炼出来的。而且，蔡老师的这种审美启蒙，也不是每一个同学都能理解与吸纳的。S君承认自己早慧，他说当许多同学仍然懵懵懂懂的时候，他就不仅能飞快地领悟蔡老师的指点，而且，还能主动地去求教："蔡老师，除了河里头的倒影，还有什么是好看的呀？"

他至今还记得蔡老师跟他说的话："那些一般人没感觉的东西，你要产生感觉才好呀！比如我宿舍外头的那架丝瓜，有的人看见，他会想着，瓜棚好遮阴啦，嫩丝瓜好做菜啦，老丝瓜成了丝瓜瓤好拿来用啦……你出去细看看，你看那瓜藤上的嫩藤尖，它好想往竹竿上攀呀，它在微风里颤悠悠呀，它多可爱呀，多耐看呀……"他就真的跑出蔡老师宿舍细看那瓜藤尖，他说，那半透明的带有小绒毛的最尖端凝出一粒细水珠的丝瓜藤的嫩尖，第一回唤起了他作画的冲动——虽然老早就有美术课也画过许多给老师去评分的东西，他意识到那些都不是"美术"，也算不上是"画儿"……

他说蔡老师相貌平平，但有时候蔡老师让他觉得很美，比如有一次蔡老师教他们算术，做一道例题，忽然蔡老师脸红了，连连摆手说："哎呀错啦错啦，不好意思，算错啦！"于是再从头做起，还告诉同学们，她为什么算到那一步出了错，提醒同学们吸取教训——蔡老师纠正自己错误的那几秒钟，在他心里产生出一种不光有颜色、线条、光影、动感的形式美，还有一种更深层次的美感，当然这也是他多年以后才提炼出来的感悟。

我问："这位蔡老师教你们的时候，该是改革开放初期吧？那时候她就能注意对学生进行美育，真不简单呀！又过去快三十年了，她已经桃李满天下了吧？"S君说，他小学毕业以后，到镇子上初中，毕业前回老家小学去找过蔡老师，人家告诉他，蔡老师考上大学，离开好几年了，究竟是哪所大学，谁也说不清，这让他无比惆怅。后来他到县里上完高中，到省会读完大学本科，毕业后又到国外闯荡了几年，一直没有忘记蔡老师的启蒙之恩。现在他画这么一幅《倒影中的启蒙者》，正是为了抒发胸臆中的一汪情愫。

我和S君探讨，蔡老师的美学意识，是她读了一些美学著作产生的，还是天性中自发的？她对学生进行美育，是自觉的，还是无意的？S君说他无从判断，但他将在那幅大画里表达这样的意蕴：这样的一个生命，必是快乐而有福的！

刺青农民工

　　我常到马路对面一家咖啡馆约见熟人，那天聚完了已经天黑，独自回家。过马路的方式有两种，一是去跨越过街天桥，一是穿过马路下的桥洞。过天桥置身于万丈红尘，安全，但费时较多；过桥洞路径短，但那桥洞里没有路灯，摸黑穿过时总有些忐忑。自己曾多次夜里穿过那约五十米的桥洞，秋毫无犯，那天图省时也便奔桥洞而去。

　　真是不怕一万，只怕万一。正置夏末，天气溽热，偏那晚云遮月、雾霾浓，迈进桥洞没几米，竟是完全漆黑一片，那边洞口只有模糊的微光，望去更觉瘆人。大约走了不足八米，我后悔不迭，毅然转身返回，毕竟已是望七之年，腿脚哪有当年麻利，匆促转身时，不禁一个趔趄，惶恐间，忽然右手腕被强力拽住，紧接着更有一只坚硬的臂膊将我从左边搂定，同时闻见一股体味，心中闪过一个念头：此生休矣！正巧桥洞那边来了辆小轿车，前灯打得雪亮，顿时使漆黑变为刺眼，本能地低头，恰望见那攥住我的大手之上的臂根处，有刺青，是一个"忍"字！

　　"老大爷，没崴了脚吧？没闪了腰吧？"在强有力的手与臂的护送下，我被扶出了桥洞，又走了十来米，在路灯下，我看清了紧贴着我的人，是一个精壮的赤膊男子。他见我无大碍，松开手臂，站开，我才发现，他还有个同伴，比他矮，身体单薄些，也不赤膊，年龄应该略大些，与我目光相对时，微笑着问："把我们当坏人了吧？"

　　误会当然马上消除，我连连道谢，又埋怨："这桥洞真怪，一直不安灯。"年龄大些的就说："大爷就住附近吧？既然常从这桥洞走，就该记着带个手电筒。"扶过我的壮汉则说："他不安灯，你们就总忍着？为什么不投诉？不去告他们？"

这话让我马上想起他手臂上的刺青，不禁笑了："咦，你那刺在身上的是什么字？怎么你要自己忍，不让我忍？"一来二去的，我们竟话语投机，双方都想多聊聊。

我告诉他们，其实可以不必马上回家，而且下次会从天桥上过去，也很安全，如果他们也不忙睡觉，无妨到那边小餐馆坐坐，一起喝点啤酒。没想到壮汉说，他已经五年不喝任何酒了。我灵机一动，就建议："要不，到那边肯德基里坐坐，喝点软饮料，再聊一阵？"他们都朝肯德基那边望，脸上的表情很微妙。年龄大点的就说："我们的人没进那里头的。"我说："我也很少进。一起去坐坐有何不可？"我坚持，他们服从，于是一起坐进了肯德基。我去买来三杯可乐，看见壮汉已经套上了一件红色的T恤，小了起码一号，把他的胸肌箍得暴突，那恤衫上印着一家陶瓷贴面厂家的名称与地址电话，估计是作为福利分发的。他们分别拿出十元钱给我，我推开："说好了我请，再啰唆就是不尊重老人。"

他们是那边街上正建造的体积庞大的商用楼的河南农民工。壮汉姓邓，年龄大些的姓张，他们说算是工程队里辈分大的，其实一个才临近四十，一个才四十出头。说起打工的日子，"平平淡淡，就是睡觉、吃饭、干活……再吃饭、睡觉、干活……晚上到街上转一圈，就算文娱生活吧……年关前结算工资，带回家去。"那为什么往身上刺"忍"字？邓师傅把另一只胳膊显示给我，那上头刺着两个并排的字："爱恨"。字是五年前他自己刺上去的，先用墨水写好，再用针尖密密地扎。那时候外出打工常领不足甚至领不到工资，他领头干过好多事，他轻描淡写，我想象丰富，总之，最激烈的一次，他酒后发威，没领到欠薪，却进了拘留所。"那几年可不平淡。现在的平淡，是努力争来的。"听来现在平淡得也不错：工资不拖，给上保险，伙食绝对管饱，每月最多可以预支出150元零花钱，年底回家或工程结束时，能有较为满意的收获，家里的旧房翻盖成了新房，儿子闺女都供得起他们上高中。邓师傅说现在想把两边胳臂上的刺青都去掉，张师傅就说："那莫法了。也算文物吧。"我想细问他们究竟怎么争到自己权益的，但实在已经很晚，大家都该休息了。他们送我过了天桥，才回工区。我想起邓师傅问我为什么能忍耐那桥洞无灯的状态直到如今的几句话，不禁憬然。

安灯泡的人

　　夜里九点半，她走进厨房，打算给自己煮些馄饨当夜宵。从冰箱里取出馄饨，把盛好水的小锅坐到火眼上，忽然，厨房天花板上的电灯泡憋了。她取来一个新灯泡，搬来一把餐椅，为了稳妥，再把一只小凳放在餐椅旁边，但厨房显得非常晦暗，她先踩小凳，再登上餐椅，小心翼翼地足用了好几分钟；她使劲伸臂，指尖才勉强够到那只憋了的灯泡，于是明白，靠她自己，是无论如何也不可能卸、安灯泡，解决厨房照明问题的。

　　她到灯光明亮的厅里，去给物业打电话，值班的告诉她：电工都下班回家了，他记录下了她的要求，明天9点电工一上班，就会来帮助她，她说，其实很简单，只不过她个子矮，希望值班的能来一下，举手之劳嘛，但对方的回答却很复杂，一是这不在他值班的职责分内，二是干电工活需要持电工本，他没有本不能去干，三是他是值管大事的，倘若恰在他为这么件小事离开的时候有业主报告火情匪情……她没听完就挂断了电话。

　　她给同层隔壁的邻居小安和小香两口子打电话。他们对她十分友善。半年前老伴突发心梗歪倒在书桌上，她往老伴嘴里舌下塞硝酸甘油，怎么也塞不进去，而老伴似乎已经没了呼吸，急得她冲出家门，猛敲小安小香他们家的防盗门，大喊"救命"，小安小香闻讯冲进她家，一个抓起电话打"120"，一个去把她老伴放平地下，按胸，口对口呼吸……直到老伴的后事料理完毕，小安小香看她平静下来，他们才又恢复到见面打招呼、隔墙各自过的状态。尽管她很久没有再麻烦过小安小香了，但这次打去电话求助来安厨房灯泡，觉得必无问题，谁知那边接电话很慢，拿起电话传过来小安一声显得很粗糙的"喂"，而且更传来小香的叫骂声："又是你的哪个心肝？你怕不接误了你们的好事儿对不对？……"她就本能地挂上电话，愣在那里。

人们各自生活。多数是在一个共同的屋顶底下，叫作"家"的地方。而"家"的核心呢，是两口子。她想到了鹅毛笔，这自然是个绰号，当年是个很优雅很浪漫的绰号，鹅毛笔堪称她大学时同舍的闺中密友，经历过那么多年的云烟世事，她们现在仍保持着相当密切的联系。老伴去世一个月后，鹅毛笔来她家，环顾一番后说："你哭不出来，别人不理解，我能不懂吗？你们早就貌合神离，他这么干脆利落地去了，对你反而是个解脱。"其实她和老伴谁也没有外遇，也说不上有什么矛盾，六十岁以后，他们的生活里甚至连拌嘴的浪花也鲜有，在她来说，内心是嫌老伴太无情趣，尤其是退休以后，生活的主要内容，就是坐在书案前，修订补充他那本四十几年前出版过的学术专著，二十年前到美国留学，后来在那边嫁人定居的女儿，半年前回国奔丧，把父亲那部一再修订补充却难以再版的书稿带去做纪念，三个月前来电话跟她坦率地说："确实过时了，其意义只存在于私人纪念中。"夜深人静时，她也曾在失眠时苦苦思索：婚姻的意义究竟是什么？丈夫也者，对于妻子，意义何在？

胡思乱想了有多久，她也不知道，只是觉得饿，想吃热馄饨，想起厨房没有光明，堵心，她给鹅毛笔打去电话，鹅毛笔一听是她就笑，说必是想起我鹅毛笔的长处，想利用一下，对不？她也笑，说正是，我是墨水瓶的个子，够不着那灯泡，你鹅毛笔正好发挥特长，你浪漫一下，打个车过来，咱俩一起消夜……电话里鹅毛笔的笑声有搓麻将的声响伴奏，那边问看没看过《色·戒》？能辜负好不容易凑齐的"三缺一"吗？建议她打车过去，那边的消夜是从24小时营业的名馆子叫的外卖，比冷藏馄饨强太多了……

她失落地朝厨房移动，路过没开灯的书房，忽然，她恍惚觉得他还在里面伏案，许多细琐的往事倏地丛聚心头，啊，他，老伴，如果在，他就是那安灯泡的人啊……他会默默地修理马桶，为她从橱柜最高处取放物品，给她把似乎永不再启动的按摩器恢复功能……那次她大意地闻铃开门，门外是两个可疑的陌生男子，老伴适时地站到了她的身后，那两个人显然是因为这家有男人便舍难取易，第二天全社区都知道了那桩血案——作案者就是那两个人，时间就在离开他家约半小时后，地点在旁边那栋楼，受害者是一位孤身妇女……

婚姻的意义一定还很深奥，丈夫的价值一定还很繁多，但是，当她拐进黑魆魆的厨房时，她锥心镂骨地意识到，她生命中需要一个随时能帮她安灯泡的人……跌坐在那把餐椅上，她痛哭失声。

"泼水节"

  不是傣族的那个民俗节日，所以要加引号，而且，那只是他们老两口独享的节日。老两口跟我很熟，我眼看着他们把独生女儿送进大学、送出国去，并且终于传来喜讯，他们把她"泼出去了"，说到这事，外孙女都能跳芭蕾了，老两口还是眉飞色舞的，几次我都在场，他们跟新客人说，先有意提到海峡两边两位红星，说到她们所嫁的，"到头来还是中国人"，意思就是其丈夫无非是持有洋护照罢了，而他们妞妞呢，说到这里总会取来镶在镜框里的照片，递到来客手中，不等来客开腔，先就笑了："典型的洋男是不是？乍见他那把大胡子，我们也吓了一跳，其实妞妞披婚纱跟他进教堂的时候，他还不足三十岁……呵呵呵……"

  他们第一次出境，是去参加妞妞的那场完全洋式的婚礼，回来乐滋滋地拿出一摞照片给我看，尖顶教堂，彩色玻璃镶嵌的玫瑰花窗，管风琴，拖地白纱，鲜花，草坪上的餐棚，码成塔形的香槟酒杯，独栋洋楼，客厅里的三角钢琴……确实美不胜收，我真为妞妞获得幸福，为老哥老嫂心满意足，由衷地高兴。

  但是嫂子不在场的时候，老哥对我讲起，他们飞到那边，女儿女婿来开车接，他们以为是接进那栋小楼，却不曾想车子停到了一个连锁旅馆门口，让他们住进客房，当然啦，安顿下来，老哥就对嫂子解释，洋人婚礼，时兴到时候父亲把女儿交到女婿手中，从这里前往教堂，比从那栋小楼里出发，更合理。嫂子开头也觉得无所谓，因为男方的母亲和继父，以及另外几位亲戚，自己开车到达那个小镇后，也是住进那个绿树鲜花掩映的旅馆里。但是，婚礼结束后，男方的亲戚很快全开车走了，女儿女婿也还是没把他们请到家里去住，只是请他们去喝了一次下午茶，他们那栋小楼起码有四个卧室啊！女儿女婿给他们买了乘大巴旅游的票，让他们到风景名胜地转悠了一圈，回到那个小镇，倒是请他们在家里客房住了一夜，但第二天一早就把他们送往机场，飞回中国。

　　老哥不在场的情况下，嫂子也曾跟我讲起，妞妞嫁给洋人，确实变洋了，比如他们没觉得那是什么重要的日子，女儿会半夜打来越洋电话，问他们平安，后来才知道那是个女婿那民族祖传的一个吉日，而这边春节，女儿竟会全然忘却其重要性，你再忙，偷闲来个电话总不难嘛，就是没音信，初二看着邻居家女儿女婿拎着大包小包"回门"，多少有些觉得自己家里冷清。外孙女苏珊出生后，他们老两口总希望她能具有双语能力，女儿却说："我在这边不去唐人街，不进入华人圈子，今后苏珊也一样，不吃双语饭……"说着说着，夹几句洋文，他们跟女儿的交流变得不那么顺畅，而女儿女婿带着苏珊回国探亲，苏珊完全不会中文，祖孙之间的交流只能是微微一笑。那时老两口刚大大改善了居住条件，尽量布置得"跟国外不相上下"，为女儿女婿和外孙女准备了两间舒适的住房，坚持要来探亲的三口住进来，谁知住进来的第二天，女儿一家三口去看长城，老两口在家里厨房大动干戈，准备了一桌色香味酽的中国菜，三个人回来，吃得也还高兴，第三天早晨却宣布要去住旅馆，女儿跟他们解释：丈夫和苏珊都受不了中国式厨房派生的大煎大炒的气味，说是晚上睡觉被头上都是那种"令他们窒息的气息"……唉！虽说叹息很深，但嫂子仍然为自己闺女嫁给了"地道的洋男"自豪。

　　他们的心理状态，其实也蛮复杂。那天请我去喝酒，落座后老哥对我说："今天是个节日。"我说："都退休了嘛，哪天都能当节过。"后来知道，那天是妞妞十三年前披婚纱入教堂的日子。"真是泼出去了啊，三个月没来一个电话了！"老哥呷一口酒，长太息。

　　去年我出国旅游，在一个派对中邂逅了妞妞，万没想到她主动告诉我，其实三年前她就离婚了，她意态优雅地右手举着饮料杯、左手托住右臂肘，嘱咐我："别对国内的人说，尤其是我父母……没有什么故事，很平静地分手，苏珊跟他住……在这边是最常态的生活……"她又叽里咕噜说了几句洋文，我没听懂，咳，不懂也罢！

「卫生王子」

鞠老师教他们班，常强调学习代数几何的重要意义之一，是训练逻辑思维的能力，一次发挥这意思时随口说道："我们的日常生活，都是在一定的逻辑关系里，比如，灶台上不能摆花盆，厕所里不能住人……"没想到说出这句话以后，班上许多同学都情不自禁地扭动脖颈，朝王立民那里望去，王立民虽然望着鞠老师，可表情相当蹊跷……鞠老师莫名其妙，但也没有深究，顿了一下，就继续讲课。

鞠老师没当班主任，因此对班上同学的情况不怎么清楚，一次下课在走廊上，她听见有同学朝王立民喊外号："卫生王子！"觉得很刺耳。"王子"么，平心而论，王立民还真长得有些白马王子的味道，鞠老师模模糊糊知道他是个借读生，父母都是外地来京的农民工，按说从穷乡僻壤来的孩子，该长得像个土疙瘩，王立民却不仅身材颀长，脸庞还挺秀气，最奇怪的是鼻梁高高的，眼窝深深的，眼睛大大的，睫毛长长的，再长大些，登台演个罗密欧，倒挺合适……鞠老师暗想，王立民的家乡，也许很久以前，有欧洲罗马军团的散兵败将流落到那儿，定居下来，与当地人通婚，所以王立民的遗传基因里，说不定有欧洲人种的成分……但这些顽皮的同班男生，偏在"王子"前头冠以"卫生"两个字，真是岂有此理！一顿胡思乱想，也就穿过走廊回到教研室，坐回自己办公桌边，思绪转入下堂课怎么教。

那天是个星期日，鞠老师骑自行车去串了个门，回家的路上，有点内急，就停在了街边一个公共卫生间外面，锁好了车，往女厕所那边去，忽见女厕所门外支了个黄塑料的"暂停使用"的牌子，未免不快，正犹豫时，在里面打扫完的人拿着拖把走了出来，呀，怎么会是王立民？鞠老师不禁问："你怎么在这儿？"王立民说："我妈病了。""你妈病了你怎么还在这儿义务劳动？"鞠老师知道他们班班主任常组织同学参加公益活动，还学美国中学，根据参加的次数和表现给评分……王立民收起"暂停使用"牌，鞠老师进去方便完了，出来看见王立民又拿着大扫帚在打扫公厕门外的地面。王立民暂停打扫，朝鞠老师微微一笑。鞠老师问："你妈去医院了吗？要紧不要紧？"王立民指指公厕男女部分之间的那个位置说："我妈就在那儿。"

这时候鞠老师恍然大悟。如今北京建造了不少这样的新式公共厕所。外观很不错，里面很干净，当中是个宽敞的大门，大门里面有个分流的空间，一边可进入男厕，一边可进入女厕，当中呢，其实还有窗，有门，不过以往鞠老师从未特别注意过那门里窗里是个什么空间……她被王立民引进了那个空间，白布帘子里，居然是个麻雀虽小，却五脏俱全的人家！"妈，这是鞠老师！"王立民妈妈从双人床上坐起来，笑着说："没啥事，就有点发热，身子软……"在那间屋子里，又另有布帘子竖着隔出一个空间，里面是王立民的单人床和小书桌。想起自己在课堂上说过"厕所里不能住人"的"逻辑"，鞠老师有些难为情。

一声"王子！"一位班上的女同学进了屋，原来她是送药来了。那活泼的女孩见到鞠老师一点也没觉得惊诧，只是说："您带来的是什么药？别重复了才好！"王立民妈妈说："原来有病，就硬扛。现在关心的人真多。还有好消息，说是俺们这样的，也要纳入医保哩。"鞠老师坐在床边跟王立民妈妈聊了起来。原来王立民爸爸在绿化队干活，回家吃饭、睡觉，有时候全家一起看看电视，他们的电视机挤放在屋子一角，是被淘汰的制式，也没安有线，但是所能看到的几个频道图像声音都还清晰，他们很知足。

从此鞠老师对王立民刮目相看。觉得这孩子也真不容易。王立民来教研室问问题，她解答得格外耐心、细致。眼看王立民他们初中就要毕业了，那天王立民跟班主任谈完话，又来找鞠老师，说是来告别，鞠老师没理清那个逻辑，有些惊奇："为什么不继续在咱们学校念？你的成绩那么好，中考考本校不成问题呀！"可是没等王立民吱声，鞠老师又恍然大悟——王立民只是个借读生，他回老家去念高中，好在那边考大学。

那天参加了那个班为王立民开的惜别班会，鞠老师回到家中，爱人跟她说，煤气灶盘换了新的，旧的暂搁阳台，她走到阳台去，忽然有了个主意，把两盆花搁到了废灶盘的灶眼上，偏头欣赏，对自己微笑着先摇头，再点头……

剩花

她出生那年，有部电影《小花》演得红火，电影里有首插曲《绒花》，爱看这部电影的父母就给她取名绒花，小名绒绒。绒绒在蜜窝里长大，上学一路顺风，大本毕业后读研，获博士学位后，求职过程有些曲折，但终于成了白领，从事矮格子里电脑前的案头工作，工资待遇不菲，按说父母可以不必为她操心了，谁知却比以往更为焦虑——绒绒不善交际，岁数到了不便说出口的地步了，却还待字闺中。

公司白领确实体面，但那活动空间仿佛水族箱，堂皇有余接触面狭窄，同仁诸男皆已有妇，绒绒虽因性格安静被誉为"公司睡莲"，这非绒制的真花却无人采摘，三年前父母就亲自出马，还动员起诸亲友，为绒绒张罗对象，到前些时总算找到一位，个头相貌虽然弱了一点，年龄还略小一些，但难得的也是白领，且性格也属内向，牵线后两人见过数次，彼此还都愿发展，这不是形势大好吗？谁知那天绒绒家掀起了轩然大波。

那天是绒绒姥姥生日，舅舅舅妈三个姨妈一位姨父全来祝贺，到饭馆订了个单间，济济一堂，亲情浓酽，祝寿之余，话题渐转，绒绒婚事，终成主题。二姨爆了个冷："绒绒大概也还不知道，你那对象每次见你，必送一把鲜花，那把花总不是单一品种，总由几种花拼凑——那是怎么回事，知道吗？你那对象，总去那家花店，每次总要女老板把各个品种的剩花给他凑成一把，这样便宜不是吗？……"大姨听了赞："有经济头脑啊，勤俭持家，会过日子啊！"三姨却尖叫起来："他算个什么人啊？拿剩花糊弄咱们绒绒！那不是等于骂咱们的绒绒是剩下的姑娘吗？真跟他好了，那以后的日子怎么过？他不得总压人一头？"妈妈听了着急："那可怎么好啊？好不容易才有这么个愿意回回送花的！"舅舅问二姨："你是侦探呀？你怎么打探出来的？你跟踪人家呀？"二姨很激动："绒绒的事情你们谁真舍得投入呀？打从他们第一回见面，哪回不是我近处远处满张罗？我倒想跟踪那小子，我有那么多闲工夫吗？还不是因为去买花，好看望那刚动完手术的同事，才看见那小子背影，才跟那花店女老板套出那么个底细来吗？"舅妈发表看法："这其实不算什么问题，花儿漂亮，有香味就好嘛。"二姨父问绒绒："他送你花，你感觉怎么样？"爸爸特别专注地望着绒绒，大家都等她回答，她却低头一脸羞涩，姥姥耳背，听不清众人争议些什么，只是说："倒是那豉汁鲥鱼味道还成！"

那天从饭馆回到家里，绒绒耳边还是充满了对她的婚事关心到极点的种种议论，焦点还是关于对象买剩花送她究竟该怎么看，可怜她连续读书十九年，博士头衔在身，却觉得解答这个问题比求证"哥德巴赫猜想"更难。

那夜绒绒失眠。亲友们的嘈杂议论里，筛下两句，杵着她的心，一句是舅舅说的："你究竟爱不爱他？"一句是妈妈说的："你可千万不能真成了剩花呀！"她知道舅舅那话，实际意思是"如果你爱他那么他送你什么花你都开心还管那花是怎么来的"，可是，她真的不能确定，也许渐渐地会爱上……她觉得妈妈哀怨的眼神整夜滞留在她心上，难道，她搞对象结婚，到头来是为了满足妈妈爸爸的心愿？……后来许多往事丛聚心头：爸爸妈妈从她上小学起就不准她跟同学有"超常来往"，比如应邀去同学家或把同学邀到自家来；中学时有个男同学帮她把坏掉的自行车推去修理，被妈妈知道盘问了她许久；甚至在大学本科时期，她每次回到家里，妈妈还坦然地帮她"整理"背包，而爸爸对她上网调看其实已经很老旧的好莱坞言情片，也还要规劝："时间最好都利用到考研上。"都读硕了，假期跟几个同学去看海，不仅爸爸妈妈不放心，二姨认为"男女混杂不合适"，舅妈嘱咐"天天要往家里打电话报平安"，有天去玩把手机忘在宾馆房间，家里人跟她联系不上，竟报"110"异地寻找……

绒绒又跟对象在公园见面，人家把花束递给她，她满心杂念，竟没有及时接过，人家跟她说话，她竟只是低头沉思……

吹了！三姨那天说："咱们不是剩花！去他的，才不可惜呢！"

最新消息：那小伙子跟那花店未婚的女老板对上象了！

兹彼丽女士

小区里有一位女士，身高不足一米五五，大学毕业以后求职，先碰了几次壁，人家也不明说，但她很快悟出，是嫌她个子矮，于是，再一次到公司应聘，面试时没等人家提问，先主动说："我知道你们会嫌我个子矮，而且你们也不是没有你们的道理——既然别的个子高的应聘者跟我别的条件差不多，那何必非录用我呢？但是……"说到这里她站起来，还转了转身，接着说："你们看出来了吗？我是自成比例的，而我的自成比例，还不仅仅体现在保持身材上。"面试她的副总经理被她的自信打动，也没再提什么问题，就定下了她。

试用期里，几件事过手，公司几层领导就都发现，此女为人处事确实自成比例——既可着脑袋做帽子、守着多大碗吃多大饭，却又能润物细无声地使芳草越铺越远——于是，转正留用，一年过去，擢升为部门负责人，矮个子领导了一片高挑靓男倩女。

在小区，此女购得的那套单元，是顶层朝向最差的一套；她开的车，是那种外行看了以为高档的中档货；她到小区花园里健身，静止时会觉得她未免"来自小人国"，一动起来，却令人忘却她的体量，大有黄莺展翅之美。小区里像她那样的白领不少，一来二去，在花园里从相对微笑到有了攀谈交往，其中一位高挑身材的女郎跟她最相契，高女郎当然也跟别的业主攀谈，于是高女郎给她取的绰号渐渐不胫而走——兹彼丽女士，其实就是"自成比例"女士的紧缩音。高女郎有一次对遛狗的大妈说："哎呀，原来我嘲笑兹彼丽，说她不会买房也不会买车，现在我才体会到，她是自成比例啊！我呢，每天早上一睁眼，本来亮晃晃的太阳照进来，该开心不是？却马上想到，我今天又欠银行二百五啊！如果公司倒闭，如果我被炒了鱿鱼，可怎么得了呀！"原来，高女郎虚荣心重，非一步到位买大房还得朝向最好的，买车也绝不愿"让内行看了齿冷"，于是贷款额度都不小，成为很大负担，为保证还贷，常常在装修堂皇的大房子里泡方便面、在高档靓车里吃煎饼，而兹彼丽女士呢，房贷、车贷的利息跟现收入比，根本不成其为"潜在危机"。高女郎也曾应邀去过兹彼丽的那个单元，高女郎自己买下的窗户只朝南和东的"黄金角"单元，虽说方位极好，但每天早出晚归，其实享受"黄金角"优越性的时间并不多，她进入兹彼丽那窗户多数朝西的单元，问："你怎么忍受得了夏天的西晒啊？"兹彼丽说："其实夏天也多是很晚才到家……不是说东房冬寒夏热吗？你看我的灯光设计——"于是拉上窗帘演示：她那单元的贴壁灯，夏天能给满墙铺上冷色，冬天则是暖色，"加上有空调、有暖气，那么从实质上和心理上，我四季都很舒服的呀！最重要的是，我的选择自成比例，我在这小区居住，享受到高档的环境和物业服务，却又只付出对我而言是没有多大后顾之忧的还贷数额。"高女郎大佩服，她们成为闺中密友，私房话里，自然会涉及如何寻找"那一半"的议题。

高女郎也曾有几位相貌伟岸的男友，有的还来她那里同居，世道开通，无人侧目訾议，但高女郎如今基本上仍是一人独居，从她嘴角不自觉地有些个微微下弯看来，她的幸福指数，可能偏低。但兹彼丽女士却结婚了！她的夫君跟她一起出发去蜜月旅行，两个人的背影，令小区里一些人发出疑惑之声："这难道也是自成比例吗？"那伉俪的背影，确实男的显得太高女的实在太低啊！及至转过身来，人们更是惊讶，兹彼丽面容娇俏，而她先生呢，不能说丑陋，却实在属于难看的一类！蜜月旅行回来，有一天高女郎单独与兹彼丽相处，问："请解释——？"兹彼丽笑："请看我们拍的照片。"从电脑上看那些数码相机拍的旅游照片，居然多是些风景照或花草鸟石的特写照，人像很少，互拍的人像，新娘多是侧影，新郎全是背影，唯一一张请别人拍的双人照，却是黄昏中的剪影。高女郎看完不语。兹彼丽约高女郎留下，待先生回家后一起晚餐。晚餐菜肴全由那先生烹制，色香味俱全，席间夫妻二人与高女郎交谈，唱和幽默分寸恰切。高女郎回到自己住处，一边听音乐一边沉思：把人生剪裁得自成比例，真的就意味着幸福吗？

认
错
人

　　小芸是在电梯里跟波娃邂逅的，原来电梯里只有小芸一个人，波娃是从3层进入的，见到小芸表情那个丰富啊，至今小芸都消化不了。在小芸到达22层要出去之前，波娃不仅完成了自我介绍，而且递给了她一张自称是"有编号的哟手写的哟"只有芳名和手机号码的毛边名片。

　　后来小芸知道，波娃为了跟自己结识，那天是看到小芸在大堂电梯口跟正要出去办事的部门领导作简短交谈，故意从楼梯跑上3层，再进入电梯的，而且，波娃工作的那个部门其实在17层，根本无须随小芸升至22层，当然，小芸出电梯时波娃摆手跟她"拜拜"，使小芸觉得她是要到22层以上去办什么事情。

　　小芸虽然保留了那张毛边名片，却并没有给波娃打电话，而波娃偏掌握了她手机号码并发来短信，"恳求抽暇到星巴克一晤赐教"，小芸也就在那不久后的某一天跟波娃在星巴克喝摩卡咖啡聊天。

　　"同是本科生，求职共尝艰。虽然成白领，合同有期限。续签或不难，发展如登山。小车凑合买，房贷压双肩。工作太忙碌，常有透支叹。却又难割舍，夜夜暗盘算。人际最关键，结交添机缘。但愿能长久，步步得高攀。假日海外游，人前有颜面……"机构里某帅哥的顺口溜，自然成为她们的首选谈资。但波娃斜睨着小芸说："我可知道，你本是不在其内的！"小芸问："那为什么？"波蛙狡黠地点着下巴说："你的秘密我全知道。你原来并不叫这个名字，对不？"小芸说："现在中途改名字的人本来不少嘛。"波娃哪来那么一种极其戏剧性的表情，而且故意用蹩脚舞台腔，道出一串所知道的机密来：她的爷爷常年住在海滨，她哥哥在加拿大温哥华，她妈妈钟爱的狗狗叫奔奔，她最喜欢的歌星是波切利，她曾经和一个天蝎座的帅哥好过又分了手……而且断定，她所最关心的国际新闻，是英国哈里王子在军队服役的种种情况！

天哪！小芸惊叹，尽管波娃没有完全说对，但小芸从未与外人道及的这些方面里，说对的已经有好几条，"你应该去当侦探！在咱们大楼里你屈才了！"她们两个笑成一团。

那以后波娃对小芸更加亲密。她当然主动没说，波娃却不知从哪里知道了她的生日，送给她一个价格不菲造型优雅的八音盒。有天上班，到达自己那个格子里面，一眼看见工作台面的电脑旁多了一小盆碧绿养眼的蕨草，盆底斜压着一张纸条，以娟秀的笔迹抄录了一个警句，原来是波娃一大早搁上的，她原以为波娃会赠她西哲的慧语，因为波娃跟她说过，其父母都崇拜萨特和波伏娃，这也是波娃这个名字的来历，但那天那字条上抄录的却是一句"当代猛人"的豪言。

本来机构各部门的人员是不能串工作面的，也不允许在办公桌面上放小摆设，但没想到部门领导却破例允许她保留那盆蕨草，不过扫过她身上的目光有点怪怪的。

更怪的事情不久就发生了。她先在电梯里，波娃从5层进来，她热情地招呼："你这几天怎么回事？打你手机总不接。"波娃表情淡淡，话也淡淡："我手机改号了。"她期待波娃递她一张新的"有编号的哟手写的哟"的毛边名片，但是，没有，到17层，电梯门刚一开，波娃就挺直脊背走了出去。

没多久部门领导把她约到玻璃隔音门的小办公室谈话，大意是她并没什么问题，而是另部门的波娃说认错人了，原以为她有某种背景，敢情不是。让她别在乎波娃的冷淡。"哪个地方哪个人群里都会遇到这类的事。你就当是上了人性的一课吧！"不待部门领导嘱咐，她把那盆蕨草扔进了楼梯间的垃圾桶。

回到家她大哭一场。哭畅快以后，她平静下来。是的，认错人了。她爷爷是海滨的普通退休职工，她哥哥技术移民温哥华以后一直没有找到理想工作只是一个蓝领，她父母养的狗狗叫笨笨听去接近奔奔，她最喜欢的歌星是维塔斯，她没有跟什么天蝎座帅哥拍拖，更没有去关注什么有关哈里王子的新闻！

她和波娃又一次迎面相遇，这次波娃干脆节约表情达于极致，仿佛从未认识过她，擦肩而过。她遍体清凉。这人生的一课很宝贵。从此她不仅要防止别人错认，更要磨炼出认准人的处世真功夫！

退羞

"的哥"青岭一眼认出了那老先生，忙过去打开后门，还把一只手掌搁在门楣，标准的护驾姿势，请老先生进车，谁知这回那老先生却笑着自己打开前门，坐进了副驾驶座位。

启动前，两个人目光一对接，都大笑起来。

"您还记得我？"青岭问。

"一年多了，你还记得我，我能忘了你吗？"老先生意态悠闲地倚在靠背上，嘱咐青岭，"老地方。"

"还是别停得离大门太近吗？"

"坏小子！记性就那么好！"老先生命令，"这回要开进院里去！"

青岭开车启程，说："我看您呀，真不是恭维，越活越年轻啦！"

"哪里哟，年轻不了啦，不过，我现在是真的'退羞'啦！"

"难道去年那是假退休？"

"傻小子，我这'退羞'二字，'羞'是'害羞'的'羞'啊！"

青岭不傻，略琢磨几秒钟，又笑起来："这回，您大摇大摆啦！"

一年前，"的哥"青岭偶然接待了这位老先生。老先生那时从局级职务上退休已经好几个月了。老先生真是不愿意退啊。多盼望继续发光发热呀！但是，到头来一退到底。这一退，别的先不说，用车就不方便了。虽说名义上是"待遇不变"，但机构的奥迪A6就那么一辆，继任的当然每天要用，他打电话用车，开头多半只给他派来帕萨特，渐渐地帕萨特也来不了，说他可以打"的"报销，他第一次打"的"，就遇上的青岭，招手停车后，青岭等他自动上车，他却站着等青岭开车门，青岭打开前门，他脸色铁青，青岭打开后门，他也不马上进去，青岭觉得他怪，他也觉得青岭怪，后来青岭才觉悟，他是等青岭弯腰伸臂用一只手掌给他护头……终于坐进去以后，青岭问："您去哪儿？"他挺直腰板说："回家。"

见车不动，他很惊诧："怎么不开？"青岭也很惊诧："往哪儿开？您家在哪儿呀？"他才恍然大悟，此车非奥迪，此司机非彼司机，不得已，道出地址，车子开动了，他浑身不自在，问："怎么没窗帘？玻璃上也没保密膜？"……车子快到目的地，他忽然急促地命令："停！"青岭把车靠边停了，给他打好发票，扭头递给他，他却不接，缩在后座中央不下车，直到车门外两个站着说闲话的人移动远了，这才付款，青岭去给他开车门，他头伸出车门两边望望，见无熟人，这才下车，一溜烟往那边楼区而去。他害羞，怕被邻居看见他没了奥迪接送，竟然寒酸到打"的"的地步。

那天回到家，稍事休息，他就练起书法来，一连好多天，他用草书抄写唐朝李适之的五绝："避贤初罢相，乐圣且衔杯。为问门前客，今朝几个来？"总不满意，以至纸篓里堆满揉成团的废墨。忽然喉咙痒咳嗽数声。想起了枇杷，对，不是枇杷露，而是鲜枇杷。那时在位，会议上咳嗽了几声，当晚就有人送来鲜枇杷，说是下班后跑遍全市几大鲜果批发市场，才找到那种地道的白沙枇杷……于是在不久以后一次名额有限的评定中，几位报上来的都够条件，他选择了送鲜枇杷的那位，这算得问题么？说起同僚中有的胆大妄为者，他也气得哆嗦啊，他觉得，一篓鲜枇杷所起到的微妙作用，实在是人之常情范围内的效应，无可责人责己啊。这就是在位的乐趣——即使那是含有实用主义因素的人际温暖，也总比当下这纯洁的无人问津强啊。

他渐渐习惯了从坐主席台中间，往两边挪移；观赏位从第三排变成第十三排；宴请席位从第一桌挪到第五桌……终于到根本没有了请柬，连雨伞也得亲自撑打……他羞、羞、羞！

"你是怎么从'羞'里退出来的呀？"青岭问。

"这过程大概有半年吧。你猜我刚才在那公园里干吗了？……对啦，跟一伙老哥儿们打门球呀！都是退下来的，有位副部级呢，可也有工程师，有副教授，有会计，有编辑，有车工，有售货员，有原来杂技团里驯兽的……混熟了，才悟出了许多……平头百姓最自在啊！我那些个'羞'，折射出官场弊病，不光是清官贪官的问题啊，整个儿值得反思，价值观问题啊！……"

到达后，青岭给老先生留下手机号码："以后您多坐我的车，咱们爷俩多聊，兴许，能更彻底地'退羞'，身心更加健康！"

偷父——刘心武小说集

167

兜风

按说职业司机对坐车兜风不会感兴趣，可"的哥"青岭却发出这样感叹："要能跟倪叔一起兜兜风就好啦！"

那是三十多年前的事了：倪叔到青岭他们那个村子"蹲点"，吃"派饭"轮到去青岭家。"蹲点"指的是干部下基层工作一段时间，从"点"上取得经验，以后再往"面"上推广。"蹲点"干部一般住在生产大队队部，吃饭呢，则由生产队干部分派到一些农户，轮流供应，以一定的"工分"作为补偿。青岭那时候八九岁，他娘给倪叔安排的饭菜好香，光那一盘炒鸡蛋，就让青岭馋涎难禁，可是爹娘不许孩子们上桌，青岭只能扒着门缝偷看，没想到坐在炕上炕桌边的倪叔瞅见他了，就坚持要他进屋上炕同吃，他爹娘怎么代辞也无效，只好唤他进屋，青岭那顿吃得好香！吃完饭，倪叔还留青岭玩，青岭给倪叔说了自编的顺口溜："河边有个庙，庙里盘个灶，灶上蒸白薯，惹来大老鼠，老鼠甩尾巴，想把白薯拿，狸猫猛一蹦，老鼠忙钻洞，白薯滚出锅，变个大青骡，四蹄呱哒哒，跑到老虎家……"倪叔听了仰脖大笑，如今青岭已经想不清楚倪叔的五官，但那天大笑的倪叔脖颈上暴突的筋腱，只要一回忆，还总能活生生地呈现在眼前。

后来有一天，倪叔结束"蹲点"，要回市里去了，市里派了一辆吉普车来接他。那年头，青岭他们那村子，有拖拉机，也来过大卡车，可是很少有小轿车出现，吉普车更是头一遭进村，不知那最早见到吉普车的人是怎么嚷嚷的，顿时全村轰动，说是"现代化来了"，那时候也不懂什么是"现代化"，反正一听说"现代化"就感觉幸福从天而降，连小脚老太太也忙出屋去开眼迎福，结果，村东的姚奶奶，不慎摔了一跤，磕落了门牙——当时痛苦，几年后家里富裕了给补上了乱真的假牙，她老人家逢人就先嘻开嘴唇，然后说"可不是现代化了嘛"，这是后话——且说倪叔把行李放上车以后，执意要找到青岭，说是要让青岭上车，跟他在村边转转，兜兜风。当时车边围着多少大人孩子啊，多少人想坐进那车里，跟着兜兜风，享受一下"现代化"啊，可倪叔只是一叠声地找青岭。偏那天青岭在河里摸鱼，人们好不容易才把他找到，簇拥着来到倪叔面前，倪叔好高兴啊，热情地让青岭上车一起兜风，可青岭那时不知怎么的超常羞怯，任凭倪叔催、同伴推，就是没有登上"现代化"……后来倪叔只好让司机开车出发了，挥手向所有的乡亲告别。

　　关于倪叔的一切，若不是有偶然的线头牵动，那相关的记忆都淡若烟雾了。前些日子青岭歇工一天，拎了两瓶酒一个蛋糕去给大哥祝寿，嫂子烧出一桌好菜，哥俩边喝边聊，大哥忽然说起，曾见到过倪叔。大哥是电器修理工，有回去一家修理冰箱，那位退休的老干部给他倒茶水剥橘子，闲聊中，问起他原是京郊哪儿的人，大哥一说出口，那老大爷先"嗬"了一声，跟着就问："你们村有个叫青岭的孩子吧？"大哥说："那是我老弟呀！哪儿还是孩子！他孩子都上中学啦！"青岭一听这话，酒醒了一半，忙问："倪叔他家在哪儿呀？"大哥说："我成天跑东跑西修活儿，哪还记得他那地址？你看这倪叔也真怪，村里那么多人，他偏就问起你一个。"青岭追问："他还怎么说起我？"大哥说："他就是反复说了好几次：青岭那个坏小子！"

　　青岭跟我说起这事，问我："我该不该千方百计找到倪叔，请他坐上我的车，免费一起兜兜风呢？我们可以绕着五环跑一圈，饱览现代化风光啊！"

　　我说："怎么实施你的愿望，我没有具体意见。只是听了这件事，我很受触动。世上人们的感情，可以分三类，一类是真情，这里面又包括亲情、友情和爱情。一类是善情，或者针对具体的弱者，或者针对弱势群体，对他们尊重、同情，竭诚地帮助他们。还有一类，就是美情。美情不同于亲情、友情、爱情，不一定有非常坚实的基础；美情也不同于善情；美情是完全超功利的，产生于偶然，就是一个生命对另一个生命，忽然喜欢，然后就想用一种方式，来让那人分享快乐，这种感情往往是只开花，不结果的。真、善、美这三类感情，其实最难获得是美情啊！"青岭听了我的话，一旁沉吟。

轮椅第一天

霍兄女儿霍琪来电话，说她爸爸第二天就要从医院回家，开始轮椅生活了，请我一定去一下。

霍兄本来身体不错，却突遭车祸，经医院救治，虽然活了下来，却从此只能凭借轮椅活动。他住院期间，我去看望，那时已经脱离危险，却十分嗜睡，见我去了，霍琪要将他唤醒，我忙制止。霍琪不想详细叙说爸爸伤情，我也自觉绝不多问，活着就好，大家保重！

第二天起床后，我边洗漱边想，去霍兄家，见他坐在轮椅上开始余生第一日，该怎么安慰他呢？他本是个喜动不喜静的人，"人是地行仙"成了他的口头禅。霍嫂前三年去世时，他虽悲痛，半年后依然参加旅行团去游览了柬埔寨的吴哥窟，他说曾和霍嫂一起看电视里介绍吴哥窟，当时霍嫂说了句："要能在那里头捉迷藏该多好！"他没言声，心里发愿，霍嫂的病好了，一定去那里返老还童，捉一番迷藏！同游嬉戏的愿望未能实现，但霍兄游了吴哥窟，用数码相机拍了许多照片回来，我去他家，他打开电脑让我欣赏，我说："空镜头居多啊！"他告诉我："没有一张是空的，你也许看不出来，我就都知道，她藏在了哪儿，从哪个缝隙里跟我眨眼呢！"……但是，现在霍兄坐上轮椅了，虽说坐轮椅周游列国的例子世界上也是有的，但霍琪跟我说了，医生很明确地告诉她，她爸爸今后再不能到各处旅游，必须习惯轮椅上的小半径生活。

我决定给霍兄带去非同寻常的礼物。营养品，水果，想必别的亲友都会给他送去，多半会出现供大于求的局面。想来想去，我去了西单图书大厦，我精心挑选了一批编印精美的旅游类图书，还有若干这类光盘，我大体上知道他以前旅游过哪些地方，哪些地方则想去还不曾去过，我尽量选择那些跟他还没有去过的地方相关的图书光盘，我想他一定会非常喜欢，他虽然坐在轮椅上已经不能身体力行亲履其地，但他在"坐游"中一定也会产生出飘飘欲仙的感觉！

我拎着一大口袋礼物去了他家。

霍琪开门把我迎了进去。我还没看见其人，声音已经响起："画家来啦！欢迎欢迎！"这开的什么玩笑！我虽然业余偶尔画两笔，哪里称得起画家！我看清了轮椅上的霍兄，他比以前瘦了很多，车祸连他脸上都留下了痕迹，他伸出双臂表示要拥抱我，我忙弯腰搂住他，我感觉到他拥住我的手臂柔如柳枝。他剩余的生命是多么羸弱啊！我有些鼻酸，但站直了以后，我忍住了泪水，怕他看出，忙环顾四周，我有些惊讶，从房间布置上说，怎么有些跟过生日似的？餐桌上分明有个蛋糕！霍兄把一位四十来岁的男子介绍给我，黑黑的，一看就是来自农村的，原来那是家政服务员小张，霍琪两口子虽然跟爸爸同住，但是他们各有各的工作，霍琪先生已经去上班了，霍琪一会儿也要去公司，她告诉我："张哥在医院就是爸爸的陪护，照顾得非常好，我们非常感谢他答应来我们家，继续照顾爸爸。"霍兄先对我说："新生活！新开始！你是见证人！"又对小张说："你先别推，让我自己来，人是地行仙，我要先周游列屋！"他就启动轮椅，让我们跟着，在单元里巡游起来。霍琪提醒他："医生说了，一般情况下，都应该让护理推着您！"霍兄就哈哈笑着说："今天是特殊情况！是开学第一天！是开业大吉！是新长征的第一步！是生命新篇章的第一页！"

回到客厅里，霍琪跟我说，爸爸立下了个志向，就是要从这轮椅生活第一天开始，尝试画油画！之所以特特地把我请来，霍兄接过去说："因为你画过油画，不是要你费好多工夫教我画，你看，画架画布，调色板，画笔，修改刀……全准备齐了，只需要你就最基本的技术性问题，耐心回答我的可能是非常愚蠢的咨询……"我惊呆了！眼前这个人，经历了那么严重的生命危机，他在轮椅上的第一天，竟然要开启一支新画笔！他满心欢喜，一脸憧憬，他的声音点化着我的灵魂："我要凭印象先把游历过的五十个美景画下来，第一幅：在吴哥窟捉迷藏……"

发现诗意

小焦曾跟我抱怨："住在'女生宿舍'啊！一个进入了更年期，一个进入了青春反叛期！"听他细说，其实他妻子的更年期综合征发作得并不严重，倒是女儿焦姝的青春反叛如雷似电，那一阵，放学刚进家门，还没跟父母照面，就大声嚷嚷："什么也别问我！"进了她自己那个房间，"嘭"地一摔门，做好饭，隔门唤她吃饭，要么根本不理睬，要么忽然拔门而出，气冲冲地说："就知道吃饭、吃饭！除了吃饭你们还懂得什么？"开始他们还试图教诲她，后来知道那只会使其反叛加剧，就干脆沉默，但沉默有时也会招致抗议："为什么都不说话？我是聋子吗？"我曾安慰过小焦：对此不要过分焦虑，如今的社会环境，不至于将青春反叛期的"潘多拉魔盒"以某种漂亮的借口掀开，造成对社会的大伤害与他们自身的大迷失，估计焦姝多半只是家里反叛，在学校里大概要收敛得多，随着年龄的再增长，生理发育和心理成长都会渐趋平衡。

前些时小焦报告我好消息：焦姝不仅不那么反叛，还能主动跟父母交流了，她那间屋的门也不再关死，有时虚掩，有时敞开，以前她在屋里鼓捣电脑，绝对不许父母"偷看"，现在她会高兴地招呼他们过去，同看她从网上链接来的信息或博客文章，还乐于跟他们进行讨论。小焦问：难道青春反叛期的症候能不治而愈么？我也不能解释。

昨天焦姝来我家还书，我看她神情欢愉，就趁便问她，为什么有所改变？她就跟我细说端详。她说，先是班上跟她最合得来的果果的母亲因病逝世，果果跟她说："真的很后悔，到遗体告别的时候，我才意识到，我其实一直没有怎么认真地注视过妈妈……"果果这话，以及果果眼里罕见的泪光，让她心里咯噔一下，仿佛不小心触了电。那天晚上，她睡不着，起来上卫生间，路过爸妈卧室，卧室里有灯光，她朝里面望，望见妈妈坐在梳妆台前。方便完了，出了卫生间，她蹑手蹑脚再路过爸妈卧室，发现妈妈还坐在梳妆台前。爸爸出差不在家，妈妈为什么不好好睡觉？再细看，妈妈是在那里翻弄一些小东西。她以前也是从没有长时间地、认真地注视过妈妈。她此刻细观，惊讶地发现妈妈原来那么中看，却又怎么有了衰老的迹象？当时妈妈开的是梳妆台的镜灯，灯光只照出穿睡衣的妈妈的正面，从侧面望去，妈妈像一个半明半暗的剪影。妈妈所摆弄的，她终于看明白，是爸爸历次出差给妈妈带回来的小首饰，那些项链呀、手链呀、戒指呀、耳环呀、领饰胸针呀，没有一样是贵重的，最贵的一个大概是在回国的飞机上买来的免税的水晶手镯，花了一百多欧元，其实那水晶是人造的，只不过施华洛奇的牌子算得有名而已。妈妈每次得到礼物，总是欢喜一阵，戴上几天，然后就收起来再不见踪影。爸爸也曾给焦姝带回过琥珀手链，被她接过来就甩到柜子里，还故意伤爸爸的心，喊道："有钱为什么不捐给贫困地区？"爸爸后来多半给她带回印刷精美的知识含量颇高的画册……

那晚焦姝在爸妈卧室门外偷觑了许久，妈妈一直没有发现她，她也因此平生第一次仔细地观察了妈妈，妈妈将那些小首饰一一从小匣子里取出，观看，抚摩，嘴角漾出满足的、幸福的笑意。有一个玉石挂坠，妈妈戴着招待客人时，一位阿姨不留情面地跟她说："便宜货！假的！不仅绝非和田玉，连俄罗斯莱玉也不是！"妈妈很不自在，想说什么，语塞。当时焦姝却觉得那阿姨很为自己"解恨"，心里想：臭美什么？以后少教训我吧！但那晚在卧室门外细观妈妈的动作表情，焦姝觉得忽然看到了妈妈内心深处，她亲切地抚摩那个"假玉吊坠"，回味着生命里那个最亲近的人给予她的爱意……

焦姝说那是她人生中第一个失眠之夜，但又是一个甜蜜之夜，她忽然憬悟，这个原来让她处处不屑和愤慨的世界上，原来确有弥足珍贵和让人心仪的因素，这因素可以称为诗意……我听了祝福她：好啊，从身边最平凡琐屑的场景里，发现了诗意，这说明你脱离了青春反叛期，进入了诗意享受期！这是多么美好的一个转折啊！愿有更多像你这样的少男少女！

人们常问：为什么青春产生诗歌？焦姝的个案给了一个明晰的回答。是的，正如你想到的，焦姝告别后，留下一个小本本给我，那是她的第一册短诗集。

一刻钟

下午三点多，忽然接到尼娜电话，问能不能来我家"打扰一下"？虽然吃惊，还是接纳。

尼娜是她在公司的"叫名"，真名是王爱红，她的父亲是我中学同窗，比我大一岁，我和王兄穿越历史烟尘一直保持联系，我是看着尼娜长大的。尼娜从美国留学回来，在一家美国金融机构做事，前年已获中层职衔。偶尔应邀去尼娜家与王兄晤面，开始我也并不多想，但，"老弟，你看京城的万家灯火！"在他们家客厅落地窗前，王兄一拍我的肩膀，我就禁不住有些惭愧了，自己的儿子不过是介乎白领、蓝领之间的打工仔，哪能提供这种"法式情调、英式管理"的空间来让我独自待客！不过回到自己家里，也就自劝：人各有运，知足常乐，他们过得固然极好，我也并不糟，祝福他们，也祝福自己。

尼娜飘然而至。"你要出远门？"她是跟名牌拉箱一起进屋的，我不由得如此发问。还不止拉箱，她还提着一个大纸袋，那样的纸袋本是装名牌服装的，现在鼓鼓囊囊似乎乱塞着一些零碎的物品。"叔叔，我不出门，我一会儿回家去。我想求您——这些东西暂存您家。"我莫名其妙，她却又说："我先用一下您家卫生间好吗？"当然可以，她匆匆进了卫生间，那临时搁在我家茶几边的纸袋歪倒了，里面有东西滑落出来，我拾起两个小镜框，一个里面是她妈妈的照片，想到王嫂去年仙逝，我一叹；一个里面是尼娜和儿子佳佳的照片，为什么她这个年龄段的白领丽人，多有像她这样成为"单亲母亲"的呢？再一叹。又拾起一个银制小奖杯，上面錾着英文，应该是他们公司为表彰她的业绩颁给她的。我把滑落的东西往纸袋里放妥，尼娜从卫生间出来，又问："能不能喝杯热茶？"我知道她是习惯喝咖啡的，就说："我这里虽然没有现磨的喷雾咖啡，不过速溶的品牌是靠得住的……"我一边冲咖啡一边问她："怎么回事？"她把自己身体抛进沙发，双手拢拢头发，简捷地说："我刚经历了人生中最恐怖的一刻钟！"

原来，他们那家公司，全球同步裁员，尼娜两点一刻接到通知：她被裁了。当时她还正忙着。也用不着她跟谁交接。公司规定，自接到裁员通知后，一刻钟内必须撤离。她想用座机往外打个电话，她那架电话已经撤销；想再用电脑发封"伊妹儿"，局域网已经不允许她进入；她赶紧收拾私人用品离开办公区；到了走廊，想进入茶水间喝杯咖啡放松一下，发现自己手里的钥匙卡已经无法开启那门；想进入卫生间，也一样；到前台，交回钥匙卡，从此她再也无法进入几年来所熟悉的空间了……"这太不人道了啊！"针对我的说法，她惨然一笑："很人道的，我看见医务室的门大开，很显然是为了及时救助无法承受这一刻钟的被裁人士，路过那里我没有停步，但一瞥之间，看见高大的姜森——他比我高一级，金发碧眼，平时很威严，正在那里面一张躺椅上抽泣，周围两个医生也不知是在进行药物治疗还是心理干预……"

我不知道该如何安慰尼娜。但她喝了几口热咖啡后，镇定下来，冷静地对我说："尽管我们早知道公司会有裁员的大动作，也知道所谓'一刻钟撤离'的游戏规则，不过事到临头，还是有些发蒙。"我问："你下一步怎么办？"她一时沉吟不答，我就说："如果你有困难，叔叔虽然不特别富裕，总还能……"她没等我说完，抬起头，笑了："我们这种人，遇到的问题，不是没饭吃，而是今后能不能换个小碗吃饭，可是，一旦过惯了这样的生活，放下身段来，那不是一桩简单的事！"她告诉我，公司裁员，按合同，会给她这样级别的雇员一定的补偿，但是，"别的不算，光我那房子的月供，一个月就得两万……把大房子换小，从技术上来说是一个系统工程，从心理上说，纵使我承受得了，老爸现在住我那儿，他能马上接受这样的事实吗？他能接受了，佳佳呢？原来开福特接他，他都觉得'没面'，现在如果把本田再换成福特甚至QQ，不敢想！我只能缓冲一下，把这些东西暂存您这儿，起码一周之内，天天还开车离家做上班状！"

尼娜告别后，我想，于她那样的人士而言，人生中的这一刻钟，是既狼狈而又宝贵的，一切在于今后能不能给生活以更朴实的定位。

气破桑

我农村书房温榆斋附近，还有些"田野碎片"。不去看那些渐次推进的楼盘，专去造访"田野碎片"，一时还颇能享受野趣。

在小河湾岸上，有三株古树。一株是桑。一株是杨。一株是樗。樗是文雅的称谓，村里人叫它樗的只剩几个比我还老的老头儿，一般人就叫作臭椿。那臭椿已经高达三十多米，因为离机场近，已有在它冠顶安装示高闪烁灯的计划。

桑树尽管比臭椿矮一半，但是树身十分粗壮。桑树的树皮布满大大小小的鼓瘤，而且，在树身中央，明显地裂开好大一个口子，那口子边缘鼓起打褶子的厚唇，仿佛在哑声呼叫。但这些鼓瘤裂口并不妨碍桑树的继续发育。每到春末，树上多男孩，树下多女孩，个个嘴巴乌紫，他们也曾拿些桑葚孝敬我这个爷爷，确实甜得醉心。

杨树不知从什么时候长歪了，因此整体高度不如臭椿。据说原来杨树是一大排，后来说品种不好，春天要扬好几十天的绒毛，都伐了另种白蜡杆，但是这棵被村里几代人唤作"大傻杨"的却特意保留了下来。因为这樗、桑、杨构成一个流传古远的典故，即使"大傻杨"入春还散绒毛，而且笔直地歪着显得有些邪兴，缺一不可嘛，也就任它那么与臭椿、古桑为邻。

四十多岁以上的村友，不止一个，跟我侃过那个"臭椿封王，气破桑，笑傻杨"的典故。话说当年朱元璋跟元兵作战，也曾一败涂地过。有回甚至只剩几个随从，饭都没得吃。勉勉强强摸到这三株树下，东倒西歪且苟延残喘一时。忽然一阵风过，熟透的桑葚落到他们身上，搁到嘴里一吃，赛过佳肴！于是起身采集桑葚，饱餐一顿，补充到能量，体力大得恢复。又忽然见地平线上烟尘滚滚，想是追兵来了，于是赶快撤离。后来朱元璋又反败为胜，率领大军路过昔日桑葚救命之地，但季节却是秋天，朱元璋哪有什么植物学知识，见那臭椿树花落后结出的东西仿佛就是当年赖以活命的果实，马上指着它封为树王，然后又见地平线烟尘滚滚，知是元兵溃逃，立刻指挥部下追杀，匆匆离去。臭椿无功受封，桑树当即气破肚皮，而杨树只知看笑话，叶子仿佛千百巴掌，噼噼啪啪响成一片，傻乎乎不知停息。

朱元璋何尝领兵到过我们这个村子。但天下之树同种皆类。记得曾在江南蚕乡参观过桑林，细细一想，也怪，那些桑树都很年轻，却几乎株株都有"气破肚"的痕迹。

桑树气性虽大，破肚却并非"剖腹自尽"，它生气归生气，成长归成长。也许，反倒是被那不公道的待遇，激励出了更多的创造力，它把桑叶光合得更能肥蚕，把桑葚孕育得更加香甜。人生一世，哪有事事、处处全逢公道、公平的时候。对公道、公平的追求应当坚忍不拔。对不公道、不公平的事情，无论是落到自己头上的，还是摊到他人特别是群体身上的，"气不打一处来"的义愤是该有的。但世间的公道、公平不能靠神仙皇帝、帝王将相赐予。典故里的气破肚子的桑树还是太在乎朱元璋的态度了。桑树或会说我甘心给予救助，并不图回报，但你因做事粗糙而误回报给臭椿了，臭椿何德何能？气破肚皮在于此。

其实所谓"树王"完全是个虚妄的名分。桑树完全不必为虚妄的名分动气。"大傻杨"面对不公道的局面，无法扶助公道本可原谅，却"站在干岸儿上看笑话"，不气无功受禄，却嘲劳而无功，是最无聊也最猥琐的一种态度。

我问过不止一位侃典故的村友：那封了王的臭椿，究竟是怎么个态度表现呢？他们都说"讲给我听的老辈子没提"。这类民间典故其实是在代代口传的过程里，可以不断添油加醋的，但对臭椿，至少在我们这村的口传版本里，始终是一个未露感情的角色。

臭椿固然不堪"树王"封号之重，其材质虽不堪打造家具，却可用来制造胶合板、造纸；叶可养樗蚕；种子可榨油；根皮供药用；特别是，可作为黄土高原及石灰岩山地造林的重要树种，而且在工矿区作为绿化树有利吸敛烟尘。

这样看来，世界本多样，"天生我材必有用"，连傻笑的杨树也自有其堪用之处。我徘徊在三株古树下，悟出许多妙谛。

蜘蛛脚与翅膀

跟老伴看完《梅兰芳》，从电影院出来，在人行道上缓步前行，议论着观影心得。忽然觉得身后有竹竿点地的声响，一回头，是一位戴墨镜的盲人，立即意识到，不该占住脚下的盲道，让开后，道歉："对不起，真不好意思！"盲人却并不移动，叫出我的名字来。老伴好吃惊。我倒并不以为稀奇。想必他从电视里听过我在《百家讲坛》揭秘《红楼梦》的讲座。一问，果然。于是说："感谢您听我的讲座，欢迎批评指正啊！"本是一句客气话，没想到他认真地指正起来："你讲得好听，可是，观点另说，你有的发音不对啊。'角色'不该说成'脚色'，该发'决色'的音。刘姥姥，你'姥姥'两个字全发第三声，北方人习俗里是前一字第三声，后一字第一声短读……这还都是小问题，有的可是大错啊，你说史湘云后来'再醮'，其实应该是'再醮'，那'醮'字发'叫'的音啊。奇怪的是，你明明是认得'醮'字的呀。你前面讲贾府在清虚观打醮，'醮'这个字不知道重复了多少次，你都正确地发出'叫'的音啊！寡妇'再醮'，就是她再次进行了祈福仪式，改嫁的意思啊……"

老伴先替我道谢："谢谢啦，就是应该跟淘米似的，每一粒沙子都给他挑拣出来啊！"我非常感动，在这样一个傍晚，这样一个地点，陌生人如此不吝赐教，是我多大的福气啊！

万没想到，他跟着讲出这样一番话来："这世界上，大概只有我单拨一个人，知道你为什么出这么个错儿……那一定是，五十多年前，在钱粮胡同宿舍大院里，你总听见我奶奶说'再醮'、'再醮'的……那是俗人错语呀，词典字典不承认的，你到电视上讲，哪能这么随俗错音呀，应该严格按照正规工具书来啊！"说到这儿，他脸微微移向我老伴："嫂夫人，您说是不是这个理儿呀？"

我惊喜交集，双手拍向他双肩，大叫："喜子！是你呀！"

他用左拳击了我一下胸膛："苟富贵，毋相忘！你还记得我！"

我们进到附近一家餐馆，点几样家常菜，边吃边畅叙起来。

老伴问他："您怎么只听两句，就认出他来了啊？"喜子笑眯眯地说："他要没上电视，我也未必听出是他。我们半个多世纪没见过了。当然，我一直记得他那时候的话音。那时候我们都没变声呢。我呀，眼睛长在心上。成年人，只要听见过一声，那么，再出一声，不管隔了多长时间，也不管在什么地点，哪怕很嘈杂，好多声音互相覆盖、干扰，我多半都能'看见'那个出声的人，一认一个准儿啊！"

我说："我在明处，你全看见了。可你是怎么过来的？能告诉我吗？"他说："我从盲人学校毕业以后，到工艺美术工厂，先当工人，后来当技师，现在当然也退休啦。我老伴也是心上长眼的。可我们的闺女跟你们一样。不夸张地说，我差不多把咱们国家出版的盲文书全读过了。现在闺女利用电脑，还在帮我丰富见识。活到老，学到老，咱们这代人，不全有这么个心劲吗？"

我说："坦白：这些年，我真把你忘了，忘到爪哇国去了……"他说："人都有自己的命运，分离多年，遇上能想起来就不易。其实我也曾经把你忘了，后来广播里、电视里有你出现，我才关注起来。如果不是今天我恰巧也来听《梅兰芳》，也没这次邂逅。闺女问过我：小孩时候，你就觉得这人能成作家吗？我就告诉她，是的，因为，他往墙上给我画过……"

回到家，我给老伴详细讲起半个多世纪以前的往事。那时候，在钱粮胡同宿舍大院，喜子奶奶常叨唠他妈是"寡妇再醮"，给好些气受，其实，对他妈最不满的，是他的姐姐、妹妹都正常，他生下来却双眼失明。那时候他常坐在他家侧墙外的一张紧靠墙的破藤椅上晒太阳。有一次，我们几个淘气的男孩，就拿粉笔，以他为中心，往黑墙上画出蜘蛛脚，还嘎嘎怪笑。我开头也觉得这恶作剧很过瘾，但是，见到他脸上痛苦的表情久久不散，就有点良心发现，过了一阵，别的小朋友散去了，我就过去把那些蜘蛛脚全擦了，另画出了两只大翅膀。说来也怪，我也没告诉他我的修改，喜子却微笑了，那笑脸在艳阳下像一朵盛开的花……

老伴听了说："做人，你要继续发扬善良。如果你还写得动，那么，画蜘蛛脚，得奔卡夫卡的水平，画翅膀，起码得有鲁迅《药》里头，坟头上花圈那个意味吧！"

一赢

春节前，物业公司雇了些农民工给我们这座26层的公寓楼擦玻璃。我一个大午觉醒来，发现卧房外大阳台的玻璃分外明亮，心情大畅。起来活动完身躯，坐到电脑前浏览信息，再起来活动，已是夕阳西下。踱至客厅，忽然发现，那最大的一块窗玻璃，竟然只喷了清洗液，而并未擦拭。赶紧给物业打电话，回答是：擦玻璃的农民工已经撤离，正在结算工钱。我赶到物业，办公室门外，盘放着粗韧的缆绳，还有简陋的吊凳。几个高矮不等的农民工，抽烟等候着什么。我进到办公室，正听见物业管理员跟小包工头说："至少有两户投诉你们漏擦，现在天开始转黑，也没法子补擦了，你们又是明天返乡的车票，我只能是扣你们的工钱……"那小包工头很高的个头，很瘦的身躯，尽管下巴上滋着胡须，面容看上去还年轻，说什么也不愿意被扣工资，宣称："我立个字据，过完春节回来，我一定来给补擦！"我本是去兴师问罪的，见那情形，意识到即使是十块二十块，对于他们农民工来说也非常宝贵，就插进去说："其实不是什么大事，我们自己想办法从侧面窗户够出去，用特制的窗刷子去刷那面大玻璃的外面，也能解决问题。"那小包工头摇头："别别别，那么高，你们太危险！我回来一定给补擦！"他果真立下个字据。他走了，物业管理员笑着把那字据递给我看："其实没什么用。他们原是那边新楼盘的建筑工，现在开盘不见人气，二期工程恐怕上不了马，他们节后回来估计工地没活儿。这字据上虽然有他身份证号码、手机号码、租住房地址，到时候他不来补擦，我们也拿他没办法。"我拿眼一溜，只觉得那最后签署的名字很古怪，姓氏这里隐去，只说那名字：一赢。

春节期间虽有亲友来访，无人注意到客厅那面最大的窗玻璃没擦，吃完元宵，我把这事也忘了。前天，我正在客厅沙发上翻书，忽然发现窗外先是有粗缆绳晃动，然后从上方移下一个吊凳，吊凳上正是一赢，他认真地擦拭着那块节前漏擦的窗玻璃，我走近窗前，他发现了我，咧嘴笑……

他干完活，把他请进家来，费了老大的劲。给他倒热茶，他说习惯只喝白水，也不一定要热的。终于引得他跟我聊起来。他说他不是什么包工头，真正的包工头有的已经在北京买下楼房住了。只是因为他们一起干活的乡亲，在没有大活干的情况下，由他牵头，联系一些类似这种擦玻璃的小活路罢了。我说现在北京光环路上就有多少大写字楼啊，哪座楼不需要定期擦玻璃啊，他没等我说完就摇头，告诉我人家一般都会跟专门的保洁公司联系，而他们也试着去那种公司求职，人家说早满员了。他问我能不能帮他找个比较固定的工作，一月一千就满足。我说没那个能力。他现出失望的表情，但也还能跟我继续往下聊。他说他1974年出生的，家乡在南北方交界的山区，他家属于乡里最困难的，他生下来好多年都没有正式取名儿，家里大人就叫他娃来，他四岁就能背几十斤的山草，直到八岁还没去上学。他们那个小村归一个大村管，那八里以外的大村才有一所小学。他没上学，可是非常羡慕能上学的同辈。有回赶集，卖掉一大筐菜，在集上拣回一张报纸，回到家他就自己来读，他先猜出了"一"，后来又猜出了"二"、"三"，可是找不到四根杠的他想象的"四"……终于，有一天大村的小学校长找到他家，跟他家大人说他必须接受义务教育，那校长其实也就是老师，那学校一共才五个老师，他们什么课都教。校长姓田，他去学校第一天，把那张旧报纸也带去了，得意地指点着跟田老师说，他认识"一"、"二"、"三"……田老师很高兴，跟他说：我要教给你笔画更多的字！当时就找出了"赢"字。就这样，他认识的第四个字并不是"四"而是"赢"。田校长知道他还没有正式的名字，就给他取名为"一赢"。但是他上完小学没有再上初中，初中要到二十里以外的镇子去上。他家的情况，还有村里的整个风气，使得他十几岁就外出打工，最近七年他都在北京，参加过奥运场馆的建设。他在离我们楼盘不远的仍遗留在三环与四环之间的村子里，租一间石棉瓦的砖垒房，月租三百元。媳妇在清洁队扫马路。孩子带到北京，在住地附近的小学借读。我感谢一赢把他的故事讲给我听，他笑："我这算什么故事？"

我从明亮的阔窗往楼下望，一赢正蹬着放妥缆绳吊凳的平板三轮车离去。他与我的生活轨迹难以再次交叉，但我们却同在一个时代的故事中。

有过那次通话吗？

饭局上，有人提到一位中年名家，在座的一位老人忍不住说——

我跟他通过一回电话。海外朋友打来越洋电话，代一位汉学家跟我联系，说有那边出版社请他翻译一本中国当代著作。那汉学家也是我的熟人，当面跟我说过："译书都为稻粱谋。"那边那家颇为有名的出版社，计划里每年只出一本中国当代著作。那一年至少有两三部待选的著作。那汉学家说翻译哪本都无所谓，联系到哪位算哪位。我知道他的作风，他拿到中文著作，往往并不先通读一遍，翻开就照中文在电脑上敲英文，译得飞快。他在那边已经是中译英的名家。

我跟来电话的朋友说，那些待选著作上都有这边出版机构的联系资料，想译哪本找出版机构跟作者联系，搞定授权就可以了嘛。我能起到什么作用呢？朋友就捧我，说那汉学家很在乎我的意见，而那边出版社也很在乎那汉学家的决定，于是，我就在报来的两三个著作里，推荐了一个。朋友就说一事不烦二人，你是不是就帮助联系一下作者。

谁知那位作者当时还不牛。联系起来很费力。我也不知道当时为什么那么着急，仿佛联系不上就犯错误似的。其实也还可以自我表扬，就是心里总觉得能把一位当时外面还不大清楚的中国作者推出去，是做好事吧。绕了好几个弯，我跟那位作者直接通了话，从语音里可以听出，他非常激动。他似乎不通英文，我在电话里把联系那边译者的通讯地址和洋名字一个字母一个字母地念给他听，他记下后我又敦促他核对了两遍。他说他会马上把同意那边翻译出版的委托书寄去。他说了不少感谢我的话，还说他会把自己那个著作签名寄赠我一册。

他没有给我寄来大作。他的著作在那边顺利翻译出版了。那边出版社邀请他去那边访问、推书。不久又有另外的西方文字转译本出现在别的国家。我为他高兴。

后来西方一个国家的图书博览会，邀请一些中国写作者去，我有幸被邀，那位已经开始在西方扬名的人士当然更是被邀的嘉宾。我们是组成一个团去的，当然互相都知道谁是谁。在机场，我们离得很近，他仿佛没有看到我。在那个西方国家，我们下榻于同一酒店，在大堂，我们也离得很近，他还是仿佛没有看到我。我想，他一定性格内向。

那个图书博览会有专门陈列中国作者书籍的展台，我看到展台上有那位作者的书，是相当著名的出版社印行的，而我的呢，则是很小的出版社出版的。我倒也并不惭愧。只是多少觉得有些奇怪——在展台前，他也还是仿佛没有看到我。

后来有个出版商在她家里开派对，邀请了六七个人，我和他都在被邀之列。在那派对上，他似乎含混地跟我点了个头。我希望他多少跟我说两句话，并不需要提及我们曾就他的著作第一次在西方出版通过一回电话，但他宁愿拿着酒杯朝落地窗外看风景，也没有跟我说一句话。

那就算了吧。最好从此不要再见面。但偏偏那以后，我去了南方一个城市，那边一个朋友的朋友，是个商人，说是非常崇敬我（实不敢当），一定要请我吃饭。我和一位忘年交一起去了。没想到走拢席前，那位在西方已有多个译本的作者俨然在座。商人以为我们互不相识，热情地加以介绍。我怎敢说早认识他？他那表情意态，仍仿佛跟我从未有过任何关系。那一餐就我们四个人。我本来就不善交际，那天更如坐针毡。商人问我是不是不舒服，我说确实。于是总算提前退席回到宾馆。我和忘年交分析了一下，懂得那位作者之所以如此对待我，应该是希望我明白，他的著作，是无需我从中架桥，也会在西方打响的。他等于已经几次默默地提醒我，如果我觉得我们曾通过那样一次电话，肯定是我的幻觉。而如果我把这样一种幻觉跟别的人讲出，则是无聊甚至无耻。是呀，人家是实力雄厚的英才，名扬天下势在必然，岂是需要我这么个老朽从中哪怕是打一个电话的？但是，怎么那个商人请客——肯定说了是要招待我——他还要去呢？显然，跟那富商的关系，他是不能舍弃的，而他也谅我不敢主动"造次"，提及当年通过电话的"谣言"。

——饭局上众人听了老人之言，一时无语。老人忙说："全系虚构，如有雷同，纯属巧合。"

老袜皂

棠棠家要从小单元搬大单元了，一家好高兴！

棠棠爸妈都是"70后"。都是大学本科学历。都凭一门专业技术在社会上立足，扎扎实实地奔小康。尽管现在房价不菲，经过多年积累、精心挑选，棠棠爸妈还是把从过世的爷爷奶奶那里继承来的一个没有厅的小二居出脱，买下了一套两室一厅的宽敞二手房。

这天全家做搬迁前的最后一些事情。常年在小区里设点收废品的胡叔叔，来帮忙搬走一些废弃物品。

妈妈让胡叔叔先把两大包旧衣服搁到楼道去，跟他说："知道现在你们不收购衣服了。不过这些旧衣服当垃圾扔掉实在可惜。你跟你爱人挑一挑吧，能留着穿的就当工作服吧。我知道你们孩子也是要买新衣服穿的，棠棠的这些衣服其实也没旧到哪里去，只是她抽条穿不了啦。你们尽量利用吧。实在无法利用再帮我们扔垃圾站去。谢啦！"爸爸一边收拾东西一边感叹："如今连农民工也不穿补丁衣服了。电视上出现还没脱贫的农村景象，房子破旧，但人们衣服总还看得过去，小姑娘也有穿木耳领子的连衣裙的。改革开放的好处，从衣服不再属于废旧回收物资这一点上，也能体现出来啊。"妈妈就笑："你别光歌德。现在咱们这儿缺德的事少吗？你看小胡身上的阿迪达斯恤衫——假名牌满天飞！"胡叔叔也笑，还拍拍自己的裤子："这KAPPA裤也是假的！嘻嘻……您还别说我大摇大摆，比起那些贪官奸商来，我心里头踏实多了，对不？"

爸爸正检查一大匣子药品，把过期的药瓶子里的药片胶囊哗哗倒进大垃圾袋里。胡叔叔就说："您费那个事干吗？连瓶子扔不得了？"妈妈帮着解释："怕有人捡去当好药骗人。也怕那没钱到医院看病到药房买药的人捡去乱吃。"棠棠也说："咱们楼下人行道上贴着好些小广告呢，写着'高价收药’，还有手机号码。我懂，不能让那样的药贩子捡到带瓶子盒子的药！"胡叔叔抬杠："真要黑了心，他就不怕麻烦一粒粒归总起来再装进瓶子里，卖给黑诊所害人去！总有那图便宜的糊涂蛋上他们当！"爸爸就说："能黑成那样吗？真不敢想象！不过，反正这么处理总比连瓶子扔强！"

妈妈处理厨房里的东西。胡叔叔装起一口袋瓶罐。胡叔叔抱怨这金融海啸连废品收购也深受影响，比如啤酒瓶易拉罐什么的，收购站降价一半。妈妈就说全白给他。胡叔叔把妈妈捡出的接近过期的酱油瓶醋瓶料酒瓶直接往垃圾袋里放，妈妈说还是要把瓶里剩余的液体倒进地漏才妥，胡叔叔边笑边往外挪那垃圾袋，说："现在没有连你这剩醋也捡去喝的穷人。"但是，他把垃圾袋扔在楼道时，不知里头什么瓶子磕破了，一些褐色的液体很快渗了出来。妈妈赶忙过去看。胡叔叔让棠棠闻是醋味儿还是酱油味儿。妈妈有点生气了，说："小胡，你还乐！棠棠，快把拖把拿来！"棠棠给妈妈取来拖把，妈妈就挪开那垃圾袋，认真地把渗出的污渍尽量擦净。胡叔叔说："咳，这是楼道，又不是单元里头！再说，你们明天不就彻底搬过去了吗？"爸爸也到单元门外来了，听了就说："改革开放这么久了，经济上起飞了，大家都分了些好处，可是，遗憾呀，公德心还是进步不大啊！"胡叔叔不大高兴，但一时没说什么。

胡叔叔搬了几趟淘汰的旧家具，包括淘汰的旧电脑显示器什么的，付了钱给妈妈。又帮着扔了几趟垃圾。他见有一纸匣里头是些废掉的电池，就要顺手也给扔到楼下垃圾车里，爸爸制止住了，说："前两年那边商场大门里头还有个专门接受废电池的圆桶。现在到处都不见专门的接收器物了。只好先带到新居去再说。"妈妈也说："现在人们又多半把废电池跟一般垃圾一起扔。这东西的污染恶果怎么形容也不过分。咱们家要守住这个公德！"棠棠注意到，胡叔叔这时脸上的不高兴消失了，露出了钦佩的神色。

棠棠带胡叔叔到卫生间去洗手。棠棠递给他一样东西——是旧袜子里塞满若干肥皂、香皂的剩核儿，跟他说："胡叔叔，这是爷爷奶奶给我们留下的好传统——老袜皂。我们家总把洗烫干净的老袜子，装起剩下的皂核儿，浸湿了拿来当液体皂用！"

胡叔叔把那老袜皂举在眼前观看，心里想："嘿，这家人的文明，有根基啊！"

一起去看

儿子九岁那年，父亲跟他说："带你去看球！"儿子高兴得跳起来。

到了看台，儿子只顾吃冰棍，吃了冰棍又扭着身子要喝汽水，父亲生气了："你再这么磨人，下回不带你来了！"父亲教给他如何看球，他知道了什么叫角球，什么叫点球。

儿子十六岁了。父亲跟他说："带你去看球。"儿子不吱声。父亲提高嗓门说："带你看球你还哭丧着脸！谁该你二百钱还是怎么的！"儿子晃晃肩膀出门去了。母亲跟父亲说："还记咱们仇呢。那回不让他去电影院看《望乡》。"父亲说："演日本妓女的故事，他看合适吗？"母亲说："后来他不还是跟同学一起去看了。谁让中国演电影不分级呢。能买上票他就能看。"停了停又说："后来我问他，他说，妈，我能看懂。他白我一眼，说，爸跟你就以为我要看那几个黄镜头。他后来不是又去看了《沙器》？"父亲说："他了得了！《沙器》讲的是儿子杀老子的故事！"停了停说："都是你惯的！"母亲就叹气："他这阵不知道怎么那么大气性。你总恶声恶语训他也不是个事儿。"

父亲独自去了赛场，在门口把多余的票退了。球赛不怎么精彩，双方磨来磨去死不进球。有年轻的球迷乱吹口哨，也不知是跟哪位球员教练裁判置气。中场休息，父亲去洗手间，半道忽然发现了儿子，跟几个同学在一起喝可口可乐，嘻哈议论倒也罢了，肢体没有一刻是正型，手舞足蹈地看着实在扎眼，本想过去吆喝几声，拼力强忍住了。父亲没等散场就回了家。母亲问他谁输了让他脸那么黑？他大嚷："我输了！"儿子很晚才回家，只叫声妈，就回自己那间屋了，还把门关得紧紧的。父亲要冲进去跟儿子算账，母亲拉住他："人家自己去看个球怎么啦？"

儿子上大学了。暑假在家，有天跟父亲说："爸，我有两张票，咱们一起去看球吧。"母亲就看着父亲，父亲想了想，唔了一声。母亲布出一桌菜，爷俩喝啤酒。母亲听爷俩侃球，开头客客气气，后来抬起了杠，再后来语速加快，互相打岔。母亲心里有点紧张。但是最后爷俩一起去看球，一起回了家，回了家又坐在沙发上喝啤酒，把球场上的角色刻薄了一溜够。晚上母亲见儿子老晚还在弄电脑，就先敲敲半掩的门，儿子说："妈，快来！"母亲过去，儿子让她看在电脑上画的画。闲聊几句后，母亲问："你上中学时候，为什么不跟你爸去看球，还老跟他顶牛？"儿子笑了："妈，我那是少年反叛期啊！尤其要反叛老爸！您记得他怎么造句的吗？——带你去看球！——我觉得自己是大人了，他还把我当成个附属品，可以随随便便地把我带来带去——其实那时候您跟老爸也没多大区别，动不动就'把手洗干净！''怎么把衬衫领子竖起来？'……就不懂得，第一，我不是上幼稚园的娃娃了；第二，我要有个性呀！……"母亲也笑了，母子肢体没有拥抱，心是拥抱得紧紧的了。

儿子工作了。有天父亲打他手机："咱俩一起看球去怎么样？"儿子问是哪场？父亲告诉了他，儿子直言不讳："他们能赛出什么味道来？整个儿是鸡肋！"父亲就乐呵呵地回应："弃之可惜不是？"爷俩约定赛场门外不见不散。

父亲年纪不算太老，却坐上了轮椅。那天儿子回来看望。吃罢饭，儿子说："爸，我带你去看场球吧。"母亲好高兴："是呀，让你爸再乐和乐和。看电视上的球赛，他总乐呵不起来。"父亲却只是淡淡地唔了一声。

那晚儿子开车来接父亲，母亲告诉他："我拦不住，他自己去了。他说他不要人带去。他说他又不是件东西，凭什么让人带来带去的？我说你不是不方便吗？他说现在到处的设计都考虑到了坐轮椅的人士，他完全可以自己去看球赛。他揣着你留下的那张球票就自己驾着轮椅坐电梯下楼了，还死不让我把他送上出租车。我后来从阳台朝下望，他顺利地从咱们楼门外的轮椅道上到了街边，拦住的出租车司机照顾他坐进了车，轮椅放进了后背箱……"儿子没听完就跑下楼，赶紧去开车奔往比赛场地。

儿子在看台上找到了父亲。看台上有为轮椅人士专设的空间。父子俩都若无其事地微笑着打招呼。

中场休息，儿子过去对父亲说："一起去洗手间吧。"父亲点头。人们只见老的自己熟练地操纵着轮椅，少的在一旁同行，两人分明对共同支持的球队的表现有所争议，你一句我一句地抬着杠……

六瓣梅

　　他热爱文学，但从事的是最不需要文学想象力的一种偏僻的技术工作。他很忙，没有时间阅读任何文学作品。但他会在难得的休闲时间里，同妻女侃文学。也不是对文学进行评论，而是对小说进行复述。他复述的小说，都是几十年前出版的。他的复述极有可听性，甚至可以说具有特殊的魅力。他不单是复述那些小说的情节，他会把细节、对话，乃至某些描写上的精致处，全复述出来。

　　他承认，他复述的某些小说，自己并没有读过。是当年他的老师复述给他的。

　　他在南方一处穷乡僻壤度过从少年往青年蜕变的生命时段。他所上的那所镇上的中学根本没有成型的图书馆。但是有位曾老师，是从北京去的，曾老师的宿舍里也见不到多少书，但是曾老师肚子里有个图书馆，会把一些书的内容复述给学生。除了在课堂上有所复述，曾老师还常给他"开小灶"，复述一些小说给他听。

　　他长大了，要去省城上高中。他伯伯在省城工作，可以给予他经济上的资助和生活上的照顾。他还会考大学，争取考进曾老师就读过的那所大学。跟曾老师告别时并不伤感。那是在曾老师宿舍外的葫芦棚下。结出的葫芦形状很奇特，曾老师说叫作"鹤首"，仔细观赏，从下面膨胀部分往上面细长的部分去联想，确实像是鹤头和鹤喙。曾老师说要送他一件礼物。他本以为是要摘一个"鹤首"给他。没想到却是另外的礼物，什么礼物呢？复述一篇他从未听到过的翻译小说。师生二人对坐在葫芦棚下的小竹椅上，他听了终生最难忘的一篇小说。

　　他貌不出众，却娶了一位美丽的妻子。妻子后来跟长大的女儿承认：他追求自己的最大俘获力，就是他对小说的复述。女儿也就坦言：爱爸爸，最爱的是复述小说时的爸爸。

他的妻子从事会计工作，并不阅读文学杂志和文学书籍。他的女儿和他一样，选择了一种无需文学想象力的科技行业。那么多年过去，他所能复述的小说早已讲尽。但是重温熟悉的小说仍是他们生活中的一大乐趣。有时候面对电视机，把几十个频道全搜索过，还是觉得无一可观，于是他们就关闭电视机，往往是女儿求爸爸再复述某篇精彩的小说，爸爸复述起来，当中被女儿打断："不是这样的，那只跑过草地的狐狸是跛脚的……"爸爸就微笑："跛脚的吗？对，跛脚狐狸它就……"虽然听过很多遍，女儿还是觉得跟才绽放的鲜花一样芬芳，而妈妈也在一旁边织毛衣边惬意地颔首……

女儿交了个男朋友。那小伙子不仅喜欢读小说，自己也写小说，写了就搁到网络上任人点击阅读。小伙子希望女朋友从网上在线阅读，女朋友却总让他复述，他试着复述，效果很糟，女朋友说："你讲出来都不精彩，读起来能有味吗？"小伙子就说："讲和写，看和听，是不能互相取代，也无法类比的。"

他女儿从网上下载了小伙子的小说，读过以后复述给爸妈听，爸妈很满意。"其实他写得很糗！"女儿说。"真的吗？"妈妈不信。

有一天小伙子跟他女儿说："你爸给你们讲的，有的是经典，有的算得精品，有的只不过是他个人偏爱。"他听女朋友把从未来岳父那里听来的几篇小说复述给他以后，到网上去搜，没搜出来，就跑到图书馆去借，借到了一篇，印在一本很久没有再版的老书里，那本相当厚的书当年定价居然是0.68元。小伙子把那本书呈现在女朋友面前，拍着封面说："你自己看吧！人家写的跟你爸和你的复述不对榫啊！"

他女儿翻书细读，读完发愣。后来想办法借到不少旧书，书里的小说，跟爸爸的复述，差别都不少。简单来说，是他的复述，似乎更精彩，所增添的，所省略的，所夸张的，所渲染的，所回避的，所凸显的，似乎都是写那小说的作家——有的是人类公认的文学大师——该那么写而竟没那么写的。

女儿把这个发现告诉妈妈，谁知妈妈早就晓得："梅花只有五个花瓣，你爸开的是六瓣梅。他不过是给亲人讲讲，算不得问题。不仅不是问题，实对你说吧，我当年相中他，这么多年喜欢他，能开六瓣梅，是个关键哩！"

不久前曾老师故去了，曾老师儿子根据父亲生前的嘱咐，给他寄来了一个"鹤首"葫芦，上头刻着这样的句子："不必去当优秀的作家，却一定要当优秀的读者。"

千叶瓶

那只花瓶是他二十几年前从农贸市场买来的。造型一般，素白，底部连瓷窑标志都没有。花瓶陪伴他度过整个青壮年时期。见证了他娶妻生子，也接受了他"哎，我退休啦！"的招呼。花瓶随他搬了两次家，在家里的位置更多次变易，近些年则一直搁放在书桌一角。花瓶插过鲜花、干花和假花。最后所插的是三根孔雀翎。

退休以后，他试图圆多年来写回忆录的梦。为此他专门购置了一个精美的十六开簿册，还准备了一盒十二支的绿色签字笔。为什么要选择绿色？完全是下意识驱使。在出售文化用品的货架前，他本是要拿黑色签字笔，忽然眼睛扫到了这种绿色的，好奇地抽出一支，在店里提供的试用纸上画了画，笔尖滑动的感觉和呈现的绿色都让他愉快，于是买了下来。

但是，翻开簿册，拿起绿笔，郑重地宣布："别打扰我，我要开笔啦！"却愣在那里，满脑子飞花飘絮，却不知该如何写出第一句来。好不容易写出了几行，却实在是不能满意，狠心用左手撕下那一页，不料纸张挺括，反弹力使他握笔的右手杵到花瓶，花瓶一斜，忙去扶正，结果签字笔笔尖就在瓶体上画出了一个弯线。拿抹布擦，去不掉，又找来去污粉，还是没用，涂上衣领净再擦再用水冲，那道绿痕似乎更加分明，于是想到汽油，想到是否该去化工原料商店买某种稀料……

传来了妻子的声音："你把弄脏的一面朝墙，不就结了吗？"又传来正好回娘家的闺女的声音："爸，又不是什么值钱的宝贝，您干吗着那么大急？还是写您的回忆录吧，写出来，我给您录入电脑……"他望着破了相的花瓶，只是发愣。

第二天他用绿色签字笔，把那涂不掉的一个弯道，勾勒成了一小片绿叶，看上去，顺眼点。但瓶体和那么小一片绿叶，在比例上实在不相称，于是，他决定从那片绿叶开始，再连续勾勒出更多的，形态并不雷同，而又凹凸锯齿互补的叶片。

勾勒第一个叶片时，他当然是一种后悔的心情，责备自己把素白的瓶体，不小心给玷污了。后来，不知怎么的，心理态势的惯性作用吧，勾勒别的叶片时，接二连三，全是后悔的思绪。后悔小时候，不该为了贪摘树上的果子，急躁地把整个枝桠扯断。又后悔上小学时，同桌问自己借圆珠笔用，死活就不借给人家。

再后悔到上山下乡的时候，队里培养自己当"赤脚医生"，却没有能把常见的草药形态认全。回城进工厂，先开大货车，后开小面包，再当上司机班长，更调进科室，好赖算是个干部了，就不免神气活现起来，给一起进厂的"插友"，取不雅的外号大呼小叫，后来人家下了岗，找到自己借钱，虽说也拿了一千给人家，却又跟人家说了一大车便宜话，仿佛人家困难全是不争气造成的……

闺女又回门，听见小声在问妻子："爸的回忆录写出多少了？怎么抱着个花瓶在鼓捣？"妻子小声回答："着了魔似的，每天总得花两三个钟头在瓶子上画树叶……不过他脾气倒好多了，下楼一块儿遛弯，还总跟我回忆以往的事儿，动不动还说，哪件事上对不起我，又是哪一回的吵架请我原谅……咳，其实我早忘啦！不过听他那么说，心里倒是挺舒服的……"

渐渐地，他那只花瓶，半壁外表都画满了绿叶，那些单线勾勒的叶片，大大小小，连续不断，看上去，仿佛当初入窑出窑时，就已经有了，而且，是工艺师事先就构思好，精描出来的，显得非常自然，也非常和谐，堪称雅致秀美。

他继续在花瓶另一面上勾勒绿叶。妻子说："难道你非得把叶子画满吗？铺满怕得上千片叶子，你累不累啊？"他边慢慢画，边沉吟地说："我还真怕那画满的一天到来呢！"

画另一面时，他已经意识到，画绿叶的过程，于他来说，就是书写忏悔录，就是魂魄的热水浴，也就是自我心灵的飞升……从中，他获得大感悟、大欢喜。

有一天，一位现在迷上古玩收藏的"发小"来看望他，忽然眼睛一亮，吼出一声："老兄，你从哪儿收来这么个千叶瓶？"他且不作声。那"插友"走近，小心捧起细看，哑然失笑："原来根本不是古董，连当代高级工艺品都不是啊！"他让来客小心轻放，说："对我自己而言，这是无价之宝！"他只简单解释了几分钟，来客便肃然起敬，并感叹："如果那些对社会负有更大责任的人士，都能有你画千叶瓶的心思，该多好啊！"

携鸡童子

听说香港"四大天王"的首席张学友决定放弃上央视春晚，理由是需同家人一起旅游。

我知道一位农村少年，他们中学的一个歌舞节目被所在地区的电视台相中，作为领唱兼领舞，他本是可以在当地电视台初五的一台贺岁节目里露脸的，可是他却毅然放弃了那难得的机会，他的理由，是那天他必须充当携鸡童子。

从市里请来负责加工排练的导演对他说："你放弃的不是一次电视晚会，你可能就此错过一生的转机。"他的班主任老师觉得无法以语言表达遗憾，就长长地叹息了一声。

十六岁的少年却坚定地选择了初五携鸡童子的角色。他们那地区农村婚嫁的习俗尽管早已融进了诸多现代化的因素，但携鸡童子的设置，毫不夸张地说，已经有上千年的承传。就是在男方到女方家里迎亲的队伍里，一定要有一个携鸡童子。这童子要携带一只硕大古老的木制鸡笼——目前村里只有一家还藏有祖传的这种大鸡笼，最上面既是吊钩又是提手的部件包着铜皮，每家娶媳妇，都会借用——装进一只五彩大公鸡，随浩荡的迎亲队伍——如今是乘坐一队大红色的小轿车——来到新娘家，新娘家的嫂子、弟娃、妹子等，会拿来一只肥硕的母鸡，装进那鸡笼里，在打开笼栅接收母鸡的当口，携鸡童子和新娘家的人都会十分紧张，因为他们有着截然相反的任务，在新娘家的那方来说，他们应该趁那机会拔下公鸡的毛来，最好拔掉三根，然后拿去给尚未走出闺房的新娘，给她塞到鞋垫下，让她踩。那是有讲头的："一打公，二打婆，三打女婿，好祥和！"意思是作为新媳妇进了门子，她不但不会受欺负，还能把公婆丈夫制伏，当然，目的还是为了全家的日子祥和，但这祥和需以她为主心骨。这村俗真是很有意思，颇有"女权主义"的色泽。那么作为携鸡童子呢，他在开笼栅接受母鸡时，则一方面要脸挂笑容一团和气，一方面则要以身体的巧妙挪动遮挡，来防止对方拔去公鸡的鸡毛。据说这风俗延续到今天，女方的人只是虚张声势，并不一定真的拔毛，携鸡童子也只当是一场游戏，故意遮来挡去，双方笑作一团。公鸡母鸡会合关上笼栅后，女方就不能再伸手去拔毛了，携鸡童子即使护卫成功，任务还只完成了一半，另一半任务，是要趁女方不备，偷走女方家一对茶盅或饭碗，将其双双再搁进鸡笼中。笼中的公鸡母鸡自然是象征男婚女嫁，一对盅碗则象征着永远富足。其实携鸡童子只是装作"偷"，女方早准备妥上好的盅碗装作"看守粗心"，携鸡童子会倒掉盅碗里的红糖水，"趁其不备"将其摞起来放进鸡笼。然后，携鸡童子会随着迎亲的队伍返回男方家里，当然，那队伍里会增添新娘及新娘家送亲的眷属。

有人会认为携鸡童子在婚礼中的行为好笑吗？会认为充当生活里的携鸡童子这么个角色，大大地不如在当地电视贺岁黄金档里露脸吗？

我知道，就有那么一位农村少年，他堂哥虎年初五娶媳妇，他自愿放弃上当地电视台春晚，甘愿为堂哥去充当携鸡童子。按当地习俗，携鸡童子的第一人选是新郎的未成年的亲弟弟，如无亲弟则请堂弟代劳。他堂兄无亲弟，也无其他堂弟，他到虎年才足十六岁，家族和他自己都认为他责无旁贷。

可是现在离虎年春节还早。他们的那个很有地区特色的歌舞节目仍在不断加工中。替代他的演员虽然已经选好，也很努力地在排练，市里来的导演还是觉得他应该选择上电视，不理解那农村婚俗里的携鸡童子的角色为什么会深深地吸引着这个有着文艺才能的少年。班主任问导演，能不能跟电视台说说，反正每个节目都有先期录像备用，他们学校选上的这个歌舞节目，就让这个学生参与录像，到虎年初五那天把这节目的录像镶嵌进去，那天他去当他的携鸡童子，亲友和他自己当晚还能从电视上看到，岂不皆大欢喜？导演就说："那哪儿能行！如果当晚可以不去现场，张学友他也不必婉拒央视春晚了。"

十六岁的农村少年，为即将充当携鸡童子向往不已。问他为什么？他说："说不出来。反正以后我娶媳妇，也不能少了携鸡童子。"

替课阿姊

那天小时工阿芝又来为我住处打扫卫生，我说起临街嫌吵，想加装一层隔音窗的事，她扬起头说："那还不简单，让我弟弟阿虎来给你装好啦，保你满意，价钱公道！"我们就约定一周后的今天下午，她跟她弟弟一起来给我的窗户量尺寸。

阿芝按时来了，她弟弟却没有一起来，阿芝说她弟弟生意很好，现在正在另一家安装，很快就完活，半个钟头后一定到我这边来。阿芝一边收拾屋子，我一边跟她闲聊。说起她弟弟阿虎，有文化，念到高中毕业呢，所以到北京发展得很好，先是给人家当制作安装塑钢窗的小工，现在自己当小老板，租了门面房，生意很红火；阿虎闲了就读书，口碑好，装了这家介绍到那家，家家满意。谁知说着说着，阿芝挺直腰肢略事休息，却叹口气说："哎，那时候啊，我总盼他得病，盼他腿摔断了一百天才好净！"这让我大吃一惊。

正想跟阿芝问个究竟，门铃响，阿虎到。一位虎虎有生气的小伙子，出现在眼前。

阿虎细心地量完了尺寸，跟我商定好价格和上门安装的时间，阿芝也把卫生打扫完了。我就说，如果他们下面没有事情等着急办，请坐下，大家剥橘子吃，稍微聊一会儿。我说看他们姐弟二人很友好的样子，可是阿芝的话却古怪，说什么盼弟弟生病，甚至盼弟弟腿摔断了养一百天……阿虎说："是呀，那时候，我愿意为阿姊得病，愿意爬树再摔断腿，好让阿姊高兴！"这对姐弟，让我彻底糊涂了。

后来姐弟俩一五一十跟我讲起二十几年前的事，我才明白。他们家乡，按大区域论，绝非穷乡僻壤，但是具体到某些边边角角的地方，比如他们那个村，直到现在，也还比较穷。阿芝所以叫阿芝，其实是长到六七岁，家里大人还没给她取名字，她懂事以后，就听父母叫她姊姊，意思跟招弟差不多，她也果然招来了弟弟，村里有位老爷爷，据说最有学问，能读古书，知道古书里最重要的四个字是"之乎者也"，就来给他们姐弟都取了名字，姐姐叫董之，弟弟叫董乎，如果再有超生的，则可以叫董者、董也。有了儿子，父母也就不再生育。上户口的时候，户籍警建议，姐姐叫董芝，弟弟叫董虎，当然同意，因为他们乡里管姐姐都叫作姊姊，董芝就是董家姊姊的意思嘛，而董虎确实属虎。那时乡里有很多人家不让女孩子上学，只让男孩子去上学。董芝到了上学的年龄，就正式帮父母干农活了。董虎却满了六岁就去了学堂。那时候，学校有个约定俗成的规矩，就是如果有哪个学生病了，那么，容许他们家里别的孩子，去替他上课。一般替人上课的，多是姊姊，因此，替课阿姊，也就成了他们那个乡里人人听到无需解释的一种角色。阿芝回忆，她第一次当替课阿姊，是阿虎上三年级的时候，因为贪吃山豆——就是野生的无柄樱桃——拉了两天肚子，她背上阿虎的书包，去了学校，坐到阿虎的座位上，她用手摸那坑凹不齐的课桌桌面，心里仿佛揣了块热糕，老师讲的她一点也听不懂，可是她努力地含着一包眼泪听呀听……到董虎上五年级的时候，因为爬到老高的杨树上去掏鸟窝，下来的时候不小心摔得小腿骨折，伤筋动骨一百天不能上学，阿芝就去当了足足一百天的替课阿姊！那是替课的第九十三天，老师提问，阿芝第一次高高地举起了胳膊，老师和全体同学的眼光都集中到她的身上，老师迟疑了一下，让她起立回答，她大声地答了出来——错了，可是老师、同学谁也没有笑话她……讲到这个细节，我眼前的阿芝低眉微笑，阿虎的眼睛却湿润了，赶忙把头别向一边……

两姐弟告辞走了。想到他们说起，现在他们那里发生了很多好的变化，但是替课阿姊仍未绝迹，仍有新的文盲、半文盲出现，心里有些发堵。但是又想起阿芝说起，她和进城的农民工丈夫，把自己的女儿送进了大学，如今不止她一个替课阿姊，发誓要让下一代女娃儿受好的教育……当阿虎说出一句"现在大学毕业工作不好找"时，阿芝望他的那个眼神，更深深地撞击着我的心扉，那眼神里意味太多，应是当年她作为替课阿姊，在课堂里高举胳膊的那种迎向命运的勇敢与自信的延伸吧……想到这些，我又心臆大畅。

辣椒故事

　　小安过完春节从老家回北京，返校前来看望我，带来一串艳亮的红辣椒。我不免责备他："跟你说过多少次，不要带东西来。何况你也知道，我虽祖籍四川，花甲后已然戒辣。"他笑嘻嘻地说："不是拿给您吃的。您自己都忘啦？写过一篇《瓜果装饰有奇趣》嘛！您说的，最拙朴的田园果实，跟最现代化的科技产品摆放一起，往往最能在视觉和心理上产生出审美愉悦……"倒也是，我客厅的液晶彩电一侧，秋后总摆放着温榆河那边村友三儿送来的大角瓜，客来无不赞好，小安初见也曾拍手叫妙。小安说着就把那串靓丽的红尖椒，挂在了我书房电脑旁的文件柜上，望去确实别有雅趣。不过我还是坚持自己的诉求："你知道，我要你带来的，是你看到听到特别是经历到的那些原生态的故事！"对坐喝茶，小安搓搓手说："是呀！这回，我给您带来了两个关于这红尖椒的故事啊！"

　　第一个故事，是他爷爷讲给他听的。故事的核心事物，就是一串红辣椒。半个世纪以前，小安爷爷，也就现在小安这么大。那年春节，他爷爷去外村亲戚家拜年，那家招待他爷爷以后，辈分大的，就拿了一串红辣椒当作压岁钱，他爷爷接过，感激得不行，告别出村的一路上，凡看见的，要么出声赞叹，要么就眼神里露出羡慕。小安说，爷爷讲的这前一段，他还能懂。那属于"三年困难时期"嘛，物质匮乏，一串红辣椒，也算得奢侈品了。但是，爷爷讲出的故事的下一段，他听了就疑惑了，他说讲给我听，也是为了验证一下"情节的合理性"。简单地说，就是爷爷翻山回家的一路上，望着手里拎的那串红辣椒，离家越近越发愁。发什么愁？辣椒下饭，催人多吃，但是家里存粮有限，经不起辣椒把喉咙增粗胃肚放大……左思右想以后，在下山的路上，爷爷狠狠心，就闭

住女生宿舍的男士

烫过脚正要上床休息，忽然倪君来电话，语气令我觉得怪异，要我马上到附近咖啡馆跟他见面。

其实三小时前我刚跟他见过面。我们共同的一位境外朋友，来京住在酒店，约了我和他，还有另两位北京人士，一起在酒店吃自助餐，畅叙别后情况及国内种种变化，当时他神采奕奕，谈笑风生，我和其他几位都贺他事业有成、家庭幸福。怎么才过三个小时，他竟仿佛精神濒于崩溃似的？

我匆匆穿好衣服，赶往他指定的那家营业到深夜两点才会打烊的咖啡馆。街上行人车辆稀少，隔着咖啡馆的大玻璃窗，我一眼就看到了许多空座位包围着他的身影，竟是脊背佝偻的一副颓唐相。

我进入咖啡馆坐到他对面，问他："你怎么啦？"他抬起头，长叹一声说："住女生宿舍啊！"我一时摸不着头脑。

倪君五十五，我们认识有十多年了。他以前也曾把自己的苦恼向我倾诉，比如在评职称过程中所遭受到的排挤，还有他两年前，房价还没疯涨的时候，贷款买下了一套面积不算大但格局很适合他家居住的二手房以后，我刚说出恭贺乔迁之喜，他就直率地告诉我："每天早晨一睁眼，立马想起今天欠银行一百块钱，什么滋味啊！"但是，现在他高级职称拿到了，收入增多房贷压力减缓，怎么还如此状态？

他喝一杯卡普奇诺，我只要免费开水。我意识到我的任务既不是问什么更不是劝什么，就默默地啜着热水，倪君也不看着我，而是对着他眼前用小勺搅出旋涡的咖啡，倾诉起来。

他说他现在是住在女生宿舍里。第一位女生就是他的夫人。颇长时间了，他夫人不仅绝不对他亲热更反感他的主动亲热，一小时前厉声呵斥他："你别碰我！离我远点！"他说，当然，他懂，是他夫人进入更年期了，据说更年期综合征有的反应轻有的反应重，他夫人属于奇重，令他苦闷难堪。如果只有这一位女生倒还罢了。还另有两位女生呢。一位是他的岳母。本是相当慈祥的一位妇人，没想到这两年变得脾气乖戾，如果是患上老年痴呆症倒也罢了，却是痴而不呆，叫作痴疑，最离奇的是总怀疑来打扫卫生的小时工要偷她的钱财，把她自己的一个存折，用一方旧头巾卷起，再系到自己腰上，如今睡觉的时候也不解掉，前些天他夫人给她岳母洗澡，他只不过是把那暂时解下的存折拍平而已，事后岳母却长时间用疑惑的目光望着他，令他十分难过。最难对付的则是第三位女生，名副其实的女学生，他的女儿，如今上到高二；去年暑假女儿和几个同学去北戴河游玩，他和夫人趁机把女儿那间屋彻底清扫一番；不敢改变女儿屋里的格局，比如床边墙上如同门扇那么大的某歌星像，还有印着格瓦拉头像剪影挂在电脑桌上方作为装饰的恤衫，都只是掸去灰尘，并没有加以改变，没想到女儿回家以后大怒，也没跟他们多吵，过几天女儿天不亮就去学校，他们两口子起床时，一眼看见他们卧室门上粘着一条大标语："与你们的后殖民主义抗争到底！"后来就发现女儿给自己的屋门加了一道他们没有钥匙的锁……是呀，一个进入更年期，一个进入老年痴疑期，一个进入青春反叛期，三个女生三窝蒺藜，难怪倪君场面上光鲜欢畅，回到女生宿舍却难以支绌，郁闷至极。本来今天晚上与老朋友欢聚，他是真高兴特舒坦，没想到回到家没进门就听见屋里吵闹声喧，原来是他夫人发现女儿不是在好好复习功课而是在电脑上浏览什么流浪汉"犀利哥"的信息，气得骂女儿"早晚是个宅女剩女啃老女"，女儿就反唇相讥："谁让你们没能耐让我进一流中学？考上大学又怎么着？考不上又怎么着？你们一群小市民！你们懂得什么叫现代花木兰吗？"而单在一屋的岳母法制节目看得多了，就哆哆嗦嗦地拄着拐棍走到客厅，气喘吁吁地说："嚷吧嚷吧，把打劫的嚷进来了，可怎么了啊？"……

我正想略回应几句，他手机响了，他用扬声器模式接听，是他夫人平静的声音："我刚热好银耳百合莲子羹，回来喝吧。"他问："她们呢？"回答是："都睡了。一个轻轻打鼾，一个小声说梦话。"他站起来跟我说："谢谢你来。"

我望着倪君钻进出租车。这个住女生宿舍的男士，他所承受的哀乐不仅属于他个人。我扭身往自己家走，深呼吸着静夜的润气。

摸
书

去医院看望佟兄，在他那单人病房门口，正遇见护工大康，大康把我引到离门较远的地方，告诉我："老爷子昨晚受刺激啦，到今天血压还高！"我不免责备："怎么搞的啊？你们就不能注意一点吗？"大康一脸无辜地跟我解释，我才大体上明白，既不是他，更不是医护人员，是电视得罪了佟兄！佟兄视网膜早就脱落，根本看不清电视画面，他有时让大康打开电视，只是听，他曾跟我说："眼福没有了，耳福要保住！"他老伴早已仙去，抱养的儿子儿媳对他挺孝顺，在病房里给他安置了一套音响，他每天至少要听一小时音乐，我也曾给他带去过几种版本的《二泉映月》，还给他推荐波切利和苏珊大妈，他的耳朵并不只是怀旧，也还能接受新的音韵。我询问大康，昨晚看的什么电视？大康记不清，只是说熄灯前发生的情况，老爷子忽然大怒，提高声量让大康"快给我关了"！

我进屋去，佟兄合眼斜倚在大靠枕上，也不睁眼，也不招呼，他听气息就知道是我，也不等我问候，叹口气嘱咐我："快拿几本书来，我要摸摸。"

我跟佟兄是同代人，他只比我长三岁，我们读过同样的书，唱过同样的歌，沉浸过同样的狂热，怀有过同样的困惑，经历过同样的反思，收获过同样的憬悟，我们在任何生命时段都不追随极端，我们自信对时下杂驳的世相还有较强的消化能力……我们算是发小吧，几十年保持着联系，可谓心有灵犀一点通。没交谈几句，我就全明白了。

昨晚那个时段，我也在电视机前，看完预定要看的戏曲节目，偶然转换到某省卫视的相亲节目，正遇上一个小片断，出场待众女挑选的男嘉宾表达对今后的生活向往时，说要在居所的书架摆满了书，一位所谓美女竟勃然变色："别跟我提书，我听见书就烦！"佟兄在医院，我在家中，同时受到刺激，好在我身体尚好，气愤中关闭电视，去窗边望望夜色，也就依然淡定。佟兄可是患绝症的人啊，哪还经得起导致血压升高手冰凉的刺激！

我不跟佟兄谈那档节目。我跟他漫忆当年我们喜欢的那些书。我们的青春期里，当然会遇到许多只具有短时宣传功能的书籍，但是，我们善于淘书，发现了某本超越宣传功利具有恒久欣赏品质的书，就互相推荐。我们还常读"冷书"而热议，其乐无穷。记得佟兄借给我一本叶永蓁的《小小十年》，作者把自己亲身参与上世纪初大革命的体验融汇在质朴的文本里，读后使我们深切地意识到个人在时代洪流中的渺小。我还买到一本只印了500册的《罗曼·罗兰革命戏剧集》，其中那出《罗伯斯庇尔》，令我们讨论了很久：为什么推崇极端的人最后会被极端浪潮葬送？这样的书，时下谁还记得？以至于堂堂省级卫视节目，还是先期录制可以剪辑的，却偏偏要把"美女"那"别跟我提书，我听见书就烦"的"嚎言"特写播出，似乎到了今天，不管是什么书，骂杀为快，不以为耻，反以为荣。

佟兄说要给儿子儿媳打电话，让他们给他送书来。但是他估计儿子儿媳妇至今还不熟悉他的藏书，难以找出，因此托付我去帮他顺利找出带来。佟兄入院前，我确实熟悉他那些书架，但我不好跟佟兄说破，实际上他入院两个月后，因为知道他是难以从病房返家，而且他也明确表示把住房及附属物品悉数交由儿子继承，他儿子儿媳就已经把他们原来合住的单元重新装修了，有一回我遵佟兄之嘱去他家看望因小病在家暂养的那儿子，未进门之前，发现门外过道里两边堆满了捆扎得很整齐的待处理的一摞摞图书，从地板一直堆到天花板，蔚为大观。我随意看了几摞的书脊，颇有当年我和佟兄钟情的旧书。我在他家获得了热情接待，小两口"叔叔"不离口。他们把那单元装修得无论哪个细部于我都完全陌生了。书柜只剩一架，随意一瞥，赫然呈现的是一大排精装厚重的《谋略大全》。他那抱养的儿子是个生意人，倒也不难理解。后来我再没去过他家，估计那些捆扎好的一摞摞的旧书早被处理净尽。我望望病房里佟兄儿子儿媳看望他时提来的满坑满谷的水果和营养礼盒，就告诉佟兄我会把他提到的旧书取来让他尽情地抚摩。

第二天，我从自己的藏书里选了几本给佟兄拿去，他只以为是他自己所藏的，闭着眼，用布满老年斑的双手动情地抚摩着，脸上现出无尽内涵的笑容。

喜鹊妈

陈老太太原来一天里做两桩大事，近来只剩一桩大事，另一桩，缩减为一周一次了。

先说如今每天还必须做的那桩大事。是要到客厅窗边去做的事。那窗外下边有个空调室外机，陈老太太很少使用空调，炎夏时觉得热了就吹电风扇，那个空调室外机呢，她铺上一块橡胶脚垫，就成了一个饲鸟的平台。一年前，陈老太太去开窗透气，看到有麻雀在空调室外机上觅食，就取来面包，丢些面包屑，结果不但麻雀开心，还有些别的鸟也飞落过来抢食。这些鸟儿本来就不怎么怕人，陈老太太连续开窗喂食以后，有的鸟儿成了常客，就更是落落大方，自从有回她搓了些鸡蛋黄去喂以后，有的鸟雀儿对她扔下的小米，就大有不稀罕的表现，叽叽喳喳地仿佛在催她"给点更好吃的"。她发现体态大点的鸟儿，主要是黑白花喜鹊和灰喜鹊，需要喂大粒些的食物，就煮玉米，掰玉米粒撒下去，又煮红薯搓成跟玉米粒等大的小球去喂。渐渐地，每天除了偶然参与进来的过路鸟，许多鸟儿成了陈老太太的常客。有一只大喜鹊，一天带着三只小喜鹊飞来，那三只小喜鹊显然是刚学会飞翔，尾巴还没长足，鸟喙颜色淡而且单薄，勉强跟着大喜鹊落到了空调室外机顶的垫子上，自己还不习惯啄食，仰着脖子张开粉洞般的嘴巴等大喜鹊去喂，那大喜鹊想必是妈妈，耐心地把食物衔起喂到孩子嘴里。陈老太太对那几只小喜鹊甚为怜惜，后来就专门为它们准备了用玉米糊、蛋黄和肉泥糅合成的小丸子，一旦喜鹊妈带了孩子过来，就拿出来让他们专享，当然也难免有别的鸟儿眼尖嘴快，一口抢去的，陈老太太见了就呵呵训斥："抢什么！你们吃这个，就不怕得痛风！"

陈老太太生活非常有规律，但偶尔也会小小地乱套，那晚是老伴仙去三周年的忌日，虽说一直提醒自己不能伤感必须达观，究竟还是禁不住往事烟云氤氲心头，夜里没睡好，早上起迟了，睁开眼，就觉得耳边十分聒噪，起来朝窗外一望，对面楼上，正对自己的那个楼层分界檐上，密密匝匝地站满鸟儿，都在朝自己住室这边鸣叫。她不得不先放弃洗漱，从冰箱里取出贮备的鸟粮，打开客厅窗户，往那喂食台上布食，鸟儿们就篷篷地展翅冲上来抢食。

陈老太太原来也是每天必做，而现在减缩为一周一次的事情，则是为孙女儿小莺煲靓汤。小莺从小跟着爷爷奶奶长大。虽说一直有小时工每天下午五点来先打扫卫生或洗衣服再做饭，陈老太太别的事都放心让小时工去做，煲汤却总坚持亲力亲为，而且她有一册专讲煲汤的书，已经翻得蜷曲油渍了，却还奉为经典，根据节气，变换着照那书上指示煲汤来保养她的宝贝孙女儿。今年小莺考上了大学，住校攻读，周末才回奶奶这里，于小莺来说，摆脱了奶奶每天催喝靓汤的溺爱，乃是一件舒心之事，可是对于陈老太太来说，每当与外派中亚的小莺父母通电话时总要频频哀叹："你们在那里搞工程，没靓汤喝也倒罢了，可怜小莺还在发育期，那食堂伙食我试过一次就难受了三天，她现在一周才能喝我一次汤，长此以往，可怎么得了啊！"

这个周六晚上小莺没回来，直到周日上午奶奶喂鸟的时候才回来，陈老太太听见小莺动静本应立即回身，把头晚的一腔埋怨和奉献靓汤的满心欢喜倾泻出来，可是，那室外机顶上的一幕，却使她惊诧莫名，愣住了。她认出了那只喜鹊妈，前些天她就发现跟随喜鹊妈的小喜鹊少了两只，现在跟着来的一只，身量尽管小，尾巴却已经长长的了，喙也颜色深了厚实了，可是，这只小喜鹊挤在喜鹊妈身边，还是张大嘴巴，希望喜鹊妈把上好的食物喂到它嘴里，喜鹊妈呢，却不但不衔食喂它，还生气地啄它的脖颈，甚至用自己的身体，拼命地把那小喜鹊往平台边上挤，一直把那小喜鹊挤得掉了出去，最后只能勉强展翅朝远处飞去……

陈老太太感觉小莺搂住了她一边肩膀，显然孙女儿也看到了那惊人的一幕。她听见小莺柔声地跟她建议："奶奶，您换两桩事做吧。这样喂雀儿，它们渐渐都不会自己去捉虫儿了。我喝了您十几年的靓汤，足够了，您也该放手让我自己去生存了，就像这喜鹊妈对待它的孩子一样……"

掐辫子

　　一对白领情侣长假携游，去到一处近年开发出的山野景点，见到瀑布深潭，她高兴得跳起来欢呼，山风掠过，将她草帽吹落潭中，她还没回过神来，他已经跃入潭中，捞起草帽，游回潭边，跃到岸上。她还没做出反应，周边的游客已经响起掌声，还有人说："跟电影镜头似的！"

　　他们躲到僻静处，他把上衣脱下，晾到灌木上。她说："吓死我了。知道你要表达，可也犯不着这么冒险。"他说："除了对你表达，其实，还有另外的内心秘密。"她狐疑了："什么另外的秘密？"他告诉她，掉在潭里的，是草帽。草帽是用什么做的？她随口说：稻草。他告诉她，不，是麦秸。把麦秸用水泡过，然后用双手编成辫子，他们老家妇女几乎一年四季都会在做完别的活计后，来顺手干这个，叫作掐辫子，一挂辫子大约弯成五圈，近年来的收购价，是一挂一元钱，一个能干的妇女，一天掐辫子能出五六挂……她听到这儿放心了，明白他内心里，有区别于她这样的城里生城里长的人的眼光和心思，草帽对她来说，不过是一种便宜的遮阳物品，可是对他来说，是他到城里来上大学以前，奶奶、妈妈、姐姐们日常掐辫子变化成的产品。她引他聊得更多。他细细叙说。他告诉她，他们那个家乡，离交通枢纽远，历史上属于兵家必弃之地，如今则属于商家缓争之处，无山无水，开发不成旅游区，离最近的一处古迹也还有百里之遥，他也曾苦苦查阅过，竟找不出自古到今各方面的名人有出生在他们那个地方的，总之，那是一处平凡、平淡、平庸的所在。但是平实之地也有平安之福，城市化的浸润，离得还远，村庄虽然盖起了新房，却仍有古朴风貌，有人问城市膨胀耕地减少，为什么粮食还有得吃？他说，那就是因为还有他家乡那样的存在，每年还种大片的小麦，小麦收过种大片的玉米。而大田劳作之余，妇女们就维系着久远的传统，掐辫子。她在秋阳下听他讲家乡，心里仿佛陆续注入一缕一缕的光亮。他没想到她爱听这些。他进一步告诉她，他大学四年的费用，学费是爸爸供，生活费呢，全是奶奶、妈妈和姐姐掐辫子掐出来的。她把玩着那渐渐变干的草帽，忽然觉得，那是有生命的东西，她把草帽像宠物般拥在胸怀。

他们原来的计划，是顺那山谷跋涉到最深处，据说那谷端有更高更奇更美的瀑布，那里有开发出的农家院接待游客，在那里可以吃到若干特别的鲜鱼山蔬。但是，她提议改变行程，转而去他的老家，她说她想看掐辫子，甚至想学着掐辫子。他很高兴。他们交往并不久。这是他原来幻想过却不敢贸然提出的。是的，这个假期很长，他们完全来得及转换目的地。

她随他前往他的家乡。绝对距离并不远，却要先坐火车，慢车站票，熬过一夜，再换长途汽车，再换三轮摩托，车载的终点是一处大集，从那大集镇再徒步一小时，才到他家那个村子。确实无特点可言，就是不多的树，模样雷同的房舍，不甚整洁的村道，一种只能以农村命名的混合气息。他把她引到自己家时，已经夕阳西下。一进院，不用他指点，她就看到好几个盆，有塑料盆、铝盆，还有一只陶盆，里面浸泡着大体等长的麦秸，散发出一种香臭之间的暧昧气息。他妈妈迎面出了屋，手臂上有几挂刚掐好的辫子，不是知道他们来了表示欢迎，她是地道的不速之客。他叫完"妈"就介绍说"这是我女朋友"，她赶忙称呼"大妈"。进屋以后又见到他奶奶。姐姐已经出嫁，但就在邻村，他说明天或许就会回来见面。奶奶坐在那里掐辫子，弄明白她的身份后咧开只剩几颗残牙的嘴无声地笑了好久。她随即听见院子里鸡在拍翅狂叫，她到门边往外看，是大娘在抓鸡。那只母鸡显然一贯得宠，万没想到今天风云突变，因此拼力挣扎，他知道她的心思，怕她跑出去拦阻，就站到她身边轻轻搂住她的腰，但是她懂得，大妈听见儿子把她介绍出来时，并没有什么强烈的表情，但是此刻她那满院抓鸡的肢体语言，把她面对意外之喜的满腔热情表达得淋漓尽致，一个人对另一个人如此看重，并且以如此淳朴的形态表达出来，是她职场生活中不曾经历的。

晚饭后和大妈聊天，才知道如今四季都有人进村来收妇女们掐好的辫子，除了去做草帽，广东那边又有盘成"黄金条"的，没多久是下元节，祭祀亡魂，要给他们烧"黄金条"。她发现东厢柴草间堆了不少废弃的辫子，大妈悄悄告诉她，那都是奶奶掐的，老人手劲不够，掐不出合格的了，可是，掐了一辈子，喜呀悲呀什么心思都掐进去了，所以不告诉人家不收，还由着老人掐……她意识到这里的妇女掐辫子其实更具有超出换钱的生命意蕴，眼睛潮湿了。

他的爸爸是兽医，那天到远村去服务，第二天一早才回来。她和他一起站在院门外，远远看到那乡村兽医骑着自行车从白杨树下过来，她忽然想大声召唤："爸爸！"

偷父——刘心武小说集

Z
C
相
册

小伙子假期跟几位"驴友"结伴下江南，一路上超快活。在苏州，逛完寒山寺，发现寺外过河还有个枫桥景区，就进去再寻个大快活。

发现那枫桥前方岸边，有个古人铜像，卧坐着，轻闭眼，搁在膝盖上的右手，被摸得变了颜色。见有的游人争着去摸铜像那只手，他和"驴友"岂甘落后，也纷纷去摸那手。想必摸了吉利。一路上，他们见到景点若干处所，塔形香炉呀，放生池呀，总有人往里头抛"钢镚儿"，也都跟着抛；凡见别人去摸的，他们必摸。在道观里，他们随口念出阿弥陀佛；在佛寺里，他们议论"万圣节"的南瓜扮怪。

一路照相。反正各自都有数码相机，相机电池耗尽，来不及回旅店充电，就权且用手机拍摄。在镜头前，他们的Pose一个比一个夸张，一个比一个搞怪。

那时一个旅游团过去，铜像那里游人不多了，他们可以尽兴拍照。小伙子一跃而上，跃到基座上那古人铜像的怀抱里，歪倚着，咧嘴笑，一只手还打出V形手势，那边几个闪光，把他拍了下来。跳下铜像，笑作一团。

这时踱过来一位老先生，跟他们打招呼，重点瞄上了他，望着他说："小伙子，高兴啊！"他就知道那老头会批评他不该跳上铜像，立马主动说："好啦好啦，不再上去就是啦！"老先生却笑吟吟的，开始跟他们聊天："喜欢这铜像啊？知道他是谁吗？""知道啦，古人啊，唐朝的，写诗的啦！"有个"驴友"就哼了几句歌星毛宁唱红的《涛声依旧》。小伙子高声说："我们都知道，他叫李白！"老先生笑了："李白的诗当然写得好，可是，这铜像塑的却不是李白。塑的这位唐朝诗人叫张继。为什么在这里塑他？你们刚才哼的歌，是把他当年写的那首诗，抻面条似的变化出来的。其实他写的只有四句，非常凝练。喏，那边的诗碑上，就有他的那首《枫桥夜泊》。"小伙子说："知道知道。能背能背。"他和几位"驴友"就试着背，结结巴巴，只有"夜半钟声到客船"一句全对。"这铜像塑得真不错。"老先生引领他们围绕那铜像，从几个侧面指点他们欣赏。小伙子心里爱听，面子上挂不住，插话说："我们是自由行。我最烦导游絮絮叨叨。游人有权利按自己喜欢的方式来游览啦！"可是有几位"驴友"表示愿意听老先生讲下去。老先生蔼然可亲的话语最后还是征服了小伙子。老先生说："你们应该在这里拍照。那个旅游团的成员，有的站在铜像一侧，摸着他右手拍照，大体还说得通。诗人用手拿笔写诗，摸着他手，沾点诗味儿……可是，还有更多的方式来拍照留念。比如——"老先生拿出自己的数码相机，对小伙子说："我给你拍张试试。拍好拍坏我都会当你面删除的。不过，要是我拍出的这个画面你喜欢，那我就用你的相机，给你拍下来。"老先生建议小伙子站到铜像右侧，望着诗人，启发他跟诗人进行超时空的心灵对话："您为什么认为江枫和渔火是在'对愁眠'？那寒山寺的夜半钟声，为什么让您那么忧郁？人生除了享受快乐，难道咀嚼忧郁也是一种精神生活吗？"不知不觉地，照片拍下来了，拿给小伙子看，众"驴友"也围上去看，小伙子不想说什么，只是心里有丝丝缕缕异样的情愫旋动起来，那是他之前生命不曾有过的体验。老先生把他那相机里的试照删了。"驴友"们纷纷按照老先生建议的路数用各自相机拍了照片。到最后，小伙子才把自己的相机递给老先生，说："您给我拍吧。"老先生拍完，在跟他们道别前又柔和地说："到这种名胜古迹里参观游览，谁也不可能把其中的历史、文化积淀一次性汲取完，但总归还是多少能让心灵悟到一点什么为好。另外，提个小意见。你们之前照相，总喜欢摆出个V形手势，V是英文Victory的简写，表示胜利。可是，参观这样的地方，包括欣赏自然风光，并不是打仗、竞技，为什么非摆V形手势呢？我还注意到，你们原来几个人合影的时候，有的人是手背朝外打出V来，哎呀，在英国、澳大利亚、新西兰，那可是侮辱人的手势，形同骂人啊！年轻人，别生我气啊！萍水相逢，咱们今后可是要相忘于江湖了哇……"

　　小伙子旅游回京，这次在遇见老先生以前拍的若干照片，全删除了，但打印出了那张倚在铜像怀里摆V形手势的，又从以往相册里拣出了一些，合并到一个相册里，本来想用油性笔在扉页上写"知耻相册"四个字，想了想觉得这个隐私还是更稳妥地保存起来为好，最后就写成了"ZC相册"，他想，自己有了时时翻看这个相册的勇气，标志着自己在走向成熟吧。

铁糖阿伯

一口气从网上订购了七本书，送书来的小伙子戴个眼镜，原来是个大学生，我请他坐，主动跟他聊天。他说勤工俭学的主要手段是家教，但插空也跑外卖，送过比萨饼和猫粮猫砂。我给他倒杯热茶，又递他一块包玻璃纸的精制米花糖，他道谢接过，发出一声感叹："铁糖啊！"

我不免问他怎么把米花糖叫作铁糖？他说：铁糖就是他的故乡，就是他的亲人。

原来，他家乡在皖南。他们那里每到腊月，家庭主妇就会先用大木桶蒸出很多米饭，熟米饭放在大笸箩里，把板结的饭团细心捏散，冻几天后，放在太阳底下晒干，最后笸箩里就全是微微膨胀的有些透明的米粒，这些特殊的大米会被放在米袋里，等候铁糖阿伯的到来。

一般是在祭灶前十多天，村口传来摇拨浪鼓的声音，孩子们闻声就会往家门外跑，跳着颠连步，朝摇拨浪鼓的那几个大人奔去，大声喊："先到我家！我家！"

来的一般是三个男人。一位背着一只大铁锅，一位背着筛子和模子，第三位背着一袋沙子和一捆工具。

他们是来制作铁糖的。

率先请到他们的那家的孩子，会非常得意，在门外向别的孩子炫耀："我妈备的米细，我家的糖稀好香，还有大罐白糖，好多好多的花生米和芝麻仁！"

他们到了邀请的人家，就支上锅，先把那家备的米和沙子混在一起炒，那家多半备好了足够的干棉花秸，燃起的火很红很亮，棉花秸噼啪响，大锅铲响叮当，炒够火候，就把米粒和沙子倒在筛子上，筛子摇呀摇，那些变黑的热沙子，很快全都漏下，于是最激动人心的时刻来到了——糖稀入锅搅匀，炒米均匀撒入糖稀，还有白糖、花生和芝麻，一股热腾腾的香气，就会弥漫在这家屋里，氤氲到屋外，孩子们瞪圆了眼睛，看下一步——起锅了，黏稠的米花糖浆倾入了木模，不待完全冷却，已被师傅用刀划成了许许多多小方块——铁糖制成啦！几个孩子争着吃鲜，几个孩子急着呼唤："该去我家啦！快呀！"

送书来的大学生告诉我，他的父亲，每到腊月，就会带着两个徒弟，背着家伙，走乡串户，去制作铁糖。那是他几十年的重要副业。制作铁糖的时间虽然就是腊月里二十多天，挣的钱却接近全年种稻子棉花总收入的一半。

他的父亲在家乡，是名声很大的铁糖阿伯。

因为所制作出的米花糖手感像铁块般硬，所以那里的孩子都管它叫铁糖。但铁糖放到嘴里却很酥脆。往往是，农家母亲会请铁糖阿伯制作出几十斤来，搁在米袋或瓦缸里，当作孩子的零食，足够那家的孩子吃上几个月乃至半年。大人也吃，农村汉子喝酒，有时会拿来下酒。

他父母在他之前，生下过两个女孩。两个姐姐长大后，相继嫁了出去，婆家都不富裕，两个姐夫都是憨厚的农民，一直留在乡里种田，到了腊月，就跟着岳父，一个背锅，一个背沙子和工具，摇着拨浪鼓，走乡串户，去制作铁糖。

父母，两个姐姐，加上姐夫，都把上大学的希望，寄托在他的身上。他上高中，上大学的费用，可以说，大部分是父亲制作铁糖挣钱供给的，两个姐夫还经常放弃自己应从岳父那里得的工资，比如说，在得知他必须购买自用电脑的时候。

他说，我递给他的米花糖，是食品厂生产的，米粒大概是先过了油，那味道，他吃不惯。他是吃家乡炒米铁糖长大的，他笑问我：他身上是否有土制米花糖的特殊气味？

我问他父亲身体还好？他说没有什么病，只是脊背弯了。他说这几年他们家乡经济发展很快，镇上有了超市，巧克力等新式糖果流行到了村里，每年邀请铁糖阿伯去家里制作铁糖的主妇都在减少，今年已经不再走家串户，只在中心村租一处地方，设固定点，让需要加工的主顾带着炒米、糖稀等物品来，制作完了带回，生意不旺，收入也就不多。

大学生告辞，我往外送，正好两人从楼窗望见下面，人行道上有伙刚来到城市的农民，扛着铺盖卷，他就说："里头真像有我两个姐夫——铁糖阿哥。他们说了，也打算进城来挣钱呢。"

他走后，我许久都没翻他送来的书。他让我读到了意外的书页。

伙食勋章

他二十六岁，大学硕士毕业，当上白领。那天头回被总裁点名，参与一次商务宴请，不慎把鲍鱼汁弄到了恤衫胸口上，席间的尴尬不去说了，回到家里，唉声叹气，母亲在他进门时，第一眼就发现了他的失格，不免唠叨起来。他马上脱下恤衫，母亲立即要去给他清洗，父亲却举着老花镜把那块污渍看个仔细，没有责备，却不禁呵呵地笑起来，道："忙着洗什么？多挂几天才好！这是'伙食勋章'啊！"他一时没听懂，母亲却假装生气捶了父亲胳膊一下，道："什么年头了，还来那一套！"

那件名牌恤衫，是前天他女朋友送他的生日礼物。因此他格外痛心疾首。母亲去清洗，他垂头丧气地坐在沙发上，也顾不得另换件恤衫。父亲说："都怪我！"他抬眼看下父亲，不解何意。父亲解释："是我的遗传。我吃饭打小就总急吼吼的，吃相一贯不好。为这个你爷爷没少教训我。不过这算得多大的问题呢？尽量注意就是了，一时忘了自我约束，松了筷子偏了勺子，席上闹出点小笑话，别人对你的评价，扣不了多少分，关键还是你业务上有没有真本事，能不能创造出价值来！"又问："当时你们老总怎么个反应？"他说："似乎是瞪了我一眼。不过后来也就没特别注意我。散席后还拍着我肩膀嘱咐我一定要把英文文件尽快弄妥当。"父亲再问："客方呢？"他说："他们一定看见了，可是却仿佛根本没看见一样。"父亲感叹说："这也是一种文明。以前看过契诃夫一篇小说，记得里面有个细节，就是宴席上有人不慎打翻了调味瓶，里头汁液流出来脏了桌布，可是有教养的人就仿佛没看见这人的失误，继续低声细语地进行友好的交谈。"父子正聊着，他女朋友来电话了，那天是周末，他们约好一起去看夜场电影的。母亲把恤衫处理完走过来，比他还着急，觉得他应该穿那件生日礼物去才对头，说出实情他女朋友会不高兴，瞒着另穿别的去又恐怕会派生出误会。

女朋友又来电话，改主意了，说听同事说那个片子不值得去电影院看，她弄到一张美国今年奥斯卡新科影后娜塔丽·波特曼主演的《黑天鹅》光盘，要拿到他这里两人一起在电脑上看，说是里头有大量芭蕾舞场景赏心悦目，对话简短利于提高英语听力。女朋友来他家，他去女朋友家，近半年已经成了家常便饭，两家家长也都乐得，反正两家住处都还宽敞，孩子们有自己的房间，也都懂事不至于乱来。女朋友来之前他梳洗一番，换上件恤衫。她到了，望见他，头一句就是："我送你的那件这么快就脏啦？"他母亲还想打马虎眼："天热汗多，天天洗不稀奇啊。"倒是他父亲依然呵呵笑着说："今天挂上'伙食勋章'了啊！""什么勋章？哈！怎么回事儿？"女朋友问他，他也茫然，父亲就把那"典故"讲给他们听。

他父亲是所谓"老三届"里"老初一"的，在"上山下乡"运动里，去了边疆兵团。那时候生活条件十分艰苦，主食勉强能吃饱，副食油水奇少。那时候穿衣大家千篇一律，男青年多半邋遢。偶尔食堂里有荤菜，男青年伸出筷子抢，有的就把荤油汤溅到衣服上，不管溅到什么部位，所形成的污渍就都约定俗成地被叫作"伙食勋章"。有一次上面来了个检查团，为招待他们，也为显示兵团成就，宰了头肥猪，检查团的成员，团里连里的头头脑脑，单在一处吃席，他本来是个最普通的兵团战士，可是，团领导听他管检查团的副团长叫姑妈，立刻对他另眼相看，把他安排到领导们的席上去吃，虽然一般的兵团战士那天也能吃到大块猪肉，但领导席上的供应无论质量和数量都远超他们，他挨着姑妈坐着，大快朵颐，忙不迭地夹肉，有一筷子就没夹稳，把一块油嘟嘟的五花肉掉在了右胸，在衣服上浸出好大好圆好明显的一个"伙食勋章"，"那时候真的很得意，好多天都舍不得洗掉，就穿着有'伙食勋章'的衣服在兵团里晃来晃去的，那也是我'上头有人'的标志啊！其实，你那个姑奶奶是远房的，跟我们家走动很少，你没出生她就去世了……原来我在宣传队里跑龙套，在《红色娘子军》里只跳个南霸天的团丁，检查团走了以后，结果团里就让我跳上了男一号洪常青！"他父亲对两个年轻人说："这就是我们一代人经历过的一些细微的事情，正是这些细微的事情合起来，构成了真实的历史。"

那晚他和女朋友没看《黑天鹅》，他们听父亲，后来母亲也补充着，讲那些岁月里的琐事，他们心里都在说：我们想知道，我们该知道。

过家家

辛卯春节，直到破五那天，北京依然干旱无雨雪。我坐在小区健身区边的长椅上，晒着太阳看几个小孩子嬉戏。他们并没有使用那些健身器械，而是在过家家。这引出我许多的思绪。

我小时候，常跟邻家的孩子一起玩过家家。有时我会扮演新郎，一位邻家姑娘大方地扮演新娘，其余孩子就模拟各种婚礼场面上的角色，有的就用两只手在嘴巴前指头一动一动表示吹唢呐，其余的就大声起哄。我的童年跨越巨大的社会变革，过家家的游戏也打上社会变革的深重痕迹，比如后来玩耍时就没有上轿子、揭盖头等情节，而变成众顽童齐哼唱西洋《婚礼进行曲》，新娘子也装成穿婚纱的模样。再到后来，自己长大了，不再玩过家家游戏，但比我小的孩子们，也鲜有玩过家家的，大多改玩打仗的游戏，一方演好人，没有玩具枪就用手比画，嘴里模仿机关枪嘟嘟嘟嘟射击的声音，另一方演坏人，就先负隅顽抗，然后表示中弹歪歪斜斜倒到地上。由市俗婚嫁到战场杀戮，这童嬉的演变如果搜集些文字、图片资料，或也可形成有价值的社会学论文。

1962年，那年我20岁，电影院上映了一部电影《南海潮》，里面出现了孩子们玩过家家游戏的镜头，那时的童星石小满在影片的过家家游戏里当新郎，那时石小满大约六七岁，在镜头前十分自然，憨态可掬。后来石小满又主演了儿童片《小铃铛》，那既是他本人生命史上的一大亮点，也给那时一般的电影观众如我辈，在阶级斗争的弦越拧越紧的当口，多少得到些夹缝中的点滴轻松与快乐。后来的情况，《南海潮》被作为"大毒草"挨批，编导蔡楚生被迫害致死，石小满的父亲石羽挨斗，那时他大约刚过十岁。几十年过去，那天有人告诉我，快看电视里的石小满，他指着电视连续剧《洪湖赤卫队》里的画面，我半天没明白，哪位是当年那个以童真、童趣打动过我的石小满啊？经人指点，才知连续剧里饰演大反派彭霸天的，正是当年那个迷倒无数观众的童星石小满。看了几段他演恶霸的戏，是个好演员，非本色，演技派。但也不免旋出戏外感慨：连石小满都老了，岁月·人生·世道，让我们敬畏，促我们深思。

我的青春期，正赶上一段火热的年代。那时候我心中常有"私字一闪念"，比如到了节期，我就很怕"过一个革命化的假期"的号召，记得有一回节期单位里"自发"地"过一个革命化假日"，那时我已有"对象"，非常想跟她见面，却也只好参加单位里"深挖洞"的"战备劳动"，那种滋味真不好受。那时的孩子们也没有再玩过家家的，实际上那时私人的空间已经压缩到了最极限，记得我结婚的时候，单位里给举办的"革命化"婚礼不去细说了，在单位借给的那间"洞房"里，我的"私字一闪念"是：下一位来送礼物的，希望不再是"红宝书"，因为人们送的"红宝书"已经堆成了一大摞，结果一位老大姐送来了一对枕巾，真觉得别开生面，让我感激得不行，展开一看，一条枕巾上印着"革命伴侣"，一条上印着"民主鸳鸯"，她跟我说，枕巾是多年前买的，"民主鸳鸯"那条因为怕被批判为"四旧"、"封资修"，几次想毁掉，舍不得，避开别人拿来送我，希望我别心里"吃硬"（北京土话，别扭的意思），如果我嫌弃"民主鸳鸯"，就单留下"革命伴侣"。我自然全留下了，那条"民主鸳鸯"一直枕到改革开放以后，可惜后来搬家时觉得旧扔掉了，否则留到今天，也是个时代变迁的见证吧。

坐在小区健身区长椅上的我，逼近七十岁了。经的多见的多想的也很多了，却总还有新发现新问题新思考。我细观察那几个玩过家家的孩子，其中一个情景，是当中一个小女孩，左右一个略高些的男孩和女孩，好像是在模拟一起去洋快餐店吃东西，那右边的女孩居然唤那左边的男孩："老公！你走慢点！"那左边的男孩则说："我的车停在那边哩！"当中的小女孩则紧紧拉着他们各自一只手，走着颠连步，自豪地说："我爸我妈带我去——"忽然，那边来了几个家长，全是女士，有的见到我跟我打招呼，她们各自唤回自己的孩子，带着他们找各自的汽车去了，剩下的一个女孩是就住在这个小区的，快快地望着他们离去。我就一下全明白了。这几个孩子全是单亲家庭，多由母亲抚养，母亲带他们来看姥姥姥爷，他们插空就跑来玩过家家，把他们希望自己有完整的小家的内心隐秘，外化于一场嬉戏当中。过去觉得过家家是儿童融入社会伦常的提前演练，现在更感到童嬉里蕴含着丰富的社会伦常的喻示。到我八十岁的时候，还会看到孩子们怎样地过家家呢？

偷食——刘心武小说集

斜放的拖鞋

　　他坐在咖啡馆角落里。小圆桌上有两只杯，桌旁却只剩他一个人。

　　孔夫子说"三十而立"，真不错，他三十岁那年和同是白领的妻子贷款买了房，生下了宁馨儿；但孔夫子说的"四十不惑"于他却完全不灵，倒是一种舶来的说法，"七年之痒"，似乎很切合他，从孩子六岁那年，他就开始觉得妻子乏味，也是因为妻子对孩子兴浓而对他性冷，于是，他在外面渐渐喜欢跟漂亮的女士说笑，在KTV包房和公司女秘书极投入地对唱《夫妻双双把家还》……从此家庭里多了龃龉，外面添了艳遇。公司里不是他一个男士遭逢中年危机。

　　此刻坐在咖啡馆小圆桌旁，他才深切地意识到，所谓"游戏人生"，可真不是闹着玩的，原以为"419"嘛，极乐后双双各自回家，也就春梦随云散，谁知对方较真了，刚才坐在小圆桌那边，再次郑重要求他跟妻子离婚，跟她重组家庭。他表示为难，对方撂下一句狠话，拂袖而去。

　　他原来并不抽烟，这些天却买烟来乱吸。他刚点燃一支烟，服务员过来，向他指指"请勿吸烟"的告示牌，他只好狼狈离座，走到街上去。外面掉着零星雨点，吸烟使他呛得难受，扔掉香烟，他边走边打手机。先打给一位"发小"，此人有再婚经验，他没道出苦恼，对方早已闻听他的艳遇，不给他拿主意，只是打太极拳："糖吃多了要得糖尿病，盐吃多了叫氯化钠中毒，海鲜吃多了必发痛风……"他不耐烦听些言不及义的话，又打给一位业务中结识的哥儿们，这位倒坦率："你准备扫地出门、从头再来吗？我们公司例子多啦，有成蜜桃的，也有成苦瓜的……"哎，这样的事情，谁能给谁拿主意呢？必得自己面对这人生中途自找来的麻烦！

　　他知道一些智者达人必会问他并告知：你究竟爱哪一

位？应该忠实于你的感情。他边走边想，想不清楚。他都爱，又都不爱，妻子，他爱过，现在也没有恶感，只是觉得乏味；这位呢，冷静地想来，他爱她的身体，爱她的浪漫，但是倘若真的长住在一起，是否会遭逢比乏味更难耐的处境呢？忽然他意识到，他有最爱，就是儿子。倘协议离婚，他可以舍弃房子，却难舍弃儿子，若闹上法庭，恐怕儿子多半要判给女方……

妻子发现了他的异常，只是不当着儿子发作。这次暑假，妻子没让儿子去青岛爷爷奶奶那里，安排去了上海姥姥家。往年暑假儿子总去青岛，因为那里最适合避暑，可以在海浪中嬉戏，寒假则去上海，在那里过快乐的春节。儿子本不愿暑假去上海，妻子给带他去的大表哥一起买了高铁的票，儿子这才高兴地去了。儿子走后，他就自觉地去儿子的房间睡觉，妻子冷静地表态："与其同床异梦，不如各自相安。"

他回到自己的家。妻子不在，但还是在冰箱贴子下压了纸条："去看三姨，明天回来。"他看见在微波炉里有放好的盖浇饭，倘若他想吃只要按键转上几圈；拉开冰箱，看到新添了他喜欢的芒果粒大杯酸奶。他没胃口，还觉得有些胃疼。他去打开五斗橱放药的抽屉，里面整齐有序地摆放着家用药品，想起来，前些时妻子刚清理过一番，挑出过期的，搁进新买的，还嘱咐他一定要把过期药瓶里的药片胶囊倒撒在垃圾桶里，以免有人把有药的瓶子捡去充假。吃了几粒胃药，进到儿子房间，屋里的东西引出他联翩的回忆，屋角有一个大整理箱，里面是历年他们给儿子买来玩过不再玩的玩具，他想，妻子这些年对儿子的爱，难道不也是对自己的爱吗？墙上一张和真人等大的儿子六岁照，他们多次一起凝视分析：究竟像谁多？妻子也多次轻揪他的鼻子："一个模子倒出来的啊！"

他要往儿子床上躺，蓦地望见了自己的拖鞋，是妻子前些时把冬春的绒拖鞋刷晒过收起，又拿出来晒过使用的夏季的竹编面拖鞋。这双拖鞋斜放在床下。啊！他的心被柔柔而又沉沉地触动了。他们结婚后就发现，她从右边下床，她喜欢拖鞋直放，他从左边下床，喜欢拖鞋斜放。妻子这样斜放他的拖鞋，与其说是感情使然，不如说是习惯使然。一个家庭是一个系统工程，需要多么细腻的磨合，才能使你的生存有如春水流淌般自然畅快啊……这岂是短时不管不顾，翻江倒海似的身体快乐所能抵消的？破裂重组？重组到她会默默地将你的拖鞋斜放，谈何容易？……

那一晚他睡得意外踏实。天亮时，他下床穿上那斜放的拖鞋，立刻往他们共同的三姨家挂电话。

冰爷

　　冰爷去世了。在这条北京旧城保护区的长胡同里，冰爷是个人瑞，想想看，他是辛亥革命那年出生的，有人扼腕叹息，他要坚持到双十那天，该有多好！也有人议论，没必要把冰爷跟一百年来的政治绑在一起，尽管他这一百年里穿越了无数的政治风浪。冰爷是八旗里镶黄旗的后代，他父亲是最后一支八旗冰上部队冰鞋营的士兵，这支特殊部队究竟在实战中有过什么战绩无资料可查，但他们在中南海冰上为慈禧老佛爷和光绪皇帝表演过"冰上八嬉"一事，却是胡同里口碑相传的。

　　冰爷一辈子没离开过北京，他足迹最远处是门头沟。但你不能说冰爷眼皮子浅、生活单调。冰爷一生只从事过一桩职业，就是采冰。他从十几岁就跟着父亲干这个。旧时北京人夏季的用冰，很少用人造冰，大都是天然冰。城西北的什刹海后海就是最大的天然冰出产地。每到隆冬，冰厂就雇佣工人到湖里去采冰，临时雇来的打下手，常年雇佣的如冰爷，实践上就是技术员兼熟练工。采冰先要在冰面上划出格子，采出的冰块要求两尺四长、一尺八宽，厚度么，一般自然是一尺二左右。采冰要用镩子，前头是钢制的，四楞带挠爪，有两爪的，有四爪的，钢制的镩头揳在木棍上，结合部有穿钉固定得很牢，木棍约一米多长，顶部有两个揳入的木把手。冰爷每年总是以身示范，教会那些季节临时工如何使用冰镩，那冰镩到他手里竟如同魔术一样，旋来转去，划拉拨动，飞快将整齐的冰块切割下来，边角一点没有损坏。采出的冰块早年是用人力排子车拉往冰窖，后来渐渐改用牲口拉的大车和卡车。采冰的季节很短，大约也就两个月。那十个月里冰爷干什么？他看守冰窖，运冰给客户。

　　这条胡同里有个漂亮的四合院，斜对着冰爷住的杂院，以前住过谁不去捯饬了，反正这些年住着个级别挺高的干部，这干部挺亲民的，虽然平日很忙，车接车送的，偶尔也会在胡同里遛遛，站在冰爷院门外大槐树下看居民下象棋。这干部近三十年出国访问频仍，那回胡同棋摊旁有人问他又去哪儿了？他说去了冰岛。谁知胡同里的人并不羡慕，用下巴指指冰爷跟他说："见识过冰岛算不得什么，见识过冰窖那才叫开眼！"冰爷就是见识过冰窖的人啊！这里说的冰窖不是如今那个人造冰的冰窖，是当年皇帝、王爷留下的存放天然冰的冰窖，那份稀罕、神秘，跟紫禁城里太和殿一个量级！实际上这条胡同离德胜门不远，德胜门外至今还有冰窖口的地名儿，那冰窖当年是怎样的规模？怎样的气派？冰爷门儿清！有次那干部听说冰爷能"饭蝈蝈"——这是北京土话，就是自己在家里孵化出大肚子蝈蝈来——经冰爷应允邀请，去冰爷家开眼，结果那"饭"出的蝈蝈并没让高干惊叹，令他瞪圆眼睛咧开嘴巴心中莫名感慨的，是他发现那蝈蝈就趴在冰爷保留至今的一个土冰箱上！那若不是清朝的东西，最晚也该是民国初年的。他曾在博物馆看到过清代御用的掐丝珐琅壳的冰箱和贵族家庭用的红木壳冰箱，冰爷保留的这个虽然只是柏木壳的，里头的铜胎、承盘等结构，跟那些无异，一样属于文物。问起里头的大冰块可是天然冰，冰爷叹口气道，是徒弟送来的天然冰。那高干回到他那四合院院里不禁喃喃自语："'不可与夏虫语冰'这句成语，今后要慎用了！"并且憬悟：冰爷这样的最普通的市民，自有他们的乐趣，拿"饭蝈蝈"、用冰块消暑等拙朴的细节来说，就都是他们生命力的源泉！

冰爷退休的时候，什刹海冬日还在采冰。据说是从1979年起，采天然冰的行业终于消亡。如今他的两个徒弟都开着人造冰厂，若干行业，包括农贸市场卖海鲜的摊主，都需要源源不断地供应从大块方冰到瓶形冰、冰粒的人造冰不同品种。冰爷所属的冰厂1956年实行了公私合营，后来转为国营，冰厂在结束采存供应天然冰后，并入一家公司，不过冰爷的退休金一直发放到最后，他的医疗待遇也一直保持。冰爷是一个认死理守规矩的人。儿孙都知道，他老伴多年前去世后，他的那个定期存折，每年一定要在存入的那个日子去银行办理转存手续，风雨病痛无阻。他临终前吩咐，留下的存款儿女孙辈不分男女平分，各有一份。有耳朵尖的人士跑来，想收购他留下的那个土冰箱，还有一个冰镩子，以及一个比他岁数还大的冰床（五尺长三尺宽下面固定着钢条还有骆驼毛编制的拉绳，一直在他的硬板床下面存放着），被他家属拒绝。斜对门的那位干部得知冰爷去世，说了这么句话："我们对不住他，让他那样的胡同居民到如今还得到院门外的公共厕所蹲坑。"

一道金光

那天傍晚他骑着电动车路过一处工地，正见有挖掘机将掘出的渣土往大卡车上倾倒，只觉有道金光一闪，不由得停下来观察，那卡车装满渣土覆上网罩开走了，挖掘机也离开回到工地深处，他发现那金光一闪的土团，被抛落在路边，便过去抱起，唔，分量不轻呢，忙将空的购物袋展开，把那土团塞进去，一径回到家中。

他家起居室里的多宝格架子上，搁着他近年来想方设法淘来的古陶古瓷，有的也曾拿到文物市场花咨询费让专家过眼，颇有几件估价不菲，但上个月他的远房大爷来到他家，见了多宝格上的东西却频频摇头，说全是假的，唯独他拿来给巴西木当托水盘的那件，大爷说虽然不是官窑烧的，那民窑的名声也不大，究竟是个乾隆朝的真东西，估价在三千元以上，他忙将那盘子小心地清除掉水垢，为之配了个木托，郑重地摆放在多宝格最中心的位置，客人问起，他便得意地介绍，扬言："给一万块也不卖。"

他把拣来的那道闪过金光的土团，仔细地加以观察，发现土中露出的指甲盖那么大的一部分，确实泛着黄色，用手指尖去摸，滑溜溜的。他试图用手和简单工具将周围的土层去掉，却发现那土块十分坚硬。小不忍乱大谋！想了想，他便将那土团抱到卫生间，搁到澡盆里，用花洒淋水，似乎已经淋透了，澡盆里已经是泥汤一片，那土团的核心部分仍然掰露不出来。他索性将澡盆放足了水，将那土团整个儿浸泡。

媳妇回到家中，进到卫生间不由得尖叫一声。他忙过去解释，末了说："这回说不定真捡了个大漏儿！"媳妇撇嘴："我也爱财。只是你总想走捷径，暴发，我觉着不靠谱。这大土疙瘩里难道包着个金元宝？我才不信。"他嘴里跟媳妇对付着，眼睛只盯着澡盆里，澡盆里的水已经泄掉，泄水口被淤泥堵住，景象十分不堪，他却惊喜不置，因为他发现那土团里终于露出了更多的名堂："呀！是个黄盒子吧？还露出字来了！"媳妇也跟着弯腰去看，两个人都看出来，是个"孚"字。他试着再去用手清理，还是不得劲，只好再用花洒淋。

　　他打电话给远房大爷："原来真不知道敢情您是懂文物收藏的。上回您来给我好一顿指点。那回要不是您梦里见着我仙去的老爸，打听到我的住处，还见不着呢。看在我把老爸一张老照片送给您的分儿上，您就再给我一些指点吧！"他就说淘到个东西，上头有个"孚"字，请教：古代有哪位王爷叫孚王？大爷想了想跟他说："清代有个孚王，是道光皇帝的第九个儿子，咸丰皇帝的弟弟。如果是孚王府的东西，那么，时代就比你那个原来当巴西木托盘的更近了，还不到二百年。但是倘若是个精品，当然也值得重视。"挂掉电话，他先有点失落，道光时期，近了点，不过细想想，这东西跟林则徐同辈，似也不可轻视。会是孚王府特制的宝物匣吗？里面又会有什么呢？忽然想起京剧《锁麟囊》里的唱词："有金珠和珍宝光华灿烂，红珊瑚碧翡翠样样俱全，还有那夜明珠粒粒成串，还有那赤金链、紫瑛簪、白玉环、双凤鍪、八宝钗钏，一个个宝孕光含……"又不禁喜形于色。媳妇开饭，是家常炸酱面，他自剥几瓣蒜，就着吃得好香，还侃侃而谈："路过的那地方，俗称王爷坟，说不定就是那孚王的陵寝，虽说那坟早没了，坟里东西被盗过，但盗墓贼也许就偏没见到这有孚王府记号的宝匣，又也许是几个盗墓的分赃争斗，这个把那个宰了，又有官兵过来，慌乱中掉下了这个……咳，倒是个盗墓小说的好题材，赶明儿我先敲几段贴到网上！"媳妇说："美的你！要真是孚王坟里的，许是他福晋的陪葬品。只是那属于国家所有，咱们怎么能占为己有？"他撇嘴："别人怎知道我哪儿来的？论起来我家祖上也算得名宦，传下这么个东西也不为奇。"见媳妇跟他白眼，又说："就是上交，也该得些奖金是不是？反正是捞着了。"媳妇说："你快把卫生间拾掇出来吧。我要好好洗个澡。"先去卫生间方便一下。几分钟后，媳妇捂着嘴笑着出来，跟他报告："快去看你拿家来的那'一道金光'！果真非凡！"他忙跑进卫生间，弯腰一看，泥土悉尽松脱，那东西彻底露出了庐山真面目——是一个近年不知谁家废弃的玻璃罐子，上头有四个明显的字是：北京腐乳！

抱草筐的孩子

　　这个题目，我三十年前在稿纸上用钢笔书写过，因为有别的事打岔，没成文。1981年，我曾到运河边农村一友人家小住，其间目睹了一群割山草的孩子们之间的小纠纷，那群孩子里，有个孩子割草割得最多，其余的孩子免不了边割边玩，独他只顾割草，往回返的时候，有几个孩子就不乐意了，因为进村的时候，少不了有大人看见他们一行，表扬那孩子勤奋事小，家长知道了责备自己事大，其中个头最高的那个孩子就命令那草筐装得最满的孩子："我们背回去，你抱回去！"其余的孩子全都哄然赞同，那孩子就果然抱起草筐，跟那些背着草筐的孩子一起回村。那段路相当远，抱草筐的孩子用力抱着那满筐的草，身子后倾，汗珠子掉地上碎八瓣，脸憋得通红，其余的孩子一会儿赶到他前头说风凉话，一会儿故意落后背着草筐乱吼乱唱。我那天正好在草坡上画完水彩写生，收拾好画夹等物品，随着观察了一路，进村时，那抱草筐的孩子引出村口大人们的称赞，他将草筐放到地下时，我见他一路上牙齿已经快把嘴唇咬破。其余的孩子则一哄而散，各自将不满或仅半筐的草背回家里。我当晚就跟留住的朋友说，我要写篇散文《抱草筐的孩子》，赞颂那孩子的韧性与耐力，而且预言，这孩子今后必定比其余那些孩子出息大，"嚼得菜根，百事可成"，也无妨说成"抱得草筐，百事可成"了。

　　这篇散文那时未能写成，今天却在电脑上用键盘敲击起来。我三十年来写的小说多是都市生活，这个素材一直没有利用进去。其实三十年的岁月风云，早把我这一记忆消磨得几乎星渣全无。要不是前几天坐出租车，"的哥"主动唤出我的名字，跟我攀谈，也不会终于写出这么个题目的文章。"的哥"当然是从电视讲座节目里跟我先"重逢"的。他提起当年我在运河边画水彩画的情景，那时他们几个割草的孩子还凑到我身边围观，挡住了光线，我让他们散开别来打扰。他说那时他就听学校里的老师提到我的名字，一直记住没有忘，以后在晚报上见到署这个名字的文章，就觉得是"熟人"，愿意"䁖兮䁖兮"（北京土话，看看之意）。他讲起那天一群孩子里只有一个是抱着草筐回村的。我就端详他，难道他就是那抱草筐的孩子？当年十来岁，如今四十郎当岁，不惑之年了啊！他看出我的眼神，笑了："我不是抱筐的，我是背筐的，是我挑头逼他抱回去的！"我不由得叹道："你就是那个个头最高的坏小子啊！"他嘿嘿地笑："正是洒家。"我不免问起那抱草筐的孩子，一定大有出息了吧？他叹口气说："您绝对想不到，我们那一群里，独他混得最糟，前两年陷入传销陷阱，让人勾引到外地差点回不来家，这阵子又赌博成瘾……您想象得到吗？您说，他原来品质比我们都好，怎么长大成人以后，倒混不出个样儿呢？我们这些'坏小子'，虽说没有当官的、发大财的，总还都有了份比较稳定的营生，过上了比他健康、安全的生活……您学问大，您给解释解释，可别拿'人都是会变的'那样的淡话来忽悠我啊！"他把我送到目的地，我也答不出来，只是发愣。他留下手机号码，希望我以后还坐他的车。

现在回想，就有三十年前不曾有过的思绪，当年那孩子面临那样的局面，他完全可以抗拒，就算其余孩子对他群殴，他奋力反抗，也无非弄个鼻青脸肿，且不说我可能会及时介入，回村后更会有明理的大人出来主持公道。再说他也可以坚持要求大家一起抱筐回家。他是太容易被人控制了。人在群体中难免要受控，但这控制的"游戏规则"应该是所有参与者共同来制定，而且应该"世法平等"，各人自觉遵守契约，不能强势者例外。这样想来，他成年后为传销的邪魔控制，又在经济困窘中被赌局控制希图一夜暴富，也就并不奇怪了。亏得当年我没有写出那立意为表扬他忍耐力的文章来。我祈盼他的生活尽快归于正轨。我也为三十年过去，我能有对那小小一幕人生场景有新的思考而欣慰。人性深奥，文学应是对人性孜孜不倦的探究。就人性深处的弱点而言，自己有时候是不是也成了一个"抱草筐的孩子"呢？

鸡怕鸽破脸

如今京郊农村嫁闺女，出阁头天还是要在自家宴请宾客。六叔家聘闺女，他去随份子。那第二天就要被婆家迎娶的堂妹，比他小两轮。因为天冷了，六叔家没在院子里搭棚子，亲友们全挤在几间北房里，围着大桌子吃喝。他进屋，先跟六叔六婶堂妹贺喜，一眼瞥见六奶奶，少不得趋前特别致意。那六奶奶是家族里最能争风拔尖的女性，有着许多的故事。六奶奶见他来了，高兴得合不拢嘴，抓过他的手，握住不放，罩着蛛网般皱纹的脸上，漾出真诚的笑容，高声让六叔六婶给他夹鱼夹肉，又让堂妹给他剥喜糖香蕉。听起来六奶奶的声音还跟敲空缸似的，洪亮刚劲不减当年。

但是，这位六奶奶，多年前，那时他还是个半大孩子，跟他娘可没少磕碰，有一次，在村口，不知怎么起的头，六奶奶扬声晃臂，斥责他娘，娘不示弱，伶俐还嘴，两个人越吵越厉害，最后连脏话也冒出来了，围一群人在那儿，有真是劝架的，有阴阳怪气，明为劝解实际是火上浇油的，直到六叔跟他爹闻声赶过来，两头说好话，才算将二人分别劝回家去。从那以后，他娘跟六奶奶虽说迎头遇上避不过时，也还能勉强含混招呼一下，基本上断绝来往，互相的恶感，直到他娘患病去世，始终未见消失。

那次村口六奶奶对他娘不善，给他很强的刺激。娘被爹劝回家后，他听爹说："六奶奶是老辈儿，她再横也得让她几分才是。鸡怕鸽破脸，人怕扯断皮……"

他只记住了"鸡怕鸽破脸"，忽然想起，六奶奶最疼她家的鸡，她家的母鸡跟公鸡是按八配一放养的，那两只公鸡一只雪花毛，一只红金尾，鸡冠耸得好高，那小二十只母鸡一半纯白一半芦花毛，听说那群母鸡天天能下蛋，临年关孵出的小鸡仔出壳都比别家的胖。第二天他上学心不在焉，放了学就往六奶奶家奔，临近了，跟电影上的侦察兵似的，躲榆树后四面张望，左近没有人影，他就从兜里掏出准备好的大玉米粒，故意先往六奶奶家篱墙外的白公鸡身前扔去，白公鸡发现了好生高兴，立刻啄进一粒，听见动静，那只红金尾过来了，他就故意把一个玉米粒抛到两只公鸡之间，两只公鸡就抢起来，几只母鸡也往这边凑，他发现，抢到玉米粒的红金尾自己并不吞掉那玉米粒，而是衔到一只母鸡身旁，吐在地上，却又不马上让母鸡啄到，自己啄起吐出，反复两三次，再让那母鸡啄进口，母鸡快乐地吞玉米粒，红金尾就趁机趴到母鸡身上扇翅膀，他等红金尾从母鸡身上下来，就又故意往两只公鸡之间丢玉米粒，这次雪花毛抢得快，眼看要衔进喉里，那红金尾便耸起全身彩毛，跳起来跟雪花毛争夺，两只公鸡就那么恶斗起来，眼看这只鹐破了那只鸡冠，那只鹐破了这只眼皮，还鹐散许多鸡毛，母鸡们吓得各自躲得远远……忽听院子里有人声，想是六奶奶家的人觉得窗外的鸡叫声不对头，就要出屋观望，他忙一溜烟跑回了。那晚吃饭，他问："鸡怕鹐破脸，是说它们脸上出了血就活不成么？"爹娘先都望着他，又互望一眼，娘就说："咱们家哪只鸡鹐破脸啦？刚才我拾蛋还好好的。"爹就说："这小子心思不用在功课上，瞎积攒些个杂碎。"他就在心里反驳："这杂碎不就是您说的吗？"

再一天放学，他又故意路过六奶奶家，发现六奶奶家篱内西边猪圈边起出的粪堆上，有两堆还在冒热气的鸡毛，一堆是白的，一堆是彩色的。他就想，鸡怕鹐破脸是真的啊，现在离过年还早得很呢，关于腊月的歌谣里有一句："二十七，杀公鸡。"村里各家都是邻近那时候才会先把公鸡先关在笼子里几天，叫"蹲鸡"，到二十七才割喉烫身褪毛，煮来当作年下一道佳肴。六奶奶家这么早就把公鸡杀了，既破财也不吉利啊！那天夜里，他想到自己为向着娘，报复六奶奶，竟把两只公鸡给害了，小小的心，阵阵发紧。

多年来，害死六奶奶家大公鸡的事，他一直没有对任何人讲起过，自己也终于淡忘。但是，在家族为送堂妹出嫁的聚会上，他意外地被六奶奶紧紧地握住手，六奶奶眼里的慈祥，是无论如何假装不出来的。蓦地忆起，爹说过的那话，后一句是"人怕扯断皮"，人与人啊，特别是普通人之间，又特别是有血缘关系的族人之间，哪来那么多深仇大恨？鹐破脸不好，扯断皮不好，忘却前嫌，真诚和解，人生此刻，在被什么样的吉光照亮？

鲶鱼借碗盘

村里不时有人家办红白喜事。现在一个电话，就能约来专营红白喜事的公司业务员，你提出要求，他报价，你砍价，成交后，到那天什么都是现成的，别说碗盘不须自备，就是桌椅板凳、炊具杂项，一切都由公司提供，事情完了撤退，连垃圾都给你清走。可是，多年以前，这个河湾边的村子，穷苦人家多，逢到红事白事，开席光是碗盘不够，就够让人头大。虽说是乡里乡情穷帮穷，几家人凑一凑，也能将就着有碗盘使用，到底难以体面。于是，据如今村里几位年过九十的老寿星说，就有那鲶鱼借碗盘的故事。

那河湾边，有棵大榆树。那时候，哪家要办事了，请秀才写张纸条，说明需要多少碗盘，拿到那榆树下，用鹅卵石压着。第二天天一亮，去那河边，纸条不见了，却有数目相当的碗盘摆放在那里。那些碗盘虽说是素白的，却是细瓷，看上去又体面又清爽。事主使用完了，在天黑以前，把那些碗盘全数放回去，到第二天一看，碗盘全回收了。借碗盘收碗盘的是谁啊？

据说借到碗盘的那家人，在开席以后，总会发现，来吃席的人里，有一个陌生的面孔，你招呼，跟你微笑，有问不答，只是默默地吃东西，于是主人就懂，来的，正是借给碗盘的主儿，便总是特意要往那人碗里，多搛些鱼肉，往往是，在主人招呼别的客人的空当，那位食客，就忽然消失了。据多家借到碗盘的人家聊起，那来的陌生人，每回并非同一个人，有时是白须老叟，有时是头上裹块毛巾的老太婆，有时却又是胖大汉子，或穿着朴素的妇人……

那么，究竟是哪位在存善心做善事呢？村里的公序良俗之一，是对善人绝对不能偷窥，对善事绝对不能讥讽，因此，没有人在放借条或还碗盘时，特意去那河湾蹲守，以探究竟，就是自家颇富裕，办红白喜事用不着借碗盘的人家，也从不把这桩事情拿来当作奚落借碗盘的穷户的谈资。河水静静流淌，日子被打磨成鹅卵石，就这样，很多很多年里，村里许多人家，都得益过那细瓷素白碗盘的出借，有的人家不小心将碗盘掉到地上，却从未有摔碎的例子，神瓷啊！但没有任何一家，故意藏留或调包那些碗盘的，好借好还，再借不难！

但是，有一天，悲剧发生了。那天天亮，有人发现，河边头晚还去的碗，没有被收走，这倒还罢了，令人惊骇的是，河边泥涂上，躺着一条死去的大鲶鱼，足有两丈来长！它怎么会死在河岸上？于是人们又发现，榆树下死了头野猪，那死猪长长的獠牙上，还残存着鲶鱼缠绕在上面的断须！把那野猪獠牙上的断须取下，去跟鲶鱼剩余的须子一对，正合榫！于是明白，是野猪侵犯了鲶鱼的家，鲶鱼便甩出两条长须，缠住野猪的獠牙，想把野猪拖下去，而野猪却用蛮力，奋力后仰，将那鲶鱼拖出水面，摔死在泥涂里！野猪也因用尽力气，仰翻毙命。长年借人碗盘的，正是这条大鲶鱼啊！头天借碗盘的那家人，见状大哭，说昨天席上来的那个瘦弱书生，该就是鲶鱼的化身，因为自家手头实在拮据，饭菜准备得不够，没让恩人吃饱，使得天亮前恩人想捕捉野猪果腹，力不从心，竟牺牲了！其他得到好处的人家也都跪下，围着那大鲶鱼哭。就是没借过碗盘，闻讯来围观的村里人，也都对景唏嘘。没有任何人心里嘴里想到说出，把那鱼肉分了吃掉，虽有几位建议把那野猪肉瓜分，众人均不响应，最后，人们齐心合力，在河边榆树下挖了两个大坑，分别掩埋了鲶鱼和野猪，那些碗盘，都搁在了鲶鱼的穴里。在鲶鱼的墓穴上，堆起一座小丘，每到春夏，小丘上芳草萋萋，而那棵榆树，越发粗壮茂盛，成为河湾边一景。

这鲶鱼借碗盘的故事，一度中止流传。后来可以从容话旧，有老人说起，没说完就遭某些"50后"撇嘴：迷信！但是近几年，村里的几茬年轻人，有的开始对这个传说感兴趣，我在村里听完寿星讲述，跟他们闲聊，一位"70后"跟我说："我爷爷跟我说起那大鲶鱼，口吻就跟说起村里一位祖辈一样，他不说那是鲶鱼大仙，他管鲶鱼叫鲶祖祖，而且，我们村那么多年，在可以盖庙的时候，也始终没有人盖什么鲶鱼大仙庙，也没见什么人，往那榆树上缠红布。我爸说，在最动乱的年月，我们村里也都没太多过头的现象。我的体会也是，村里人与人之间，到头来总有温情绾着。"一位"80后"跟我说："我们村这河湾里，鲶鱼又多又肥，可是我们打小家里就不吃鲶鱼，家家都不吃，开头我也不知道是为什么，后来知道原来有这么个由头，那天哥儿们聚餐，他们都说有家餐馆红焖鲶鱼特棒，拉我去吃，我就告诉他们我为什么不吃鲶鱼，哥儿们听了没嘲笑我的，有的还说，你们村的人有这么个感恩向善的习俗，真不错！"村里如今大学生也还不太多，但有个"90后"考上了动漫专业，他跟我说，正构思用村里这个古老的传说制作一部动漫作品，我听了非常高兴，真的，我期待着有这样一部根植于本土的动漫作品出现！

姊妹跷跷板

蔷和薇是两姨表姊妹。蔷比薇大两个月。她们小时候在一个宿舍大院里长大，那大院一角有个简单的儿童乐园，她们俩最爱玩跷跷板，不是风平浪静地玩，而是谁都不服谁的气，使劲地蹬地，使跷跷板对面的那方感受到强烈的挑战意味。1980年的时候她们都到了18岁的芳龄。薇考上了大学，蔷没有考上，薇去大学报到前，蔷和她最后一次在大院里玩跷跷板，有人嘲笑她们："多大了！还跟小姑娘一样！"她俩满不在乎，猛蹬猛起，笑成一团。从跷跷板上下来，蔷望着薇说："我明年不再考。我就不信只有大学才能孵出金凤凰！"

后来两家都搬走离得远了。但一直保持联系。头两年是利用各自楼下存车棚里的公用电话，管电话的拿个大喇叭筒在楼下喊，星期天薇从学校回到家，多半就有传呼电话叫唤她，她赶紧下楼去接，那一定是蔷打来的。后来她们都置备了BP机，这玩意儿早被淘汰了，那时候却很时髦，通知来电话不用扯嗓子嚷了，BP机会给你信息，你可以从机子上显示的号码得知谁在找你，然后到电话机前给其回电。再后来蔷先给家里装上了电话，薇他们家晚装了半年，于是两姊妹在休息日就煲上电话粥了。蔷居然从单位辞职，跟她男朋友一起倒腾服装，薇就在电话里表示担心，怕她惹出麻烦。蔷嫌薇越读越呆，告诉她填鸭用不着为候鸟愁食，只是要求薇"从实招来"——她和那个"白马王子"是否都能顺利拿到美国大学奖学金？如果"王子"拿到而"格格"拿不到，"王子"是否真能在站住脚后办"格格"去陪读？再后来，薇刚从美国领事馆办妥签证回到家，就接到蔷的电话，蔷为她高兴，同时告诉她："你也该为我高兴，我置上'大哥大'啦！"至今薇还记得蔷到机场送别她时，手里拿着那么茁壮的一个黑家伙，代她拨号，怂恿她跟所有想得起来电话号码的亲友、同学、老师——道别，薇就知道，蔷是在跟她玩跷跷板：你以为你出国万人羡慕？看看周围人们的眼神吧，不是都在羡慕我置备的这个"大哥大"吗？那时候全中国能置备手机的人士极其有限，那第一代手机傻大黑厚，所以被恭维为"大哥大"。

薇和她的先生在美国经过多年奋斗，餐馆刷盘子刷得换过一层皮的手，终于能跷起兰花指刷信用卡消费了，他们给亲友寄来在那边的照片，蔷就收到很多，独栋"号司"（房子），后院有游泳池啊！天空蓝得像宝石，草坪翠绿得让人陶醉。薇有一天终于给蔷发出了邀请信，蔷去美国领事馆，竟遭拒签！蔷主动给薇打去电话，骂骂咧咧，薇很委屈，但知道不过是又一次在跷跷板两头。

日换星移，蔷拿到商务签证到了美国，薇开车到她们那些商人下榻的旅店去接蔷，往薇家的路上，蔷说："美国嘛，早从书里、电视里、电影里、你寄来的那些照片里，领教过了，眼见为实，确实不错。可是让我想不通的是，我们预订的这家酒店，号称四星级，怎么大堂那么没气派？也不提供足疗服务。"薇先在高速公路上开，后来转到一般公路，再后来开到分支上，路上车稀，两旁森林寂静，蔷问："怎么还不到？难道你们每天上下班都要在车上消耗这么久？"薇只是说："快了，快了。"

蔷在薇家住了两天就腻烦透了。原来这带泳池的漂亮"号司"不但远离城市，连到最近的一处"莫"（综合购物中心）也要开车40分钟，周围分布着样式不尽相同的"号司"，都附带美丽的草坪花树，但邻居们是老死不相往来的。蔷发现薇家里摆满了中国的工艺品，薇和其先生告诉她，他们休息日的乐趣之一，就是开车带孩子们去城里唐人街，那街上的一家中国工艺品专卖店必去，每次都要买回几件以解乡愁。在薇家，蔷发现他们居然还在看老式的录像带，不禁好笑："在中国农民工也看DVD了呀！"

最近薇和先生带着小女儿回来探亲，环路上成片的高楼令他们目眩神迷。进了蔷离闹市不远的居所，薇立即有被跷跷板那头的蔷猛蹬一脚往上急颠的感觉，比想象的宽敞不去说了，那装修，那家具，那陈设，那超薄的大液晶电视，色色都仿佛在宣告这里不是在发展中而是已经发达。蔷用"爱凤"手机催先生快点回家，又让薇的小女儿用她的"爱派"看动漫。

两姊妹的先生在一起聊得起劲。恨腐败，反霸权，叹环境破坏，盼经济复苏，不乏共鸣，但薇的先生在美国已被公司裁员，这次回来是想到国内寻找机会，他坦承自己目前不崇拜乔布斯而心仪乔姆斯基，有去参加"占领华尔街"的冲动。蔷的先生是个京剧迷，引用程派名剧《春闺梦》里一句唱词表达自己的内心："市井微哗虑变生。"结果二人也等于上了跷跷板，争论以至抬杠。

蔷和薇却跑到住宅区的健身园地，不顾徐娘半老，真的又压上了跷跷板。半个世纪的风云变幻和自己的浮沉悲欢，倏地涌上心头，反倒失语。她们像童年时那样在跷跷板上起落，她们没有什么理论，只持守一种普通价值：不管世道如何变化，唯愿自己和家人无病无灾、多欢少忧。

他在小区外面的人行道上，看到一个推自行车的游商，显然来自郊区农村，那自行车后架两边的土布兜里，竖放着几个木质菜墩。那人边推车走边仰脖吆喝："菜墩子！柳木菜墩！有买的请啊！"小区临街楼上的业主，有的最烦游商吆喝，他也住临街的单元，却恰恰喜欢这类吆喝声。有个常来的磨刀师傅，吆喝时甩着铁片串成的"唤头"，每次听到，他都有些陶醉。最近还总有一个骑电摩托的人，边慢驶边播放录好的吆喝："收长头发！有长头发的我买！"他虽已是提前退休的谢顶准老头，听了却觉得十分有趣，意识到如今社会生活的多元与杂驳。

他买了一个柳木菜墩，抱着，没有马上拐进楼盘，而是慢悠悠地顺那人行道彳亍。往事在心头萦回。四十几年前，他是个中学生，工宣队带领师生下乡参加麦收，进了村，为体现"阶级斗争是一门主课"，行李还背在身上，便立即在场院召开了批斗大会，押上来被批斗的，有村里唯一一户富农，不仅那富农本身被一顿狠斗，他的媳妇和儿子也拉出来陪斗，那儿子跟他们那些学生差不多大，低头站在那里任批斗者羞辱，他看在眼里，毫不同情，只为自己出身为城市贫民家庭而自豪。他和几个同学被安置在一户贫农家里住。天黑了，他去上厕所，那简陋的厕所矮墙外不远，有个水坑，似乎是常年雨后积水形成的，他系裤子时，看见有个人影，接近了那水坑，还抱着个黑乎乎的大东西，揉眼细看，竟是那富农的儿子，所抱的，似乎是根树干，啊，他立即把意识里阶级斗争那根弦绷得紧紧的，只见那人到了水坑边，就将那根树干推到了水坑里，这还了得！木头扔水里，那还不泡糟了？这不是破坏生产队的东西吗？他便大喝一声："狗崽子！你搞破坏！"那人闻声立刻跑得没了影儿。他跑出院子，到水坑边，不顾弄得满身是脏水，奋力将那树干抢救到坑外，然后飞跑到工宣队长住的地方，喘着气汇报了这个敌情，工宣队长立刻带他去见生产队长，两位队长都表扬了他那念念不忘阶级斗争的精神，但是，再仔细听取了他的描述，又一起到那水坑边观看，生产队长却这样说："这柳树是他家院里的，长年树上生黏虫，他家要伐这树，是到队里申请过，我们开会议过，批准了的。我们这里，村里村外都有水坑，把伐下的树干泡到水坑里，一泡半年多，是正常的。树干为什么要在水里泡？为的是去性。性，就是木头里的那么一种看不见的德行。去了性的木头，再阴干了，就能永远不生虫，拿来打造东西，就不容易变形。"他听了，目瞪口呆。工宣队长明白了那富农儿子并不是搞破坏，就弯腰把那根树干又推到了水里。但是，第二天，开工割麦前，还是在地头召开了批斗会，又把那富农一家揪出来狠斗一顿，他的发言，批的是："富农家的柳树生黏虫危害全村树木安全，阶级敌人的破坏不可不防！'狗崽子'去泡木头鬼鬼祟祟，一定有阴暗心理，必须好好改造，争取成为一个'可以教育好的子女'！"……往事虽如烟，却难以散去，呛得他良知发颤。那个被冤屈的同代人，后来又经历了些什么？也许，那时候受到的打击羞辱太多，涉及自己的这桩事情，他早已淡忘？而且，很可能的是，这个人在改革开放以后，抓住机遇，立了一番事业，到现在，境遇比自己强多了。

他抱着那个柳木菜墩，不知不觉走了很远。他买那菜墩时，卖的汉子刚跟他说"这可是去了性的木头"，他就接过话茬，跟人家对谈起来，对方很惊异他的内行。是的，他知道充分去了性的柳木，截成菜墩，任你如何在上面使用利刃菜刀，绝不掉木渣，使操刀人有种无法形容的快感，比时下那些用下脚料拼成的木头切菜板强百倍，塑料、不锈钢等新式切菜板更无法可比。

他终于转回身往家走。他把自己少年时代的思想和行为做了一番梳理。那些荒谬错失，不能推诿于外在因素的，自己都应该反省。他有一种回到家中，跟儿子儿媳痛说当年的冲动。他吃力地回到跟儿子儿媳孙女合住的那个单元。儿媳开的门，见了他怀抱的东西先是大惊，然后大笑……

儿子儿媳接纳了那个柳木菜墩。但是直到今天他也还是没跟他们讲述那天晚上的故事。儿子儿媳去上班，孙女去上学，他会到厨房去望几眼那个柳木菜墩，然后坐到沙发上闭眼沉思。他觉得自己在那段历史进程中实在太渺小，不要对比于其他人，就是对比于自己的一些同学，所实施的荒谬与对他人的伤害，实在都算不得严重，既然当年有比自己更荒谬更严重的思维行为的人士，鲜有站出来说"我曾经想错做错"，甚至还有抱持"根本没有错"立场的，他又何必把心中的愧疚道出口？也许，在生活的前方，会有一扇共同救赎的大门开启？……

　　淑娟正看手机新闻，上头说菜蔬涨价，先是有"蒜你狠"，之后有"豆你玩"，如今又来了"向钱葱"……忽听门铃响，开门一看，竟是久违了的索索，索索一身名牌自不消说，人一现，一股特殊的香水气息就辐射出来……

　　淑娟老公一回家，立刻发现沙发上有个扎眼的异物，淑娟不等他问，就拎起来显摆："LV啊！正品啊！"老公吃惊："哪儿来的？"淑娟就告诉她，是索索送的。索索原是淑娟的闺密，自从跟了个比她大二十岁的男人后，来往就很少了，但是索索又有了最新款的LV包，这个去年秋天买的就多余了，开着宝马车路过他们楼下，顺便就上来赠给了淑娟。淑娟告诉老公，人家索索说起巴黎发音是"趴瑞斯"，说起那里的老福爷百货店发音是"拉法耶特"，这包就是在那家店里买的，包里还保存着那天的购物小票，三千欧元啊，合三万人民币哩！淑娟把索索的一番指点学舌给老公：这材料用的是"字母组合帆布"，这缝制是完全手工，这青金铜色的金属扣件是难以仿制的，瞧，包里还附有专门去污橡皮擦和金属扣清洁剂……老公搔着后脑勺道："你接受丽芬这么贵重的礼物，也太……"淑娟道："跟你说人家现在不用王丽芬那个名字了，人家现在就叫索索，她老公喜欢法国女明星苏菲·玛索嘛！"老公撇撇嘴道："那老头是她老公吗？"淑娟道："你管索索行二行三哩，反正她对我还是那么好，这包对她来说不是什么贵重物品，倒是个累赘，她说我要不收，她就扔咱们楼外垃圾桶里，她可不是说着玩的！"老公就说："那你怎么不留人家吃饭？"淑娟道："人家自然是又有饭局。"老公说出几家高级餐馆的名字，道："是呀，她一定去那种地方了。"淑娟笑："我也是那么猜的，索索笑我老土，他们那样的人士哪有去开放式餐馆的？人家都是去会所，没有VIP卡是不让进的啊！"

　　淑娟两口子都是靠一门技术挣工资的科技人员，买了所两居室的二手房，装修得似模似样，又都爱整洁，屋子里总那么清爽，除了不敢贸然生孩子，他们的生活堪称完满小康。按说添了个高级包，他们的日子会更加光亮，但是，当晚就出现了问题：那LV包搁哪儿保存呢？就搁沙发上？怎么看怎么是炫富的架势，犯不上。就挂平时挂包的地方？这包又不适合那么挂。这才懂得，有这种包的人家，应该有一个专门的换衣间，换衣间里除了宽大的衣柜，还有鞋柜、帽柜、包柜……淑娟最后决定把包搁到他们俩的书房，老公跟进去说："正如天竺机场T3航站楼是世界最大单体建筑一样，现在这个LV包是咱们家最贵重的一个单件东西，原来以为咱们的笔记本电脑最值钱，老怕丢，现在重点保护的应该是这个'趴瑞斯拉法耶特'买来的'字母组合帆布包'！"

　　第二天要不要拎那个包去上班？淑娟略有犹豫，最后觉得"包既来之，何不用之"，就拎着去了，范姐看到笑笑："现在仿真技术越来越高了。"小翠却抚摸细观后尖叫一声："真的吔！"先满脸羡慕，见淑娟从里面拿出一小包擦手纸，却又很快讥讽起来："这种包哪是让你搁这种东西的哟！"再上下扫扫淑娟："全不配套！这包要配香奈儿丝巾……"又满嘴滚珠地道出一大串与之匹配的名牌，涉及全身服装鞋袜及装饰品，还有化妆品、太阳镜、签字笔……淑娟不理她，范姐朝小翠摇头："偏你都知道，你倒都弄来把自己彻底包装一番好不好？"小翠就笑："我置备不起，就不兴知道么？其实现在有的小说里每段总得写到几个名牌，不用读万卷书，瞄一卷书就齐了！"副主任走了过来，大家赶忙盯着电脑忙碌。

　　熬到下班，老公开车来接淑娟，两人吃了快餐就去看电影，买好票刚要往里走，被保安从背后追上，招呼他们让挪车。老公说："我的车停在正经车位上，挪什么？"保安非说是挡了道，别人的车开不出去。边争议边往外走，到了停车场，原来是辆玛莎拉蒂乱停在那里，淑娟指责保安："你怎么诬赖我们啊？"保安指指她拎的包："你拎这包，当然开这样的车啦！"后来终于闹明白他们开来的车不过是辆旧富康，保安只好再去找挡路的车主，临离开又用怀疑的眼光盯了盯淑娟的包……

　　看完电影回到小区，只见停着警车，问保安，说是有业主报案，有贼入室盗窃，保安盯着淑娟拎的包劝告："现在贼都知道各家不放很多现金，所以专偷值钱又好拿的东西，要是让贼先盯上那就麻烦了……"回到家，不待老公开口，淑娟就拨索索手机，很快通了，索索非常快乐地道："我跟他都在巴哈马，住到下月再经巴西、南非回去，你有什么事啊？"老公问："能退给她吗？"淑娟道："蒜你狠、豆你玩、向钱葱……那烦恼都比不上眼下的包你烦啊！"

　　他们是大二男生，一天在宿舍里，引发出了一个关于小炕笤帚的故事。几个舍友里，只有两位备有扫床工具，一位富家公子有个非常漂亮的长柄毛刷，一位来自穷乡的小子有个高粱穗扎的小炕笤帚，其余几位收拾床铺时会跟他们借用，一来二去的，都觉得还是那小炕笤帚好使，最近就连那富家公子，也借那小炕笤帚来用。

　　那天熄灯后，都睡不着，各有各的失眠缘由，绰号"蜡笔大新"的叹口气提议："夸克，随便讲点你们乡里的事情吧。"其余几位也都附议，绰号"唐家四少"的富家公子更建议："从你那把炕笤帚说起，也无妨。"

　　因为物理考试总得高分，绰号"夸克"的就讲了起来：那年我才上小学。村里来了个骑"铁驴"的，"铁驴"就是一种用大钢条焊成的加重自行车，后座两边能放两只大筐，驮个二三百斤不成问题。那骑"铁驴"的吆喝："绑笤帚啊！"我娘就让我赶紧去请，是个老头，他把"铁驴"放定在我家门外的大榆树下，我娘抱出一大捆高粱来，让他给绑成大扫帚、炕笤帚和炊帚。他就取出自带的马扎，坐树下，先拿刀把高粱截了，理出穗子，然后就用细铁丝，编扎起来了……"大新"叹口气说："不好听，来个惊人的桥段！"上铺的一位问："会闹鬼吗？我喜欢《黑衣人》的那份惊悚！""夸克"继续讲下去：你们得知道，高粱有好多种，其中一种就叫帚高粱，它的穗子基本上不结高粱米，专适合扎笤帚炊帚什么的，我娘每隔几年就要在我家院里种一片帚高粱，为的是把以后几年的扫帚、炕笤帚、炊帚什么的扎出来用，扎多了，可以送亲友，也可以拿到集上去卖。那是个星期天，午饭后，我在屋里趴桌上写作业，我娘忽然想起说：你去问问那大爷，他吃晌午没有？他大概是转悠了好几个村，给好多家绑了东西，还没来得及吃饭呢。我就出去问，那老头说："不碍的。我绑完了回家去吃。"我进屋跟我娘一说，我娘就从热锅里盛出一碗二米饭，就是白米跟小米混着蒸出的饭，又舀了一大勺白菜炖豆腐盖在上头，还放两条泡辣椒，让我端出去……"四少"说："情节平淡，你这分明是个'尿点'，我得去趟卫生间。""夸克"就提高声量说：呀！出现情况了！我娘忽然叨唠："七十不留宿，八十不留饭啊……"就往门外去，我跟着，只见那老头已经从马扎上翻下地，身子倚在榆树上，翻白眼……他是被饭菜给噎着了，喉骨哆嗦着，嘴角溢出饭粒和白沫，但剩的半碗饭并没有打翻，显然是刚发生危机时，他就快速把那碗饭菜放稳在地上了……我娘赶紧把他的手臂往上举，指挥我用手掌给那老头轻轻拍背抚胸，没多会儿，那老头喉咙里的东西顺下去了，松快了，娘让我去取来一碗温水，让那老头小口小口喝，老头没事儿了……讲到这儿"四少"去卫生间了，回来时候只听"大新"在感叹："哇噻，两毛！两毛能算是钱吗？"原来，那老头绑扎东西，大扫帚每个收五毛钱、炕笤帚、炊帚只要两毛钱。绑扎出一堆东西，"夸克"他娘才付他四块钱。那老头说："你们真仁义，给我饭吃，还救了我。这些剩下的苗苗不成材，可要细心点，多用些铁丝，也能扎成小炕笤帚，今天我没力气了，让我带走吧，过几天扎好了，我给你们送过来，不用再给钱。""夸克"娘说："连那些高粱秆，全拿走吧。扎的小炕笤帚，你自用、送人，都好。甭再送来了。"

从上铺传来评议："不是大片。小制作。表现些民间微良小善。比《纳德和西敏：一次离别》浅多了。""夸克"说：没完呢。过了几天，本是个响晴天，不曾想过了午，也不知道怎么的忽然下了场瓢泼大雨，放学回家路上，听人说下大雨的时候有个骑"铁驴"的老头栽沟里了，路过那沟，"铁驴"挪走了，只留下痕迹，还有一把小炕笤帚，落在沟边，脏了。我心里一动，捡起那小炕笤帚，回家拿给娘看，娘说，一定是那大爷要给咱们家送的。那年月乡里有绑扎笤帚手艺的人，大都跟我爸一样，进城打工了，剩下的，有的扎出来的东西没用几时就散了，可这老头扎的又结实又好用，除了铁丝，还都要再箍上一圈红绒线。我们听说摔断腿的老头被卫生院收治了，娘儿俩就去看他……"大新"评议："诚信，很健康的主题。""夸克"继续讲：到了医院，见到他，我们就慰问，道谢，可是，那老头当着医生说，他不认识我们，他那"铁驴"里的小炕笤帚，不是带给我们家的。我跟娘好尴尬。我们只好退出，在门口，恰好跟那老头赶过来的家属擦肩而过……最后，我要说明：这小炕笤帚当时就洗净晒透了，一直搁在躺柜里，没舍得用，来大学报到前，娘才取出来让我裹在铺盖卷里，带到这儿来以前，我进行过消毒，请放心使用。

宿舍里安静下来。

他头一次把女朋友带回家，那姑娘很乖巧，到厨房去帮助未来的婆婆烧菜，他和父亲坐在厅里看电视转播球赛，忽听厨房里传出"哎哟"一声，女朋友竟不慎烫伤了手指，他母亲心疼得握住那手指头不住地吹气，又大声呼叫他父亲："快拿獾油来！"他父亲便赶忙去往书房，书房的一排书柜，靠门的那架最高一格只摆了半边书，剩下的那个空间放着一只藤编匣子，那是他家的药箱。

父亲身材高瘦，伸臂熟练地取下了药匣，他接过，麻利地取出獾油，送过去，母亲赶紧给未来的儿媳妇手指抹獾油，他女朋友咯咯笑着说："难得的体验啊，都说獾油治烫伤特灵，总不信，现在这么一抹，果然药到痛除，是什么原理啊？"母亲埋怨父亲："药匣子总搁那么高，多少年了，就不能改改你这个陋俗！我早说过獾油应该就放在厨房，谁会弄错了？我能拿獾油煎锅贴给你们吃吗？"

女朋友跟他独处时，问他，爸爸那"陋俗"是怎么形成的？他坦白，是因为他小的时候，不知道怎么搞的，嘴馋得惊人，见着跟糖果、豆子差不多的东西，就抓起来往嘴里送，有次竟把母亲刚买回来的红色圆衣扣也搁嘴里了，父亲看见赶紧设法给掏了出来，从此以后，除了跟他讲道理——不是什么东西都能搁嘴里吃的，就特别注意，不让会误解为糖果的东西再搁在他够得着的地方，尤其是药品，他从四岁起，就记得他家的药箱搁在书柜高处，他就是搭着椅子，伸长胳膊，也够不着的。女朋友听了笑麻："你小时候怎么那么弱智啊！怪不得，是你的'陋习'，才引出了你家的'陋俗'。"他点头："你用了个定语，我很高兴。也许，正是因为小时候弱智，所以现在我才有那么多的创意！"

有情人终成眷属，女朋友跟公婆熟了，他也跟岳父母熟了。比较起来，他的父亲，算得一个闷人。他坦言，上中学的时候，最怕的作文题目就是《我的父亲》。但是到上了大学，他才渐渐懂得，父亲对他的爱，尽在不言中。总怕他错拿药品当零食，因而把家里药箱一直放到高处，甚至他已经长大成人，也还惯性地那样摆放，母亲和他身体也都不错，很少用药，因此虽然取药时偶有烦言，却也始终没有将家用药匣改换地方摆放，那高放的药匣，已经成为他家伦常之爱的一个特征，住房几次重新装修，书柜也更新几次，靠门的书柜最高一格，总还摆着那只藤匣。

中学的语文教师，也曾在他作文为难时，启发他："你父亲虽然寡言，总还会有几句暖你心的话语，你要仔细回想，想起来，写出来，你的作文一定不错。"他也曾努力地回想，实在想不出，只好硬编胡诌几句，老师一看就假，给他的评分怎么高得了？但是，现在他很后悔，想不出话语来，难道就想不出那默默的动作吗？他记得，父亲把那藤匣取下来，戴上老花眼镜，耐心地整理里面的药品，凡已经过期或接近过期的，一定淘汰；那些说明书，买来时看过，却还要一一温习；还会在一只干净盘子里，将有的药片用小刀——那小刀先用医用酒精消过毒——剖分为1/2或1/4，再装进同一药品的空瓶里，并在瓶体上贴上一块橡皮膏，又在橡皮膏上写上他的小名，原来是根据说明书上的提示，他作为儿童，药量要减半或再减半，这种做法到他13岁以后才中止。

他儿童时代，起初是见了觉得是糖果的东西就盲目地往嘴里放，后来这毛病改掉了，却又有了另一种毛病，就是无论父母还是亲戚朋友送来的礼物，凡能拆卸的，他玩了几次以后，一定会偷偷拿到储藏室里，用改锥等工具拆开，以满足那"它怎么会动呢"的好奇心，常常是拆开了也还是不明白，而且再也装不回去，但也有时候居然弄明白是发条或小电磁子在"作怪"，而且顺利地复原，那就玩得特别开心。长大以后，母亲告诉他，每当他拿着玩具藏起来拆卸时，父亲都跟母亲说："别惊动他，只当我们不知道。"但是储藏室里那个工具匣里，原来还有锯条、尖锥，父亲怕他使用不当伤了手，都早就取出藏到了别处。

父爱无声。如今他和妻子回家看望，父亲明显衰老了。父亲血压不稳定，需要经常服用相关药品，母亲为了他取用方便，就把藤匣里的两种药瓶，搁在长沙发前的茶几上。那天父亲倚在沙发上养神，见他和妻子来了，慈蔼地点头，嘱咐老伴："还把这药瓶放藤匣里，需要的时候再取出来。"母亲问："为什么？"他下巴朝儿媳妇隆起的肚子那里点点，于是母亲和小两口都懂得，第三代很快来临，要当爷爷的他，仍牢记着许多药品说明书上那句免不了的话："请将本品放在儿童不能接触的地方。"

宛大妈是公园凉亭戏迷聚唱的核心人物。她曾唱一段《贵妃醉酒》的四平调，众人听完不禁面面相觑，怎么跟梅兰芳的唱法大相径庭？她告诉大家，那是荀慧生还用白牡丹艺名时候的唱法，后来这出戏被公认为是梅老板的代表作，荀老板就没再演过这一出了，据她说，荀慧生的唱法，是从更老一辈的旦角名家路三宝的行腔里演化来的。于是有人问她："您是北京京剧团的吧？"她说："我曾是北京市京剧团的龙套，角儿唱杨贵妃，我是八宫女之一。"完了又解释一句，听起来是"多一事不如少一事"，大家糊涂，这什么意思啊？她笑着细掰："四五十年前，北京有两个市一级的京剧团，一个叫北京京剧团，后来成为排演《沙家浜》《杜鹃山》的'样板团'，另一个，叫北京市京剧团，那政治地位、福利待遇，跟'样板团'可就差老鼻子啦，我呢，是在带'市'字的那个团，所以，当时北京戏剧界就流行这么一句话，叫作'多一市不如少一市'。当然啦，改革开放以后，又合并在一起，叫北京京剧院了。"那以后，有的人背地后就用"多一事"称呼她。

社区居委会有的人，觉得她这个老太婆脾气有些古怪。那年两位居委会女士，抱着捐款箱，按响她那单元的门铃，说是知道社区里有些老人腿脚不便，想给灾区捐钱，却心有余力不足，所以上门来满足其心愿，宛大妈听了却摇头说："我不做隔山打牛的善事。我行善，要面对面，知道我捐的，究竟落在了谁头上。"两位女士已经收到若干捐款，而且许诺将在社区公告栏公布捐款明细表，并会全部转交有关机构，宛大妈的表现，令她们气闷。

有一次宛大妈去医院看病，候诊的时候，见旁边一个外地汉子，给一把旧椅子装上轱辘，推他媳妇来看病，问起来，他媳妇是生了骨瘤，动过手术，今天复查。给媳妇治这个病，快到倾家荡产的地步。他哥哥也在北京来打工，母亲轮流在他们两家住，这个月又轮到住他家，所谓家，就是在几里外，用每月400元租的原来工厂的排房，小小一间，放架底下双人上头单人的高低铺，剩下空间也就放套煤气灶架和一张用来吃饭和孩子做功课的桌子，不过有彩电，屋顶上有"锅"，能看电视。他哥哥的意思，是弟媳妇得了这么个病，母亲就别挪弟弟那儿了，嫂子却不干，认为该轮还要轮，他妈跟那嫂子一向不睦，倒很愿多在他那儿住。他那媳妇衰弱得说话也缺气，一旁管自摇头，好不容易憋出句："就你话多。"他苦笑，闭嘴前忍不住又来一句："明天赶紧去工地复工，问工头再支点，要不买米的钱也没了。"宛大妈看完病领完药，在医院外面又遇见他们，就过去跟那汉子说："让你媳妇等在超市门口，你跟我进去，我帮你把该买的买了。"见那汉子犹豫，就说："我是真心要帮。你接受了是给我快乐。"汉子就把媳妇坐的轮椅安置在妥善位置，跟宛大妈进了超市，两人各推一辆购物车，宛大妈往汉子的车里装了一袋米、一袋面、一桶玉米油、一大盒鸡蛋、一桶酱油、一桶醋、一包紫菜、一袋虾皮……汉子直说："谢谢谢谢，够了够了。"她最后还往里添了两罐辣酱。出了超市，她跟汉子说："我每月五号上午10点必来这个超市。你以后有困难可以按时候到这儿来找我。我不会给你钱。我不会给你买别的。就是给你买这些个最必需的日常嚼用。"汉子和他媳妇连声道谢，问她："大妈贵姓？"她笑："莫问我的名和姓，就记住仁字儿吧：多一事。"

"多一事"的趣事很多。那天她来公园，推了个自备的帆布小购物车，里头是两提卫生纸。先没去凉亭唱戏，推到公厕外的松树下守着，不一会儿，一位大嫂出来了，她迎上去问："又把厕纸整卷儿全搂走啦？"那大嫂就知道被盯上了，脸上有些个搁不住，嘴里硬撑着："你多一事不如少一事，对不对？"又有一位胖老头从里头出来，他跟那位妇女一样，也是几乎每天都要来这公厕收集厕纸的，管理人员刚续上，他们就很快整卷搂走，其他游客往往无纸可用，意见很大。宛大妈见二位占便宜的全在眼前，就说："道理你们也懂，不说了。今天我带了一提10卷的名牌厕纸来，赠您们每人一提。只希望你们从此以后能保障其他游客的权益。"那大嫂不知所措，那胖老头却理直气壮："你多什么事！我们这算什么问题？你有能耐你逮那些贪官去！"宛大妈说："大贪要反，小贪也要戒。端正社会风气，大事小事全要做。当年我演不了贵妃，就演好那宫女。如今我还是唱不了主角，干不成大事，可是我还能做点小的好事。我真是想送你们厕纸，好让你们生出点子悔意，赶明儿别再这么贪小啦！"那大嫂和那胖老头灰溜溜地绕开她走了。后来管理员说，白搂厕纸的现象少多了。

凉亭里又响起宛大妈的唱腔，这回唱的是《穆桂英挂帅》："猛听得金鼓响画角声震，唤起我破天门壮志凌云……我不挂帅谁挂帅？我不领兵谁领兵？"

在小区中心花园溜达，他跟几个脸熟的业主聊天，说起保安，都叹气说真是一茬不如一茬，一蟹不如一蟹。记得刚入住那年的头批保安，多数都形体面貌顺眼，有次某号楼电梯突然故障停运，保安们就帮住高层的往上提购来的物品，有的还背着老太太爬上十多层，令业主们感动不已。可是到如今，保安似乎只剩下一种功能，就是看守小区内车位。楼盘初开时，开发商和入住者都颇自豪，这小区的地下停车场和地面车位，是按五户三车的比例配置的，没想到现在已经逼近一户一车，故尔任何未包车位没有车证的车子进入，保安都要登记车牌、发放卡片、叮嘱绝不可占有车位、需尽快离去，这样的车子放入后，进口处的保安立即用对讲机告知车子将去的那栋楼的保安，那里的保安就会迎上去警告不能长久停在楼门前，而出口处的保安，就会被通知到又有外来车辆车号是什么，提醒他们注意离去时收回卡片……小区里的车位纠纷层出不穷，保安为此疲于奔命。

他平时鳏居小区某栋一层某单元，节假日女儿女婿会带着外孙子来探望，晚辈来时自驾一辆小车，就停在他那单元卧室窗外，那里没划车位，勉强可挤停在丁香树下，按说也不至于妨碍内部车道的畅通，多次如此也没生发出问题，谁知一个周六老少三辈正在享受天伦之乐，门铃大响，开门看是保安，说是他们那车不能停在那里，他女婿不高兴了，女儿也趋前抗议，他气不打一处来，责问："我交的物业费，就是为了养你们这样的白眼狼吗？"当然后来弄明白，是有辆运家具的厢式大货车，要通过他窗外的那条通道，而女儿女婿的那辆小车的屁股，确实碍了事。事情化解后，他还耿耿于怀，因此在中心花园听一位徐娘说："如今呀，千万别把保姆当闺密、把保安当保镖！千万别让送快递的进门槛，别接陌生号码打来的电话！"深以为然，颔首不止。

他本来从未正眼看过那些保安。那天他从超市购物回来，忽见进口处的保安竟然在那里照镜子！原来，小区进口处安装的是一种很堂皇的伸缩栅栏门，那栅栏门起始部分仿佛一个不锈钢的柱形柜子，两边的最上面，不知道为什么都镶着一面正方形的镜子。伸缩栅栏门早缩在一边停用了，继之是用一个遥控的起落臂，最近那起落臂坏了，就用一个用绳子拉动的带轱辘的铁皮箱，裹上黑黄条纹的外皮，替代那起落臂的拦车、放行功能。当时正好无车过来，那保安就站到那栅栏上的小镜子前，自我欣赏起来，甚至脱下大盖帽，用手来回胡噜头发，似乎在追求某种造型效果。待那保安照完镜子转身，一瞥中，认出正是那天来按门铃让挪车的"白眼狼"，不免分外鄙夷。

那晚在中心花园又跟一些业主聊天。他就把保安照镜子的情形拿来揶揄一番。个头不足一米六五，小眼睛尖猴腮，居然也臭美！一位老哥就说，楼盘刚入住那年，到这里当保安还是个不错的职业，是签约的，所以来应聘的不乏部队复员的帅哥。如今都是由保安公司提供保安，全是试用，基本上不给转正，工资低于餐馆的洗碗工，还总是拖欠工资，所以只能招来一米六五以下的，要么半老头儿，要么才十七八岁，全是穷乡僻壤来的……一位徐娘就感叹：这些小伙子也够苦的，两个人轮班，一班十二个小时，每天伙食费才八块钱！真该给他们合同保障啊！那位老哥就说，雇人的不讲信用，被雇的就懂守信吗？这不，拖来拖去，总算节前发了工资，钱一到手，当天就有七个不辞而别，也不管这里的人手接不接得上，按说过节更应该加强保安，如今啊，咱们"老头拉胡琴——吱咕吱（自顾自）"吧！他就说，那照镜子的保安，三十啷当岁了吧，倒没跑，想来是凭他那条件，跑别处也未准被录用。那徐娘就说，昨天见他下了班不抓紧休息，往东边网吧跑，如今这样的青年人，全爱到虚拟世界里头去逍遥。那老哥则揭露，据他们那楼看门的保安说，那小子是想到网上找个姑娘，假装他的对象，带回老家去让父母开心，为了这么个目的，那小子愿意把攒下的三千块钱全给那假对象呢！他就想，照什么镜子啊，外貌跟心灵都够猥琐的！

那夜，他被一种声音从睡梦中惊醒。耸耳细听，是窗外有人用哭音说话。他下床披上衣服，走拢窗户朝外望，丁香树枝叶筛下的路灯光里，依稀辨认出是那照镜子的保安在打手机。那小伙子错误地以为他那窗外的死角是个可以避开别人偷听的地方。只听那小伙子断续地哭着对接听者说："我不孝！……我全是撒谎……我传不了后！……我不孝！……我没法子孝！……"他的原本冷硬的心仿佛被无形的手掌一捏，迅即柔软下来，他退回床边坐下，深深地自责：凭什么自己对另一个生命照镜子那么鄙夷？……

汽车美容店有个玻璃大棚，是电脑洗车房，管启动和停止阀门的小伙子眼皮下经过太多的红男绿女，一般都只是用手势指挥车辆的进退，很少跟他们过话。但是那天开车来洗的分明是个老太婆，车子外壳洗净后，开出玻璃棚，再打开车门后盖，对内部进行手工净化，几个洗车工，也是小伙子，有的看上去很稚嫩，拿着大抹布，拥上来操作，那个管阀门的小伙子，因为没有新的顾客来，也就拿块抹布参与其中。擦车的小伙子们不禁多看车主几眼，那老太婆满头银发，腰板笔挺，满脸笑容，主动跟小伙子们过话，问他们的工资待遇，听报出的基本工资不低，又提供集体宿舍，管两顿饭，不禁额首："可以呀！"又问他们都来自哪里？有的是南方很远的省份，有的来自中原，她特别问那个管阀门的："你呢？"那小伙子只说："比他们都近。"有个小伙子问车主："您是我奶奶辈的啦，自己开车不害怕呀？"老太婆乐呵呵："这是退休后一大乐子，常拉一二知己去自驾游，我可稳当啦，坐我车的没有害怕的。"

老太婆自然是买了贵宾卡，这样每次洗车必来此处，一回生，二回熟，她的银发很扎眼，洗车的小伙子们对她也就格外关注，往往她的车还在几十米外，眼尖的就宣布："'老不怕'来啦！"老太婆则对管阀门的小伙子印象最深，他平头大耳小眼睛，身体壮实，看去比那些伙伴们年龄要大，总是很快活的样子，老太婆跟他过话也就比较多。老太婆对小伙子们报出的故乡，总联想起相关的名胜古迹，比如听说是贵州来的就问黄果树大瀑布，听说是河南来的就问洛阳龙门石窟，管阀门的小伙子就告诉她："别细问啦！老家要是那种地方，还跑出几千里打工？"他很不痛快地跟老太婆报出自己家乡的名称，老太婆说："他们的家乡再美，那么远的自驾游我去不了，你说你老家离这儿也就二三百公里，我倒可以约上两三个朋友去看看，你们那里有什么美景啊？"那小伙子就说："美景不敢说，奇妙的东西倒真有，跟您说吧，我们家乡有两绝：八里长桥一道拱，东井掉桶西井捞！"老太婆双手一拍："倒真值得去开开眼啊！"

入冬了，老太婆来洗车，见小伙子们手都跟胡萝卜似的，很心疼。开阀门的小伙子问她："又自驾去哪儿啦？"她说："去了深圳，来回坐的飞机。"小伙子就告诉她："我打的头一道工就在深圳。您是周游列国，我是周游列省。"老太婆说："现在这份工就是冬天惨点，不过对你来说这份收入待遇也很不错啦。你也该稳定下来了吧？"小伙子笑："我为什么要满足这个现状？"老太婆说："你不安分！你上回拿什么瞎话糊弄我来着？哪里来的八里长桥？还只有一道拱？我从网上查了，赵州桥跨度才37米，昆明湖南边那桥，150米，有17个拱！不过，东井掉桶西井捞，两个井离得虽远，底下的地下水相通，这倒可能。"小伙子只是笑，老太婆把笑脸一收："笑什么？我过几天就约朋友一起去看个究竟！"

老太婆洗完车，开出去不远，在一个水果摊那儿停下，买水果。忽见那壮实的小伙子跑过来，气喘吁吁地招呼她，说："我全是瞎掰。您现在千万别往我们老家那儿逛去。您过两年再去！"说完又跑了回去。

老太婆又一次去洗车，管阀门的换人了，问起原来的，有说"让老板炒了"的，有说"他炒了老板"的，老太婆不禁怅然若失。临离开时，店面里面一个管推销汽车内部饰品的姑娘跑出来，红着脸递给她一样东西，只说了句"您回家再看吧"，就扭身跑了。

老太婆回家细看，是一本翻旧了卷边的书，内容是介绍蔬菜瓜果的，其中有一部分是专门讲紫色蔬果的营养价值，正好在那部分开头夹着一封信，没有抬头也没有签名，只写着："我们家乡还很穷。没有旅游资源。从镇上到我们村修了公路，一共八里，当中跨过一条小河，路面下有一道桥拱。我们村有口古井，井口大，石盖板上凿了东西两个洞。我打工八年攒了点钱，再借点，要在家乡开辟一个'紫梦园'，专种植紫色果蔬，争取能让家乡因为有'紫梦园'而吸引商人和游客，到时候您一定开车带朋友来我们家乡采摘啊，我还计划种植大面积的薰衣草。"老太婆看完信，久久地坐在沙发上，替那小伙子筹划、担心、祝福……

一

M城颇有权威的文艺批评家诸葛岩，坐在书桌前的旧圈椅上，正酝酿着一篇重要的批评文章。从他背后望去，他那被一圈灰白头发包围的秃头顶，活像一座威严的活火山，而他烟斗中冒出的越来越浓的团团白烟，正预示着他的思路已接近爆发性突破。

正当他提笔要在稿纸上写下想好的题目时，背后响起了吧嗒吧嗒的脚步声，于是"活火山"旋转了一百八十度，诸葛岩两只下陷的小眼睛里闪出愠怒的光，盯定了穿拖鞋的儿子诸葛朴。不等爸爸发问，他便请求："给我两毛钱。"诸葛岩皱起眉头："要两毛钱干什么？"

"看电影！学校组织的，墨西哥彩色电影《叶塞妮娅》哩！"

诸葛岩紧握烟斗，摇着头说："不像话！你们学校居然组织中学生看这种电影！就不怕起副作用吗？！"

这声音把隔壁的老婆引了出来，她已经穿戴好了，正要出去，见诸葛岩又来这一套，便替儿子辩解说："什么了不起的副作用！看看墨西哥人怎么生活，长长见识有什么不好？我身上正巧全是大票子，所以让小朴找你要；你有就给，没有就拉倒——我带他一块出去，到街上破开就是啦。"

诸葛岩勉强掏出来两毛钱，给了儿子。儿子一溜烟地跑到隔壁换鞋去了。这时诸葛岩便郑重其事地对老婆说："你哪里知道，我最近考虑了好久，感觉这个问题要是再不大声疾呼，引起重视，采取措施，那我们的青少年就会被这些外国电影的副作用腐蚀，出现越来越多的不良倾向。比如《叶塞妮娅》这种片子，十足的人性论；更有什么《冷酷的心》之流，黄色的嘛，怎么好让青少年看呢？"

老婆单刀直入地反驳他说："算了算了，你那么能抵制副作用，在干校的时候怎么还干出丑事来？那时候光看样板戏，没有《冷酷的心》，你还不是该黄就黄！"

诸葛岩的舌头顿时像短了半截，一张脸迅速地变成了猪肝色。一九七一年他和老婆分作两处下干校时，由于苦闷及其他复杂的因素，他同连队里的胖姑娘有过那么一段黏黏糊糊的暧昧史，后来为此遭到了批判，并向老婆多次表示过忏悔。

老婆领着儿子开门走了，临近出门，她还甩下一句话给诸葛岩："我看让孩子有点人性论也不坏，总比不通人性的强！"

门"砰"的一声响，这响声带来一种副作用，竟使诸葛岩脑子里的思路乱了好一阵，他足足又吸了两锅烟丝，才把那弄乱的思路又整理清晰。

二

诸葛岩用苍劲的笔触写下了《不可低估"人性论"的侵蚀》这个题目后，稍微托腮凝神思考了一会儿，便一泻十行地写起了正文来，不知不觉地就过了一个多钟头。

有人敲门。开头敲得比较轻，他沉浸在文思之中，竟未听见，后来敲得比较重，才把他惊醒过来。他很不甘心地搁下笔，叹了口气，走过去开了门——如同一根轻盈的羽毛，飘进来一个窈窕的陌生姑娘，让他吃了一惊。

"诸葛岩同志，我是从报社那打听到您的地址的——我是一个读者。"姑娘把手里的一卷报纸展开，拍了两下，自我介绍着。那几张报纸上载有诸葛岩最近的评论文字，它们同即将问世的《不可低估"人性论"的侵蚀》一样，都是针对文艺与青少年的关系问题而发的议论。

自己的文章能引动读者登门拜访，这是令诸葛岩颇为兴奋的，但细一打量这位拜访者，不禁满腹狐疑——她头上是化学冷烫过的披肩发；上身穿着黑白相间的花格呢窄腰西装上衣，下面穿着条咖啡色的略呈喇叭口的料子裤，脚上蹬着黄黑相间的半高跟皮鞋；肩上还挎着个深红底带白色图徽的大皮包。

"你是——找我的？"

"对，诸葛岩同志，我就是找您来的。"

"好，好，请坐吧，请坐吧。"

姑娘在书桌旁坐下了，把那沉甸甸的大皮包搁在椅腿边。她嗽嗽嗓子，用银铃般声调说："诸葛岩同志，从您的眼光里我看出来了——您觉得我身上的'副作用'太多了是不是？"

诸葛岩点头："是呀，你是受了某外国电影影响吧？"

姑娘妩媚地微笑着："我是个建筑工人，电焊工，我在工区里是个先进生产者哩。我工作的时候戴工作帽，穿工作服，完全不是这个模样；可是今天我休息，休息的时候，我按自己的爱好打扮自己一下，又有什么不好呢？"

诸葛岩不屑同她讨论这个问题："我在那篇《从喇叭裤谈起》里，已经把穿衣问题上的防腐蚀问题谈透彻了。你找我，究竟有什么事呀？"

姑娘彬彬有礼地说："我想找您请教一个问题：究竟有没有人性这个东西？"

诸葛岩装上一锅新的烟丝，点燃深深地吸了一口，心里非常愉快——他恰好正打算写篇谈防"人性论"腐蚀的文章嘛，回答这个问题，恰如鱼游春水，自得其乐——不过，他觉得在开讲之前，应当把对方的思想情况摸得更清楚一点，便问道："你为什么要来提出这么个问题呀？"

姑娘眨眨眼睛，摇着头发笑了："不为什么。研究问题呗！您告诉我吧，反动派，他们是不是也是人呢？"

诸葛岩斩钉截铁地回答说："反动派既然反动，怎么能对他们发善心呢？是反动派就应当消灭嘛，怎么好让'人性论'腐蚀了我们的斗志？"

"但是您告诉我反动派是不是也是人，您肯定地回答我呀！"

诸葛岩很不以然地在桌边磕着烟斗，摇着头说："这样提出问题就不恰当……为什么要提出这样的问题呢？可见那些宣扬'人性论'的东西，对你们的副作用不浅啦！"

"是吗？"姑娘的表情变得严肃起来，她大声地反驳说，"您注意到了来自右的方面的副作用，您大声疾呼要消除这种副作用，我一点也不打算反对——可是，我觉得您却忽略了另一方面的副作用，这种来自极左方面的副作用把我们这一代人坑苦了，也坑了你们成年人、老年人，可是你们不但从不提起，甚至还推波助澜——您就干过这样的事！"

诸葛岩莫名其妙。这是怎么回事？

姑娘站了起来，她简直完全变成了另一个人，脸上妩媚的微笑连影子也没有了，她把皮包提起来挎到肩上，宣布说："我要让您回忆回忆，回忆回忆！"说完，她竟径直朝隔壁房间走去，"咔嗒"一声把门关上了。

诸葛岩先是目瞪口呆，继而气愤填膺——那里头是他和老婆的卧室，这姑娘想干什么？她是个精神病患者还是诈骗犯？他本能地从圈椅上蹦了起来，气急败坏地用双拳擂门，暴怒地叫："你出来！我要到派出所报告去了！"

姑娘却从里屋从容地回答说："您别着急，我只待十分钟就出来。您家的东西我不会动的，不信您一会儿检查好啦。"

诸葛岩陷入这般戏剧性的局面，倒还是平生第一遭。

三

二十来年前，有个叫巴人的作家，因为在报刊上发表了一些文章，讲到了关于人性的问题，受到了冰雹般的批判，从此堕入不幸的深渊，从撤职到开除出党，从下放到戴帽子劳改，据说最后竟成了个用绳子捆住自己在村路上狂跑的疯子，终于悲惨地死去。关于他我们不必多谈，因为说多了有副作用。

但是要把诸葛岩介绍清楚，我们又不得不谈到这个巴人，因为诸葛岩在报纸上发表的第一篇文章，就是批判巴人的，这篇文章引起了有关方面的重视，从此诸葛岩就从大学助教变成了专业批评家。有那么五六年的光景，诸葛岩在M城文坛的地位举足轻重，被他点名批判的作家计八名、出版物计十三种、演出节目计二十一台。他的事业非常顺利，生活也很幸福。他的妻子——大学里的一位资料管理员，有一天用极为尊重和谨慎的态度问他："你这个批评家怎么总是在批，而不见你评呢？没见你写过一篇文章来肯定过一个作品哩！"他略事思考，便极潇洒地打了个榧子说："这是历史赋予我的使命！"妻子当时莞尔一笑，对他的崇拜更增进了一层。

1965年11月12日那天，诸葛岩拿到了一张头天在上海出版的《文汇报》，发现上头有篇姚文元的文章《评新编历史剧〈海瑞罢官〉》，对于姚文元，以前他一直是引为同志的，这回这篇文章却令他心中不快，一是他觉得火药味未免太重了，有失文采；二是他觉得姚文元生拉硬扯，却并未击中要害。他以为《海瑞罢官》的要害是反历史主义，怎么能那么强调清官的作用，而无视人民群众是历史的主人呢？于是他耗时三个晚上，写成了一篇既批判《海瑞罢官》但也与姚文元商榷的文章，于1966年春天刊登在一家大报上。

诸葛岩万万没有想到，短暂的春天一过，炎夏到来，他的命运竟起了个一百八十度的转变——时局以转瞬即变的速度把他抛到了反革命的位置上！运动一起来，他成了对吴晗进行假批判的典型，被红卫兵剃光了头，挂上了铁板制成的"黑帮"牌，打入了牛棚。

这个时候，他才想起了已被他遗忘的巴人，原来被批判竟是这般的痛苦。当他几乎熬不下去的时候，军代表进驻了M城的文联，他在第三批落实政策时被解放了。当军代表允许他在大字报专栏上贴头一份大批判稿的时候，他激动得眼泪直在眼眶里打转转，可是提起笔，他才发现自己变成了一个根本不会写文章的人，他以往的批判锋芒，什么"商榷"呀，"警惕副作用"呀，"滑到了危险的轨道上"呀，如今看来都是些带有"费厄泼赖"气息的"假批判"语言，他费了九牛二虎之力，才总算学会了"最、最、最"的造句方式，以及"千钧霹雳开新宇，万里东风扫残云"一类的修辞手段。但也就在这个时候，他失去了老婆对他的全部崇拜。

1973年，他幸运地被吸收进了一个名叫"葛祺绥"的写作班子，在写作班子里他是最低贱的一员，但以"葛祺绥"名义发表的文章，一大半以上其实都是他执笔之作，这些文章全是评论样板戏的，当然字字句句段段篇篇都是谀颂之词。他的老婆对这些文章的评价颇为中肯："只有四种人看，一是你们这些臭笔杆子，二是报纸的硬头皮编辑，三是工厂无可奈何的排字工人，四是那些整天太阳筋痛的校对员，再没有了。"对于这种评价，他不置一词，只是淡然一笑。

粉碎"四人帮"以后，诸葛岩确是欢欣鼓舞，他很快便"说清楚"了，当年那篇"假批判"的文章，使他获得了加倍的谅解，甚至还获得了几分尊敬。他的思想观点、风度气质迅速地恢复到了"文化大革命"前的状况。他极其自然地又成了一个忙于到处发现问题和消除副作用的批评家。他觉得该站出来大声疾呼的事情真是不少：杂志上出现的一些反映"四人帮"时期冤案的短篇小说，岂不是索尔仁尼琴式的"监狱文学"吗？一些以反官僚主义为主题的新话剧，岂不是在泛滥黄色和人性论吗？……

恰在这个时候，他遇上了这么个神秘的女读者。

四

正当诸葛岩惊惶失措、一筹莫展的当儿，里屋的门"砰"的一声打开了，令他吃惊得张开嘴巴合不上的，是出来的竟并非刚才的女郎，而是另一个人——这人如同一道晃眼的闪电，狰狞地兀立在他的面前，刹那间竟使他如被雷击，几乎失去了思考的能力。

这是怎样的一个人呢？穿着一身国防绿军服，戴着军帽，没有帽徽领章，左臂上却套着个足有一尺长的红绸袖章；眉眼横立，满脸怒容，右手握住一条宽大的铜头皮带，劈面就"嗖"地空抽了一下，威风凛凛，杀气腾腾，未等诸葛岩反应过来，先吆喝了一声："哪条狗叫诸葛岩？自己爬过来！"

足足经过半分钟，诸葛岩才恢复了理智，并且终于认出来这位红卫兵战士也就是来访的那位姑娘——原来，她是躲到里屋换装去了，这真是天大的玩笑、天大的玩笑！

诸葛岩把蜷缩的身子伸直，强作镇静地摆摆手说："你胡闹个什么……怎么能这样！"

但是对方并不罢休，继续粗鲁地吆喝着："哪条狗叫诸葛岩？爬过来！不许走！给我爬！"

诸葛岩这时恢复了进一步的意识——他蓦地悟出，十三年前冲到文联办公室来揪他的红卫兵，不是别人，恰是眼前的这位——怎么称呼好呢？叫姑娘还是叫夜叉？

虽然她已经增加了一倍的岁数，但她那冷酷的眼神，凶神恶煞的态度，以及那一手叉腰一手挥舞铜头皮带的身姿，都使诸葛岩生动地、痛楚地回忆起当年的那位首次降临于他命运转折之中的"小将"。他不寒而栗了。

"嗖嗖嗖嗖"，"小将"手中的皮带虽然只是在他眼前乱舞，却令他胆战心寒。尽管他明知如今已是另一种年月。

他费了老大力气才露出了一个维护尊严的笑容，指指刚才那姑娘坐过的椅子说："坐吧坐吧，你这是干什么？"

姑娘总算从"角色"里脱出了一半来，她板着脸坐下，训斥说："想起当年来了吧？当年你不是真的爬过来了吗？"

诸葛岩的脸在一天里第二回变成了猪肝色。

姑娘逼着他回忆当年他那最怕回忆起的一幕：那真是充满着副作用的一幕：他同另外几个"黑帮"被逼着爬到小将们脚下，由她们用铜头皮带乱抽了一顿，其中一个敢于反抗的还被强灌了痰盂水，险些被当场活活打死……

"你当年挨打的时候，是怎么想的？"姑娘声色俱厉地问，完全是当年的气概。

"怎么想？当年的确认为自己是搞了假批判，愿意认罪，可对你们那么个态度，很不理解。不要虐待俘虏嘛，实行革命的人道主义嘛……"

"哼！"姑娘讥讽地打断他说，"你也知道人道主义是好的了，这不是人性论吗？！你既然搞了假批判，就是黑帮，黑帮就是最凶恶的阶级敌人，阶级敌人就不是人嘛，什么俘虏不该虐待，俘虏他人还在，心就不死，就时时刻刻梦想复辟，对这种不是人的东西，我们就是不能手软，就是要斗倒、斗臭、斗瘦、斗烂，打翻在地，再踏上一万只脚！革命嘛，讲什么温良恭俭让？……"讲到这里，她霍地站了起来，双肘左右大幅度地摆动，唱起了"鬼见愁"歌："拿起笔，作刀枪，刀山火海我敢闯！……谁要是不跟我们走，管叫他立刻见阎王！"最后是左脚前伸一跺，右手向前上方猛力推出。

诸葛岩想笑一笑，却怎么也笑不出来，脸上的肌肉仿佛被冻住了，他嗫嚅地说："你看你看，这都是林彪、'四人帮'把你们毒害的……"

姑娘重新坐下，大声反驳说："当时王洪文还没出山呢，哪来的'四人帮'？当然那伙坏蛋没少骗我们，他们的账咱们另算。可是你想到过吗：我们形成那么一种状态，你这样的人也负有责任！"

"我？"诸葛岩生气了，"我被你们打得皮开肉绽，我是受害者，我有什么责任？"

"怎么没有责任！"姑娘扬起嗓门说，"'文化大革命'前几个月，你到我们中学做过报告，那时候我上初二，对你崇拜得五体投地。你在报纸上写的批判《早春二月》、《舞台姐妹》、《北国江南》的文章我全剪贴到了笔记本上，我可真是受益不浅——啊，肖涧秋是条五彩斑斓的大毒蛇，因为他搞资产阶级人道主义，公然给文嫂臭钱，这是麻痹劳动人民的反抗意识嘛！我懂了：应当发动文嫂去参加游击队！什么银花春花，反动反动，搞什么人性感化，说什么'清清白白做人'，比国民党更可恨，因为她们披上了伪装！要撕掉她们的画皮，把她们批倒批臭！……也许你会说你的文章里没什么措辞，可它在我们中学生的心灵里，实际效果就是这样！还说你那回做的报告吧，你举了那么多例子，证明时时、处处、事事有阶级斗争，真把我吓呆了：喝汽水吃冰棍是贪图享乐的开始，读《安娜·卡列尼娜》是走上犯罪道路的开端……从那以后，我除了《人民日报》和《红旗》杂志，别的一概不读，我脑子里阶级斗争那根弦绷得别提有多紧。什么？姑妈送我一件毛线衣，这分明是腐蚀拉拢！什么？大舅给我一张《可尊敬的妓女》的电影票？大舅妈是个小业主出身，这就不是偶然的事情！……当我被熏陶成了这么一个人的时候，"文化大革命"的风暴起来了，我和同伴们觉得满眼都是反动的东西，必须统统横扫！街口的红绿灯规则是谁定的？查一查后台！红灯居然表示禁止通过，红色是革命的象征，他们竟敢污辱革命！我忽然听说你是个搞假批判的人，这真把我气得差点咬碎了满嘴的牙，可见阶级斗争的复杂性、尖锐性、残酷性，你竟也是黑帮，而且是隐藏得更深、更久、更狡猾、更危险的黑帮，非把你千刀万剐不可！老子先给你点教训再说！你看，你帮助我把人性论的副作用消灭得干干净净，结果我拿这皮带揍你的时候，看见你浑身冒血趴在地下，连一点点心理上的恶感都没有，更不用说去想你也是个人，你这样是很疼的了……你想想看吧，如果我们那时哪怕还留着一点点所谓资产阶级人道主义、一点点人情味的'副作用'，我们也许就不会那么干了！我还好，没有打死人，我的同伴小芳，改名叫大暴，她就亲手打死过一个人，她把那人捆在床栏杆上，慢慢地打，打累了就歇一会儿，整整打了三个钟头，一直把那人打得断了气。她很坦然，一点也不觉得有什么，因为那人既然是资本家，剥削者，那也就不是人，不必对他客气，打死了活该！"

诸葛岩在这一番表述面前埋下了头，他把没有装烟丝的烟斗紧紧地攥在了拳头里，攥得手心发痛。他承认自己被一种从未意识到的东西打动了。是呀，在把本来应当是温柔、富于同情心的姑娘们变成了这样一种暴徒的因素里，究竟有没有因为批判一种副作用而带来的更加可怕的副作用呢？

姑娘这时摘下了那项国防绿帽子，原来塞在帽子下的卷发获得了解放，一下子弹到了她的耳边、肩头，这使她顿时改变了模样，这次诸葛岩望着她，觉得她是多么美丽，合情合理的美丽。姑娘的表情也随即变得温和起来，她用非常恳切的语调说："如果因为过分地温情，到了战场上都不愿跟敌人拼命，那当然不好，批判那种副作用我们一点意见也没有；可是倘若你们经过了十多年的动乱，还认识不到我讲的这种副作用的危害，还在那里用批判一种副作用来培植这种副作用，那我们认为，在中国搞法西斯专政，就还有相当的社会基础！"

"你们？"诸葛岩抬起眼睛来，望着姑娘，有点吃惊。

"对，这不是我个人的意见，这是我们一群青年的意见——我们研究好了，才采取今天这个行动……"

姑娘脸上这时恢复了微笑，她又补充说："您真该好好了解了解我们——一群在十多年动荡生活里滚过来的青年人。我从当年那个状态变成今天这个样子，比如说懂得了讲礼貌，跟年纪大的人谈话用'您'，有好长的一个痛苦、艰难的过程呢，下回再来的时候，我讲给您听吧。今天我只想告诉您：我们不认为一切回复到1966年以前就算正常，我们要求中国朝前走！"

诸葛岩陷入了痛苦深入的沉思。待他被壁上的挂钟报时声惊醒时，姑娘连同她的深红底白图徽的皮包都不见了，一切真如同一场噩梦，唯有近旁空气中飘散的一股发油香，证实着刚才这里确实存在过那么一个神秘的姑娘。

1980年2月

姐姐怎么又来信？他皱眉，未及拆开，已有同学起哄："情书抵万金啊！"

他有一种不祥的预感。他捏着那封信，来到宿舍楼后面的小树林里，四顾，见无人，这才拆信……

读完信，他几乎站立不住。靠在白杨树的粗干上，他仰望上方，那些从树枝树叶泄下的光缕，刺得他眼痛心酸。

母亲竟确诊为癌症！……姐姐来信，是恳求他回去，把家里给他带来上这大学的两千块钱，送回去给母亲作手术费……实际上光这两千块钱根本不够，可是，如果没有他这两千块钱应急，那就更无从说起！……医生说，还没扩散，手术还来得及……

这两千块钱，是临来这都会上大学前，母亲手挨手交给他的。有父亲遗下的一千，母亲自己攒下的八百，还有姐姐支援的二百，全是诚实劳动、省吃俭用的血汗钱啊！

母亲说："一次给足了你，你去了就存银行，每月取着用，还能多点利息……咱们家，可就指望着你了！"

可是现在刚入学三个月，就忽然……

难道他就这样辍学？……向学校申请补助？学校有奖学金的设置，却并无助学金一说；许多同学还是自己交大把的钱，才进来的呢……奖学金至少要一学期后，你成绩名列前茅了，才可申请，并且，那几百元奖学金也根本不解决他的问题……向同学们募捐？这……也不是办法，人家没这个义务，再说，母亲的治疗费究竟需要多少？现在还是一个可怕的未知数……姐姐的信上，分明有那未写出的深意，就是，所需要的，不仅是他手里的两千块钱（其实已经不足两千了），而是他辍学后赶快找份工作，及时地挣出钱来……前几天在图书馆阅览室里读报，记得看到一篇文章，介绍国外情况，那里的

巴厘燕窝

偷食

刘心武小说集

251

大学生可以先向银行借款，等上完学后，工作时再分期还给银行，当时好羡慕！现在想起来，是呀，"中国以后也会这样"，可是远水解不了近渴……怎么办呢？怎么办？！

他转过身，把脸对着白杨树，白杨树树干上有一大一小两双"眼睛"，斜睨着他，让他一惊，他使劲一推白杨树，却让自己往后一错，摔了个屁股墩。沮丧地爬起来，他决定这就回宿舍收拾行李，天绝学路，其奈天何？他眼前仿佛浮现出母亲憔悴中不失慈蔼的面容，心尖上一阵酸楚。

……他回到宿舍，同学们都不在……他坐在铺位上把姐姐来信又看了一遍，看完了，折起，搁回衣袋。他变得很理智，细致地设计着行动步骤。应当先去银行取钱，然后去买火车票，再到食堂退回虽然不多却万不能浪费的饭票，然后才是卷铺盖卷……最好不要惊动同学们，更不必先找老师，悄悄地离去……当然，待他把母亲在医院安排停当，他会给学校来信的……

他站起身，无意中，眼光落在了公用长桌上的一张报纸上。那是宿友随便撂在那里的，压着一只渍满茶锈的茶缸，还吐着些油津津的鱼刺，那报纸上占半版的广告中，一行醒目的字映入他的眼帘："……总经理屈秀伟向广大客户致意……"

仿佛触了电。他全身一抖。屈秀伟！正是母亲跟他说过的那个人！原是父亲最得意的门生，"听说现在是好大一个公司的总经理"，"必要时你可以想法子跟他取得联系"……现在，难道不就是最必要的时候吗？

他忙把那张报纸抄起来，以至于弄倒了人家的茶杯，并且把那些油津津的鱼刺都挥到了自己的衣服上……他很高兴，因为，那广告上有详细的地址和电话。

他汗咻咻地来到了那家公司。

和所预计的一样，闯过传达室就很不容易，在离总经理室还很远的地方便被人挡驾，可是他还是成功地来到了总经理办公室的外间。

秘书小姐扬起眉毛问："请问您有什么事？"

"找屈总！"

"您哪位？"

他说了父亲的名字。

秘书小姐很快查清："今天的约见表上没有您。请问您什么时候跟屈总约的？"

"半小时以前。屈总在电话里让我马上来。"

秘书小姐满面狐疑。可是她并没有往里面对讲查实。

"请您让我进去。我有急事。"

秘书小姐定睛望了望他，说："屈总现在不在。"

这也是他一路上估计到的。现在他只能撞大运了。

"他在。他正等我。我进去了啊！"

秘书小姐紧张得站了起来，提高声音对他说："那您请坐！我给您联系一下！"

他松了一口气，这才看见了屋里的真皮沙发。

可就在他还没坐下，秘书小姐也还没来得及往里通报时，总经理办公室的双扇镶皮钉缝成菱形图案的门忽然大开，屈总大摇大摆地走了出来，随之还有好几个人环绕着。

屈总似乎还在继续原有的话题，声音洪亮，打着哈哈……

他劈面迎了上去。

成败就此一举！

屈总猛地看见了他，不禁停步，脱口而出："咦，这不是——？！"

显然，他那与父亲酷似的面貌，令屈总一刹那间以为是原来的恩师突然来到眼前。

这正是他所期望的！

"屈叔叔！我是——"

屈总继续挪步，听清了他的自我介绍，很有点喜出望外的样子，连连拍着他的肩膀说："来得好呀来得好呀……好好好，走，先一起吃饭……"

他就随着屈总和那几个人往外走，随着他们坐电梯，随着他们来到大厦门前，并且随着屈总的招呼坐进了一辆闪闪发光的小轿车。

屈总八面应付着。在小汽车里，屈总坐在司机旁边，虽不回头，却没停嘴；他和另两人坐在后座上，他居中；屈总在前面甩出的话，一句是对他右边的，一句是对他左边的，一句是对他的："你父亲他老人家好吧？"他刚答了一句："家父已经不幸去世，都两年了……"屈总叹息："唉，这是怎么说的！音容笑貌，还宛在眼前嘛……"可不等他再搭腔，屈总又回答上了他右边那一位的问题："这辆凌志？新什么？都跑了几千公里啦！……不过我要原价让出去，有人还会抢着要呢！"……虽然他不能马上向屈总求援，但是坐在那辆空调开放凉风习习的凌志车里，听着屈总在与左右的客人谈话里不时冒出"也就三五十万吧"、"广西那片地我不想要了"之类的只言片语，他心里仿佛也安了个空调器，充满安适与快乐……

他们来到一座五星级大饭店。他还是头一回进入这样的场所。闪光的、新奇的东西太多了。可是容不得他仔细观赏。屈总一阵风地把大家引入了观览电梯。他像做梦一样，在电梯里看到金碧辉煌的大堂居然跌落在自己脚下……后来他们进入一个以前他只在电视上见过的那种豪华餐厅，餐厅里充满了空座位，可是屈总还是不断地往里走，原来他们并不是要在这样的大厅里用餐，他们最后进入了一个单间，

偷父——刘心武小说集

那里的落地玻璃窗外，是大都会的万丈红尘……

　　"随便坐随便坐……工作餐……越随便越好……"屈总招呼着。大家也就果然随便起来，只有他略显拘束。都落座以后，他才发现自己坐在大圆桌与屈总最远的那个位置上。这样也好，他想，自己与屈总的目光，可以较多地对接……但他盘算错了，因为，屈总更多的是在左顾右盼，一会儿跟这位开句玩笑，一会儿似乎又在与另一位用隐语涉及生意上的事……他发现，跟着来吃饭的，至少来自四个以上的方面，有的与屈总极熟，有的半生不熟，有的甚至跟他一样，也是头回谋面……他很快领悟，这确实并非什么宴请，而是名副其实的工作餐，而且，这也就是屈总的日常生活……

　　服务小姐来问都喝什么饮料，屈总大声地宣布："下午还都要工作，例不饮酒，都来软饮料吧……"于是人们纷纷点软饮料，有要鲜榨依利莎白瓜汁的，有要台湾明珠果汁的，有要果茶的，有要可乐的……屈总自己要的是蒸馏水；服务小姐问到他："这位先生要……？"他竟一时莫知所措，这时屈总便问服务小姐："今天有没有椰清？"小姐点头，于是屈总热情地向他建议："喜欢椰清吗？……试一试，如何？"他便点头。席间一位从旁问："你们这儿椰清多少钱一客？"小姐答："一百元。"那位便说："那也给我上椰清吧！"他正懵懂中，椰清给他端上来了，原来就是去了棕皮、削了顶上一小块青壳，露出鲜椰子乳白的内果肉，并且保留着原始汁液的椰子，里面已经插好了一根弯口吸管。这东西值一百元？他听见席间有人说："海南空运的……不算贵……"

　　有好一阵他的心很乱。菜一道道地端了上来，几乎都是他前所未见的，而且菜由服务小姐分给每一个人，每吃完一道菜，便给换上一个新的小瓷碟，这种进餐方式对他来说也是破天荒的……可是他实在有点不知其味……

　　他都有点忘记所来为何了。

　　忽然从始终嘈杂不停的聒噪中，屈总的声音忽然变得清晰起来："……哎呀没想到他父亲……恩师啊，竟已经去世两年了！……要没恩师给我启蒙、开窍，我屈某今天指不定还在哪个旮旯里窝着呢！……算起来现在就还是当教师清苦啊！……"

　　他抬起头来，眼光正与屈总相对。这时席上人的目光，也都或对着屈总，或对着他。屈总问他："……师母还好吧？我记得她也是当老师的……还在那个民办小学吗？该退休了吧？"

　　机会来了！他赶忙把一块铁板牛肉咽下，展平舌头，开口说："我母亲她——"

　　他还没吐出"得癌了"三个字，服务小姐开始给他们布一道新菜，是每人一个小小的陶钵，掀开盖，仿佛是一道热汤……

　　这时就听见席间一阵小小的欢呼，人们的目光大都移向了那热汤，屈总便乐呵呵地说："今天除了这一样，都是平常菜……就这一样稀奇点……大家下午、晚上还都要继续工作嘛，补补神还是很有必要的……这是巴厘燕窝，还就是他们这儿才有这个料……"

　　"没想到法国也出燕窝啊！原以为他们只是时兴吃蜗牛呢……"一位食客这么说，话音没落，便被屈总中气极足的厚实润朗的嗓音切断："哈哈，我以为老兄是品燕行家呢，没想到这回是大跌眼镜！你当是法国那个巴黎吗？大谬啊！是印度尼西亚的那个巴厘！没想到吧？我也是原以为只有泰国燕窝是一绝……都尝尝吧，这味道确实不凡！"

　　席上其他人就都嘲笑起那位把巴厘燕窝误听成巴黎燕窝的人，并发出一片嚓呷声来……他尝了几勺，却只觉得不过是鸡汤的味道……

　　那位询问过椰清价格的人，这回又问服务小姐："你们这巴厘燕窝怎么算？"

　　"五百。"

　　"一总？"

　　"不。一客。"

　　他几乎不相信自己的耳朵。他拿眼晃了晃全席，连他自己，一共九客，那么，光这一道燕窝，便是四千五百元！

　　他觉得揣在衣兜里的那封姐姐的来信，烫心。现在姐姐也在吃中饭吗？吃的什么？就因为家里穷，姐姐一直没嫁出去……当然姐姐也不甘"下嫁"给更穷的男人……这九客巴厘燕窝，父亲在世时，需要挣多长时间？母亲呢？母亲更不堪折算，因为，根本就经常开不出工资来……并且，他们民办教师没有公费医疗，现在得了癌，要开刀只能自费……偏姐姐也入了教师这一行，是在幼儿园，挣得比母亲多，也算国家正式职工，但那工资又怎么堪与这巴厘燕窝相比较！……

　　他撂下小勺，推开小钵，而且嗓子里有股腥味……

　　恍恍惚惚的，已经上过大果盘，并且果盘里的西瓜片、荔枝肉、菠萝块还没怎么动，屈总已经站了起来，剔着牙对一位本公司的随员说："埋单埋单……两点还有个谈判……我们先走一步……"

　　他这才懂得"埋单"便是结账的意思。

　　……随着屈总他们往饭店外走时，他猛想起自己所来何谋，于是在进电梯后，努力挪靠到屈总身边；他刚想单刀直入地向屈总求援，屈总却拍着他肩膀，跟旁边的人感叹起来："时不待人啦！你们看，老师的孩子，都这么老大，上大学啦！他们有了高学历，再来下海，那我们可就难扑通啦！不过一代儒商的形成，希望正寄托在他们身上啊！……"屈总的话他很难切断，于是直到出电梯、过大堂、出大门……他都没能插进话去。

人们在大饭店门口乱哄哄地互致告别。有的上屈总公司的车，有的叫出租车，屈总也要上那辆凌志，这时屈总转过身来，又热情地拍他的肩膀，他感到实在不能再耽搁大事了，便几乎是嚷了出来："屈叔叔，我有事求您！"

屈总一点也没现出惊讶不屑的表情，相反，那面容更加热情可亲；屈总掏出一张名片，递给他，对他说："……没关系！你有什么事，给我打电话好了……"

他低头看那名片，上面有几种电话号码，包括"大哥大"的号码，还有电传号码……而再一抬头，屈总已经在凌志车里跟他招手作最后告别了……

他彳亍街头，心里仿佛塞满了异样的东西……什么东西？是巴厘燕窝吧？塞满了，没煮汤的燕窝，硬硬的，刺乎乎的……

他不能回学校。他不能浪费时间。他甚至不能等到晚上。风吹过来，他异样地清醒，他冲到一个公用电话亭里，拨通了屈总的"大哥大"。看样子屈总还在凌志车里。

"屈叔叔！是我！……我母亲得癌了，要动手术，我需要一笔钱！起码先要两千！"

"哎呀！真没想到！……你转达我的慰问！……不过，从公司方面，我没有办法……我个人嘛……"

"怎么没办法？刚才的巴厘燕窝，你就花了差不多五千！"

"你怎么不懂，那能开票的呀……可给你母亲，我们怎么入账呢？……再说，我们毕竟不是慈善机构啊！我们董事会，副总们，谁没老师、亲友啊？都捐助，怎么承担得起呢？……这样吧，我个人捐助你母亲二百！……"

"二百？还不够半碗巴厘燕窝！"

"……你误会了！工作消费，还有我这'大哥大'、凌志车什么的……都并不能转化为现金，归我个人所有啊，我的月工资，也不过一千五，只够喝三碗巴厘燕窝……我也还要养家糊口啊……再，你父亲教育过我，'富贵不能淫'……公费享受，也只能在财会制度允许之内，个人更不能挪用公款啊……小伙子，你应该能懂，我们如果不是到这个正规的大饭店，而是到街头吃兰州拉面，吃下来就算是几十块钱，可开不出有效票据，那么报销？都这么乌涂起来，看似为公司节约，那不是为有的人假借工作餐开支，今天几十，明天几百的，据公司现金为己所有，开了方便之门吗？……"

他正想骂一声，电话突然中断。也不知是屈总关闭了"大哥大"，还是因为他未能往电话机里继续投币。

他一拳砸向电话亭的玻璃……

1

16：40，非常准时。小韩拿着晚报进了屋。今天晚报有什么令他特别感兴趣的内容？朝冯教授走过来的时候，竟忍不住双手握着张开的报纸，一个劲地浏览。

冯教授是个空巢老人。小韩是他雇的钟点工，每天16：40来，为他做晚餐，收拾完晚餐残局后，如果没什么别的事，就陪他说话，一般在21：40离去，五个小时，冯教授付他40元，这个付酬标准超过了劳务市场指导价。

冯教授跟小韩相处逾半年，爷俩越处越和谐。冯教授那定居海外的儿子打来越洋电话，冯教授跟他说，真好运气，遇上了小韩这么个帮手，每天五个小时的服务，是物质和精神上的双重享受，"就是你在家，也未必能像他那么孝顺我，生活服务上色色精细、小心侍候还是其次的，难能可贵的是，别看才初中的学历，很内秀，坐下来陪我说话，既能理解我的幽默，也能给我不少乡野市井的新鲜信息，能逗我一笑开怀……"儿子也知道雇个女的不方便，雇个小伙子还能帮老父亲洗澡，但他总有些个不放心，几次说："您把他来历弄清楚了吗？您为什么不从正式的渠道雇人呢？"冯教授就一再解释："这边的中介很不成熟，我们中国人更重私人口碑，小韩是你曹伯伯推荐给我的，很可靠！"

小韩尽管才28岁，经历确实已经非常丰富。冯教授了解到，小韩16岁初中一毕业就随家乡的父兄辈进城打工，头三年是在建筑工地当小工，工头年年拖欠工资，最后一年春节前更只发给每个小工200元，说其余的开春补齐，等过完春节回到那工地，除了几个骷髅似的烂尾楼，再找不到个管事的人影儿，在城里城郊流浪了一阵以后，他去一家搬家公司当过搬运工，又曾跟两个一起搬运的结拜兄弟辞工合伙开过小包子铺，因为非法经营被查封后，他们燃香起誓互不相忘，各奔前程，他又去帮楼盘销售商在街头散发过小广告、在地铁通道里兜售过盗版光盘、在河渠边提桶河水拿块抹布给人廉价洗车……后来他到冯教授的朋友曹院士住的那个叫榆香园的新楼盘的物业部打工，专管给各家换饮用桶水，曹院士虽然老伴还在，儿女也都不在身边，小韩来换水，态度很好，也很懂得他们讲究卫生的心思，换桶水时小心翼翼，绝不让手和袖口什么的碰到出水口，给曹氏二老留下很好印象，小韩跟他们说有什么力气活儿要帮忙，尽管叫他，他们后来果然叫他来帮忙，小韩干活十分麻利妥当，要给报酬，坚决不收。后来小韩家里把他唤回去成了亲，几个月后媳妇就怀了孕，转年胖儿子生下来，阖家欢喜，但养儿子更得挣钱啊，小韩再次进城，那物业公司满员，找工作不易，去求曹院士帮忙，恰好冯教授想雇男家政员，就介绍去试试，没想到一试就满意，再通电话，冯教授总要为此感谢曹兄及嫂夫人一番。

2

"什么新闻，你那么着迷？"

小韩把晚报递给冯教授，说："深圳富家满门被害，还有那家伙照片呢。"

冯教授戴上老花镜，找那条消息和"那家伙"的照片。

有几家日报年年向冯教授赠阅，每天早晨冯教授坚持下楼遛弯，顺便买菜，回楼时从传达室取日报和邮件。晚报是冯教授自己订的，每天小韩替他从传达室取来。每天晚餐吃什么，头一天定下来，小韩到了，从冰箱里取冯教授买妥的原料，就去厨房料理饭菜。不一会儿单元里就弥散开饭菜香。这晚的主菜是红烧平鱼，冯教授高声向厨房里嘱附："海鱼腥味重，要多搁点姜蒜。"小韩就高声回应："晓得啰！"小韩原来表达这个意思是用"知道啦"，但很快就发现冯教授习惯于"晓得"这语汇，遂总是"晓得晓得"地让老人家耳顺，从这很小的地方，也可见小韩的乖巧。

小韩布好餐桌，去把冯教授从沙发扶到餐桌边，冯教授心满意足，但免不了还要说："我还没老到这么几步也得人搀的地步啊。"小韩就说："晓得啰。可我不这么搀您一下，心里总饶不过自己呢！"小韩也确是真心实意。在冯老这里只干5小时，还一起有鱼有肉有好蔬菜好水果地进晚餐，每月却有1200元工资，自己上午再揽点别的活计，每月收入过两千啦，刨去租地下室一间小屋的房租和别的花费——其实他也花费不了什么，由于每晚跟着冯老吃得营养完全，他往往白天就干脆不吃什么，或者就啃两三个馒头了事——每月他能给家里汇去一千多呢，媳妇得意，父母高兴，当然，他只说找到了份好工作，没让他们知道是当男保姆。

吃完这天晚餐，收拾完一切，小韩问冯教授是不是洗澡，冯教授说总洗澡并不利于健康，但是，说着呵呵笑，还没等冯教授拍耳朵，小韩就知道了："又痒痒啦？晓得啰。我给您掏掏吧。"冯教授把胳臂弯到桌面上，把头侧枕上去，小韩把滑动灯往下拉，按亮，照着冯教授右耳孔，便低头用一只银耳挖勺谨慎而耐心地替老人取除耳屎。在熨心的轻痒中，冯教授闭眼享受着这人间琐屑的快乐。

3

晚餐后分手前这一段时间，越来越让他们双方迷恋。这段时间总差不多有两个来钟头。他们坐在沙发上促膝谈心。小韩开始还总是觉得，应该为老人再干点什么活儿，后来他晓得啰，这其实也就是干活，文明的说法是陪聊，而且冯老最需要的，也正是这一项活计。随着时间的推移，小韩渐渐从有问必答的被动型，转换为活泼讲述的主动型，比如他给冯老讲了建筑队里的怪事：有个工友生下来屁股上有条尾巴，到了十几岁想动手术割掉，可是没钱，于是就自己让人帮忙用菜刀剁了，也没因此残废死掉，现在那里只留下一个大疤瘌，也跑到城里来打工，有不信他讲的，就脱了裤子撅起屁股让人参观……

冯教授呢，跟小韩聊久了，就总想获得这个小伙子的透明度，想通过这样一个生命的个案，来探究人的生存困境，以及努力冲决困境的种种心理上的、情感上的，以至非理性的那些复杂的反应，也就是他所谓的"深度交谈"。比如有次他跟小韩谈性，就问小韩在婚前有没有性经验？小韩心里想反问："那您呢？"问不出

偷食——刘心武小说集

口，在冯教授的一再诱导下，也就放胆讲述。小韩告诉冯教授，其实在工棚里工友们不光张口就是荤话，也常来真的，那就是有"工棚嫂"来；轮到冯教授大惊小怪，小韩就成了先生，教给他，如今农村跑到城里的女子，一等的是让人包成了"二奶"，二等的进夜总会被训练成"交际花"，三等的去酒吧歌厅当"坐台女"，四等的是"站街女"，还有那上点年纪或容貌太差的，就主动往工棚里钻，这就是"工棚嫂"，"打一炮"多少钱，有定规的，就那么在一块临时拉起的帘子后头，让人"打炮"，愿意花那个钱的，轮流去那帘子里头……冯教授啧啧称奇，问："你也打过炮？"小韩坦白："我打不起，开头，只花过一块钱，摸过奶……后来，那嫂子喜欢我吧，把我搂过去，让我白打……帘子外头全是起哄声，我就没挺起来……"见冯教授咬嘴唇，忙说："太那个罢……晓得啰，不讲了不讲了。"冯教授则说："唉唉，如果老舍、曹禺还在世，该写成怎样的小说、剧本……"小韩也不知道冯教授说的是怎样的两个人，就发愣，冯教授就说："感谢你把这些告诉我，这是我应该知道的。"

4

这天因为晚报上登了那命案，冯教授就由此开聊，说这个案子里，背后都是人性恶。杀人的固然是人性恶，被杀富男姘妇之所以招来杀身之祸，也是人性恶使然。那被杀的富翁，只痴迷女子的美色，不去注意其心灵的卑陋浅薄，将其包为"二奶"，满足自己的性欲而外，不计其他，这不是人性恶是什么？那"二奶"呢，本来所扮演的角色并无什么光彩，却在所痴迷的牌桌赌局上大露其富大炫其阔，结果招来妒恨杀机，她不是也毁于自己的人性恶吗？无辜的是她那跟别人生的小女儿，可怜竟被凶残地割喉而亡！

小韩就说起前些时候的那桩命案，阔学生一天到晚拿那穷学生打趣开心，有的话语不仅是伤害自尊心，简直就没把那穷学生当人！那几个阔学生真是死到临头还糊涂，你那么毫无顾忌地戏耍人家，就没想到人家也不跟你们论理了，人家横下一条心，把你杀了就完了！阔人最爱惜最舍不掉的就是命，穷人最勇于牺牲最能跟阔人相拼的只有一条命……冯教授依稀看见小韩说那些话的时候眼里闪着怪异的光，心里微微吃惊，问："你同情那被判了死刑的穷学生？"小韩用力点头，冯教授心里一咯噔，就不知道该把那心思判断为人性恶还是非恶了……

于是就又侃到了穷富问题。冯教授非要小韩"说出心里最深处的想法"，小韩开始还含混应对，后来冯教授一番腾云驾雾般的哲理论述，让小韩有喝醉酒的感觉，小韩只知道冯教授是好意，是研究人性什么的，也就渐渐没了遮拦，跟冯教授

L·x·w

说："我有时候会恨所有比我有钱的人。"冯教授就用食指点着自己胸脯问："难道你也恨我？"小韩不敢点头，却也没有摇头。冯教授就开导他：晓得么，富人，有钱人，特别是小康人士，许多是取财有道的，或者按社会规定的游戏规则做生意获利，或者凭借一技之长挣钱，就是官员，也有确实清廉的，待遇高一点，过得好一点，并不一定就意味着贪污腐化……总之，人类社会在很长时期都不可能达到人人财富均等，因此要克服自己内心那种盲目的妒富愧贫的恶性情绪……

小韩毕竟比一般打工仔聪明，听了冯教授的教诲一连串地说"晓得啰晓得啰"，冯教授也就微笑点头。

本来这天的聊天深入到这样的程度，也就很尽兴了。冯教授想起来，早上在超市里看到了有新到的哈密瓜，就拿钱嘱咐小韩明天来时买一只来，小韩知道一般自己拿得动的菜蔬鱼肉，冯教授总是愿意自己去买，因为这老人对东西挑拣得很仔细，别人是很难替他拿主意的，也不是都要求鲜活，比如买淡水鱼，冯教授不买活的，说是有"不忍之心"，当然也不愿意要眼球都瘪了的死鱼，他专买那刚死去眼球还鼓鼓的。冯教授顺口说"你去挑只大的咱们明天晚饭后杀了吃"，这本是他们老家的俗语，都把切瓜说成杀瓜，小韩就笑，说："冯老您怎么也杀杀杀的？这话可吓了我一跳！"冯老就故意叉腰挺胸，装出很凶煞的模样说："晓得么，人性都是复杂的呢，我在某些特定的情况下，也有过拼掉一条命的念头哩！"说着就又把小韩留下来继续聊一阵。

冯教授就讲起了三十多年前的事情，被诬陷，被批斗，被侮辱，有个"中央文革"的宠儿，除了"反动学术权威"的罪名，居然又当众宣布他是"证据确凿的苏修特务"，那一刻他真是生出了挣脱束缚冲过去跟那家伙同归于尽的想法——当时那家伙就离他几步远，他都设计好了怎么利用现场的东西杀那人然后自杀的方案，真差一点就发生那么一场惊心动魄的活剧……小韩听不懂"中央文革""学术权威""苏修""活剧"什么的，只是说："亏得您老没杀成，要不，我今天怎么能有机会跟您这么聊天，长见识呢！"

冯教授兴致更炽，就说："我把这么隐秘的内心活动都讲出来了，那你也得跟我公布你内心的隐秘杀机，你一定有过的！"

人与人沟通，能一直深入触动到心灵的暗室吗？就不怕如此过分地冒险挺进，会引发出危险的后果吗？

小韩就公布，自己流浪街头，饿得不行的情况下，曾经想打劫一个小商店的店主，那人是个干瘪老头，他看清那老头把收来的钱放在里面哪个抽屉，他想趁晚上关门前，周围没人的时候，去劫那抽屉里的钱，倘若那老头反抗，他就不惜把他杀了……小韩这回眼里的凶光绿闪闪的，走火入魔地只管往下讲："我设计了这样的攻击方案，双手举着捡来的晚报，遮住我的脸，装作过路，顺便要买东西，走到他面前，趁他没防备，就猛地把报纸往他脸上一盖……底下我再怎么干就都容易了！……"

5

每天已成定规，16：37许，冯教授家的对讲机会鸣笛，这必是小韩按了楼寓大门外的密码，冯教授回应、摁键放他进楼后，在小韩乘电梯到达前，也就把单元的防盗门打开虚掩，使小韩不用费事就能长驱直入。

这天冯教授去开放防盗门的时候，有一秒来钟的犹豫，心里飘过的念头是，今后小韩到达门外，按响电铃再给他开门也未为不可嘛……

16：40，非常准时。小韩走了进来，冯教授倏地心紧……怎么没拿哈密瓜，而是双手握住晚报，遮住脸，在向他走过来？冯教授本能地在沙发上挪了一下位置……

小韩放下报纸，跟冯教授报告完一条市井新闻，才告诉他超市哈密瓜卖完了，没买来，问他要不要再下楼去远点的地方找找？晓得啰，不用去，不……本想说"不杀也罢"，改说"不吃也罢"。

那天很沉闷。小韩问冯老是不是不舒服，要不要陪他去医院？答没有什么，但进晚餐时胃口很不好，吃完了也无心聊天。小韩琢磨出了点什么，敏感地注意到从来没对他关闭过的卧室门扇，这天紧紧地关闭了。

那天20:00不到冯老就让小韩回去，小韩刚走，他就想给超市打电话问究竟还有没有哈密瓜，只是没找到电话号码，才作罢。

6

曹院士来电话，顺便问那小韩，冯教授说辞掉了。曹院士问为什么？冯教授含糊其词，忽然问起曹院士家是不是还留着那盆变叶木？叶片长长的变叶木，色泽多变，还有美丽的点状斑纹，又名洒金榕，曾是许多人家喜爱的室内盆栽，前二年报纸上忽然有文章宣布，变叶木分泌致癌物质，于是人们纷纷将其抛到垃圾桶里。曹院士说哪里有那些文章说的那么邪乎，只要别让它沾到皮肤，搁在阳台上观赏还是挺提神的，冯教授就说："提神的东西，你就容易喜欢，太喜欢了，有一天就免不了去深度接触，结果呢……不如远离。"曹院士也没在意他的这些议论，至今阳台上还保留着一盆变叶木。

2004年6月6日 温榆斋

偷父

那晚我到家已临近午夜，进门后按亮厅里的灯，从地板的印记上，我立刻感觉到不对劲儿，难道……？我快步走到各处，一一按亮灯盏，各屋的窗户都好好地关闭着啊，再回过头去观察大门，没有问题呀！但是，当我到卫生间再仔细检查时，一仰头，心就猛地往下一沉——浴盆上面那扇透气窗被撬开了！再一低头，浴盆里有明显的鞋印，呀！我忙从衣兜掏出手机，准备拨"110"报警，这时又忽然听见窸窸窣窣的声响，循声过去，便发现卧室床下有异动，我把手机倒换到左手，右手操起窗帘叉子，朝床下喊："出来！放下手里东西！只要你不伤人，出来咱们好商量！"

一个人从床底下爬出来了，那是一个瘦小的少年，剃着光头，身上穿一件黑底子的圆领T恤，我看他手里空着，就允许他站立起来，他站起来后，显示出T恤上印着一张明星的大脸，比他的头至少要大三倍，那明星也不知是男是女，斜睨着挑逗的眼神，说实在的，比他本人更让我吃了一惊，不禁用窗帘叉指去，问："这是谁？"那少年万没想到，我先问的并不是他，而是那T恤上的明星，更蒙了，我俩就那么呆滞了几秒钟，他先清醒过来，嘴唇动动，说出那明星的名字，我没听清，也不再想弄清那究竟是韩星日星还是中国香港或海峡哪边的什么星，我仍用那窗帘叉指向他，作为防备，问他："你偷了些什么？把藏在身上的掏出来！"

他把两手伸进裤兜，麻利地将兜袋翻掏出来，又把双手摊开，回答说："啥也没拿啊！"我又问他："你们一伙子吧？他们呢？"他说："傻胖钻不进来，钳子能钻懒得钻，我一听钥匙响就往外钻，他们见我没逃成，准定扔下我跑远了，算我倒霉！"看他那一副"久经沙场"、处变不惊的模样，倒弄得我哭笑不得。

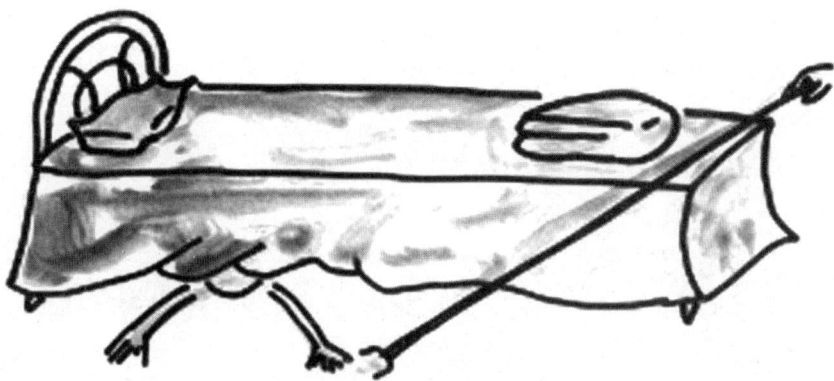

　　我用眼角余光检查了一下我放置钱财的地方，似乎还没有受到侵犯，他算倒霉，我算幸运吧。我仍是伸出窗帘叉的姿势，倒退着，命令他跟着我指挥来到门厅里，我让他站在长餐桌短头靠里一侧，自己站在靠外一侧，把窗帘叉收到自己这边，开始讯问。

　　他倒是有问必答，告诉我他们一伙，因为他最瘦，所以分工侦察，本来他到我家窗外侦察后，他们一伙得出的结论是"骨头棒子硌牙"，意思就是油水不大还难到手，确实也是，我的新式防盗门极难撬开，各处窗户外都有花式铁栅，就防贼而言可谓"武装到了牙齿"，但"智者千虑，必有一失"，唯独大意的地方就是卫生间浴盆上面的那扇透气窗，那窗是窄长的，长度大约六十厘米，宽度大约只有三十厘米，按说钻进一只猫可能，钻进一个人是不可能的，没想到站在我对面的这位"瘦干狼"，他自己后来又告诉我，在游乡的马戏班子里被训练过柔术的，竟能钻将进来！

　　"您为什么还不报警？"他问我。他能说"您"，这让我心里舒服。我把手指挪到手机按键上，问他："你想过，警察来了，你会是怎么个处境吗？"他叹口气，说出的话让我大吃一惊："嗨，惯了，训一顿，管吃管住，完了，把我遣返老家，再到那破土屋子里熬一阵呗。"他那满无所谓，甚至还带些演完戏卸完妆可以大松一口气的表情，令我惊奇。

　　我就让他坐到椅子上。我坐在另一头，把窗帘叉子靠在桌子边，跟他继续交谈。他今年14岁。家乡在离我们这个城市很远的地方。他小学上到三年级就辍学了。一年前开始了流浪生活。现在就靠结伙偷窃为生。有几个问题他拒绝回答，那就是：他父母为什么不管他？他们一伙住在什么地方？他钻进我的私宅究竟想偷窃什么？如果我还不回来，他打算怎么下手？面临这些追问，他就垂下眼帘，抿紧嘴唇。

我望着被灯光照得瘦骨嶙峋满脸灰汗的少年，问他："渴吗？"他点头，我站起来，他知道是想给他去倒水，就主动说："我不动。"我去给他取来一瓶冰可乐，又递给他一只纸杯，他不用纸杯，拧开可乐瓶盖，仰头咕嘟咕嘟喝，喝了一小半，就呛得咳嗽起来，我拿几张纸巾给他，让他擦嘴，他却用那纸巾去擦喷溅到桌上的液体，我心一下柔软到极点，我摩挲一下他的光头，发现他头顶有一寸长的伤疤，凸起仿佛扭动的蚯蚓，他很吃惊，猛地抖身躲避，瞪视着我，我就问他："饿吧？"他摆正身子，眯眼看我，仿佛我是个怪物，我也不等他回答，就去为他冲了一碗方便面，端到他面前，这期间那窗帘又滑落到了地板上，他很自然地站起来，把窗帘又靠还到原处，又坐回去，于是我知道，这个少年窃贼和我之间已经建立了一种基本信任。

他呼噜呼噜将那方便面一扫而空。我知道他还不够，就又去拿来一只果子面包，他接过去，津津有味地啃起来。我有点好奇地问："你们不是每天都有收获吗？难道还吃不饱？"他告诉我："有时候野马哥带我们吃馆子，吃完撑得在地上打滚……这几天野马哥净打人，一分钱也不让我们留下……"我就懂得，我，还有我的邻居们，甚至这附近整个地区，所受到的是一种有组织有控制的偷盗团伙威胁，他一定从我的眼神里看出了什么，吃完面包，抹抹嘴说："您放心，有我，他们谁也不会惹您来了。"我又一次哭笑不得。

我想了想，决心放他出去。我对他说："我知道，我的话你未必肯听，但是我还要跟你说，不要再跟着野马哥他们干这种违法的事了。你应该走正路。"他又点头又咂舌，样子很油滑。但是我要去给他开门时，他居然说："我还不想走。"我大吃一惊，问他："为什么？"他回答的声音很小，我听来却像一声惊雷："我爸在床底下呢……"天哪！原来还有个大人在卧房床底下！我竟那么大意！竟成了《农夫与蛇》那个寓言里的农夫！我慌忙将窗帘又抢到手里，又拨"110"，谁知这时候手机居然没信号了，怎么偏在这骨节眼上断电！我就往座机那边移动，这工夫里，那少年却已经转身进了卧室，而且麻利地爬进了床底下，我惊魂未定，他却又从床底下爬了出来，并且回到了门厅，我这才看清，他手里捧着一幅油画，那不是我原来挂在卧室墙上的吗，他究竟是怎么一回事？我正想嚷，他对我说："我要——我要我爸——您把我爸给我吧——求您了！"

几分钟以后，我们又都坐在了餐桌两头，而那幅画框已经被磕坏的油画，则竖立在了我们都能看清的餐具柜边。我们开头的问答是混乱的，然而逐渐意识都清明起来。

那幅油画，是我前几年临摹的荷兰画圣凡·高的自画像，我那一时期狂爱凡·高的画风，根据资料，几乎临摹了我所能找到的凡·高的每一幅作品，这幅凡·高自画像是他没自残耳朵前画的，显得特别憔悴，眼神饱含忧郁，胡子拉碴，看去不像个西方人倒像个东方农民。出于某种非常私密的原因，我近来把这幅自以为临摹得最传神的油画悬挂在了卧室里。少年窃贼告诉我，他负责踩点的时候，从我那卧室窗外隔着铁栅看见了这幅画，一看就觉得是他爸，就总想给偷走，这天他好不容易钻了进来，取下了这幅画，偏巧我回来了，他听见钥匙响就往外逃，他人好钻，画却难以一下子随人运出去，急切里，他就又抱着画钻到卧室床底下去了……他实在舍不得那画呀，那是他爸呀！

我就细问他，他爸，那真的爸，现在在哪儿呢？他妈妈呢？他不可能只有爸爸没有妈妈啊！可是他执拗地告诉我，他就是没有妈，没有没有没有。后来我听懂了，他妈在他还不记事的时候，就嫌他爸穷，跟别的男人跑了。他爸把他拉扯大。他记得他爸，记得一切，记得那扎人的胡子碴，记得那熏鼻子的汗味加烟味加酒味……他也记得他爸喝醉了，因为让他拿什么东西过去迟慢了，就用大铲子般的手抓他过去，瞪圆了眼睛吼着要打他，却又终于还是没有打。爸爸换过很多种挣钱的活路，他记得爸爸说过这样的话："不怕活路累活路苦，就怕干完了拿不到钱。"他很小就自己离开家去闯荡过，有回他正跟着马戏班子在集上表演柔术，忽然他爸冲进圈子，抱起他就走，班主追上去，骂他爸："自己养不起，怪得谁？"他爸大

喘气，把他扛回了家，吼他，不许他再逃跑，那一天晚上，爸爸给他买来一包吃的，是用黄颜色的薄纸包的，纸上浸出油印子，打开那纸，有好多块金黄色的糕饼，他记住了那东西的名字，爸爸郑重地告诉他的——桃酥！讲到这个细节，少年耸起眉毛问我："您吃过桃酥吗？"我真想跟他撒谎，说从来没有吃过……

他记得许多许多的事，他奇怪我会愿意听，他说从没有人这么问过他，他也就从来没跟别的人讲过他爸爸的事情，野马哥也好，傻胖、钳子什么的也好，谁都不知道他爸爸的事，就是他有时候闷了，想起爸爸那胡子苴扎人的感觉，想说，人家也不要听。我怎么会愿意听？可乐喝完了，又沏上两杯茶，给他一杯，让他从容地诉说，他坦言，觉得我有病，不过就是有病的人愿意听他讲，还有香茶喝，他为什么不讲个痛快呢？他就连他爸的那些个隐私，也告诉我了：有那脸庞身条都不错的娘儿们，愿意跟他爸睡觉，说他爸真棒，可惜就是穷，他问过他爸，是不是这以后就添个妈了？爸就红着眼睛骂他，他懂了，那跟结婚是两回事，同居都不是，像每天清早叶尖上的露珠儿，漂亮是真漂亮，没多久就一点影儿也没有啦！他注定是个只有爸没有妈的孩子。

他们那个村子，不记得在哪一天，忽然说村外地底下有黑金子，大家就挖了起来。他爸爸也去挖，是给老板挖，下到地里头，出来的时候，当天就给钱，他爸说这活路跟下地狱一样，可是上了地面真有几张现钱，也就跟升到天堂里头差不多了。什么是地狱和天堂呢？少年问，是不是一个像地下防空洞改的旅馆，一个像麦当劳和肯德基呢？我不知道该怎么回答他，真的。

于是他讲到了去年那一天，那是最难忘记，然而又是最难讲清楚的一天，那天半夜里村子忽然闹嚷起来，跟着有呜哇呜哇的汽车警笛声，他揉着眼睛出了屋……简单地说，村外的小煤窑出事故了，他爸，还有别的许多孩子的爸，给埋井底下了……过了好几天，才从井底下挖出了遇难矿工的尸体，人家指着一具说是他爸，他怎么看也不像，实在也不敢多看，别的孩子，还有那些孩子的妈妈、亲戚什么的，也都认不大清，不过点数，那数目是对的，大家就对着那些也分不清谁家的尸体哭……他为什么没有得到有关部门的补偿？他说不清，他只说他们村里死人的人家都没得着钱，矿主早跑了不见影儿，人家说他们那个小煤窑根本是非法的，不罚款已经是开恩了，还补偿？

少年说，他从我那卧室窗外，望见了这幅画，没想，就先叫了声"爸"。他奇怪他爸的像怎么挂在了我屋里？他说绝了，他爸坐在床上，想心事的时候，就那么个模样。我难道还有必要跟他说，那是个万里以外，百多年以前的一个叫凡·高的洋人？

少年说这些事情的时候，眼里没有一点泪光。说实在的，电视里矿难报道看多了，只觉得是"矿难如麻"，我的心也渐渐硬得跟煤块没有多大差别，听这孩子讲他爸的遇难，也就是鼻子酸了酸，但是，当我听清这孩子这天钻进我的屋子，为的只是偷这幅他自以为是他父亲画像的油画，我的眼泪忍不住就溢出了眼角。

少年惊诧地望着我。我理解了他，他能理解我吗？我感到自己是那么软弱无力，我除了把这幅画送给他，还能为他，为他父亲那样的还活着的人们，为那些人们的孩子们，做些什么？

一时的冲动中，我想收养他。但是我有儿子，已经结婚另住，并且即将让我抱孙子或者孙女了，我在法律上不具备收养权。我供他上学？即使他愿意以初中生的年龄，去小学再从三四年级读起，这城里的哪所小学又能收留他？我给他一笔钱，让他自己回乡去上学？那钱说不定明天就会大部分装进野马哥的腰包里；我每月给他寄钱？寄他本人？他会按我的要求花费吗？……望着他，我一筹莫展。

"您放我走吧，还有我爸。"少年望望窗外，请求说。

我把画送给了他。或者说我物归原主。我忽然为他焦虑，就是这样一幅不算小的油画，他捧着出去，遇见巡逻的，人家一定会抓住他。我决定为他写一张条子，说明这画是我送给他的。我这才问他的名字，他告诉了我。他的姓氏比较偏僻，名字却非常落俗。我本想在纸条上连我的电话也写上去，稍微冷静点后，我制止了自己的愚蠢想法；写好纸条，我告诉他如果人家不信，他就带那些人来按我的门铃，我会当面为他作证。他把纸条塞进裤兜，也不懂得道谢，但他脸上有了光彩，我把门打开，他闪了出去。

关上门以后，我竟傻傻地若有所失。不到半分钟，我冲了出去，撞上门，捏紧钥匙，希望能从楼梯天井望到他的身影，没有，我就一溜烟跑下楼梯，那速度绝对是与我这把年纪不相宜的，我气喘吁吁地踏出楼门，朝前方和左右望，那少年竟已经从人间蒸发，只有树影在月光下朦胧地闪动。

我让自己平静下来。当一派寂静笼罩着我时，我问自己："你追出来，是想跟他说什么？"

是的，我冲出来，是想追上他补充一句叮嘱："孩子，你以后可以来按我的门铃，从正门进来！"

夜风拂到我的脸上，我痴痴地站在那里。

一句更该说的话浮上我的心头："孩子，如果我要找你，该到哪里去？"

2005年6月15日　写于温榆斋

偷爹——刘心武小说集

269

吧台椅

　　老两口有自己独特的生活习惯，每天上午请小时工来帮忙，中午有个大午睡，下午到晚上则一切自理。小时工换了好几个，最近由社区劳务中心介绍来的秋秋，在他们家已逾三个月，相处日见融洽。

　　但这天中午秋秋走后，老太太对老头说："今天秋秋有点怪。"老头瞅着老太太，仿佛在检查她脸上皱纹的变化，说："我倒觉得你今天怪怪的。"老太太很不高兴："我怎么啦？你现在想作什么怪？"老头说："往日中午一起吃饭，你总话多，让人耳朵咸咸的，今天淡得出奇。你还总时不时下死眼瞥秋秋，秋秋好像也感觉到你的异常，就只是低头扒饭，菜也搛得比往日少。你们弄饭的时候我在那屋临帖，也没觉得有什么特别的动静。二位今天究竟为什么冷战？"老太太声高起来："什么冷战！世界都进入后冷战时期了，咱们家还冷什么战！"老头自悔失言。世界大事且不去说它，他们家前些年的确有过"冷战"，是在他们和儿子之间。"冷战"之先自然有过"热战"，概而言之，儿子不争气，一上高中就进入狂暴的叛逆期，高考只上了大专分数线，毕业后父母调动了所有社会关系资源，费好大劲才为他在一家合资企业里谋了个差事，他却并不珍惜，常常半夜才回家，鞋也不脱地把自己抛到床上，昏睡到天亮，那还算最好的状态，更多的状态是进门就呕吐，稍加斥责，他就嗷嗷乱嚷，一次气得父亲打了他一耳光，他竟伸出拳头猛捅父亲肩膀……再后来父亲就不理他，甚至说过"还不如哪天交通队来个电话，倒算干脆"的气话；母亲后来也从哭劝，变为了尽量少说话，儿子那间屋除非发出秽气，不得不进去代为清扫通风，也就由他爱怎么乱怎么乱，唉，家庭"冷战"，父母一方那真是"哀莫大于心死"啊！……

"好啦好啦，噩梦醒来是清晨，把他那照片再拿过来我看看，真正是浪子回头金不换啊！"老太太就把儿子刚从加拿大寄来的照片再递到老头手里，老头从头年就蓄起的胡须还难称美髯，但一手将照片持在眼前，一手就得意地去捋那髯须。

　　老太太这才再把话题转到秋秋身上："你说这是怎么回事？我把这照片给秋秋看，告诉她照片上的小两口还有我们那小孙子，很快就飞回国来探亲，她把那照片看得很仔细，也说了几句为咱们高兴的话，可烧起饭来也不知怎么就没往日麻利了，说是心不在焉吧，却又像心事重重……今天这汤，是不是咸？她要打死卖盐的，是不是？"老头说："也许勾起了她什么心事，她想念起丈夫儿子什么的了，跟照片上的生活一对比，他们的生活质量是不是也太低一点了呢？触景伤情，也没什么奇怪的。""啊，要不是今天觉得她奇怪，那天的事也就早忘了——那天也没想着跟你说，你哪里想得到，我跟她一起在街那边菜市场买鱼头去，在菜市场外边，忽然一辆小轿车停在我们身边，车里一个浓妆艳抹的女子钻出来，大声招呼她，她也就亲热地应和着……你知道咱们都是有教养的人，人家说话绝不去窃听，她们远离了几步去叙旧，我也就再远离几步等着秋秋，后来她们告别，车开走了，秋秋倒是主动地跟我说，那是她老乡，这二年在这儿做生意发财了……""外地进城的农村人，也有少数奋斗发财的，又何必大惊小怪？""做生意发财？什么样的生意？看那模样，不像是做什么好生意，若不是开酒吧，就是开歌厅！""你的意思，是怀疑秋秋……""她跟咱们说的经历，恐怕不那么真实。""只要她能按你的要求做事，让咱们有安全感，别的管那么多干什么呢？你累不累呢？"老太太立即牢骚一箩筐："我的腰都累得快断了，你难道不知道吗？晚上我在厨房烧饭，站得腰酸腿疼，当着秋秋跟你说过了嘛，要是有那么张恰可好的椅子，能调节高矮，椅座还能旋转，我能坐着切菜什么的，岂不就好多啦？可这事你管了吗？你光知道练那个书法，整天饭来张口，衣来伸手，依我看，你练字是对的，可也该多下楼活动活动才是……唉，我就知道你又要张嘴跟我来那老一套：爽性让秋秋全天来算了，晚饭何必自己烧？而且既然买菜的事交给了秋秋，也并不怕她虚报账目，你就连那鱼头什么的特殊原料也统统交给她去买就是啦，何必'御驾亲征'！你说得倒便宜！你须知道晚上烧顿精致的饭菜，对我来说，就跟你练那书法一样，兼有健身、养性、审美、获取成就感种种综合功能！而特殊的原料，如鱼头、蹄筋、粉皮之类，不跟着秋秋去，她会挑吗？你只管吃的时候摇舌舔唇赞好，怎知我的一片苦心！……"老头本想说，拿我书桌旁的转椅到厨房试过嘛，椅座太大，又不能升到你期望的高度嘛，你要的那种椅子，那天在百货商场家具厅倒看见两个，说是酒吧里用的吧台椅，功能倒符合你的要求，但那形态，搁到咱们厨房，你坐到上头，合适吗？……但怕惹出"热战"来，便不再作声。

第二天的事态出乎二老的意料。秋秋烧好中饭，一起吃完，整理完餐桌，洗净碗盘，就提出辞工。

老太太盯住她眼睛问："我们没对你不满意呀。是你对我们不满意啦？"秋秋说："你们待我，跟待亲闺女一样。可是我不能再在你们这儿干了。我……我很难，很难。"老头问："你有什么困难呢？说出来，我们能帮一定帮。是家里出了什么事？谁病啦？你爱人，还是孩子？"秋秋没有低下头，反倒微微扬起了下巴，说："我以前跟你们全是撒谎。我没丈夫，没孩子。我现在当小时工，为的是让自己有个新的开始，今后也许能有个好丈夫，能生出好孩子来。我以前不是坏人，不是。那时候从山旯旮到这么个大地方来，什么都不懂，就被安排打那么份工。如今好多姐妹不还在打那个工？随时还有新来的呢。我给她们打包票，只有极少数坏，绝大多数跟我一样，是好的。不过像我这样，下决心这么改变的，也确实还不多……"二老都是聪明人，相互对望了三秒，尽在不言中。老太太就给秋秋结算工资，还差一周才到月底，但给算成足月。秋秋接过，道谢完，这才说："我给大妈带来样礼物，现在搁在门外头呢，希望别拒绝。看见它，能想起来我的好处，给我点祝福，我就能更好地走自己的光明路了。"那礼物是个吧台椅，搬进厨房正合老太太用。

十多天后儿子儿媳妇孙子一起回来了。起先厨房里的吧台椅也没太引起他们注意。后来一天儿子翻父母最新的照相簿，忽然发现有张老太太跟秋秋在厨房里的合影，他下死眼把照片上的秋秋看了个仔细，就跳起来问父母，知道那是秋秋，以及相关的一切后，脸上表情怪怪的，后来就宣布："晚上，孩子睡了以后，我要跟你们三个，长谈……现在我只是在想，这个秋秋——我荒唐的时候她不这么叫，当然那恐怕也不是她的真名——她也能像我一样，虽然痛苦，却终于让自己的生活有个良性的转折吗？她的主观条件可能比我痛下决心时候还强，可客观条件上，肯定恶劣许多……忙是难帮，可是，咱们一齐给她最良好的祝愿，那是应该的吧？"那晚吃完饭，老头老太太就总哄着孙子上床睡觉，孙子却比往日精神头更大，跳到厨房那吧台椅上升起降下，左旋右转，唉……

各位看官，这里三个故事看似各不相联，但合起来却相辅相成，恰好成为一篇小说，并集中表现了一个主题，用《红楼梦》里的一句话来说，就是——"叹人间，美中不足今方信"。

2006年初夏应邀到美国讲《红楼梦》，回来写成三个故事奉献给大家。《石头记》甲戌本"楔子"里有这样的话："那红尘中有却有些乐事，但不能永远依持；况又有'美中不足、好事多魔'八个字紧相连属……"请注意：曹雪芹故意把"多磨"写成了"多魔"。第五回里那句"叹人间，美中不足今方信"大家更不会忘记。这三个"冰糖葫芦"般的故事如此命名恰切否？请大家读完评说。

第一个故事

他一再叮嘱我，到了纽约，一定要当面问她，还记不记得挪开暖瓶的那回事。

他和她，三十几年前，和我，同在工厂一个车间。他们是正式工人，我是教师，下放劳动。我比他们大10岁，但很合得来。我跟他学镟工活儿，叫他师傅。她是统计员，那时梳着两鬓鬏，走过来跑过去，扎着红头绳的大鬏鬏前后晃荡，使人联想起硕大的蝴蝶。

工间休息的时候，在那间更衣室当中，大家围坐在一张长方形的大案子，说说笑笑，用大搪瓷缸子，大口喝水。大案子上，常放着几只大暖瓶，是最粗糙的那种，铁皮条编的露着瓶胆的外壳，漆成浅蓝色。

我当然还记得那张大桌案，甚至记得那是因为工会会议室里买来了新桌案，才把那旧的淘汰到车间更衣室来的。也记得那种胖高的暖瓶，北京人又叫作暖壶，也就是热水瓶，这种东西在中国现在也越来越不时兴了，现在多半是喝饮水机上不断更换的桶装水。在外国，特别是西方社会，暖瓶，甚至开水，对他们来说都是陌生的概念，在他们的日常生活里，如果不喝咖啡，那在家就喝自来水，在餐馆则喝大杯的冰水。

他在我面前回味过很多次，就是挪开暖瓶的那件事。他非常喜欢她，休息时，却不敢坐在她近旁。她总大大方方地坐在案子一端，他呢，那天选择了一个离她最远的位置，就是案子的另一端。那天大家究竟议论些什么，我已经记不得了，只记得那天他话多，正当他高谈阔论，她忽然大声说："哎，把暖瓶挪开！"我坐在案子一侧，离暖瓶比较近，就把一只暖瓶挪了挪，他还在议论，她就更大声地对我说："劳驾，把那个暖瓶也挪开！"我就把两只暖瓶都挪到一边地下去了。这些细节，经他提醒，我都还想得起来。

她要求挪开暖瓶，是因为暖瓶挡住了她的视线，使她不能看清楚大发高论的他。挪开了暖瓶，她就睁圆一双明亮的眼睛，直盯着口若悬河的他，两个鬈鬆静止不动，仿佛一对敛翅的春燕。

"她非要把我看清楚，你说这是不是别有意味？"

他问我多次。我的回答永远是肯定。

后来社会发生了很大的转折、很大的变化。我们的人生也随之发生了很大的转折、很大的变化。我成了所谓的作家。她1978年考取大学，1983年赴美留学，1990年获得博士学位，现在是美国一所州立大学的终身教授。

他下岗后做过很多种事，现在比较稳定，是一家大公司的仓库管理员。那家工厂早已消失，原址成为一个华丽的专供"成功人士"享受的商品楼盘，底层是商场，商场附设星巴克咖啡厅，我和他正是在那里会面的。他知道我要去美国讲演，打电话说要见我，托我个事。我就约他到星巴克，他喝不惯咖啡，甚至闻不惯那里头的气息，他说完他的心事嘱咐，就离开了。

我已经年逾花甲，他和她也各自都早已结婚有了子女，我们应该都不算浪漫人士，但他却还是希望我能在美国见到她，并私下里问她，还记不记得挪开暖瓶的事情？那是不是意味着，在他们生命的那个时段，她喜欢他，以至他说话时，她不能容忍任何障眼的东西，她不但要倾听他，还要注视他。他只希望她在我面前表示，她还记得，确实，她那时候喜欢过他，然后，我回国把她的回应告诉他，他就满足了。

我把他的嘱托，视为一个神圣的使命。甚至于，从某种意义上说，完成好这个使命，不亚于要把我那演讲的任务达到圆满。

人的一生有许多美好的瞬间。使这些瞬间定格，使其不褪色，可以永远滋润我

们那颗在人生长途跋涉中越磨越粗粝的心。

我演讲那天，她没有来。当地文化圈的人士聚餐欢迎我，她也没露面。我给她打去几次电话，都是英语录音让留言，但我留了言也没有回应。

直到回国前一晚，再拨她家电话，才终于听到了她的声音。她的声音一点没有变。她很高兴。说他们全家到欧洲旅游，昨天才回来。她说看到报道，祝贺我演讲成功。我就引导她回忆当年，提到好几个那时工厂里的师傅，其中有他，她热情地问："都好吗？你们都还保持着联系吗？"我就先普遍报道一下那些人的近况，然后特别提到他，提到他那时如何喜欢高谈阔论，那时候我们给他取的外号是"博士"……我都提到那张旧桌案了，她一直饶有兴味地听着，还发出熟悉的笑声，但就在这关口，发生了一个情况，就是她先道了声"sorry"，然后分明对她那个房间里另外一个人，估计是她的女儿，大声地说："朱迪，你把那个花瓶挪开，我看不到微波炉了……"虽然她马上又接着跟我通话，但我的心一下子乱了，我都不记得自己究竟是怎么跟她结束通话的。回国很多天了。我没主动给他去电话。他也还没有来电话。如果他来电话问我，我该怎么跟他说呢？

第二个故事

19年前，我在美国参加了若翠的婚礼，是在她夫君的牧场，给我印象最深的，就是牧师在他们那栋雪白的住宅回廊外为他们举行仪式，众宾客围贺后，婚宴就在露天排开，长长的餐桌两边，就用许多收割后压榨紧凑切割整齐的牧草垛当长凳，坐上去非常舒适，而且，还散发出特殊的清香……

16年前，我在北京接到若翠的电话，她说跟夫君一起来北京。下榻王府饭店，没时间跟我见面了，问我可好？我简单说了说自己的状况，顺便问起当年跟她一起去美国的几个熟人，她说，哎，那几位呀，还只是在华人圈子里混，她说她现在几乎不跟华人接触，交往的都是跟他夫君相关的白人，她说他们从不去唐人街，她现在习惯了看英文报刊英文电视，在派对里，那些白人用英文俚语表达的幽默感，她已经可以共鸣。我就问了她一个俗气的问题：你们有孩子了吗？她并不见外，说明年会落生，他们会让那孩子受最好的教育，健康成长。

9年前，我第二次去美国，妻子晓歌跟我一起去的，若翠在牧场接待了我们三天。她夫君去欧洲了，就她和她的女儿翠茜在家。翠茜那时已经7岁，上小学了，每天她开车送接，我们接触不多，但离开她家后，私下里不禁感叹：这孩子怎么那么傲气？对我和晓歌，爱答不理的，若翠说翠茜能说简单的中国普通话，她爸爸一再强调，孩子今后还是能掌握英、中双语为好，但无论若翠怎么动员翠茜跟我们说中国话，翠茜就连"你好"两个字也不说，但她跟她妈妈，却总在叽里咕噜地说英文。

3年前，若翠来北京料理她父亲的丧事，我们在家里招待了她一次。我们劝她节哀。她说母亲在她出国前就过世了，想起来很伤感。父亲以八十多岁高寿睡眠中离世，按中国传统说法，是白喜事。她夫君和女儿为什么没一起来奔丧，我们没问，她倒主动说了出来。夫君正所谓"商人重利轻离别"，原来他不仅有从祖上继承来的很大的牧场，也还涉及多种商业投资，总在飞来飞去地忙他的生意。翠茜么，她叹了口气，说已经进入了反叛期。有一天，她独自在家，忽然来了快递。是翠茜从网上订购的一件恤衫。她打开一看，大惊失色！那恤衫上用英文印着："我要杀死母亲！"我和晓歌听了大惑不解，若翠说美国法律没有明文规定卖那样的"文化衫"非法，人家就可以在网上兜售，购买者可以选择内心想杀死的任何一个人来要求印制。我们就奇怪，你对女儿那么好，她怎么会内心那么痛恨你呢？若翠忍不住落下眼泪，她说，那是因为，有一个问题她永世无法为翠茜解决，那就是，翠茜一直上的是高尚社区的学校，那里的学生里没有亚裔孩子，绝大多数是白人孩子，剩下有些黑人孩子，开始，翠茜觉得自己跟别的孩子没什么不同，都是美国孩子嘛，但渐渐地，她就从别人眼睛里发现，她的皮肤、眼睛、鼻子……跟那些美国孩子差距越来越大，她自己也就越来越自觉地去发现，她还有哪些永远不可能跟同学们取平的特征，而这些特征，都不是来自父亲，而是来自母亲！为此，她无论如何不能原谅母亲……

今年，2006年去美国，若翠来听了我讲《红楼梦》，后来，我们在曼哈顿上城一家咖啡馆聚谈，她先到，谈了一阵后，她夫君也来了。她夫君粗通中文，但跟我沟通，还得赖她翻译。她夫君的意思是，希望我能帮助他们的翠茜"认识中国"。她把那意思跟我更具体地展开。她说她原来那种"既然到了美国就要彻底进入白人圈"的想法大错，对她自己造成的损失且不论，对翠茜那是毁灭性的选择。翠茜现在的心理危机，实质上是一个身份认同问题。现在她决心促成翠茜利用假期到中国留学，学中文，了解中国，从血缘上、文化上认同中国。她说翠茜学校前些天举行了一场"喊叫大赛"，参赛的学生要当众高喊自己憋在心里的一句话。翠茜参赛那天他们两口子都去了，事先他们也不知道女儿究竟会喊出什么。翠茜那天拼足全身力气喊出的一句话是："我是美国女孩！"

L·X·W

回北京的那天，在纽瓦克机场，我惊讶地发现，若翠和她夫君，还有一位亭亭玉立的姑娘，居然也来给我送行，那姑娘当然是翠茜。若翠告诉我，翠茜在"喊叫大赛"中得了冠军。赛后不少同学找她谈心，说这才知道她内心有那样的压抑感，也才知道他们有意无意中伤害过她，表示从今往后大家要更多地沟通。可是，翠茜却拒绝领取奖杯。她自己用蹩脚的中文对我说："现在，我问我，那是，谁在喊？那个人，她是谁？"她没表达尽的意思，我已经了然。

翠茜将在暑假来北京短期留学。我和晓歌会尽力帮助她。

第三个故事

大秦是那种年过花甲，依然可称为师奶杀手的成功男人。那天在新泽西州他家，举行欢迎我访美的派对，我觉得不少"西施"其实是冲着他来的，不仅单身的见了他就露骨地表达爱慕，就是跟先生一起来的，有的也是明摆着对他欣赏不已。那晚许多女宾简直完全忘了我才应该是派对的焦点，完全围着他说笑打趣，他呢，神采焕发，妙语连珠，肢体语言十分生动，不要说女宾们绝倒，就是我们男客，也不得不承认他学识丰富、幽默风趣、风度迷人。

热闹到接近午夜，大家才陆续告别离去。梅兄开车载我回纽约。在纽约期间我一直住梅兄家。我们是二十年的老朋友了，无话不谈。路上我就发感慨，说大秦对于他那个圈子里的女性来说，可谓"大众情人"，他真不该结婚。梅兄说，他结婚三十多年了，男大当婚，结婚不奇怪，奇怪的是——这是圈子里好多人，包括男的也包括女的，私下常叹息的——他那婚姻竟然一直持续到现在，他好像把吸引诸多女性让她们欣赏只当成一种登台表演般的乐趣，而严格地跟娶妻生子过日子区别开来。我笑说，哎呀，你看，才离开他家没一会儿工夫，秦太究竟是怎么个模样儿，我竟已经想不起来了！倒是那几位女宾，音容笑貌还宛在眼前，恐怕回到中国也难忘怀！

我继续发议论：俗话说"家有丑妻是一宝"，如果大秦那么个美男子娶了个丑妻，大家可能反而会觉得必有其道理，现在令人纳闷的是，秦太不美不丑，是十足的平庸，你看在派对上，她似有若无，虽然不时地给大家递送饮料、小点，众人也不时地跟她道声谢笑一笑，何尝有人特别地去跟她攀谈？

梅先生说，你是主客，你也太不厚道，别人忽略她倒也罢了，你怎么也不去主动跟她聊聊？我说你批评得对，但也无法补救了。梅先生说，其实大家也只不过是偶尔在派对上见见，谁真正了解谁呢？大秦夫妇婚姻那么巩固，一定有其内在的道理，只是我们不得而知罢了。

那晚回到梅兄家已经是后半夜了。进入客房，简单洗漱一下，就上床了。糟糕，久久地失眠。于是乎对自己说，想些乏味的事吧，努力想一些本来用不着去想的事，好比从1数到1000，据说是自我催眠的最佳方案。就努力地去回想头晚派对，怎么跟秦太见的头一面，大秦是怎么把她介绍给我的？好像用了"拙荆"那么个文绉绉的词儿……她眉眼究竟如何？……递给我西柚汁以前，问我要不要加冰块？……往大茶几上放一只大瓷盘，里头是她亲手制作的多味小吃，全插着牙签……对了，有个小插曲，就是我从裤兜里掏手帕时，把一粒胶囊掉到地毯上了，我还哎呀了一声，当时大秦就问我怎么了，我告诉他算了算了，把那粒胶囊拈起来，搁进水晶烟缸里——那烟缸只是个摆设，大家都进入了后现代文明，没人在屋里抽烟——也还有其他人问我：那是什么？我就说是救命的东西，但是这粒弄脏了，不要了……这是些什么值得记忆的细节啊！打个呵欠，我昏昏入睡了。

第二天我遭遇不幸。一起床就觉得不对头。必须吃带来的胶囊。去旅行箱里取，呀，捶下自己脑袋——我把整个小药匣，忘记在休斯敦朋友家了！没错，我在那边玩完了，回纽约的时候，整理东西，忘记把它装回箱子里了！我记得是把那小药匣搁在朋友家客房的书架上了！那里面最重要的就是那种胶囊，我那毛病发作时，必得吞那胶囊救急！昨晚我裤袋里怎么会掉出一粒……那是从休斯敦往圣安东尼奥游览时，我怕犯病，特意用干净手帕裹上了一粒……我怎么就那么马虎呢？为什么用那么笨的办法带药？又为什么不另准备一方打喷嚏时好使用的手帕？……梅

兄招呼我到厨房去吃早点，我只好瞒着他，我这种短期访问者，怎么敢到美国医院去看病？也不敢到药店乱买药，那种胶囊是国产的，美国目前也买不到……本来上午梅兄要陪我去参观大都会博物馆，我就说实在太疲乏，而且梅兄也应该顾及他那公司的生意，岂能总是为陪我玩而耽搁他的正事？梅兄就让我在他家休息，开车去他公司忙他的生意去了。

我一个人在梅兄的宅子里，越来越不适，越来越恐怖，这才深刻地体会到，千好万好，不如自己家里好，而一粒国产的胶囊，于我是多么珍贵！他家的电话响了很多次，我都没去接，因为那应该全是找他的，很可能对方还说的英文。但是，熬到中午时分，门铃响了，我去开门，是快递公司送东西来了，我代签了字，留下那东西，搁到茶几上。

就在我几近崩溃的情况下，梅兄回家来了。他说给家里拨过电话，我竟不接，怕我出大问题了。我告诉他有快递，他拆开那个封套，里面有封信，还有个小纸匣，他看完那信就惊呼一声，然后把信递给我。原来是秦太写的："梅兄速转刘兄：我想刘兄在客途中，也许所带来的每一粒药都是重要的，所以，我找出家中的空心胶囊，细心地把昨天他不慎掉到地毯上的那粒胶囊里面的药粉转移了，一早就让快递公司给递过去。希望对刘兄有用。祝刘兄旅途愉快！"

药到病除。我给秦太打电话致谢，她语气平淡地应对了几句。在离开美国之前，我再没和梅兄议论过大秦的婚姻。

偷父——刘心武小说集

279

宅男
刘心武

沙地黑米
【刊载于2012年5月31日《羊城晚报》】

　　如今的年轻人，熟悉流星雨，但未必知道刘心武。刘心武在上世纪七八十年代，可是中国文坛鼎鼎大名的重量级领军人物，一篇《班主任》，刊发于《人民文学》1977年第11期，当时十一届三中全会还未召开，该文便以敏锐的触角先声夺人，首开"伤痕文学"之先河，成为中国当代文学史区别于"文革"十年文学的一个重要里程碑。那是一个灵魂苏醒的年代，举国上下，如饥似渴捧读刘心武作品的读者多得几近遍布中国城镇的每一个家庭。刘心武曾任《人民文学》主编，长篇小说《钟鼓楼》获第二届茅盾文学奖。20世纪90年代后，成为《红楼梦》的积极研究者，曾在中央电视台《百家讲坛》栏目进行系列讲座，对红学在民间的普及与发展起到促进作用。

　　前些天，应漓江出版社郑纳新社长之邀，作家刘心武莅临桂林，进行为期一周的定稿工作。在桂期间，刘心武游览了漓江，观看了《印象·刘三姐》，就近领略了桂林城徽象鼻山的样貌，乘兴参观了芦笛岩喀斯特溶洞，夜游两江四湖，然后登龙脊，看梯田，到灵渠一参古代水利枢纽玄机。笔者有幸作为工作人员陪同在侧，跟刘先生有了几天面对面的交流。

　　我面前的刘心武，身材挺拔适中，上穿彩格棉质衬衫，下配灰色亚麻裤，外披一件同质亚麻休闲外套，看似随意，实则有范而讲究。打过招呼以后，他摘下旅途中佩戴的遮阳墨镜，露出了百家讲坛上快意谈红楼的那张标志性的脸：关公眉眼狮子鼻，天圆地方阔人中。整个人看上去也就六十出头，实际上，再过几天便是先生七十寿辰了。

　　刘心武开宗明义，道明了他与桂林的关系第一次的新鲜邂逅，因而游览起来很有劲头。他特别喜欢漓江的清新秀美，和象山合影的时候怎么拍也拍不够，觉得这匹大象圆融祥和，惹人喜欢。大爱桂林米粉，吃了二两加一个卤蛋，不够，再来二两加一个卤蛋，临出店门还依依不舍，对"路口村义和米粉"那块招牌再三回顾。

　　刘心武很喜欢正阳步行街闲庭信步的节奏，对钟楼的设计也较为认可，他近年的几部建筑评论专著，颇受建筑界好评，外出游历，也喜欢留意各地的建筑。这次他给桂林提的一个建议，正是从钟楼说起。他发现钟楼四面各有一个钟，四个钟的指针标注了三种时间，一个一点半，两个六点差五分，一个九点半，都和当时下午两点半的时间不一致，"要命的是，这钟还在走。"他认为，正阳路钟楼这个地点用建筑学术语来说叫作"公众共享空间"，在这样一个空间，出现这样的错乱是不应该的。钟楼是城市的形象之一，钟上的时间也代表这个城市节奏的精准与活跃，不能想象，英国伦敦大本钟上的时间，会是错的。所以吁请我们的城市管理者，不要疏忽和轻视这个看似细节的问题。

在西街，刘心武饶有兴致地听说了这里流行本地男儿把外国姑娘娶回家，还有洋妞为这里的小伙争风吃醋，大感诧异和好奇：阳朔小伙到底长什么样，有什么特殊的吸引力？我介绍说阳朔人质朴阳光，天性热情，如果再会两套拳脚，剪个齐刘海平鬓角，就很像李小龙，他听后半信半疑，带着强烈的求知欲四处观察，最后在我们导游小伙那儿觅到了答案，小伙浓眉俊眼，轮廓分明，天生小麦色皮肤，满口洁白整齐的牙齿，眼神和善，笑容特别灿烂。

刘心武指着这小伙对同行的大姜说："你被比下去了！"意思是在洋妞眼里，大姜这武松款的山东大汉毫无用武之地。

刘心武自称很边缘，因为"曾经主流过"。官方活动里不太能见到他，因为他比较宅，深居简出。对于某些作家同僚喜欢扎堆凑热闹的行为，他表示十分理解，自己也有过身处其中的阶段，但现在决不会那样去做。也许是年龄和阅历使然，他现在对周遭世界更多呈现的是悲悯情怀。在阳朔，见到行乞的残障人士，他会忽然停下脚步，郑重施舍。这已经不止是文学的境界，这是人生的境界。

他主张"无是无非"，对于他人的言行，他没有激切的言辞评价，哪怕有人对他进行个别攻击，他也一概以"可以理解"而视之。处世的圆融并不代表他就没有原则，恰恰相反，与谦谦君子相比，他更像一名狷介之士，充满不怒自威的气场，警惕着一切的虚妄，不喜欢的应酬一口回绝，一些头衔坚辞不就，没有任何敌意，只是更喜欢自由自在。

"不要跟我学！"他不忘提醒一句，"这样的人生是年轻作家学不来的。"因为有所积累，所以才可以如此天马行空。

跟外界的恭维与逢迎保持距离自不必说，他也充满自省，甚至拒绝细节上略露苗头的铺张浪费。不喜宴饮，和郑社长谈稿子，两人就着盒饭，也吃得很香，相谈甚欢；来桂林甚至退回一篮水果，觉得吃不完会浪费，那是出版社为尽地主之谊，在酒店迎宾的那一天，专门从市场采购的两小篮时令鲜果。

对于什么是艺术，刘心武有自己独到的见解。他自认《班主任》作为伤痕文学，是中国作家在特殊历史时期走向艺术的一种努力，但还远远算不上高超的艺术。真正高超的艺术，有着无比强悍的生命力，不仅破土而出，而且穿越时空。就像《红楼梦》作为汉文学的精华代表，居然绽放在中国历史上可以说是最为黑暗的一个时期，当时汉文化被极大地压抑、钳制，但《红楼梦》却令人惊讶地达到了空前的艺术高度，其境界已经不是论伤痕，争长短，而是在更高、更超拔领域的自在表达。

笔者认为，作家有大小作家之分，我们所认识的很多作家，都喜欢让别人知道"我在这儿"，时刻证明自己的存在，而大作家总是努力把自己藏到作品里，让读者通过阅读，找到自我。读小作家的作品，我们看到的是小作家本人，读大作家的作品，我们看到的是我们自己。在这方面，可以举刘心武的小说做范例。

曾经有一个被判为杀人犯的云南昆明人，在执行枪决的前夕，警方又抓到一个小偷，小偷招供时现场指认了自己另外犯下的命案，于是被误判的死刑犯就这么闯了一回鬼门关，惊险无比地获得释放。不久后他读到刘心武小说《这里有黄金》，觉得跟里面描写的底层小人物太有共鸣了，于是几经辗转，找到作家本人，几番交往，双方成了无话不谈的密友。刘心武在民间交了很多这样的朋友。曾经的死刑犯后来通过自己的奋斗成为一名成功的商人。

也许因为老一代作家经历世事比较多，显得更为成熟、稳重、审慎，习惯读韩寒、郭敬明的年轻读者，会觉得老作家韬晦多，锐气少，风格有点不一样。但其实，刘心武跟现实风尚也有水到渠成的对接，百度百科上披露，"2011年11月21日，'2011第六届中国作家富豪榜'重磅发布，刘心武以230万元的年度版税收入，荣登作家富豪榜第18位，引发广泛关注。"这次来桂林，他与漓江出版社合作多个出版项目，其中的重头戏，是即将推出的《刘心武评点〈金瓶梅〉》（上中下），这是继《红楼梦》系统研究之后，作家刘心武的又一心血之作，非常值得期待。